陈忠实
文集
增订本

第 6 卷

1995—2000

人民文学出版社

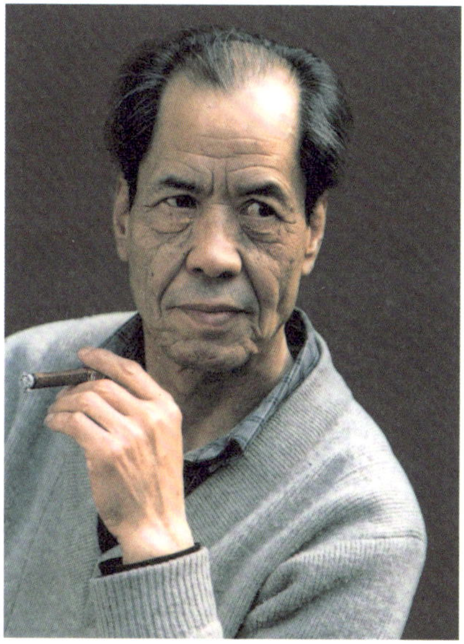

目　　录

散文·随笔

最初的晚餐
　　——《生命历程中的第一次》之一 ……………………（3）
尴尬
　　——《生命历程中的第一次》之二 ……………………（6）
沉重之尘
　　——《生命历程中的第一次》之三 ……………………（9）
中国餐与地摊族
　　——意大利散记之一 ……………………………………（12）
破禁放足不做囚 …………………………………………………（18）
创造礼赞 …………………………………………………………（22）
贞节带与斗兽场
　　——意大利散记之二 ……………………………………（25）
那边的世界静悄悄
　　——美、加散记之一 ……………………………………（31）
北桥,北桥
　　——美、加散记之二 ……………………………………（35）
告别白鸽 …………………………………………………………（40）

一株柳 …………………………………………………………（48）

感受文盲
　　——美、加散记之三 …………………………………（50）

口红与坦克
　　——美、加散记之四 …………………………………（54）

五十开始 ………………………………………………………（57）

朋友的故事 ……………………………………………………（68）

陶冶与锻铸 ……………………………………………………（73）

喝茶记事 ………………………………………………………（76）

追寻貂蝉 ………………………………………………………（80）

自题旧照 ………………………………………………………（83）

无法超脱 ………………………………………………………（85）

谁打败了斗牛士 ………………………………………………（88）

喇叭裤与"本本" ………………………………………………（91）

伊犁有条渠 ……………………………………………………（96）

灿烂一瞬
　　——凉山笔记之一 …………………………………（100）

神秘一幕
　　——凉山笔记之二 …………………………………（103）

旦旦记趣 ……………………………………………………（108）

自己卖书与自购盗本 ………………………………………（112）

俏了西安 ……………………………………………………（126）

自信是金 ……………………………………………………（130）

家之脉 ………………………………………………………（134）

拔出话筒 ……………………………………………………（137）

骆驼刺
　　——车过柴达木之一 ………………………………（140）

盐的湖
　　——车过柴达木之二 …………………………………（142）
天之池 ………………………………………………………（144）
何谓良师
　　——我的责任编辑吕震岳 ………………………………（147）
为了十九岁的崇拜
　　——追忆尊师王汶石 ……………………………………（161）
千年的告别 …………………………………………………（169）
口声 …………………………………………………………（171）
活在西安 ……………………………………………………（177）
动心一刻 ……………………………………………………（181）
取名 …………………………………………………………（184）
自题照片 ……………………………………………………（188）
拜见朱鹮 ……………………………………………………（189）
威海三章 ……………………………………………………（193）
球迷希尔顿 …………………………………………………（199）
如炬人生 ……………………………………………………（201）
释疑者 ………………………………………………………（204）
从盗书到盗名 ………………………………………………（206）

言论·对话

文学无封闭 …………………………………………………（213）
兴趣与体验
　　——《陈忠实小说自选集》序 …………………………（217）
生命易老，文学不死 ………………………………………（222）
关于陕西长篇小说创作的回顾与展望 ……………………（225）
美髯公的画与文 ……………………………………………（235）

送平凹赴华西 …………………………………………………（238）

解读徐岳 ……………………………………………………（239）

致日本读者

　　——《白鹿原》日文版序 ……………………………（244）

柳青的警示

　　——在柳青墓前的祭词 ………………………………（246）

注钙 …………………………………………………………（248）

敞开心灵之窗 ………………………………………………（250）

回声·钟声·双刃剑 …………………………………………（252）

踏过泥泞 ……………………………………………………（254）

寻找属于自己的句子 ………………………………………（257）

关于《白鹿原》获茅盾文学奖答诗人远村问 ……………（262）

历史和现实的追问 …………………………………………（271）

跨越障碍 ……………………………………………………（274）

业已成荫的大树 ……………………………………………（277）

心灵独白 ……………………………………………………（279）

生命价值的新启示 …………………………………………（282）

王国不神秘 …………………………………………………（284）

西安人武元 …………………………………………………（290）

真情无价 ……………………………………………………（295）

从生活体验到心灵体验

　　——与《人民日报》记者高晓春的对话 ……………（298）

心灵剥离 ……………………………………………………（301）

大气·雄风 …………………………………………………（303）

在《当代》，完成了一个过程 ……………………………（307）

灵人 …………………………………………………………（309）

滔滔汉江水 …………………………………………………（312）

痴情如你 …………………………………………………（316）

人生九问 …………………………………………………（320）

蔚为壮观的诗章 …………………………………………（324）

人物才是撑起故事框架的柱梁 …………………………（327）

网上夜话 …………………………………………………（330）

我读《山河岁月》…………………………………………（338）

你写的书，让我不敢轻率翻揭 …………………………（341）

校验人生 …………………………………………………（351）

致冷梦的一封信 …………………………………………（358）

一个堂堂正正的人
　　——致徐剑铭 ………………………………………（360）

拒绝平庸
　　——答《刘琦之歌》作者的信 ………………………（363）

卓尔不群这一株 …………………………………………（366）

文学活着
　　——答《三秦都市报》记者杜晓英问 ………………（369）

说税 ………………………………………………………（373）

散文·随笔

最初的晚餐

——《生命历程中的第一次》之一

想到这件难忘的事,忽然联想到《最后的晚餐》这幅名画的名字,不过对我来说,那一次难忘的晚餐不是最后的,而是最初的一次,这就是我平生第一次陪外国人共进的晚餐。

那时候我三十出头,在公社(即现今的乡政府)学大寨正学得忙活。有一天接到省文艺创作研究室(即省作协)的电话,通知我去参加接待一个日本文化访华团。接到电话的最初一瞬就愣住了,我的第一反应是我穿什么衣服呀?我便毫不犹豫地推辞,说我在乡村学大寨的工作多么多么忙。回答说接待人名单是省革委会定的,这是"政治任务"必须完成。这就意味着不许推辞更不许含糊。

我能进入那个接待作陪的名单,是因为我在《陕西文艺》(即《延河》)上刚刚发表过两个短篇小说,都是注释演绎"阶级斗争"这个"纲"的,而且是被认为演绎注释得不错的。接待作陪的人员组成考虑到方方面面,大学革委会主任、革命演员、革命工程师等,我也算革命的工农兵业余作者。陕西最具影响的几位作家几棵大树都被整垮了,我怎么也清楚我是猴子称王地被列入……

最紧迫的事便是衣服问题。我身上穿的和包袱里包的外衣和衬衣,几乎找不到一件不打补丁的,连袜子也不例外。我那时工资三十九元,连我在内养活着一个五口之家,添一件新衣服大约两年才能做到。为接待外宾而添一件新衣造成家庭经济的失衡,太划不来了。我很快拿定主意,借。

借衣服的对象第一个便瞄中了李旭升。他和我同龄,个头高低身材粗细也都差不多。他的人样俊气且不论,平时穿戴比较讲究,我几乎没见过他衣帽邋遢的时候。他的衣服质料也总是高一档,应该说他的衣着代表着七十年代中期我们那个公社地区的最高水平。"四清"运动时,工作组对他在经济问题上的怀疑首先是由他的穿着诱发的,不贪污公款怎么能穿这么阔气的衣服?我借了一件半新的上装和裤子,虽然有点褪色却很平整,大约是哔叽料吧,我已记不清了。衬衣没有借,我的衬衣上的补丁是看不见的。

我带着这一套行头回到驻队的村子。我的三个组员(工作组)经过一番认真的审查,还是觉得太旧了点,而且再三点示我这不是个人问题,是一个"政治影响"问题,影响国家声誉的问题……其中一位老大姐第二天从家里带来了她丈夫的一套黄呢军装,硬要我穿上试试。结果连她自己也失望地摇头了,因为那套属于将军或校官的黄呢军装整个把我装饰得面目全非了,或者是我的老百姓的涣散气性把这套军装搞得不伦不类了。我最后只选用了她丈夫的一双皮鞋,稍微小了点但可以凑合。

第二天中午搭郊区公共汽车进西安,先到作家协会等候指令。《陕西文艺》副主编贺抒玉见了,又是从头到脚的一番审视,和我的那三位工作组员英雄所见一致:太旧。我没有好意思说透:就这旧衣服还是借来的。她也点示我不能马虎穿戴,这不是个人问题而是"国家影响政治影响"的大事。我从那时候直到现在都为这一点感动,大家都首先考虑国家面子。老贺随即从家里取来李若冰的蓝呢上衣,我换上以后倒很合身。老贺说很好,其他几位编辑都说好,说我整个儿都气派了。

接待作陪的事已经淡忘模糊了,外宾是些什么人也早已忘记,只记得有一位女作家,中年人,大约长我十余岁。我第一眼瞧见她首先看见的是那红嘴唇。她挨我坐着,我总是由不得看她的红嘴唇,那么红啊!我竟然暗暗替她操心,如果她单个走在街上,会不会被红卫兵逮住像剪烫发砍高跟鞋一样把她的红嘴唇给割了削了?

那顿晚餐散席之后我累极了,比学大寨拉车挑担还累。

现在,因为工作的关系我常常接待外宾并作陪吃饭,自然不再为一件衣服而惶惶奔走告借了;再说,国家的面子也不需要一个公民靠借来的衣服去撑持了;还有,我也不会为那位日本女作家的红嘴唇被削而操心担忧了,因为中国城市女人的红嘴唇已经灿若云霞红如海洋了。

尴　尬

——《生命历程中的第一次》之二

　　我的宿办合一的住屋的门框上贴着一副白纸对联,内容选用毛泽东的诗章中的摘句:借问瘟君欲何往,纸船明烛照天烧。眉批为:送瘟神。门框右上角吊着一只灯笼,也是白纸糊的。乡间通常是在死了人过白事时才用白纸写对联,那种用白纸糊的灯笼也是专门接灵送鬼的引路灯。自从被大人操纵着的孩子们用这些东西装饰了我的门面儿的那一刻起,我便立即意识到我死了。我已从轰轰烈烈的人世进入阴气逼人的冥冥之域,成为冥国鬼域的一个小鬼了。

　　那年我二十四岁。

　　我完了。我已经无数次地重复过这种自我判断。完了自然首先是指政治上完了,那时候的社会准则和生活法尺都是以政治为"纲"的,"纲"完了"目"还能张么?作为"目"的文学理想也完了。那时候我刚刚发表过七八篇散文习作,即使这样短促的夭折也都由痛苦的承受转变为乖顺的接受了。然而这阴纸对联和鬼灯整上我的房门,我发觉我原以为完了死了而沉寂的心确凿地又惶惶起来,每一次进门和出门看见这两样丧气鬼氛的东西心里就发怵,都要经受一次心灵的折磨,都在无时无刻昭示着你是鬼而不是人了。我才明白死了的自己还要一张脸,还会尴尬和难堪。

　　我到现在也搞不明白,我的那样穷困的家庭环境,怎么会给予我如此根深蒂固的爱面子的心理。我期望那些东西尽快烂掉,然而这房子却是雨淋不着风也吹不到的小套间,那些作为冥国鬼域标志的装饰物竟然保存了三个月之久。三个月里,我一日不下八次地接受它对我的心灵的警示和对脸皮的磨砺。

我最怕熟人朋友来看我,结果是最令我尴尬的姐姐和表妹先后都来光顾了。姐姐随姐夫五十年代初去青海支援建设,借了"文革"可以不上班的天赐良机第一次省亲。表妹在新疆上大学为节约路费两年都不敢回乡,逮着可以免费乘车免费吃喝的机会如愿以偿回家乡来了,自然是以革命和造反的堂皇名义归来的。姐姐引着我的小外甥进入房子,那个以调皮捣蛋而出名的小家伙一直抱着我姐姐的腰不敢松手,肯定是在进入房门瞧见鬼物而想到这是阎罗统治下的鬼魅世界了。表妹曾经和我在同一个教室里念初中,她的到来更使我自惭形秽而无地自容。她以一个大学生的昂然享受着免费旅游(串连)的革命优惠,我却已走到生命的尽头……在文化水平上姐姐和表妹尽管构成了高低两极,劝慰我的话却是惊人的一致:"想开点儿,你看看刘少奇刘澜涛都给斗了游了,咱们算啥?"

刘少奇作为国家的象征,刘澜涛则是西北地区的领导人,我过去把他们的著作和讲话稿反复学习过,他们现在却成为我落难后应该活下去的一个参照了。然而我依然对自己万分痛心万分悲伤,我不能再写文章更不敢再投稿了,我还活什么呢?

……

我后来才充分意识到这人生第一次的大尴尬对我的决定性好处。不单是脸皮磨厚了,不单是心理承受挫折的能力增强了,恰恰是作为一个企图反映社会的文学理想所不可或缺的生命体验。生命体验显然不应混同于生活体验。这种生命体验是任何哲学或政治教科书所不能给予我的。如果从个人意愿和自觉性上来讲,我肯定不会自愿选择那种毁灭性的尴尬,然而生活却把我强迫性地踢到那个尴尬的旮旯里，强迫我接受人生的这种炼狱式的洗礼。更值得庆幸的，是在我刚刚步入社会而且比较风顺的二十四岁时。当我后来逃脱尴尬而确信自己并没有完的时候，第一次生命体验便完成了。

后来，用马尔克斯的叙述程式可以说成是多年以后，我又陷入一种人生的大尴尬，我充分而又清醒地能够对自己的过失做出判断，便不像头一次那么慌乱，那么懊悔，那么简单地以为就完了，而能够保持一种沉静的心境，而且能够对自己说，完不完全在自己。尽管是一种清醒的沉静，仍然避免不了在一些特定场合的尴尬，我也清楚这种根深蒂固的爱面皮的痼疾依然附着我。两次大尴尬的经历之后，我完成了这一面和那一面的不同的生命体验，自家的直接体会就是，得按自己的心之所思去说自己的话去做自己的事了。不然——

便不说，更不做。

沉重之尘

——《生命历程中的第一次》之三

八年前的那年春节刚过,浓郁的新年佳节的气氛还弥漫在乡村里,我就迫不及待地赶到蓝田县城去查阅县志。我已经开始了一部长篇小说的孕育和构思。我想较为系统地了解我所生活着的这块土地的昨天或者说历史。县志在我看来就是一个县的历史,又是一个县的百科全书。为了避免一个县可能存在的偏狭性,我决定查阅蓝田、长安、咸宁三县县志;这三个县在地理上连结成片包围着西安,属于号称"自古帝王都"的关中这块古老土地的腹心地带,其用心不言自明。

翻阅线装的残破皱褶的县志时感觉很奇异,像是沿着一条幽深的墓穴走向远古。当我查阅到连续三本的"贞妇烈女"卷时,又感到似乎从那个墓穴进入一个空远无边碑石林立的大坟场。头一本上记载着一大批有名有姓的贞妇烈女们贞节守志的典型事例,内容大同小异事例重复文字也难免重复,然而绝对称得起字斟句酌高度凝练高度概括,列在头一名的贞妇最典型的事例也不过七八行文字,随之从卷首到卷末逐渐递减到一人只给她一行文字。第二本和第三本已经简化到没有一词一句的事迹介绍,只记着张王氏李赵氏陈刘氏的代号了,属于哪个村庄也无从查考,整整两大本就这样实扎扎印下来,没有标点更不分章节。我看这些连真实姓名也没有的代号干什么?

　　当我毫不犹豫地把这三本县志推开的一瞬,心头似悸颤了一下。我猛然想到,自从这套不断被续修续编的县志编成,任何一位后来如我的查阅者,有的可能注重在"历史沿革"卷,有的可能纯粹为探究"地理地貌",有的也许只对"物产经济"卷感兴趣,恐怕没有什么人会对那些只记录着代号的两大本能有耐心阅览。我突然对那些无以数计的代号委屈起来,她们用自己活泼泼的肉体生命〔可以肯定其中有不少身段(曲线)脸蛋肤色都很标致的漂亮的女儿〕,坚守着一个"贞"字,终其一生而在县志上争取到三厘米的位置,却没有什么人有耐心读响她们的名字,这是几重悲哀?

　　我重新把那三大本揽到眼下翻开,一页一页揭过去,一行接一行一个代号接一个代号读下去,像是排长在点名,而我点着的却是一个个幽灵的名字。那些干枯的代号全都被我点化为一个个活泼泼的生命在我的房间里舞蹈……一个个从如花似玉的花季萎缩成皱褶的抹布一样的女性,对于她们来说,人的只有一次的生命是怎样痛苦煎熬到溘然长逝的……我庄严地念着,企图让她们知道,多少多少年以后,有一个并不著名的作家向她们行了注目礼。

　　我无言以对。

　　我喘着粗气,渐次平静;我又合上那三本"贞妇烈女"卷县志,屋子里的幽灵也全部寂然;看着那三本县志,我深切地感受到了什么叫历史的灰尘,又是怎样沉重的一种灰尘啊!我的心里瞬间又泛起一个女人偷情的故事。我在乡村工作的二十年里听到过许多许多偷情的故事,有男人的也有女人的,这种民间文学的脚本通常被称作"酸黄菜",历久不衰,如果用心编撰可以搞成东方的《十日谈》。

　　我至今也搞不清楚,是那三大本里的贞妇烈女们把我潜存的那些偷情男女的故事激活了,还是那些"酸黄菜"故事里的偷情男女把这三本"贞妇烈女"卷里的人物激活了?官办的县志不惜工本记载贞妇烈女的代号和事例,民间历久不衰传播的却是荡妇淫娃的故事……这个民族的面皮和内心的分裂由来已久。

我突然电击火迸一样产生了一种艺术的灵感,眼前就幻化出一个女人来,就是后来写成的长篇小说《白鹿原》里的田小娥。

1995 年 2 月 6 日夜 西安

中国餐与地摊族

——意大利散记之一

到佛罗伦萨时,这几位中国作家全都再也忍受不了意大利式西餐了,便指使意大利司机开着车满城寻找中国餐馆。

我小有得意。是我对西餐最早最先倒了胃口,大伙起初还拿我逗乐,蒋巍(东北青年作家)说,看见忠实兄每次面对西餐的痛苦表情,我反倒更刺激起吃西餐的胃口。大伙便哈哈笑。我在首站西西里住的四天里,吃西餐很新鲜,离开这个美丽的孤岛之后便开始倒胃,每一顿西餐中唯一觉得可口的只有那种烤得焦黄酥脆的面包,而这种面包是自助早餐花样众多的面包族里最廉价的一种,类似于母亲在乡下的灶锅下用麦秸火烤干的馍馍。后来经过威尼斯、米兰再到佛罗伦萨,代表团的几位作家便一个接一个都控诉西餐的要命了,再也没有谁要笑我们"乡村土胃"了。我的小小得意也不必说出口,其实靠吃中国饭长到这个年纪的中国人,恐怕谁也很难使胃口一下子调整到洋西餐上来,吃稀罕当然可以,赖以为生就受罪了——五十步笑百步。

追寻中国餐馆不仅让受罪的胃得到了满足,意外的收获是让我真切地接触了几家在意大利的中国人。

在一条记不清叫什么名字的街道上找到了一家门面不大的中国餐馆。餐馆的名字也记不起来了。中国餐馆其实很好找,不仅是因为多,而且是汉字招牌之十分突出十分显眼。即使在天黑,即使街巷里灯光依稀昏暗,无论大街无论僻巷,一枚筒状的灯罩上几个蓝色或红色的汉字所标示的餐馆的名字,在满街满巷的意大利文招牌中,恰如中国城市里走过一个或几个金发碧眼的欧美白种人一样醒目易辨。

这家中国餐馆门面不大,也就是那种窄巴的小两间。老板是位青年男子,见我们进来并不显得十分热情,比招待一般客人热烈的程度有限。招呼我们坐下,一位更年轻的男招待便送来茶水,并问询点菜,随之又回前台给老板报菜去了。我们几位便坐下喝茶。年轻的男招待旋即又来了,瞅着我的脸问,中国作家代表团里有没有一位陈先生。我被人称呼惯了同志和老师(当过小、中学教师),却依然不能习惯先生的称呼。当他得到我就是陈先生的确认后,便喜形于色地到前台向年轻老板回报去了。年轻老板就来到我们的餐桌旁,说他刚刚看过中国侨联发行到海外华人中间的《侨声报》,报纸上有介绍我的文章,还配着我的一幅肖像图画,他是从那图画和我的脸孔对上号的。我也顿生奇异,讨过那张报纸,文章是中国作家协会李炳银朋友写的,那插图却是一幅漫画肖像,对我脸形和脸上的几道皱痕极尽夸张,连我都忍不住笑我的丑陋了。男招待和年轻老板都很得意各自观察顾客的眼底功夫。我也真佩服了漫画艺术的魅力,对我丑陋脸形和丑陋皱痕的极端性夸张,更使读者容易抓住特征,也使我无法躲避。

女老板接着来了。女老板被介绍说是年轻男老板的妻子。女老板不仅年轻也很漂亮,白皙的脸上皮肤,温柔敦厚的神色,没有夸张矫饰的热情,握手介绍认识之后便坐下拉起家常来。我这里之所以选择一个"拉家常"的词汇,确凿是和她交谈时的感觉,经过一年时间的沉淀后回忆那情景依然觉得是一种没有任何矫情娇气的交流。我们几位已经逛过意大利四个城市,全都在经过翻译的语言过滤中和意大利人做"学前班式"的交谈,都希望能直接说话而厌倦了那种过滤式的翻译,大家便争相争宠似的向女老板发问。

女老板姓王,中国温州籍,六八级初中生,丈夫和她同籍同乡同等学力,而且都"上山下乡"接受过锻炼。他们大约八十年代中期闯到意大利,落脚在佛罗伦萨,做餐馆生意,经营运气不错,已经买下这个两间门面的餐馆了。她和他都说经营靠运气,和她同样开餐馆的一位同乡已经破产且负债累累,论起精明和方方面面,似乎并不在他们两口子之下。她和他就特别庆幸自己的运气。她和他已经把属于各自那个系列的亲戚引到意大利三十多个人,大都在佛罗伦萨做事。他们对这些亲友的帮衬办法类似于互济会,大家给某个初来者凑一笔钱,帮他谋划一个挣钱的项目,然后由他去经营,到他赚了钱以后再偿还。这样的互济手段居然十有八九都获得成功,他们夫妇两大干系的亲友三十多人在佛罗伦萨不仅站住了脚跟,而且还都混得可以。

令我惊讶的是,这位女老板八十高龄的母亲早已移居佛罗伦萨,刚刚回温州探亲去了。从北京到意大利三次换乘飞机旅途折腾二十七八个小时,我们几个人来时全都累得难以支撑,而这位年过八旬的温州老太太几乎每年都要做一次佛罗伦萨到温州的往返旅行,真是够精神的了。

她说她挣是挣了一点钱,然而也累得够呛,从早到晚都需要小心谨慎地做好每一件事。到了晚上关门之后,心底的寂寞也日复一日年复一年地加深加重。"忙活一天晚上打开电视想轻松一下,看不了一会儿突然在心里冒出一句,电视上说的这些事与我有什么关系?马上就觉得虽然身在这个国家,仍然是无法跟这个国家贴近。这样长年累月下去,你说人的心里会是什么感觉?"她很真诚地反诘,显然不是要我和我的朋友回答的,只是需要一种交流和理解。

她说八十年代初刚来佛罗伦萨时,这个城市的华人不过二三百人,中餐馆也只有几家,几年间,通过合法和不合法的移民手段,这个古老的却够不上大都市的佛罗伦萨城里,根本无法统计有多少中国人,中国餐馆已经接近三位数了。更惊人的是,她说罗马城里已有近二百家中国餐馆,有多少中国人就更难以估计了。急骤增加的华人多数属于非法移民,多数是从德国、法国转道偷渡到这个亚平宁半岛上来的。据说在欧洲,意大利对待非法移民的处治措施是最宽松的,德、法严厉甚至可以说惨无人道,所以那些没有技术专长,文化不高的偷渡者有的是自己跑到意大利,有的是被上述国家驱赶过边境的。其中许多人在罗马等大都市的郊区租赁尽可能便宜的地下室开办皮货作坊,雇工当然也是中国青年,因为无证生产自然属于秘密状态,拿我们的习惯称呼为"地下黑工厂"。这些作坊的产品往往敢于贴上名牌的标签招摇上市。警方的打击也是周期性的一松一紧,类似于我们国内每隔一段时间便搞一次"集中突袭"行动。每当此时,这些作坊主和雇工便闻风而逃,关了作坊门,背上麦包逃遁到郊区的山林里风餐露宿,多则一周,少则三五天风声一过,他们又悄悄返回城里潜入地下继续作业。比起这些地下作坊的人来,他们两口子已算是很值得羡慕的了,生意经营得不错,早已取得合法居住的权利,而且雇用着一个意大利女孩招待。

后来到了罗马,我们有了随意逛街的机会,在商业区,在旅游景点,常常能够看到许多摆地摊的男女青年,地上铺一张约一米见方的塑料单子,有的摆置的是各种式样的打火机,有的摆着儿童玩具,有的就只有单调的雨伞,屁股下坐着一只自我装备和储存货物的大提包。这些摆摊族里的中国青年一眼就可以辨认出来。另外就是黑人,据介绍说多是埃塞俄比亚的偷渡者,以这两种人为地摊族的主体,另有一些棕色的脸色混杂其中。我和蒋巍企图和一位在垃圾箱盖上摆着打火机的中年女同胞拉话,她在问清我俩的身份后反倒说出一些心里不大平衡的话:"你别以为我做这营生丢人,我一月挣一千美金,就卖这打火机就挣这么多,比国内挣得多。"我和蒋巍便再说不成什么话。转身走去的一瞬,这女人慌慌匆匆用塑料单裹了打火机混入人群溜掉了,我随即看见一个巡警正迎面走过来,我的心里便有一种说不清是什么滋味的难受。

说来每每看见那些地摊族,不用问,除了中国人便是埃塞俄比亚人。我自然知道埃塞俄比亚即使在经济发展滞缓的非洲都是最贫穷落后的国家,我们的年轻的同胞就无可选择地与埃塞俄比亚青年坐地成为一摊之族了。我那时候心里的感觉确实昂扬不起来,倒是切实地感觉到了国家和民族的某种十分强烈的概念,心头涌起一种虔诚的呼唤,哦哦! 让我们的国家快快繁荣富强起来,让我们的黑头发黑眼睛的子孙最起码不要到别人脚下去摆地摊,不要做被警察驱逐追赶的兔子,慌忙逃溜的动作失丢的绝不仅仅是他们个人的风度……

在罗马遇到另一种生活形态的中国青年人,她叫卢放,在西南某医学院毕业后到罗马某大学进修意大利语,毕业后被一家意大利人开的中医医院聘任,而且已取得永久居住权。她很有涵养,很高兴给我们充当和两位意大利女孩交谈的翻译,据说她的月收入也是一千美元,然而她的自信和内秀构成一种明显的东方女性的魅力,她的谈吐和气质令那两个意国女郎也由衷钦敬。然而像她这样的同胞又能占那些开地下作坊和摆地摊的几十分之一呢?

在米兰的一家中国餐馆听到一件更令人无言以对的事。这位女老板是荷兰籍的老华侨后裔,几年前到米兰来开办了一家中餐馆,生意不错。她被恐吓威逼,损失了一笔款子。干这种类同绑票勾当的正好又是中国人,似乎还有一个什么"红色旅"的暴力组织。女老板不愿意说出更具体的详情,似乎不单单是被威胁的苦衷。她摇摇头无奈地说,这些中国孩子盲目跑到这里来,没有专长也没有技术,有的就是连初中也没念完的农村孩子,能干什么呢? 摆地摊虽然不大体面,总还算自食其力挣钱吃饭,一些连任何苦也不想吃的人,除了抢劫冒险还能怎么活?

意大利的"黑手党"名噪全球。现在又有了一个"红色旅",中国偷渡过去的年轻人的暴力组织,施暴的对象几乎都是赚了钱发了财的华人,我又能再发什么慨叹呢?当然,说穿了,所谓什么"红色旅",不过是一帮一伙纠集起来的小股子偷匪蟊贼罢了,和"黑手党"不能相提并论。然而我又想着我们这个古老而伟大的民族总是向欧洲输送摆地摊的"族员"的现象,何时才能自然中止呢?且不说"红色旅"之流。

我在西安几所大学和大学生对话时,总是忍不住超出文学的话题而引出这一段见闻,对于意大利风光反倒无心描述了。

我发觉我的这些见闻和感慨几乎无一例外地引起大学生们的强烈呼应,既有文科也有理科的同学,正是在那种强烈的呼应里,我从意大利回来潜隐在心灵深处的那种挫伤得到了弥补,感到了一种真切的希望。

破禁放足不做囚

本文的标题是我致答一位朋友赠诗中的一句。理不清是这句诗勾起了我十年前出访泰国时的一件小事，还是那件小事引出来这句诗，这都无关宏旨。有关泰国的许多记忆虽然至今难以泯灭，然而，独有这件小事却常常因为生活的某些感应泛上心头，尤其鲜活。

那是在曼谷，我们中国作家代表团一行七人去逛一家超级商场。一九八五年时中国还没有一家超级商场，我们很想见识一下所谓"超级"的真实面目。完全是"逛"，是看，谁也没打算到超级商场里买什么物品留作纪念的，个中缘由却完全一致，七个中国当代作家的腰包同等羞涩，没有超过一百美元的。在那样的超级市场里，只能逛，逛是不花钱的。

逛到那层专卖皮鞋的大厅时，作家郑万隆对我说，咱俩来做个小调查，数一数从咱们面前走过去的三十或者四十个人，看看能有几个人穿的衣服是一样的？我听了觉得很有趣儿，便瞅着从我们面前的过道上过来过去穿梭着的男女，数过五十多人，竟然没有发现在衣服裤子鞋子的色彩式样上完全一样的两个人。郑万隆调查的结果也是这样。我们俩笑笑，又去继续纯属逛的活动了。

两个中国作家站在曼谷一家超级市场上所做的这个小小动作，在今天的任何一个中国青年都不会感兴趣，甚至会觉得幼稚好笑，因为你现在站在中国的无论南方或北方的任何一家商厦里，也很难找到两个服饰完全一致的人了。然而十年前,我在做着那个小调查的时候却是兴趣十足的,对调查的结果也是大为惊诧的。那时候,我们的改革正处于启动阶段,新颖的思潮和陈旧的观念在社会生活的一切领域发生着剧烈的大冲撞。从南方到北方,从繁华的城市到偏远的山寨,从各级党政决策的大小会议到每一个家庭,都在取和舍的选择上,发生着大到国家民族前途命运、小到两代人的生存方式的真实的冲突。大街上依然是蓝、灰、黄色的中山装为主流色彩和坐庄的式样,尽管当时的党和国家领导人慷慨激昂地鼓励他的党员和人民穿西装,而且自己带头穿西装打领带做表率,不遗余力进行倡导,甚至不惜借电视当西装模特,然而大街上着西装者毕竟寥寥无几。为打破清一色的中山装和由中山装稍做修改而成的红卫服,党和国家领导人都得做出如此非凡的举动,我和郑万隆对于曼谷人五彩纷呈的服装所感到的新鲜和惊诧,也就不足为奇了,甚至可以说是这十年生活演进过程中的一个必须经历的阶段性心态。

这件在今天看来很可笑的小事,却常常给我以远远超出这件事本身的启示。进入八十年代时,西方青年的喇叭裤开始进入中国的城市,如果我没有记错,应该说这是解放四十多年来中国人的服装样式所遭遇的最严重的一次冲击。记得当时的报纸上曾为此发表过许多讨论文章,交锋的双方各执一端,焦点则是喇叭裤算不算是资产阶级奇装异服,准不准在中国流行……在今天看来,可笑不可笑?不管怎样可笑,这是十年前我们社会生活的真实,由这个可笑的事,完全可以推及更多更大的政治、政策、文艺、教育等方面相类似的事情。不要轻淡地以为只是可笑,它足以引发人思索我们由观念的更新所引起的大到社会争论、深刻到每一个人的心理秩序的重新安排,难道不是这样吗?

由此我又想到更久远的一件事。那是在世界外交史上闻名的毛泽东的"乒乓外交",即"小球"转动"大球"的事件发生时的一个小小插曲。周恩来接见第一次访华的美国乒乓球队员时,一位留着披肩长发的美国小伙子用手指着自己的脑袋问周恩来,对他的这头长发有何看法？周恩来说了一句既不表示赞赏也不表示厌恶的外交辞令式的话。这件小插曲是我去听党内政治报告时传达的,我对周恩来的那句机智幽默的回答钦佩极了,因为作传达报告的人在附加的解释中,称那位留长发的美国小伙子为"颓废派青年",披肩长发正是"颓废派一代"的标志。中国当时的"文革"正进入最残酷的斗争阶段,面对一个美国青年的长发,一个大国总理也不敢表示赞赏,表示了之后就可能成为那些早已对他虎视眈眈者的罪证；然而为了中国与美国的建交,又不能说出让客人扫兴的话,便只好如此。那时我所感到的"机智"后来就看成是一种悲哀,一个大国总理对一个美国毛猴子的头发都不能做最简洁坦率的表态,是周恩来的悲哀还是一个大国的悲哀？

值得欢欣庆幸的是,对人们服饰色彩、服装式样的"阶级分析阶级斗争"式的关注,终于从当代中国的社会生活里剥离出去了。人们——男人女人老人和青年,都可随心所欲按照自己的喜好选择衣物了,再不用担心谁的"穿着打扮也有阶级斗争"的大棒迎头盖脑抽击了。任何一个国家的青年再不会以自己的奇装异服和奇特的发式来炫耀来为难中国本届总理了,他们会发现中国人(尤其是城市)的衣着装扮已经基本赶上了世界潮流。

这件小事给我的感慨绝非偶然,我很自然地想到"辛亥革命"后举国上下的男人剪辫子和女人的放足运动。那时候的问题是全国性的问题,即剪了辫子的男人还算不算男人,不再裹足的女人还是不是女人？问题严重到整个社会、整个城镇和乡村都似乎陷入民族末日的悲凉之中……人们终于发现,丢了辫子和撇开了裹脚布的中国人非但没有完结,反而更健美了。不幸的是,解放以来的人民装中山装红卫装(大同小异),也已变成一种类似于辫子和裹足那样象征着主义和道德的标志,非此即彼——非此即为大逆,即不忠,即不贞,即为修正主义或资产阶级。从一种封闭又陷入另一种封闭,自我封闭无异于自我毁灭。十余年后,当我们回味这些看来已经十分可笑的事情时,确实感到了一种进步的艰难。

造成艰难的根本缘由在于,陈旧的偏见的甚至畸形的观念对整个民族的心理制约。久而久之的制约所形成的固定的心理结构和思维定式,由此而产生的社会和道德的错误判断。这才是小至一件服饰一种发型的变异都会引发社会广泛舆论的全部因由,更不要说政治、政策、教育、文艺的发展变化了。只要稍微回忆十余年来改革在各个领域各个行业所经历的焦点性争论,真是令人感慨系之。

"让思想冲破牢笼……"

《国际歌》这样召唤我们,破禁放足穿西装打破铁饭碗实行市场经济,其实质就是让思想冲破牢笼,冲破陈旧的偏狭的错误的牢笼,去寻求科学。符合社会的自然的发展规律的科学,才是我们唯一的遵循。

一九九五年初,我在给一位友人的赠诗所作的和诗中有两句,抄摘下来作为本文的结束,也为新的一年开端而明志——

　　拭目扪心史为鉴,
　　破禁放足不做囚。

1995 年 2 月 15 日　西安

创造礼赞

汽车在渭北高原的牛车土路上趔趔趄趄前进,我总是联想到一个洋妞尖锥似的高跟皮鞋在泥泞里的滑稽。窗外是北方冰封地冻万木萧条的隆冬季节,绣织着麦苗油菜的高原像一个沉郁洞达的老人。我终于架不住卫平激扬热烈的情绪的煽动而跃跃赶到铜川,来看一个持续了三年即将告竣的引水工程。清凛的空气如此纯净,我宁可忍受寒冷而摇开窗玻璃,才终于惊悟自己并非完全因为卫平的煽动,也是自己在熙攘的城市里吸进了太多的污尘浊气,企盼田野醇净的清风冲刷我被城市污浊充斥的肺叶。

在桃曲坡有一个依山为堰堵截作坝的水库,属于这个引水工程的配套工程;秃山连绵,沮水在石山之中蜿蜒游龙;山是青石山,不见长树只有酸枣棵子成丛成簇。工程的设计者踏勘辩证,把一个十四公里长的地下引水隧道的道口选定在这里。外行的我简单想来,就是依赖桃曲坡水库积蓄沮水以抬高水位,然后通过这条隧道把这条清流引进铜川市,那个高原城市二十余万男女用水缸水瓮蓄水用水的原始生存方式将宣告到此为止。

跨过一道横越沮河连接两山的索道式桥梁,渠道也就把清流悬空从这边山过渡到那边的原。隧道开口并不雄伟壮观,四方开口,像我这样的个头需猫腰才能进去,十四公里的隧道穿过的地层多为青石,地表上有生长庄稼的田垄和人群聚居的古老村庄,在整整两年地下的爆破和锤钻钢钎的锻击声中,那些在田野里收割的农人、在乡村土道上上学的孩子、在火炕上酣睡的乡民,可曾听到过从地层深处震撼到镰刀上和枕头上的力量和意志的震感？田野绿了又秃了,土路湿了又干了,火炕热了又凉了,春夏秋冬轮回了多少年,那古原腹心里炸药的爆炸日夜不息,那在地心锤击锻打的叮叮当当的铁锤与钢钎的奏鸣没有间断,十四公里的隧道一尺一尺一米一米从沮水河边跃进了铜川城里。

有几位穿戴破旧的青年和中年农民,还在洞口的水渠上用水泥弥补盖板间的缝隙,有点散涣,并不紧张,叼着烟谝着笑话做着细工活儿。我在想一个无法证实的问题,是谁在这个隧道口挖下第一镢头的？是前来庆祝开工的市上领导还是一位普通工人？无论是书记是市长是工人抑或只是一位民工,他终生肯定都不会忘记这头一镢头的,人一生能遇到一次这样的崇高的机会就很值得庆幸了。

阅读这本记述这项工程的建设者事迹的报告文学书稿是后来的事。在参观过引水工程的几个组成大项目的时候,我心里自然会想到那些英雄的建设者经历了怎样的艰难而征服了困难,尽管已经有了这样的情感准备,仍然被书稿里所描写的建设者们的事迹掀起一阵又一阵情感的波浪。有为民赴命的党政领导干部,有心怀宏图的水利专家,有久经开山战场的施工队伍,还有无以数计的民工,且不说国务院和省委省政府的领导人的关切之情了。

阅读完这部报告文学书稿后我又突发痴想,这个引水工程是一部长篇小说,一部昂扬壮观的史诗,所有为它呕心沥血的建设者著成了这部气贯长虹的史诗,他们和他们的作品铸成铜川古关的一座不朽的丰碑。作家写作文学作品的长篇小说,省、市、地、县的党政领导也在他们管辖的大地上写作长篇小说,一条高速公路或一条新铺就的铁道,一座矿山的开掘和一口油井的喷射,一个大型水利工程的筑建和千古荒漠的绿化,等等等等,就是他为官谋政写在三秦大地上的一部又一部辉煌巨著。

　　一个二十多万人口的古老的铜川,那里以煤矿工人为主体的老少男女,家家都备有几个大瓮和大缸用来储存生命之水。据说到百日大旱的三伏,一旦发现水龙头里有了龙涎玉液,整个居民楼整条街巷都会男欢女呼起来,储水成为最急迫的事情。尤其是过年过节,首先要准备的年货居然是水……如果这些关于缺水的传说没有太多的夸大,我确是万万料想不到铜川人为水而受苦到如此程度,现代化工业、农业、商业发展所受到的制约就更是可以想象的了。

　　于是就有为民请命的领导者赴命了。

　　于是就有了舍家忘身的水利专家亢奋激昂了。

　　于是就有凿洞大军艰苦卓绝地奋斗了。

　　于是就有干部、党员、老人、孩子踊跃捐款集资的义举了。

　　于是就成就了一项大事业。一个截断缺水历史开创新生活的清澈甜润的畅想曲。

　　生活尽管多样化复杂化,然而生活在前进;前进的生活一年比一年更美好,依靠创造者无私的创造;今天的生活明天就成为历史,历史无情;历史无情地湮灭淘汰平庸者,历史只敬重诚实的创造者,哪怕只是一个平民。

1995 年春

贞节带与斗兽场

——意大利散记之二

在关中乡村流传的许多"酸黄菜"式的民间笑话里,有一个放心带的故事,说有位商人四季出远门做生意,那时交通工具不发达,顶好顶快也就是轿子马车或单骑骡子,往返很费时日,多则三月半载,至少也少不了月里四十。他一出门,就把大妻小妾留在家里守活寡,终于听到了大妻状告小妾与用人有不干不净的事情。处置这种辱没门庭的事对于商人来说非常简单,辞退一个休掉另一个就是了。然而麻烦接着发生,小妾随之也向商人打上小报告,说大妻与长工有染。商人在恼火万状中反倒醒悟,把大妻小妾都休了可以再娶,把用人长工全部辞退再雇新的人来也不困难,问题在于自己一出远门就旷日持久,再娶的妻妾与新雇的长工用人再发生偷情的事怎么办?于是商人终于苦思冥想出一条万全之策,在他又要出门进行商务活动之前一夜,把两件铁打的放心链子强迫大妻和小妾套锁到下身,然后便放心地出门上路了。

这个商人与小镇铁匠铺的铁匠共同设计锻造的安全带或者叫放心链的东西是个什么形状,传说笑话里很含糊,任何听取这个笑话的人,在痛快淋漓地笑过之后,并不认真去研究那个铁链钢带的实际可行性,笑过也就完了。然而,万万始料不及的事不期而遇,在意大利国家博物馆里,我看到这样一件中国乡村笑话里的钢铁锁链式的带子,名字叫贞节带。

那是一条类似于健美运动员穿的那种简化到只护苦阴部的带子,不过不是任何纺织布料而是坚硬的钢铁。一块一片真正的钢铁连缀成一条腰带,是用来箍绑女人的腰的;同样的钢铁薄片连结成一条带子,一头与前腰的铁带相连结,通过腹部兜住阴部和屁股,再和后腰里箍缠的铁带相扣接。兜着屁股的铁片中间留着一个空心大孔,肯定是设计和制作者为大便通过的悉心设计;而最富于匠心竭尽智慧显示天才的设计,自然是表现在最核心最要害的部位,即对女人生殖器的防卫措施,那儿的铁片同样留着一个孔,无须阐释便可以想到是给小便的出路;那孔是竖立式扁长形状,宽窄的估计和把握也经过精心的算计,即不容许任何男性生殖器通过;最绝的活儿是在扁孔的边沿上,有一圈倒立起来的约二寸长的三角形尖刺,其锋锐的程度有如锥尖锯牙……想想有哪个情种能够对抗这道监守围墙的钢铁蒺藜?设想某个风流种子看到这钢铁蒺藜时会是怎样的猴急猴急?而被扎上这道钢铁蒺藜式的贞节带的女人又是怎样的心理和生理的屈辱和痛苦?

这件匠心独运的钢铁作品挂在意大利国家博物馆的墙上,外面用一只玻璃罩子罩着;如果不是在一个国家级的博物馆里看到这样一件展品,我也许会怀疑是某个恶作剧者的游戏之作,类似于中国乡村民间笑话里的虚拟之物。我在这一刹那突然明白了什么叫欧洲的中世纪;中世纪的全部黑暗和野蛮浓缩具象为这件贞节带,正是中世纪挥舞的旗帜。

据说这件贞节带主要是为罗马帝国的大将军小士官们铸造的。在他们出征另一个民族的前夜,先用这件万无一失的钢铁制品封锁了自己妻子的阴户,然后才放心地扛着盾牌和利矛去进行征服之战。到他们征服了也践踏了一个民族的尊严和家园而凯旋归来时,在接受国王的嘉奖之后,回到家便掏出钥匙打开妻子腰里贞节带上的锁子。我又陡生疑问,如果某个将军或团长、旅长、营长战死在异国他乡的沙场上了,那么他妻子的这副贞节带恐怕就要箍勒到死而无法解除了,因为唯一的那把钥匙只能由丈夫装在腰里,他死了钥匙也就和腐烂的肌肉一起埋入泥土。腰际和阴部戴着这种钢铁锁链的女人如何睡觉怎么行走?如何日复一日无时无刻不在承受肉体的折磨和心灵的屈辱?漫长的人生之路对她们来说将意味着什么?

我想用相机拍下这件中世纪挥舞过的旗帜,结果被告知说不许拍照。敢于把这么一件怪物堂而皇之展览在国家博物馆里,主办者的勇气和坦率已经令我钦佩,而不许拍照的禁令却让我留下遗憾。我便久久注视这件怪物,我在想到我家乡那个民间笑话的同时,又想起来我刚刚出版的长篇小说里头的一个女人,这个女人惹得某些脸孔一本正经而臀部还残留着"忠"字的当代中国人老大不顺眼。

我在查阅《蓝田县志》时查到了三大本的"贞妇烈女"卷。第一本上全部记录着某村某妇女夫死守节抚养儿子孝顺公婆的千篇一律的事例,第二第三本里只记载着张王氏李赵氏的代号式的名字,我索然无味便一把推开。推开的一瞬心里突然悸颤了一下,想到多少年来凡是来此查阅县志的人,恐怕没有谁会有耐心读完两大本人物名字,而且不是真实名字仅仅只是两个姓氏合成的代号。我忽然对那些贞妇烈女委屈起来,她们以自己活泼泼的血肉之躯换取了县志上不足三厘米的位置,结果是谁也没有耐心阅读她们。我便一行一行一字一字看下去,如果这些屈死鬼牺牲品们幽灵尚在,当会知道在她们死去多少多少年后,终于有一个从来不敢标榜著名的作家向她们行了注目礼……田小娥的形象就在那一刻里产生了。

我们漫长到可资骄傲于任何民族的文明史中,最不文明最见不得人的创造恐怕当属对女人的灵与性的扼杀,我们有称得经典的伦理纲常和为推行这经典而俗化了的《女儿经》,然而我们似乎没有设计制造贞节带的记载。我们有贞节牌,我们有县志上的"贞妇烈女"卷,我们以奖励为主导方式弘扬那些嫁鸡随鸡嫁狗随狗、鸡狗早夭了还为鸡狗守节守志的女人们。南欧的罗马人不如我们含蓄也不懂得以褒奖为主的方法,赤裸裸锻打出来这么一种钢铁家伙去强行封堵。历史证明了我们祖宗的高明和罗马人的简单甚至可以说愚蠢,他们那样招人眼目的锁链不久(对历史而言)就被彻底废除了,而我们祖先行之有效的方法却延续到本世纪之初,比他们的寿命悠久了几个世纪。我所查阅的几个县的县志大都是抗战前编修的,依然堂而皇之不惜工本弘扬着代号们为鸡狗殉道的节和志,即使从"五四"算起也有十多二十年了,还在依然故我地立贞节牌进登县志……我便有个恶毒的想法,在我们的博物馆里,起码在妇女解放史的专题性展览馆里,应该展出县志上的"贞妇烈女"卷本,这东西与罗马人的贞节带有异曲同工之妙。

……

此前我曾参观过古罗马斗兽场。这个闻名古今闻名东方西方的斗兽场,在我远远地瞅见它的断垣残壁时竟无任何惊讶与新奇的感觉,对比起来远远不及贞节带对我灵魂的震慑。这原因恐怕在于中学的历史教师。

年轻的历史教员是一位非常优秀的老师,然而他无论如何也无法解决中国历史和世界历史进程中枯燥无趣的纪年或频繁如麻的王朝更迭的事件。一当讲到中世纪的黑暗和野蛮时,对古罗马斗兽场的情景却讲得有声有色,生动得使我几乎忘记了这是在上历史课。野兽从怎样的地下暗道被放逐出来,奴隶又从怎样的地下囚室爬到场地上与野兽搏斗,我听得毛发倒竖惊心动魄,这主要出自幼年时对野兽的恐惧。我们家乡最凶恶残忍的兽类只有狼,而狮子老虎比起狼来又厉害多少倍呀!一个奴隶面对一只饿过多日的狮子老虎直到被撕成碎块连骨带肉吞噬下去的情景,即使最缺乏想象力又缺乏同情心的人也要闭上眼睛。

也许是我上了些年岁,对野兽的残暴多了一些承受力,直到我站在古罗马斗兽场的场地上时,竟然是一种冷寂心境。我很自然地企图印证历史老师的描绘,企图印证小说《斯巴达克斯》的描写和同名电影里的印象,而眼下的一切都面目全非了。圈形的高耸的围墙大部分坍塌,残缺不全,如同一只凶兽牙齿七零八落豁豁牙牙的嘴;场内的看台也大都坍塌了,依然可以看出那个时候国王贵妃和普通看客的尊卑台阶;囚禁奴隶关锁野兽的地下洞穴也塌窒了,兽和人放逐出来的通道壕沟也壅塞不畅了……历史把鲜红的血和苦涩的泪已经风干风化,历史演进中人类的耻辱也被风吹日蚀得只余一张空干的破皮了。

我的年轻的历史老师绘声绘色讲述人类历史上最野蛮的这一幕情景时,肯定不会料想到一个背馍上学一日三餐全是开水泡馍的听讲学生,以后会站在真实的斗兽场的废址上印证他生动的讲述。又怎能完全冷寂呢?

当希特勒、墨索里尼和东条英机把整个世界变成一个大斗兽场的时候,当我们在某个时期以"文化大革命"的名义鼓动人与假想的敌人搏斗的时候,人类的如斗兽场的发明者的本性在多次重复演练,才是真正令人触目惊心的。

……

贞节带是一种理论和法律的产物,贞节牌同样是一种观念和道德法绳的产物,同样残忍同等野蛮,然而在它们产生的那个时代却同样堂皇,同样神圣,同样合理;斗兽场和希特勒和东条英机同样自信他们的理论和这理论掀起的屠杀奴隶屠杀世界的战争;"文革"的阶级斗争已无须批判……各个民族生存发展史中留下来的耻辱都钉到耻辱柱上了,然而那钉住的其实只是一张风干了的再无任何蛊惑力量的破皮。

幽灵呢？破皮风干之前原有的幽灵还有没有呢？会不会在某天早晨以一种更具蛊惑力量的装饰，重新向这个世界挥舞贞节带？

1995 年 6 月 28 日　西安雍村

那边的世界静悄悄

——美、加散记之一

按照国内某些传媒和传闻给人的先入为主的印象,像美国和加拿大这些属于自由世界的国家,一切都是自由的,自由到想干什么就干什么完全随心所欲的形态,甚至自由到混乱无序的程度。走马观花式地到这两个国家走了一趟,才发现满不是那么一回事,似乎也根本不像国人对自由的想当然式的理解,反而觉得那边的人起码在某些方面还很呆板,某些方面还不如国内自由。

我们说得最多的是言论自由,可以在大街上骂总统而不担心被传讯。我所走过的五六个城市没有看见谁这样骂过,甚至连一起吵架骂仗的场面也没有发现。在纽约的地铁车厢里,无论白人黑人和黄皮肤的亚洲人,大家都静悄悄地坐着或站着,有的看书有的看报纸,什么也不看的人就呆呆地端端地坐着或站着,没有人说话,没有旁若无人声贯车厢的交谈,更没有肆无忌惮的浪谝和浪笑,偶尔有认识的人打招呼或说点什么,也是轻微到只让对方听见就行了。有时很空有时又很挤的车厢里都是静悄悄的,只有火车穿行在地下隧道里的机械运行时单调的回响,就这么二十四小时昼夜不停地运行着。据说美国法律没有关于在地铁里大声喧哗违法的条律,车厢里也没有张贴悬挂不许喧哗、不许吐痰、不许乱扔果皮纸屑的牌子。大家都不说话显然不是美国种系的人生性寡言,也不是法律制约或罚款强迫制裁的结果,那是一种社会生活的无形的公约,自然的习惯,个人的修养。你大声喧哗、浪说、浪谝、浪笑干扰了别人,你也同时会被别人在心里斥为缺乏修养的人而不受尊敬。

有次在地铁里碰到一位演说的黑人,他肯定是从前面的车厢窜到我坐的这节车厢,放下一只黑提包就开始了讲演。我听不懂英语,但从他说话的腔调说话时的表情和打出的颇为有力的手势来判断,对什么事义愤不平因而情绪激昂慷慨。陪我的朋友悄悄告诉我,这个黑人在骂纽约市市长。说那个混蛋市长竞选时曾许诺改善失业者的生活,结果是当上了市长就把许诺忘记了,失业者的救济金没有增加一个钢镚儿……令我惊讶的是,他的长达十余分钟的演讲过程中,车厢里寂然无声,看书读报的人依然津津有味地阅读,闭目养神的人懒得睁开眼睛,无论白人或黑人,几乎没有谁有兴趣看演讲者一眼,更没有凑热闹瞎起哄的现象。那黑人演讲完毕就从皮包里掏出一件什么小物品推销,一件也没有售出,就提着包窜到后边一节车厢去了。他走了,车厢里仍然没有丝毫反应,对黑人演讲者的行为没有任何褒贬和议论。是美国人对这种事见多不怪习以为常,还是生性冷漠?

在人群聚集的所有场合,没有我们的城市里那种嘈杂的市声。无论大饭店或小饭铺,无论白人开的西餐馆或华人开的中餐馆,食客选好食物就坐在餐桌上静静地吃喝,没有猜拳行令,没有喧哗,即使结伴而来的三五朋友在一桌进餐,交谈也是小声地进行,绝不影响邻近餐桌的食客……为了贴近美国社会生活的各个角落,我坐火车也坐公共汽车,所有这些公众场合,男男女女的乘客也都和地铁饭馆里一样安静地旅行或进食,使人感到一种清静、一种轻松、一种和谐。

而居民聚居区更是一种难以理解的静谧。在大波士顿的一个中产偏下阶层聚居的小城里,各式各色的尖顶木板小楼房栉比鳞次,一般都是三层或二层的私有住宅。我住在一位华人家里,首先惊讶的便是这里的安静,从早到晚听不见人的说话的声音,不必说引车卖浆提篮卖蛋的吆喝,连孩子的嬉耍的声音也听不到。早晨起来走出后门,树上是一片鸟鸣,邻近的一位看去年过七旬的老头往草地上撒着面包渣儿,鸟儿便从树上扑落下来,在老人脚下啄食早餐。松鼠也从树上溜下来,与鸟儿争食。凡有街树的地方,到处都可以看见松鼠在树枝间跳跃,动物和鸟儿对居民的信赖达到了无防无虑的状态。

这个几万人聚居的城镇从早到晚都是悄悄静静的,家家的汽车来也悄然无声,走也悄然无声,没有喇叭鸣笛之声。唯一破坏这宁静的是偶尔传来的狗叫,美国人爱养狗,一般都在屋子的狗居室里,但每天都要遛狗,狗的叫声大都是遛狗时牵出屋子的叫声。在这里住着,我望着稠密的尖顶楼群,对这里的安静总有一种不可思议的感觉,总是无端怀疑那些漂亮的建筑物里是否都有人居住,然而从家家门口停放的汽车判断是不容置疑的。人居住在这样恬静的环境里,即使有什么窝火的情绪也都容易平息舒缓下来,起码有利于心血管脑血管有毛病的人养息。

如果说公众场合的良好秩序凭的是每个公民的自觉来维持,那么对酒的严格限制却带有法律的严肃性制约。美国的大小餐馆都不许售酒,各种饮料应有尽有,可乐咖啡果汁等等,都是不含酒精的,连啤酒也不许在餐馆销售,一边吃饭一边喝酒是不可能的。酒类只许在酒的专卖店和酒吧里销售,那里有世界各国的名牌酒供你选择,然而晚上十二时以后全部停止售酒。

在温哥华的最后一晚,朋友让我看看温哥华的夜景,转转大街小巷,看看夜里的海滨和夜色中的原始森林,反正明天到飞机上可以睡觉,我便兴趣十足地去了。转得夜深了,朋友问我想吃点什么想喝点什么。我说什么也不想吃只想喝一瓶啤酒。转着找了几条大街和小巷,所有尚未关门的饭馆和酒类专卖店都拒绝出售,而且很礼貌地摊开手笑一笑,说这是国家规定的。那一夜尽情感受了一个环绕在海滨和原始森林之中的现代城市的夜色,唯有缺少了一瓶啤酒的遗憾。其实,这遗憾的另一面,是我对那几位店主的尊敬,他们尊重政府的关于酒的法则,其实是公民对国家的尊重,也是一种职业道德。

和一位律师吃饭,在朋友的家里自然可以喝酒了,然而律师说,他这种职业是不允许喝酒的。这个规定的唯一目的,是怕律师喝得神经兴奋胡说八道。为执行这一规定,律师的管理机关说不定某一天通知某律师到医院去突然抽血化验,一旦发现血液里有酒精,便停止律师一季度的营业,连犯二三次便取消律师资格。这位律师朋友说,自己的职业本身就是以法律为神圣的,自己如果不遵守律师自身的职业规定,连自己心理上都难以自信起来。这显然又是一个职业道德和人本身修养的内质性话题了。

如果从这几方面来对照我们,我们显然比美国和加拿大人自由度大得多。而这究竟是一种光荣的自由,抑或是一种丑陋的习惯?按某些传闻,似乎美国自由到可以为所欲为的说法,显然只是一种猜想。

我不可能在短促的时间里了解这些国家的政治集团和商业集团的内部结构,我对那里发达的交通和城市设施也大开眼界,然而我更注意或者说更感兴趣的是,看看美国的最普通的人是怎样生活着,最底层的美国人以怎样一种形态一种情绪过他们的日子。结果却发觉这个号称自由世界里的人们过着静悄悄的生活。

现代文明显然不单是物质一面,现代人自身的文明修养,高尚的操守,从根本上决定着一个社会的基本形态;而健康健全的心理形态,对于整个民族的复兴复壮来说,是决定性的素质;如此,才能形成一个既有益于生理健康又有益于心理情绪的生存环境。

1995 年 7 月 1 日　雍村

北桥,北桥

——美、加散记之二

在大波士顿郊区三四十公里的康克尔镇,有一座小木桥,名叫北桥,桥下是一条悠悠静静涌动着黑色水流的泥河。二百二十年前的四月十九日夜,美国"独立战争"的第一声火枪的枪声,就是在这座小木桥头打响的。

北桥从此便成为现代美国历史的启明星。或者说,在北桥的火枪枪声里诞生了一个美国。

北桥从此便成为美国历史和现实中最负声望的桥。康克尔小镇因为拥有北桥而成为闻名于世的一个镇子,波士顿人则因为"独立战争"的策源地而自豪和骄傲。

酿成这个伟大事变的起因却是一件小小的冲突。英国殖民者从东印度公司输入大量茶叶,严重危及当地人的经济利益,当地居民便自发"揭竿",把刚刚在波士顿海岸卸船的茶叶包扔进大海,用我们的习惯用语来说,矛盾一下子就激化了。这事件在我听来似乎有点耳熟,很容易把它和英国人输入鸦片到中国海岸所引发的冲突联系……英国人首先被激怒了,立即下达戒严令,不许当地居民乱说乱动。而崇尚自由自在的新大陆居民,对古老的英国殖民者以往那种妄自尊大和呆板的清规戒律的做派早已不能承受,也看不顺眼,可以说积怨积火已如欲喷的火山熔岩。这个晚被发现的大陆的居民与英国殖民者的冲突的实质,与世界上所有曾经被殖民过的民族无以数计的各类形式的冲突毫无二致。

康克尔小镇有一个农民自发的民间自卫组织。英国人在下过戒严令之后,决定摧毁这个民间武装的小团体,用意自然是要扑灭任何可能蔓延成灾的火星,时间定在四月十九日夜里。居住在波士顿城里的一位年轻医生在天黑时得到了这个泄露的军事机密,星夜骑马急驰三十多公里赶到康克尔,把英军偷袭的消息报告给处于灭顶之灾的自卫武装。这个自卫武装团体一致决定反抗,虽然仓促,却有准备,最短暂的也最恰当的战术准备迅即做出立即实施。当英军士兵经过三十多公里急行军赶到北桥桥头时,桥的那一头的丛林和草地里已经按各个最有利的位置潜伏着自卫的农民,武器是火枪。

当英军士兵怀着偷袭的窃喜列队跨上北桥,灾难便降临了。从北桥的正面和两侧骤然爆起的枪声,把他们出发时的全部美丽的窃喜葬入桥下的泥河。河是真正的泥河,没有一般河流通常都有的沙滩,密不透风的森林几个世纪以来的落叶沉淀在河床上,河水因此而发黑,人或马都不可能蹚过去。无法料及的强硬的抵抗,首先使偷袭者从心理先输掉了,接续的便是溃不成军的慌乱和全线崩溃。然而英国人的呆板做派还是不变,无论桥上桥下倒下掉进了多少同伙,后边的士兵依然列队整齐,不乱间隔继续拥上北桥。桥那头的民兵几乎不用变换射击位置只需尽快地填充弹药,然后喷射到一堆堆送到枪口上来的目标身上。当地农民嘲笑英国人一切都按固定的程式运动的做派,这回是用火枪完成的。

从北桥之战开始,随后就风起云涌般掀起一场震撼世界的伟大的"独立战争"。北桥随后便日益璀璨起来。那位报信的年轻医生也一代又一代地璀璨在美国人的心里。纪念这位英雄医生的方式不是玉碑,也没有雕像,而是一行马蹄印迹。在波士顿城里的一条街道的人行道上,水泥地面上镶嵌着一行马蹄铁驰过踩下的间距很大的蹄痕,是黄铜,被无以数计的脚踩得闪闪发亮。

这个北桥现在是美国国家公园,一切都按那场战争发生时的原样保存着。低浅的丘陵被原始森林和野花野草覆盖着,树木不再人工增植也不许砍伐,枯死的树木一任其枯死、倒掉以至腐烂,也不作清理;茅草也是二百二十年前的野草的家族的延续,不许烧荒也不许刈割,更不要人工栽培的新的花草品种;河依旧是那条泥河,野苇茅草丛生的泥岸,没有人工修整的一丝痕迹,至今仍然没有人敢于涉水过河;桥是用粗刨的原木架构的,没有油漆,桥栏被游人的抚摸磨损得咻溜光滑,粗的细的木纹清晰可辨;北桥通往公园各处的几条大路也是用黄褐色的沙砾泥土铺垫的,一切都按一七七五年的原样保存下来,让一切到此观赏的世界各地的游客充分感受当年的自然环境的气氛。成群成帮的鸟儿掠过头顶,从这一片树林喧嚣到那一片树林,多是一种通体墨黑的梭子体形的鸟儿,颇类似于我自幼见惯的知更鸟,然而叫声却相去甚远。不知这鸟儿是二百二十年前的原种,抑或是后来迁居的新族?

桥头有一块纪念碑,大约记述了这儿发生过的事件的简单的经过。更令人注目的是那座雕塑,一个刚刚成年而仍未脱净稚气的乡村小伙儿,右手握着一支火枪,左手按着一副犁杖,猫着腰,前弓后殿着腿,沉静而又机敏地瞅着前方,前方十多米处就是北桥。他的农民服装上扎着一条武装带,再也找不出比民兵更恰当的称谓了。这个雕像我一眼看见就似曾相识,无论抗日战争还是国内革命战争,中国南方北方的战场上到处都是这种武装起来的乡村青年类似的模样。

在桥的那一头,即英国士兵接近桥头的道路旁边,贴着地皮栽着一块小小的石碑,作为偷袭北桥而战死的英国士兵的墓碑,却是战争的胜利者为失败者立下的。碑文很短也很耐人寻味,没有仇恨没有诅咒,也没有胜利者的骄傲,有的只是一种惋惜。碑文大意说,这些年轻人跑了三千多英里从英国来到北桥,死在这里;此刻,他们的母亲还在梦里想念儿子哩！

用这样动人的惋惜和怜悯的口吻、用这种人性和人道的泛爱的胸襟对死亡的敌手表示哀悼,可能是对那种殖民者又是失败者的最深刻也最深沉的心灵和良知的谴责。在波士顿市区,在华盛顿就任"独立战争"总司令的那棵大柳树旁边,同样为两位战死在这里的英国将军各立着一块小小的碑石。从北桥打响第一枪,到这里时整个战局就发生了一个根本性转折,这里的战斗是一场扭转战局的决定性胜利。在华盛顿的塑像周围,摆着三门缴获的英军的火炮。这里用白色的栅栏围护着一株大柳树,华盛顿在指挥这场决定性的战斗胜利之后,就在这棵柳树下成为三军统帅,也接受了三军战士排山倒海的欢呼和膜拜。北桥的初次交战华盛顿没有参与,稍后便从他的农庄赶来投入了,再后就走到了这棵柳树下,再后就把英国殖民者赶走了。处于绝对的领袖地位的华盛顿,在筹建美利坚合众国和大选的时刻,脱下戎装回到了他的农庄,继续当他的农夫去了。据说华盛顿出于这样的理由,即不以军人的身份参加选举,要以一个农民或者说普通公民的身份进行参选,为此他老老实实当一年农夫。尽管这行为里不无虚伪,即无论他一年后以农夫的身份堂而皇之参选总统,其实选民们投给他的一票主要还是投给"独立战争"的那位无可替代的总司令的;如果不是这样,比他更优秀一百倍的任何一位农民也不可能当选第一任美国总统。即使如此,有一点虚伪也还是可爱的,不属于令人恶心倒胃的伪装;仅此一个农夫的姿态,对于他那样功勋卓著的总司令来说,已经是难能可贵的了。

我还是对那几块为战败战死的敌方的将军和士兵所立的碑石的举动感兴趣。今年九月,我在北京见了翻译过《白鹿原》章节为英文的汉学家苏珊女士,和她聊起四月访美的印象,就谈到了这几块为敌手所立的碑子和碑文。和她一行到北京的一位美国男子却以不屑的口吻说,在越南他们可就没有这份情致了。我不觉一震。十年越战对美国普通公民来说至今还是一块化解不开的积食。许多美国母亲至今仍如那碑文所说,正在梦里思念战死在越南的儿子哩。那块为英国死亡士兵栽下的碑子,现在确实栽到数以万计的战死在越南的美国士兵的母亲的心上;那种出于人性和人道的宽容胸襟的碑文,深刻而又深沉地谴责着当年决定发兵越南的那位总统,他即使卸任多年,依然不能逃避灵魂的谴责。在越战结束近二十年后,约翰逊政府时期的国防部长麦克纳马拉,写了一本书,对越战作了反思和忏悔,感应了一些人。看来,对于被殖民而又争得了胜利的一方来说,对殖民者又是失败者以怎样的方式表示谴责,都是比较轻松比较容易做到的,可以是义正词严的也可以是机智幽默的,可以是这样又可以做到那样一种谴责的方式。然而一旦角色转换,美国人自己自觉不自觉地扮演了当年英国入侵者的角色,到越南,还有朝鲜,他们也就像二百二十年前被驱逐被打败被消灭的英国人一样,先被朝鲜继之又被越南人所仇恨所驱逐所战胜。无论如何都不可能产生给北桥牺牲的英军士兵立碑那种心怀和情致了,倒是朝鲜和越南人把这种碑文的碑石栽到了美国总统和美国母亲的心头,真是得其所哉!罪恶的心理阴影比战争的硝烟要难于消弭得多,甚至要遮蔽折磨几代人。

然而我还是难忘北桥,不单是那里保存完美的原始风景。我是四月初到北桥参观的,与美国友人约定四月十九日再来,据说每年的这一天都要举行别开生面的庆祝活动,人们穿起当年农民的服装,装扮成自己武装的民兵,重新表演当年发生在北桥的故事。今年正好是北桥打响"独立战争"第一枪的二百二十周年,纪念活动更加隆重更加丰富多彩。然而因为活动安排的冲突终于丢失了良机,留下了遗憾。

1995年12月25日

告别白鸽

老舅到家里来,话题总是离不开退休后的生活内容,谈到他还可以干翻扎麦地这种最重的农活儿,很自豪的神情;养着一只大奶羊,早晨起来挤下羊奶煮熟和孙子喝了,孙子去上学,他则牵着羊到坡地里去放牧,挺诱人的一种惬意的神色;说他还养着一群鸽子,到山坡上放羊时或每月进城领取退休金时,顺路都要放飞自己的鸽子。我禁不住问:"有白色的没有?纯白的?"

老舅当即明白了我的话意,不无遗憾地说:"有倒是有……只有一对。"随之又转换成愉悦的口吻,"白鸽马上就要下蛋了,到时候我把小白鸽给你捉来,就不怕它飞跑了。"老舅大约看出我的失望,继续解释说,"那一对老白鸽你养不住,咱们两家原上原下几里路,它一放开就飞回老窝里去了。"

我就等待着,并不焦急,从产卵到孵化再到幼鸽独立生存,差不多得两个月,急是没有用的。我那时正在远离城市的乡下故园里住着读书写作,大约七八年了,对那种纯粹的乡村情调和质朴到近乎平庸的生活,早已生出寂寞,尤其是陷入那部长篇小说的写作以来的三年。这三年里我似乎在穿越一条漫长的历史隧道,仍然看不到出口处的亮光,一种劳动过程之中尤其是每一次劳动中止之后的寂寞围裹着我,常常难以诉述难以排解。我想到能有一对白色的鸽子,心里便生出一缕温情一方圣洁。

出乎我意料的是,一周没过,舅舅又来了,而且捉来了一对白鸽。面对我的欣喜和惊讶之情,老舅说:"我回去后想了,干脆让白鸽把蛋下到你这里,在你这里孵出小鸽,它就认你这儿为家咧。再说嘛,你一年到头闷在屋里看书呀写字呀,容易烦。我想到这一层就赶紧给你捉来了。"我看着老舅的那双洞达豁朗的眼睛,心不由怦然颤动起来。

我把那对白鸽接到手里时,发现老舅早已扎住了白鸽的几根羽毛,这样被细线捆扎的鸽子只能在房屋附近飞上飞下,而不会飞高飞远。老舅特别叮嘱说,一旦发现雌鸽产下蛋来,就立即解开它翅膀上被捆扎的羽毛,此时无须担心鸽子飞回老窝去,它离不开它的蛋。至于饲养技术,老舅不屑地说:"只要每天早晨给它撒一把苞谷粒儿……"

我在祖居的已经完全破败的老屋的后墙上的土坯缝隙里,砸进了两根木棍子,架上一只硬质包装纸箱,纸箱的右下角剪开一个四方小洞,就把这对白鸽放进去了。这幢已无人居住的破落的老屋似乎从此获得了生气,我总是抑制不住对后墙上的那一对活泼泼的白鸽的关切之情,没遍没数儿地跑到后院里,轻轻地撒上一把玉米粒儿。起始,两只白鸽大约听到玉米粒落地时特异的声响,挤在纸箱四方洞口探头探脑,像是在辨别我投撒食物的举动是真诚的爱意抑或是诱饵?我于是走开,以便它们可以放心进食。

终于出现奇迹。那天早晨,一个美丽的乡村的早晨,我刚刚走出后门扬起右手的一瞬间,扑啦啦一声响,一只白鸽落在我的手臂上,迫不及待地抢夺手心里的玉米粒儿。接着又是扑啦啦一声响,另一只白鸽飞落到我的肩头,旋即又跳弹到手臂上,挤着抢着啄食我手心里的玉米粒儿。四只爪子掐进我的皮肉,有一种痒痒的刺疼。然而听着玉米粒从鸽子喉咙滚落下去的撞击的声响,竟然不忍心抖掉鸽子,似乎是一种早就期盼着的信赖终于到来。

又是一个堪称美丽的早晨,飞落到我手臂上啄食玉米的鸽子仅有一只,我随之发现,另外一只静静地卧在纸箱里产卵了。新生命即将诞生的欣喜和某种神秘感,立时就在我的心头漫溢开来。遵照老舅的经验之说,我当即剪除了捆扎鸽子羽毛的绳索,白鸽自由了,那只雌鸽继续钻进纸箱去孵蛋,而那只雄鸽,扑啦啦扑向天空去了。

终于听到了破壳出卵的幼鸽的细嫩的叫声。我站在后院里,先是发现了两只破碎的蛋壳,随之就听到从纸箱里传下来的细嫩的新生命的啼叫声。那声音细弱而又嫩气,如同初生婴儿无意识的本能的啼叫,又是那样令人动心动情。我几乎同时发现,两只白鸽轮番飞进飞出,每一只鸽子的每一次归巢,都使纸箱里欢闹起来,可以推想,父亲或母亲为它们捕捉回来了美味佳肴。

我便在写作的间隙里来到后院,写得拗手时到后院抽一支烟,那哺食的温情和欢乐的声浪会使人的心绪归于清澈和平静,然后重新回到摊着书稿的桌前;写得太顺时我也有意强迫自己停下笔来,到后院里抽一支雪茄,瞅着飞来又飞去的两只忙碌的白鸽,聆听那纸箱里日渐一日愈加喧腾的争夺食物的欢闹,于是我的情绪由亢奋渐渐归于冷静和清醒,自觉调整到最佳写作心态。

这一天,我再也按捺不住神秘的纸箱里小生命的诱惑,端来了木梯,自然是趁着两只白鸽外出采食的间隙。哦!那是两只多么丑陋的小鸽,硕大的脑袋光溜溜的,又长又粗的喙尤其难看,眼睛刚刚睁开,两只肉翅同样光秃秃的,它俩紧紧依偎在一起,静静地等待母亲或父亲归来哺食。我第一次看到了初生形态的鸽子,那丑陋的形态反而使我更急切地期盼蜕变和成长。

我便增加了对白鸽喂食的次数,由每天早晨的一次到早、午、晚三次。我想到白鸽每天从早到晚外出捕捉虫子,不仅活动量大大增加,自身的消耗也自然大大增加,而且把采来的最好的吃食都喂给幼鸽了。

说来挺怪的,我按自己每天三餐的时间给鸽子撒上三次玉米粒,然后坐在书桌前与我正在交缠着的作品里的人物对话,心里竟有一种尤为沉静的感觉,白鸽哺育幼鸽的动人的情景,有形无形地渗透到我对作品人物的气性的把握和描述着的文字之中。

又是一个美丽的早晨,我在往地上撒下一把玉米粒的时候,两只白鸽先后飞下来,它们显然都瘦了,毛色也有点灰脏有点邋遢。我无意间往墙上的纸箱一瞅,两只幼鸽挤在四方洞口,以惊异稚气的眼睛瞅着正在地上啄食的父亲和母亲。那是怎样漂亮的两只幼鸽哟,雪白的羽毛,让人联想到刚刚挤出的牛乳。幼鸽终于长成了,所有可能发生的意外或不测的担心顿然化解了。

那是一个下午,我准备到河边上去散步,临走之前给白鸽撒一把玉米粒,算是晚餐。我打开后门,眼前一亮,后院的土围墙的墙头上,落栖着四只白色的鸽子,竟然给我一种白花花一大堆的错觉。两只老白鸽看见我就飞过来了,落在我的肩头,跳到手臂上抢啄玉米。我把玉米撒到地上,抖掉老白鸽,好专注欣赏墙头上那两只幼鸽。

两只幼鸽在墙头上转来转去,瞅瞅我又瞅瞅在地上啄食的老白鸽,胆怯的眼光如此显明,我不禁笑了。从脑袋到尾巴,一色纯白,没有一根杂毛,牛乳似的柔嫩的白色,像是天宫降临的仙女。是的,那种对世界对自然对人类的陌生和新奇而表现出的胆怯和羞涩,使人顿时生出诸多的联想:刚刚绽开的荷花,含珠带露的梨花,养在深山人未识的俏妹子……最美好最纯净最圣洁的比喻仍然不过是比喻,仍然不及幼鸽自身的本真之美。这种美如此生动,直教我心灵震颤,甚至畏怯。是的,人可以直面威胁,可以蔑视阴谋,可以踩过肮脏的泥泞,可以对叽叽咕咕保持沉默,可以对丑恶闭上眼睛,然而在面对美的精灵时却是一种怯弱。

小白鸽和老白鸽在那幢破烂失修的房脊上亭亭玉立。这幢由家族的创业者修盖的房屋,经历了多少代人的更替而终于墙颓瓦朽了,四只白色的鸽子给这幢风烛残年的老房子平添了生机和灵气,以至幻化出家族兴旺时期的遥远的生气。

夕阳绚烂的光线投射过来,老白鸽和幼白鸽的羽毛红光闪耀。

我扬起双手,拍出很响的掌声,激发它们飞翔。两只老白鸽先后起飞。小白鸽飞起来又落下去,似乎对自己能否翱翔蓝天缺乏自信,也许是第一次飞翔的胆怯。两只老白鸽就绕着房子飞过来旋过去,无疑是在鼓励它们的儿女勇敢地起飞。果然,两只小白鸽起飞了,翅膀扇打出啪啪啪的声响,跟着它们的父母彻底离开了屋脊,转眼就看不见了。

我走出屋院站在街道上,树木笼罩的村巷依然遮挡视线,我就走向村庄背靠的原坡,树木和房舍都在我眼底了。我的白鸽正从东边飞翔过来,沐浴着晚霞的橘红。沿着河水流动的方向,翼下是蜿蜒着的河流,如烟如带的杨柳,正在吐穗扬花的麦田。四只白鸽突然折转方向,向北飞去,那儿是骊山的南麓,那座不算太高的山以风景和温泉名扬历史和当今,烽火戏诸侯和捉蒋兵谏的故事就发生在我的对面。两代白鸽掠过气象万千的那一道道山岭,又折回来了,掠过河川,从我的头顶飞过,直飞上白鹿原顶更为开阔的天空。原坡是绿的,梯田和荒沟有麦子和青草覆盖,这是我的家园一年四季中最迷人最令我陶醉的季节,而今又有我养的四只白鸽在山原河川上空飞翔,这一刻,世界对我来说就是白鸽。

这一夜我失眠了,脑海里总是有两只白色的精灵在飞翔,早晨也就起来晚了。我猛然发现,屋脊上只有一双幼鸽。老白鸽呢?我不由得瞅瞄天空,不见踪迹,便想到它们大约是捕虫采食去了。直到乡村的早饭已过,仍然不见白鸽回归,我的心里竟然是惶惶不安。这当儿,舅父走进门来了。

"白鸽回老家了,天刚明时。"

我大为惊讶。昨天傍晚,老白鸽领着儿女初试翅膀飞上蓝天,今日一早就飞回舅舅家去了。这就是说,在它们来到我家产卵孵蛋哺育幼鸽的整整两个多月里,始终也没有忘记老家故巢,或者说整个两个多月孵化哺育幼鸽的行为本身就是为了回归。我被这生灵深深地感动了,也放心了。我舒了一口气:"噢哟!回去了好。我还担心被鹰鹞抓去了呢!"

留下来的这两只白鸽的籍贯和出生地与我完全一致,我的家园也是它们的家园;它们更亲昵地甚至是随意地落到我的肩头和手臂,不单是为着抢啄玉米粒儿;我扬手发出手势,它们便心领神会从屋脊上起飞,在村庄、河川和原坡的上空,做出种种酣畅淋漓的飞行姿态,山岭、河川、村舍和古原似乎都舞蹈起来了。然而在我,却一次又一次地抑制不住发出吟诵:这才是属于我的白鸽!而那一对老白鸽嘛……毕竟是属于老舅的。我也因此有了一点点体验,你只能拥有你亲自培育的那一部分……

当我行走在历史烟云之中的一个又一个早晨和黄昏,当我陷入某种无端的无聊无端的孤独的时候,眼前忽然会掠过我的白鸽的倩影,淤积着历史尘埃的胸脯里便透进一股活风。

直到惨烈的那一瞬,至今依然感到手中的这支笔都在颤抖。那是秋天的一个夕阳灿烂的傍晚,河川和原坡被果实累累的玉米棉花谷子和各种豆类覆盖着,人们也被即将到来的丰盈的收获鼓舞着,村巷和田野里泛溢着愉快喜悦的声浪。我的白鸽从河川上空飞过来,在接近西边邻村的村树时,转过一个大弯儿,就贴着古原的北坡绕向东来。两只白鸽先后停止了扇动着的翅膀,做出一种平行滑动的姿态,恰如两张洁白的纸页飘悠在蓝天上。正当我忘情于最轻松最舒悦的欣赏之中,一只黑色的幽灵从原坡的哪个角落里斜冲过来,直扑白鸽。白鸽惊慌失措地启动翅膀重新疾飞,然而晚了,那只飞在头前的白鸽被黑色幽灵俘掠而去。我眼睁睁地瞅着头顶天空所骤然爆发的这一场弱肉强食、侵略者和被屠杀者的搏杀……只觉眼前一片黑暗。当我再次眺望天空,唯见两根白色的羽毛飘然而落,我在坡地草丛中捡起,羽毛的根子上带着血痕,有一缕血腥气味。

侵略者是鹞子,这是家乡人的称谓,一种形体不大却十分凶残暴戾的鸟。

老屋屋脊上现在只有一只形单影孤的白鸽。它有时原地转圈,发出急切的连续不断的咕咕的叫声;有时飞起来又落下去,刚落下去又飞起来,似乎惊恐又似乎是焦躁不安;我无论怎样抛撒玉米粒儿,它都不屑一顾更不像往昔那样落到我肩上来。它是那只雌鸽,被鹞子残杀的那只是雄鸽。它们是兄妹也是夫妻,它的悲伤和孤清就是双重的了。

过了好多日子,白鸽终于跳落到我的肩头,我的心头竟然一热,立即想到它终于接受了那惨烈的一幕,也接受了痛苦的现实而终于平静了。我把它握在手里,光滑洁白的羽毛使人产生一种神圣的崇拜。然而正是这一刻,我决定把它送给邻家一位同样喜欢鸽子的贤,他养着一大群杂色信鸽,却没有白鸽。让我的白鸽和他那一群鸽子合帮结伙,可能更有利生存;再者,我实在不忍心看见它在屋脊上的那种孤单。

它还比较快地与那一群杂色鸽子合群了。

我看见一群灰鸽子在村庄上空飞翔,一眼就能辨出那只雪白的鸽子,欣慰我的举措的成功。

贤有一天告诉我,那只白鸽产卵了。

贤过了好多天又告诉我,孵出了两只白底黑斑的幼鸽。

我出了一趟远门回来,贤告诉我,那只白鸽丢失了。我立即想到它可能又被鹞子抓去了。贤提出来把那对杂交的白底黑斑的鸽子送我。我谢绝了。

又过了一些日子,失掉我的两只白鸽的情感波澜已经平静,老屋也早已复归平静,对我已不再具任何新奇和诱惑。我在写作的间隙里,到前院浇花除草,后院都不再去了。这一天,我在书桌前继续文字的行程,窗外传来了咕咕咕的鸽子的叫声,便摔下笔,直奔后院。在那根久置未用的木头上,卧着一只白鸽。是我的白鸽。

我走过去,它一动不动。我捉起它来,它的一条腿受伤了,是用细绳子勒伤了的。残留的那段细绳深深地陷进肿胀的流着脓血的腿杆里,我的心里抽搐起来。我找到剪刀剪断了绳子,发觉那条腿实际已经勒断了,只有一缕尚未腐烂的皮连接着。它的羽毛变成灰黄,头上粘着污黑的垢甲,腹部黏结着干涸的鸽粪,翅膀上黑一坨灰一坨,整个儿污脏得难以让人握在手心了。

我自然想到,这只丢失归来的白鸽是被什么人捉去了,不是遭了鹞子?它被人用绳子拴着,给自家的孩子当玩物?或者连他以及什么人都可以摸摸玩玩的?白鸽弄得这样脏兮兮的,不知有多少脏手抚弄过它,却根本不管不顾被细绳勒断了的腿。我在那一刻突然想到,它还不如它的丈夫被鹞子扑杀的结局。

我在太阳下为它洗澡,把由脏手弄到它羽毛上的脏洗濯干净,又给它的腿伤敷了消炎药膏,盼它伤愈,盼它重新发出羽毛的白色。然而它死了,在第二天早晨,在它出生的后墙上的那只纸箱里……

1996 年 8 月 16 日　西安

一 株 柳

这是一株柳树,一株在平原在水边极其普遍极其平常的柳树。

这是一株神奇的柳树,神奇到令我望而生畏的柳树,它伫立在青海高原上。

在青海高原,每走一处,面对广袤无垠青草覆盖的原野,寸木不生青石嶙峋的山峰,深邃的蓝天和凝滞的云团,心头便弥漫着古典边塞诗词的悲壮和苍凉。走到李家峡水电站总部的大门口,我一眼就瞅见了这株大柳树,不由得"哦"了一声。

这是我在高原见到的唯一的一株柳树。我站在这里,目力所及,背后是连绵的铁铸一样的青山,近处是呈现着褚红色的起伏的原地,根本看不到任何一种树。没有树族的原野尤其显得简洁而开阔,也显得异常苍茫和苍凉。这株柳树怎么会生长起来壮大起来,怎么就造成高原如此壮观的一方独立的风景?

这株柳树大约有两合抱粗,浓密的枝叶覆盖出大约百十余平方米的树荫;树干和树枝呈现出生铁铁锭的色泽,粗粝而坚硬;叶子如此之绿,绿得苍郁,绿得深沉,自然使人感到高寒和缺水对生命颜色的独特锻铸;它巍巍然撑立在高原之上,给人以生命伟力的强大的感召。

我便抑制不住猜测和想象:风从遥远的河川把一粒柳絮卷上高原,随意抛撒到这里,那一年恰遇好雨水,它有幸萌发了;风把一团团柳絮抛撒到这里,生长出一片幼柳,随之而来的持续的干旱把这一茬柳树苗子全毁了,只有这一株柳树奇迹般地保存了生命;自古以来,人们也许年复一年看到过一茬一茬的柳树苗子在春天冒出又在夏天旱死,也许熬过了持久的干旱却躲不过更为严酷的寒冷,干旱和寒冷绝不宽容任何一条绿色的生命活到一岁;这株柳树就造成一个不可思议的奇迹,千年奇迹万年奇迹,无法猜度它是否属于一粒超级种子?

我依然沉浸在想象的情感世界:长到这样粗的一株柳树,经历了多少次虐杀生灵的高原风雪,冻死过多少次又复苏过来;经历过多少场铺天盖地的雷殛电轰,被劈断了枝干而又重新抽出了新条;它无疑经受过一次摧毁又一次摧毁,却能够一回又一回起死回生,这是一种顽强一种侥幸还是有神助佛佑?

我的家乡的灞河以柳树名贯古今,历代诗家词人对那里的柳枝柳絮倾洒过多少墨汁和泪水。然而面对青海高原的这一株柳树,我却崇拜到敬畏的情境了。是的,家乡灞河边的柳树确有引我自豪的历史,每每念诵那些折柳送别的诗篇,都会抹浓一层怀恋家园的乡情。然而,家乡水边的柳树却极易生长,随手折一条柳枝插下去,就发芽就生长,三两年便成为一株婀娜多姿风情万种的柳树了;漫天飞扬的柳絮飘落到沙滩上,便急骤冒出一片又一片芦苇一样的柳丛。青海高原上的这一株柳树,为保存生命却要付出怎样难以想象的艰苦卓绝的努力?同是一种柳树,生活的道路和生命的命运相差何远?

这株柳树没有抱怨命运,也没有畏怯生存之危险和艰难,更没有攀比没有忌妒河边同族同类的鸡肠小肚,而是聚合全部身心之力与生存环境抗争,以超乎想象的毅力和韧劲生存下来发展起来壮大起来,终于造成了高原上的一方壮丽的风景。命运给予它的几乎是九十九条死亡之路,它却在一线希望之中成就了一片绿荫。

我崇拜这株高原柳树。

1996年9月

感受文盲

——美、加散记之三

从洛杉矶飞往温哥华的班机起飞以后,我和王教授不约而对视。教授说:"好像飞机上没有中国人。"我说:"这回麻烦了。"

这是跨越国界的飞行。按照国际航班的公例,在这个国家进入另一个国家的海关之前,须先填写一张入境卡。我和王教授的麻烦就出在这张卡上。卡上的文字是英文,而我们两人谁也读不出一个英语单词更不要谈书写了,这张卡片就成为一道名副其实的关卡了。此次旅行之前,其实就担心着这个麻烦,然而却寄托着一份侥幸,这个航班上说不定会有中国人可以帮帮忙。此前我俩从北京飞往波士顿的途中,就是靠一位赴美留学的青年代替填写那张卡片的。一次侥幸会给人轻易地造成又一次侥幸心理的产生,况且明知在美国和加拿大的中国移民人数逐年骤增。其实在王教授开口之前,我早已把整个座舱都巡视过了,一色的白色人种,点缀着几个黑色和混血的男女,偏不见一个中国人,甚至连一个容易混淆的日本人和韩国人也没有。侥幸毕竟是侥幸,可指望者渺渺。

空姐来了,发给每个乘客一张入境卡。我接过那张卡片就用手势向她申述我没有书写能力。从眼神和手势判断,她明白了我的无能并示意我等一等。

我就等着。教授也等着。我手里捏着那张卡,有点百无聊赖的意味。卡片是淡黄色的,看一眼是无可奈何,再看一眼仍是奈何不得,溜一眼前后左右那些以英文为母语的乘客或随意或斯文或认真地填写卡片的种种神态,我突然想起母亲。在我们家里,母亲是唯一的文盲,父亲不在家时,她常把远方姐姐的来信递给我说:"给妈再念一遍。"有时候纯粹是一张毫无保存价值的药费单子或什么字条,她不敢轻易扔掉:"你看这里是个啥单子有用没用?"我那时候确曾感到过小小年纪能识文断字的优越,却很少能体味文盲母亲的心情。现在轮到我必须做出把这张鬼卡片送到别人手里去帮助辨识的动作了。我才真切地体味到了作为一个文盲的含义,颇觉用"睁眼瞎子"譬喻文盲真是一个准确而又绝妙的语汇。

那位空姐开始收回入境卡了,她在我俩跟前时笑着点点头就走过去了,两张只字未填的卡片由我俩继续拿着。

教授对我做出无奈的眉眼:"咋办?"我还给教授一个同样无奈的眉眼:"这个麻烦只好交给美国人民了。"教授说:"反正不至于把咱们再运回洛杉矶吧?"我说:"那就要看这航班上的美国人民友好不友好了。"

过了一阵子,那位空姐专程走到我和王教授的座位前,又是做眉眼,又是打手势,眉眼做得很生动,涂红的嘴唇尤其生动,手势也打得十分灵巧,然而表达的意思却无法传递给我们哪怕百分之五十,她也无奈地笑了。教授终于从她指向空中的一个手势领悟出来,她们用广播询问过机舱里的所有乘客,看看谁懂中文,帮助两个不懂英文的中国人填一下入境卡,结果是一个也没有。她对于王教授能理解她的手语眼语很高兴,不断地颔首点头,随后就示意我们继续拿着那个卡片等待。她又忙她的事去了,一会儿推着装满饮料的推车来了,一会儿又推着小推车送便餐来了。每一次来时似乎倒成了熟人,做一个友好坦诚的微笑,把一样一样的饮料拿起来供我选择,因为不识英文,就无法判断里面的内容,想随便拿一样,能喝就喝不能喝扔掉算了。她依然耐心地继续把各色包装的饮品拿给我看,随之又拉开抽屉,我终于看见了可口可乐的熟悉装饰,便自己挑出来。她也高兴地笑了,有点得意兼调皮的样子。

我和王教授便不再担心被重新拉回洛杉矶了,尽管这卡片依然空白,也不明白最终的结束方式。我反而有点感动,想到前几日从波士顿到洛杉矶的飞行。尽管这是美国国内航班无须填写入境卡,送行的友人还是不放心,把我俩领到登机验票入口处,对一位值班的女孩说,这两个中国人不会英语,希望上下飞机能予以关照。她立即填写了两张通行卡片交给我和王教授。友人解释那卡片的内容,注明了我们需要帮助的问题,只要交给飞机上的空姐或空弟就行了。我和王教授就坐下等待验票登机,却也想在飞机上需要帮助的肯定不只是我们,因为这卡片的设置早就为许多人帮过忙解过麻烦了。验票登机的时间即到,验票人员也提前到来分列入机口两侧,乘客们开始提携行李排队。那位给我们开通行路条的女子突然走过来,示意我们跟她走。她对验票的人说了几句,就领着我俩第一批踏进了通道,直到走进飞机。她从我手里把那张她填写的路条或卡片拿过去,交给一位当班的空姐,又说了几句,就转身走开了。我和王教授坐到自己的座位上,大约五六分钟之后才见乘客们拥进机舱来,真是懊悔没有对那位路条女子说一句感谢的话。我对王教授说:"这位美国女子好像没有使用微笑却把我们感动了。"王教授说:"对于顾客来说其实只要服务质量就够了。"

飞机抵达温哥华。我和教授走到机舱门口,发现那位空姐正在等着我俩。她领着我俩随着人流穿过长长的走廊,走到出口亦即海关验卡处,让别人先走,直到只剩下我俩时,她把那两张依然空白着的入境卡交给了加拿大国的守关人员,又交代了些什么,转过身来又那么含着调皮意味地笑笑就匆匆走去了。

我现在才直接面对加国的守关大汉了。大汉长得又粗又高,坐在出口的钢铁栅栏上,满不在乎地瞅着我们,随即拨动了电话。一会儿工夫就有一位黑衣黑裙黑头发的中年女人走来了,终于看见了一位熟悉的中国人。加国大汉拿着卡片又掏出钢笔,由那位黑蝴蝶女士用中文发问,又用英语翻译给他,便一项一项填写着,脸上现出多一番劳累的不悦,所以仍然大大咧咧地坐在栅栏上,而宁可让旁边的椅子闲着。当问到我们的职业和在温哥华的接待单位时,王教授报出了我们的作家职业。那大汉倚在墙上的脊背挺直起来,随之从栅栏上跳下,瞬即转换出一脸笑来:"作家?噢!作家!欢迎你们到温哥华。"他伸出一只手前倾着身子做出一副友谊而又滑稽的姿态,憨憨地笑着送我和王教授通过他把守的关卡。

1996 年 10 月

口红与坦克

——美、加散记之四

想到这个题目并最终确定下来,仍然觉得有点滑稽,甚至有那么一点荒谬。口红是什么,坦克又是什么?口红派什么用场,坦克又派什么用场?把两件风马牛不相及甚至完全对立的东西焊接成文章标题,首先倒是应该坦白,并非出于哗众取宠出奇制胜的念头,而是一年前在华盛顿街头看到的一尊雕塑的强烈印象。

那是一辆坦克,涂抹着如同实战坦克的铁黑颜色,体积也与实战坦克一般大小,只是没有现实主义的工笔细刻,它是一种粗线条的勾勒和大轮廓的模拟。从艺术上说,可能属于现实主义与现代派的杂交或中性改良。创造者显然并不是要展示这种常规武器的最新产品,甚至无意显示那一代产品属何种型号,只是作为一种常规武器中极具杀伤力的战争的形象,赫赫然摆置在美国首都的一条大街上,准确点说是在大街一旁的比较宽阔的一块草地上。它没有实战坦克最要害的那个部件——炮管,所以它永远也不可能去发射杀人毁物的炮弹。那根炮管被置换为一支口红,长短和粗细的尺码恰好类似炮管。这支口红端直地挺竖在坦克上,戳向天空,偏圆的顶头的红色,像一团火焰,像一瓣玫瑰,或者更像姣美性感的女人的嘴唇?

宽敞的车道,川流不息着各种色彩各种形状的轿车。人道上,匆匆着或悠悠着世界各地各种肤色的男人女人大人和小孩。这辆驮载着一支口红的坦克,就这样与现代都市和谐地统一在一起,构成一道看上去美丽却不只让人仅仅感觉美丽的风景。我在第一眼瞅见它时,不仅没有丝毫焊接的感觉,而且有一种心灵深处的震撼,这震撼的余波一直储存到现在而不能完全消弭。

这尊雕塑的内蕴其实最明了不过,可说是一个十分陈旧的主题,然而又是迄今为止困惑着人类的一个共同的鲜活的话题,雕塑家用简练到简单的笔法,把一个牵涉所有国家和民族的生存理想的大话题凝铸为一组看来不可思议的"焊接",如此明了,如此简练,又如此强烈。同类题材同类意旨的美术作品,最负名望的莫过于毕加索的那只和平鸽,还有一尊颇震撼人心的"铸剑为犁"的雕像,早已沉潜在各个民族一代又一代人的心灵深处,然而这尊象征意旨明朗、透彻的雕塑,依然昭示着人类最切近的生存忧患和生存理想。

人们在雕塑前驻足,凝眸,沉思,留影。白毛的欧洲人黄肤的亚洲人和黑脸卷毛的非洲人都在这儿驻足,把自己的情感寄托给雕像,又把雕塑创造者的美好愿望储存心间:企望这个世界能给他们的妻子女儿一支口红,永远不要发生某天早晨或深夜坦克碾过菜园和牛栏的惨景。德国鬼子和日本鬼子同时在欧、亚两个大陆这样干过,美国鬼子在朝鲜和越南这样干过,前苏联同样在捷克和阿富汗如此干过。

用口红取代坦克。

这种强烈的艺术创造让一切平庸的艺术制作感到羞愧和难堪。然而它传达给我的又恰恰不单是艺术创造本身。相信看到这尊雕塑的任何人,都会把他关于战争的全部记忆(直接的或间接的)都激活了。不仅如此,每每通过传媒看到世界某个角落坦克正在发射炮弹的画面或图片,我便联想到华盛顿街头的那尊雕塑。雕塑毕竟是雕塑,艺术也毕竟只是艺术,可以唤醒世界千万计的男女的呼应,可仍然阻止不住实战坦克的行动,坦克却仍然碾碎着那些地区该当涂口红的漂亮的嘴唇。

那个被国际法庭判处绞刑的东条英机和他的同僚战犯,几乎每年都要受到某个大臣乃至某个首相的参拜和祭奠。尽管此举受到整个亚洲和世界的谴责和侧目,闹剧和丑剧依然年年上演。我感到的不单是闹剧丑剧的可笑,而是惊讶参拜者露骨的虚伪,因为哪怕是一个小孩都会明白,即使烧一万吨香蜡纸表叩一万次响头念一万次佛,都不可能使那些战犯的罪恶魂灵得到安宁,更不可能得到超度了,至于那些在"教科书"和展览图片上屡屡偷偷摸摸搞小动作的人,不仅使世人看到了一个虚伪的灵魂,更看到了他们面对口红和坦克的现实的选择的可能性。

倒是那场世界大战的另一个发动国的现时首脑,在犹太人被害的坟墓前祭献的一束鲜花,尤其是出人意料的那一个长跪动作,不仅告慰的是长眠地下的被蹂躏的灵魂,重要的是使活着的我们看到了一个民族的大气。足以结束一个时代仇恨的一跪,必定成为历史性的一跪——他选择了口红。

那个靖国神社的门前广场,倒是应该有这样一尊坦克驮载口红的雕塑,让那些死去的罪恶的灵魂继续反省,也使那些活着的虚伪的灵魂反省出一个"小"来。

1996年10月

五十开始

一

孙康宜教授到西安来,走出机场见着面时开口就感慨:哦!我去年给你说想到西安来,现在真的就来了!这种感慨随后在从机场开往西安的汽车上又重复说了两次,那神情是连她自己都有点不可置信的惊喜。孙教授是美国耶鲁大学东亚文学系主任,去年四月我在美国东部海岸城市波士顿结识她的。她确凿说过很想到西安来看看,我自然知道她这样的人想到西安来看什么。现在她真的来了,而且驱车行驶在暮色苍茫的咸阳古原上了,我也有某种难以信真的惊讶,甚而至于生出"地球真小"那种中国的地球公民们的伟人意识式的慨叹了。

汽车在气度恢宏地韵沉雄的咸阳原上疾驰,连片的果林和墨绿的禾苗背后,掩映着一个个或大或小或远或近却一律苍老衰败着的皇家墓冢,久远的辉煌和昔日的威仪,终究被历史的风雨剥蚀得精光,只剩下一堆堆荒草盘结的黄土圪垯。孙康宜教授从窗外收回眼光,突然问我:你不再把五十看作是一个危机的年龄了吧?我不觉一愣,想不到她还记着这个话题,随之也就释然:去年基本达成共识了嘛!她依然很直率又很认真地说:不知你回来以后有无反复?

这是一个有趣的话题。

去年四月在美国时,孙教授和北美华人作家协会联手在哈佛大学办了一次文学讲座,包括她和我在内共有四人演讲,每人一小时,我被排在头一个。我讲完规定的一个钟点,从讲台上走下来直接走出讲演大厅,站在校园的草坪上抽烟。美国的公众场合和绝大多数家庭都不许抽烟,想过过烟瘾就得走出户外。

我刚点烟吸了两口,有一位留学生从讲演厅溜出来走到我跟前,自我介绍之后就提出他想和我单独聊聊。我说我出来仅仅是想抽口烟,很快就要回讲演厅去,还想听听他们三人的讲演内容,想聊得另约时间。他就笑着告诉我:"孙教授正批判你哪。她上台开讲头一句就批。"我以为他开玩笑,并不在意。他更认真地说:"真的批哪!批你刚才讲的五十危机的观点。"这时又有几位男女留学生相继从讲演厅里溜出来,和我在草坪上交谈,也都通报我挨批的消息。抽完一支烟,我便走回讲演大厅,免得更多的人溜出来影响这个讲座。

讲演全部结束,走在绿油油的校园里,孙康宜严肃地对我说:"我刚才批判你一个观点了。"我说我已经知道了。她故作惊讶:"我批你时你不在场呀,怎么会知道?"随之又释然了,"噢噢!有人给你告密了,这么快。"我也开玩笑说:"听说美国人喜欢告密,谁家父母在家里打骂小孩,邻居知道了就要拨电话报警。这些中国留学生受美国人的影响了。"玩笑归玩笑,孙康宜接着认真地问:"你怎么会有五十危机的感觉呢?我简直不可理解。我过五十岁时,整个感觉是我要重新开始了,我觉得过了五十才获得了完全的自由,可以做我想做的事了。"

她告诉我,她从台湾念书念到美国,博士帽戴上了教授也当上了,直到五十岁时,得到了耶鲁大学东亚文学系主任这样一个职位,这个奋斗历程谁都可以想见其中的艰难。正是在五十岁这个重要的年轮上,她有了一种全新的心理感觉,她不仅可以不再为生计忙迫了,而且可以不受别人的支配只按照自己的生存理想来支配自己了;孩子长大了,不再是家庭负累,而是可以获得情感交流和探讨社会的益助了;更重要的是知识的积累已形成了见解的独立,标志着一种成熟,自信能够发出只属于自己感知的声音了,所以在跨越五十年龄大关时,她说她的整个心理感觉是从未有过之好,整个是一种要有大作为的重新开始的良好心态……所以对我的五十危机论就"无法理解无法容忍不能不批"。

这是完全合理的,因此也完全可以理解的心态,尽管我并未询问她所经历的奋斗的全过程或者最关键的细节,却是以为任何成功者都必然兼备的先天的智慧和后天的艰苦卓绝的努力。谁都可以想到,在美国数一数二的耶鲁大学的东亚文学系的主任一职,不仅不可能靠裙带靠后门靠巴结谋权,稍微一点的平庸都是难以指望的。

然而,我的五十危机的谬论又是怎么一回事呢?我想说,我的那种心理感觉也是真实的。

二

五十危机的心理感受产生于四十五岁即一九八七年,亦即我刚刚完成了长篇小说《白鹿原》的基本构思即将开笔起草的时候。按照当时的总体把握,我觉得大约需要三年时间才能完成它的创作,如果预计的这个规划实施顺利,如果这三年中间不发生写作本身以外的各种意外灾变,那么到完成书稿也就挂上五十的虚龄了,而这两个"如果"的可靠性在我感觉里连百分之五十都勉强。

想到此后将一年一年耗过去直熬到五十,心里便有点恐惧。

在我的习惯性意识里,五十是一个很大的年龄区标,是进入老年的生命区段的标志,面对一个五十多岁的老人,我就想到这是一位做了爷爷或奶奶的老汉老婆了。这不单是乡下人的习惯性年龄区段的划分标尺,似乎一些国家(中国除外)的共产党领袖公开祝贺生日就是从五十岁开始的,那么也在一定意义上可以看出作为生命的老年区段是有国际公例的。我自然就回顾起迷恋文学的坎坷,少小年纪在作文本上写下头一篇小说似乎只是昨天的故事,然而眨眼就要进入老年行列了;至今尚未写出一部起码让自己满意的作品,怎么就晃过了人生最富于创造活力的青壮年时期,而"一不留神"就会变成老头子了。正是早在此前一年的一九八六年春天,为了进一步了解关中的历史演变,我查阅了《蓝田县志》又赶赴长安县城,住在一家旅馆里继续翻阅厚可盈尺的《长安县志》,朋友李下叔晚上来陪我闲聊,以解除那些糟烂的古本浸淫到我肌骨里的幽微阴腐的气息,记得那晚喝了酒,酒酣言畅之际,他很真诚地说,按你的生活功底,写部长篇还下这么大的功夫,有这个必要吗?我也坦诚相告,下这个笨功夫不是心血来潮,而是已经萌生了的那部长篇小说必须做的功夫,我想了解我生活着感受着的这一块北方平原的昨天,或者说历史,因为我只能依赖着这些古本县志感知这块土地的昨天究竟发生过什么,我辈以前的父辈爷辈老老老爷辈们以怎样的形态生活着,近代以来剧烈的社会革命历程中,他们的心理秩序经历过怎样的被打乱被粉碎和怎样的重新安排的历程……谈到动情时,便有自信和自卑胶着着的悲凉,少小年纪迷恋文学,几十年过去了,发了为数不少的中、短篇小说,奖也获了多次,但从真实的文学意义上来审视便心虚,因为连一部自己满意的作品还没有。我说,兄弟,想想已经晃过四十四了,万一身体发生不可救治的灾变,死时真的连一本给自己做枕头的书都没有。这是很真实的当时的心态,因为迷恋文学而不能移情的悲哀,从这一点上说来,是完全的内向内指的生存兴趣的悲哀,也是完全的个人生命意义的自私的悲哀。正是在这种纯粹的个人兴趣的自我指向的悲哀中,激起了为自己做一本真的要告别世界也告别生命兴趣时可以做枕头的书的自信。

直到完成《白》书以后,我又有了属于自己的创作之外的人生体验,人不可以完全自卑,亦不可以完全自信;处于无法摆脱的自卑状态,是根本不可能进行任何创造性劳动的,这是极易被接受的普通的道理;而一个人(尤其是进行创造性劳动的人)如果永远处于自信状态而从来不发生自卑的心理,这个人的创造智慧将不仅得不到最好的发挥,反而会受到损害,道理也很简单,没有一定的自卑就不会有自省,更不会有刻骨铭心的自我批判,因而就很难找准自己新的创造目标和新的创造的起点。自卑未必不好,只是不要一味地自卑;自信是所有创造理想的前提性心理准备,然而自信也必须是经由反省之后重新树立的新的蜕变之后的自信。

当我在自卑的深谷进行几乎是残酷的自我反省再到自信的重新铸成,《白》的构思已经完成。更切近地对五十岁的感觉的危机,似乎还不在五十以后算不算老头老汉,而在于能否安全抵达五十。三年是一个不短的时间,春夏秋冬寒来暑往萌芽落叶的自然景象交替三次,所可设想的意外事件都可以不予计较,不予理会,包括生计都可以咬牙承受而不吱不声,唯一畏怯的是万一身体发生某种无计祈祷的灾变怎么办?不单是那时的新闻媒体连续报道了几位中年知识分子英年早逝的消息给我造成的心理阴影。平心想来,人的生命里的神秘莫测的灾变的发生只是个常识性的存在,不单是中年知识分子英年夭亡者众,工人农民职员等各种职业的中年人死亡的数字,只是无人认真统计罢了。而五十岁上下属于危险年龄区段,据说是国际医学界的"最新研究成果",被各类报刊的生活版反复转抄,无论真假都会造成一种心理影响。

我的固执和我的愚蠢既使我受害匪浅,也使我得益匪浅,受害多了也就没有了——道来的兴致,得益就得在可以做到不会发生听见风声便是雨的轻信。然而,危机的心理却是确确实实由此时产生了。我毕竟经历过几十年的创作,几十年的中国当代文学的风雨;也经历过几十年的社会风雨，几十年的属于自己的经验和体验，生活的体验和生命的体验，都警示着某种意外的可能性。这种可能性不管对我，对从事任何职业有着任何兴趣和追求的每一个生命都潜存着，仅仅只是有幸与不幸的莫可猜测臆断的事情。每个人都在企盼幸运永驻同时也逃避不幸，然而不幸每日每时都降临到那些熟识的或陌生者的头上。我的危机甚至恐惧心态的产生，便是对那些业已发生的不幸的畏怯，因为我还没有做成不幸突然发生到我身上时能够安慰自己的枕头。

当新的一年的艳丽的太阳把阴坡上的积雪悄悄融化的时候，对生理不幸的畏怯心理完全被汹涌着的创造欲望彻底扫荡了。把那种只属于自己的独特体验倾泻出来展示出来，自信那种生命的和艺术的深沉而又鲜活的体验只属于自己，强烈的创造的欲望既使人心潮澎湃，又使人沉心静气。当我在草拟本上写下第一行字的时候，整个心理感觉已经进入我的父辈爷辈老老爷辈生活过的这座古原的沉重的历史烟云之中了。这是一九八八年四月一日。

三

北方乡村的冬夜寒冷而又漫长。然而在我即将跨上五十岁的这一年的冬天，最深刻的记忆却是孤清。这是一九九一年的深冬。

我已经在这间小屋里的小圆桌上爬行了四年。冬天里一只火炉夏天里一盆凉水，《白鹿原》上三代人的生的欢乐和死的悲凉都进入最后的归宿。我这四年里穿行过古原半个多世纪的历史的烟云，终于要回到现实的我了。掀开新的一页稿纸，便有一种"倒计时"的怦然。然而当每天的黑夜降临时，心里的孤清简直不可承受。

我的祖居的家园在一个不足百户人家的村子里。老祖宗选择这块南倚白鹿原北临灞河的风水宝地生息繁衍，在以纺车和石磨为生存的基本手段的农业社会是极富于眼光的选择。有坡地有河川水田,只要灞河不发生断流,河川里就不愁绝收,灞河水是滋润先辈血液的从未枯竭的乳汁。这里虽然距西安城区不足一小时的汽车里程,然而却是天然的偏僻,在兵荒马乱的年月倒是得天独厚少了一些骚扰(绝无桃源之境)。然而先祖们缺乏料知几百年后的子孙的生活前景,却因这个偏僻造成进步的滞缓和生活的诸多障碍。每一家的后院都紧紧贴着白鹿原的北坡,横亘百余华里的高耸而又陡峭的原坡遮挡了电视信号,我兴冲冲买来的电视机无论换上怎样灵敏的接收天线都无济于事,只能当作收音机收听每日的"新闻联播"……

即使在冰封大地万木萧瑟的冬天,只要不是漫天飞雪,农民们便不闲着,他们把鸡窝牛棚猪圈羊栏里的粪便挖出来,捣碎了再用独轮小车推到麦地或棉田里去,或者为小麦冬灌,或者为葡萄园松土翻地,或者挑着菜园里的冬菜去赶集,或者为已经成年的儿女选择配偶。忙是忙着,却是一种冬天里的自然的悠闲缓慢的做派,天黑吃罢夜饭就早早歇下了。整个村庄便沉寂下来,偶尔的几声狗吠之后愈加死寂。我在小桌的稿纸上折腾了一天,写作顺畅的欢悦和思绪不顺的忧烦都无法排解;又读不进去任何书,越是临近这部书稿的结束,越是不想读什么书了,也许是我有生以来阅读兴趣最低落的一个冬天。我似乎无法忍受那种挥斥不开的孤清。

我便在无边的孤清中走出屋院,走出沉寂的村庄走向原坡。清冷的月光把柔媚洒遍沟坡,被风雨剥蚀冲刷形成的奇形怪状的沟壑峁梁的丑陋被月光抹平了。我漫无目的地走着,走到一条陡坡下,枯死风干的茅草诱发起我的童趣。我点燃了茅草,由起初的两三点火苗哧溜哧溜向周围蔓延,眨眼就卷起半人高的火焰,迅疾地朝坡上席卷过去,同时又朝着东西两边蔓延;火势骤然腾空而起,翻跃着好高的烈焰;时而骤然降跌下来,柔弱的火苗舔着地皮艰难地流窜,我知道,那是坡地上枯草的薄厚制约着火焰的升跌;遇到茅草尤其厚实的地段,火焰竟然呼啸起来,夹杂着噼噼啪啪的爆响……我在这时候便忘记了一切,周身的血液也涌流起来,舞蹈着的火苗像万千猕猴万千精灵,孤清和寂寞顿然被野火驱逐净了,心里洋溢着畅美和恬静。

我坐在坡地上,点燃一支烟。

书稿就要写完了,最初的对于不幸的畏怯早已烟散了。不是最初设想的三年而是整整四年,因为纯粹的客观的因素而停止了两个冬天的写作,而秋天和冬天恰恰是我写作最适宜的习惯性时月,整个写作计划就拖迟了一年,我的耐性经受了锻炼。

这个时候,文坛上正在热烈地讨论文人要不要"下海"的新鲜话题。

我的眼前,可以辨识这儿那儿的一堆堆老墓和新坟。这个小小的村庄里的一代一代的男女死亡以后,他们的子孙邀集族人和乡党在山坡上挖掘墓坑,再把装殓到棺材的尸体抬上山坡埋进黄土,他们生前日夜煎熬着的事,由他们的儿子和孙子继续熬煎;他们平生累断筋骨力争着的生活理想,也只好交由儿子和孙子继续去力争;坡地上无以数计的老墓新坟里的那些到死也没有争取到生活理想的男女无法得知,他们的一代二代乃至八代子孙依然过着和他们一样的光景,甚至还保不住他们在世时的那两亩田地和两间旧房,时光在这不变的坡上和河川停滞了多久多久……

野火烧到了那面陡坡的坡顶,茅草断绝了,火焰也断断续续熄灭了。我又走下一道坡沟,掏出火柴,这条笔直的大沟再次腾起野火的壮观景致。

我在沟底坐下来,重新点燃一支烟。火焰照亮了沟坡上孤零零的一株榆树,夜栖在树杈里的什么鸟儿惊慌失措地拍响着翅膀飞逃了。山风把呛人的烟团卷过来,混合着黄蒿、薄荷和野艾燃烧的气味,苦涩中又透出清香。我又一次沉醉在这北方冬夜的山野里了,纷繁的世界和纷繁的文坛似乎远不可及,得意与失意,激昂与颓废,新旗与旧帜,真知与荒谬,谋算与投机,红脸与白脸,似乎都是另一个世界的属于昨天的故事而沉寂为化石了。

十年以前的这样的冬天,我有幸作为专业作家调入省作家协会搞专业创作。我办完了包括户籍和粮油供应等所有关系,同时也就决定回归老家;我得到了专业创作的机缘,整个心理感觉就是进入生存理想的最佳境地最可心的状态了;这个机缘于我的全部含义只有一点,往后的时间可以由我自由支配了。

我几乎同时决定回归家园,仅仅只是自我判断后的抉择。我的自我判断又基于比较清醒的自省,没有机会接受文学的专业训练,自修所得的文学知识带有很大的实用性和不可避免的残缺性,需要认真读书以弥补先天性不足,需要广泛阅读开阔艺术视野;我在乡村基层工作了整整二十年,我所经历的社会生活和我自己的精神历程,需要冶炼也需要梳理,再也不能容忍自己描摹生活的泡沫而把那些青春和血汗换来的生活积累糟践了。没有拯救作家的上帝,也没有点化灵感的仙人,作家只能依赖自己对生活对生命对艺术的独特而又独立的体验去创作,吵吵嚷嚷自我标榜结伙哄炒都无济于事,非文学因素不可能给文学帮任何忙,文学的事情只能依靠文学本身去完成。出于对文学的如此理解和对自己的弱项的解剖,便决定回到故园老家去,寻一方耳根清净之地去读书去练笔。

在祖居的老屋老老实实住下来,连自己也觉得不可思议。自小学五年级开始上寄宿学校到后来参加工作再到这次回归,整整三十年里,只有礼拜天和寒暑假在这个村子度过,三十年后窝居老屋,重新呼吸左邻右舍的弥漫到我的屋院的柴烟,出门便是世居的族人和乡邻的熟识的面孔,听他们抱怨天旱了雨涝了太失公道的什么狗屁事啦……又是十年!到这一年的最后一个月份过去即将跨上一九九二年的元旦,我正好在这地理上的白鹿原北坡下的祖屋里生活了十年,小说由短篇写到中篇再写长篇,费时四年的书稿即将完成的怦然又发生了。哦！上帝,我终于把握住了属于自己的十年也拯救了自己的灵魂,迈进五十岁了。

四

孙康宜教授对我说的五十危机的埋解显然有点误差。

尽管这样,反倒是这误差给了我一种启迪,关于五十的习惯性认识,老年年轮对人心理的某种威压,毕竟廓清了。我首当想到的是索尔兹伯里这位美国老头,八十岁时走完了中国工农红军长征之路,而且完成了《长征——前所未闻的故事》一书。这个壮举和这种创造活力,也应该是一个"前所未闻的故事"。八十岁的索氏敏捷的思维,理智而又深刻的论述,捕捉红军壮士个性细节的准确,对复杂的历史事件恰当而入微的剖析,令我感叹不已。应该说,这是我读到的写"长征"的最优秀的一部书,曾经忍不住发出惊叹,闻名于世的"长征",怎么让一位美国作家写成了,而且是一位八十高龄的老头。面对索氏,五十算是青年。于是,我对孙教授说:"五十开始好。我来写一篇文章,就用这句话作篇名。"孙教授说:"写出来一定寄我看看。"

在西安的几天时间里,孙康宜走东线看了秦始皇兵马俑、兵谏亭和杨贵妃的浴池,顺路在半坡参观了仰韶文化遗址;去西线参观法门寺、武则天陵和汉武帝陵园,又在杨贵妃的墓冢前久久伫立。抽空又在西安的大街小巷转悠了感受了。我没有作陪,司机给我说,这个孙教授是他所送往参观的客人中最用心最费时的一位,不停地问着记着。在半坡遗址的村落里,在杨贵妃硕大无朋的浴池旁和她被缢死的马嵬坡,在另一个女人——中国唯一一位女皇高耸的陵墓前,孙教授感受到什么,无须揣测,任何人的任何感受都是合理的独自的。我只是觉得她早出晚归不知疲惫的劲头,整个就注释着她的五十开始的宣言。

最后一个参观景点是黄帝陵,我作陪。汽车驰过渭河,在渐次增高的缓坡上前进。从渭河平原到渭北高原过渡的层次一目了然,一方地域独有的气韵总是给人以独特的历史文化和现实格调的强烈感受,平原上的偌大的村落和高原区一排排窑洞,繁衍着延续着一个民族。从那平原上的村庄和高原上的窑洞里,曾经走出过一个又一个杰出的后生,有的甚至走进他们当时的封建政权的中枢,影响过当时的政局和时局。他们的最杰出的贡献和最生动的逸闻,依然在那些树木掩映泥泞遍地的村巷里流传,成为整个村庄整个县域内的子孙的骄傲,他们的精神和气性也就历经千年百年而依然流贯在乡民之中。我给孙康宜教授介绍说,历史上凡是有能力进入当时政权中心的关中人,祸国殃民的奸佞之徒几乎数不出来,一个个都是坚词硬嘴不折不摧的丈夫,这块土地滋养壮汉。孙教授说,试举一例。我说,太史公。若举二例,便有牛先生,他是《白》书里朱先生的生活原型。
……

直到最近一次打电话来,孙康宜教授说她还想来西安,上次来时太匆促,短短几天的感受,反倒引发起更为强烈更为直接的欲望……末了竟然还追问:"五十开始"的文章写出来了吗?

1997 年 1 月

朋友的故事

小韦是我的朋友，是近年间因为文学这关系才相识相交的，年龄差着整整十岁，所以不像那些同龄的又是经历过十余二十年的朋友在一起时那么随心所欲。因了年龄的关系，他对我总是多了一些尊敬，也就多了一些拘束。我也因此而不能对他畅所欲言，单怕不慎时造成敏感和伤害，不由得也就犯起拘束的毛病。在我的印象里似乎形成一种错觉，无事的时月里，他不见来，他不来时我也没有想念或思念的欲望产生；一见他来找我，肯定有事，有的事大，有些事则很小很小罢了。

去年初夏，关中的气温急剧上升，昨天还穿着毛衣，今天就脱得单衫短裤了。小韦到我家时还穿得很厚重，西装下套着毛衣和扎得很整齐的领带，便不断地擦汗，擦得我身上都感觉汗腻腻的，擦得我心里也热躁躁的。便劝他脱了外衣毛衣再去洗把脸。他却不脱不洗嘴里说着不热不热，却仍然不住手地擦汗。接着就急嘟嘟地告诉我说，他刚刚出版的那本书出了问题。我并不惊讶，因为身在文坛，时不时地有这个作家的这本书或那个作家的哪一篇小说出点问题，早已司空见惯，神经也早已磨炼得说不准是沉静还是麻木，反正是不再大惊小怪更不会惊惊炸炸的了。甚至较长一段时间闻听不到此类消息，反而奇怪怎么会如此风平浪静水波不兴。小韦说他们单位的一位主管领导对他的书"有看法"。

"有看法"这个词组在现代语言里是一个最常用的口头语言,然而确属一个无用无知的废话。任何人对任何一件事都会有自己的看法的,大至美国轰炸伊拉克的战争,小至单位的工作和家庭里买何种品牌的空调机;任何人读过任何一本书或一篇短文,也都有自己的感受或者说看法,即使判断不定优劣拿不定主意去褒去贬,持一种谨慎的保留,亦是他的看法。所有这些都是人类最基本的也是最正常的行为,所以说"有看法"其实是一句废话。

"有看法"之所以通用之所以流行,并不是我们缺乏语言常识任废话流行,而是一个包含着特定意味的词组,或者说在当代生活里它已经失丢了原本的正常的含义,而赋予了它一种新的原本不属于它的非正常的内涵,令人心里不安甚至畏怯甚至沮丧甚至大祸临头的一种凶兆。即:"有看法"就是"有问题"。用关中方言说就是有麻达或者说有麻缠或者说惹下是非了捅了娄子了拉屎拉到锅台上了惹下麻达了。方言"麻达"在汉语里更广泛的含义是麻烦。这就是说,小韦的单位的那位主管领导认为小韦的小说有麻达有问题。

我仍然有点麻木,有点无动于衷。这本书是小韦的第二本中短篇小说集,出书之前曾经满心欢喜地约请我给他题写了书名:这本集子收入的几个中短篇小说,都是在刊物上发表过了的。据我所知,所有这些作品发表的时候,没有引起过轰动效应,也没有引发过争议,更没有引起批评,于优于劣于好于坏都没有引起批评界和读者层太大的关注和反应。结集出版以后,小韦便像所有作家一样,把这本书送给自己的朋友和管着自己的领导,既是一种友谊友好的表示,也不乏请示指正的谦逊。万万没有料及的是,主管他的领导在某一篇小说里看出了问题,"有看法"了,真正认真地"指正"起来了。岂止"指正",而是要当作一个比较严重的问题来"抓一抓",因为据说"问题"是属于"政治性"的。

我很关心怎么"抓"的问题。小韦说,主管领导已指示专门抓思想问题和政治问题的部门严肃认真地"抓一抓"。小韦把这件事说给我的目的,是想请我去给他的单位"抓"这本书的领导和部门解释一下。我想到了我的责任,也想到了在一个具体的基本与文学和小说不大相关的单位里,一个作者的前途和生存发展的重大利害。斟酌一番之后,我就有了主意,先缓一缓吧!让主管部门先鉴别先"抓一抓"吧,看看"抓"的情况和"问题"的严重程度,再决定此行有无必要。我尤其强调,现在刚刚开始"抓",我便去解释,似乎不恰当。小韦同意了。我反倒觉得真成了一档子事了,便问他,你自己觉得有没有"政治性"问题?因为这本小说集我没有来得及读,无法做出我的判断或把握。小韦说,根本不沾边。我就奇怪,那怎么会扯到"政治问题"呢?缘由是什么?他说那篇小说的某个人物的偷情的情节或是细节被一个人敏感了,向主管领导反映了……如此而已。我不由得松了口气,劝他说,那就根本没有必要由我去解释,你准备打官司吧,这是法律范畴的事。

大约一月之后小韦又来了。主管部门的同志"抓"得确实很认真,不仅自己先读了那本书,而且组织了一批人来读,然后由这些读过书的人分组讨论,做出各人自己的阅读判断。我很惊讶也很佩服主管部门"抓"这本书的同志的工作方式,不仅仅是态度从容方式细密而又谨慎,更可珍贵的是用了一种民主的方式。然而我更关注的自然是它的结果。小韦激动地告诉我,没有一个阅读小组甚至没有一个阅读者得出"有政治问题"的结论。我便说,你连官司都不用打了。小韦却依然轻松不起来,说那位主管领导得知这个结果后反而更严厉了,批评主管部门"抓得不力"。问题并没有解决。我便调侃说,那你就仍然做打官司的准备。

小韦为难地讪笑着说,问题反而复杂化了,这位主管领导向来以强硬为个性特点,他所批示的"抓一抓",就是要抓出问题来,抓出他已经定性的"政治问题"来,怎么能听任相反的结论呢,那不等于他抓错了吗。小韦又说,怎么能打官司呢,如果不想晋级不想评职称甚至不想在单位工作了,当然可以打。问题是老婆和孩子以及自己还得生活。我也苦笑了,那么又怎样找到既不打官司又不让领导继续"抓"那个"政治问题"的两全其美之计之术之办法呢?

我突然寄希望于主管部门,便问小韦说,弄到如此局面,主管部门打算下一步怎么"抓"?小韦说,主管部门原先打算分两步抓,第一步先让本单位同志阅读讨论,因为本单位本身也是一个知识分子密集的地方,读者是有欣赏水平的。第二步想请一些大专院校的文学评论家讨论判断,现在因为主管领导对他们的这两步做法持否定态度,便不敢再走第二步了。主管领导要他下属的主管部门做出自己的结论,而且要快。主管部门领导已经让小韦写检查了。我已经意识到小韦的紧张心理,便郑重地说,还是准备打官司吧,不要写检讨了,准备写申诉吧。

小韦心事重重地走了。

小韦走了,我反倒又觉得小韦的诸多厉害的考虑是完全有道理的,我既然找不到两全其美之计,也不该纵容他去打官司。即使官司打赢,他以后的晋级评职称分房子以及工作安排中会有多少小鞋等着他。我的处事办法未必会给他解决实际问题,甚至会引发更多更大的灾难。然而面对那位从"抓一抓"上升到抓住不放的主管领导,除了申诉除了打官司又能如何呢?

这件事已经波及我。我的心情压上了负担,我甚至期盼小韦的电话或来访,有点揪心的感觉。

出乎意料的是,刚过一周,小韦来了,我便迫不及待地问:现在情况怎样了?

"没尿事了!"小韦说,"热得很,让我先脱了衣服喝口水。"

我更加急切地想知道怎么会"没尿事了"?

小韦说,主管领导被隔离审查了。

我的天哪！我怎么也意想不到如此急骤的转折和变化。

小韦告诉我，他们单位下属的一个公司的老板被抓了，被抓的老板交出来一份他行过贿的人的名单。"主管我又'抓'我的那本书的'政治问题'的领导名列其中，据说一次就受贿十万。"

生活在捉弄谁啊！我真是从内心深处发出惊叹了。如果不是那位主管领导"抓"小韦那本书的"政治问题"，单纯只是受贿十万，我肯定只会当作一个小小的趣闻来听，根本不会惊惊炸炸的，更不会于心灵深处发出浩叹了。因为在中国近年的反贪风暴中，惊人的巨款数额早已使我们闻声不惊了，何况一个"小小的"十万。使我真正惊叹的倒是他在那里一脸肃穆地"抓"着小韦的那本小说集的"政治问题"的劲头是怎么产生的？这个"抓"与那个"贿"有无生存形式的联系？或者说这个"抓"与那个"贿"本身都成了一种人的一种生存模式？这个"抓"于那个"贿"其实只是一种生存的隐蔽色而已。

然而小韦却被"抓"得心神不宁惶惶然如坐热锅，诚恳的毕恭毕敬的解释不起作用，由主管部门煞费苦心组织各阶层读者阅读，然后分组座谈讨论，然后正儿八经汇报讨论结果也不行。受贿案一经揭发，这个"政治问题"便自行销声匿迹灰飞烟灭了。如果写小说用了这样的情节可能是最蠢的巧合，而实实在在运行着发生着的生活故事，委实让我感受到一次生活辩证法的痛快。

小韦说，这件事让你也操心了。好咧好咧现在没事了，咱还是写咱的小说。

我倒是企盼他能真的写出一部触及当今生活内质的小说来，让那种将"抓"与"贿"玩弄于股掌之上的人真正痛切地感受一下，他们在真正意义的政治的圣坛上属于什么。

1997年2月16日 西安

陶冶与锻铸

我对家乡灞桥区发生的变化和进步尤其敏感,无论报刊、广播电视等传媒上出现的灞桥地区的新鲜事,常常使我怦然心动。每一次因公因私踏入灞桥地域,我的情绪便不自觉地兴奋欢悦起来,似乎那里的地磁磁场与我的心脉有一种神秘的感应。想来不完全是狭隘自私的情怀吧,不过是人类对于故袤的一种深切而又温馨的怀念与眷恋,常情而已。

在那个以英雄的刀剑和人民的苦难绵延过两千年的漫长历史的古原上,灞桥区政府建立了中学生锻炼基地;在风光旖旎尤以柳色迷醉过千古骚人墨客的灞河岸边,又建立起小学生锻炼基地。去年春天我专意看了设在那里的西安市第八十一中学的中学生锻炼基地,看那些十三四岁的少年学习种茶,甚为威严地演练军人的队列步法,英姿勃勃地表演集体武术动作,在风景如画的鲸鱼沟里练习实弹射击。看见他们叠得方方正正四棱不倒的被子和干净整齐的床铺,摆得规矩严整的脸盆和牙具,俨然一座小军营。我聆听了几个男孩和女孩短短一周里的锻炼感受和心灵世界发生的重大变化,真是感动又感佩。是的,他们自觉地摒弃了一些从来也没在意过的成长期里的随意性和任性这些性格缺陷,初初醒悟了作为社会人必须具备的自律和自强的内在品质;他们从不自觉到自觉地开始拒绝家庭和社会给予他们的多余而有害的关怀,初步觉醒做个"小皇帝""小公主"

的畸形生活形态对自身心理健康的危害。所有这些,真是令我深受启示振奋不已。一年后的今年春天,我又赶到位于灞河岸边的西安市第六十三中学,设在那里的小学生锻炼基地也正式开办。这是些年龄更小大约十岁上下的孩子们的小"营地",又一次使我的内心受到冲击。

这个小学生锻炼基地与原上那处中学生锻炼基地的项目设置和锻炼手段有明显的差别。从这些更小的孩子的生理实际出发,基地让他们饲养小兔、小鸡等小动物,锄草浇水,辨识韭菜、辣椒、茄子等蔬菜的幼株和栽培;更有兴味的是带上他们到乡野去观赏浏览山川原坡和灞河的自然景色,感受大自然,亲近大自然,拥抱大自然,给孩子心灵世界抹一层生动蓬勃的绿色,陶冶孩子的性情。让那些从一生下来就踩着水泥走路的双脚到温厚的黄土里去蹦一蹦,到沙砾堆积成的奇异万状的河滩上去疯一疯,肯定会改变公园里的假山和臭水留给他们关于大自然的虚假概念,让他们的眼光从那个用砖头围垒起来的小公园摆脱出来,投向广阔的天地和壮美的山与河,让他们的心胸也随之而宽阔爽气起来。

我想起前几年发生过的一件事,关于中、日两国中学生联合组织夏令营,在内蒙古草原上中国孩子的表现逊色于日本孩子的事件。那篇通讯曾经引起过不小的社会反应,我当时也是被"震"了一下的。不单是丢面子,重要的是引发了关于一个民族的体魄和心理素质的锻铸的忧虑。随后似乎又有一篇关于这篇通讯的调查报告,逐条予以纠正,有证有据,证明那篇通讯完全是杜撰的哗众取宠的水货。我至今也没弄清楚这两篇文章谁真谁假,然而无论从情感无论从面子无论从深层心理来说,我都希望前者是虚假的后者是真实的。道理很简单,我们的孩子从耐力和自律诸方面至少与日本孩子相当,面子上好看心理上平衡情感上顺畅,自然不会多一层关于未来的忧虑了。

我又退一步想,即使完全没有发生过上述难辨真假是非的事情,平静客观地面对青少年培养问题,应该着手于怎样的现状呢? 曾经有一部《中国小皇帝》的长篇报告文学,做过广泛而又严密的社会调查,作者做了精辟的剖解,对民族未来深沉的忧虑和强烈的责任感,引起社会和家庭广泛的呼应和认同。"小皇帝"成为一个被普遍接受的既带有调侃色彩又隐含着深刻警示意义的通用名词,"小皇帝"们生活的温床,对形成他们健全健康的精神气质和心理结构存在着被公认的不合理成分,即是说重视身体健康而放宽了品德规范的尺码,重视智力培养而忽略了心理素质的锻铸,过分的溺爱以至娇纵,往往把孩子导向自私蛮横而心理承受力却很脆弱的畸形性格。这样的孩子走向社会,承受艰巨创造活动的持久力会是软弱的,承受生活中突发性灾变的能力更差;就智力而言,将会因此而妨碍他们的先天性的智慧的发挥,甚至是一种浪费,许多天才终究落入平庸,这应该是其中一个最致命的因素。

现实的中国人尤其是相对比较富裕的城市人,他们或因自己过去吃过太多的苦,自觉不自觉地把富裕后的享受一股脑倾注到孩子身上,或因计划生育只有一个孩子的客观现实,便自然地把全部肥料和水分都给予这一根独苗,也许明明白白知道这样做反而有害,然而无法不顺应情感驱使。

灞桥区开设的中小学生锻炼基地,无疑是对社会生活中某些难以改变的缺陷的有力纠正。近三年来的试验性实践,逐步完善逐步趋向合理化。接受锻炼的中小学生争相前往,家长也有广泛热烈的呼应,主动配合,"忍痛"送孩子去锻炼,已经在灞桥区的社会生活中形成风气。如此看来,区政府设立中小学生锻炼基地的举措不仅切中实际,更应属一种深远的眼光,一种对国家民族未来的最重要的基础建设工程。

1997 年 10 月

喝茶记事

年轻时收入低微，常常为一家人衣食之大事犯愁，岂敢有品茶之类奢侈事。然而茶水毕竟还是喝过的，大多是别人礼让的，自然谈不上品牌品位和品种，人家泡什么茶就喝什么茶，红茶绿茶花茶，叶儿的末儿的坨儿的以及刀劈斧斫的砖茶，品位等级不仅不能讲究，其实自己根本就不懂，再说也没有品茶的兴趣。

认真地自己买茶叶喝茶，有两回。有一年闹胃病，吃什么东西胃里都冒酸水，大口大口清亮亮的酸水冒将出来，喷到床下和桌下，几乎可以作为洒水息尘之用。发展到胃里开始有隐痛，去看医生。医生轻描淡写地说吃苞谷面高粱面太多了。我心里反倒加重了负担。这些粗粮是按比例配给的，而且看不出有减少的任何可能，不吃苞谷高粱，又到哪里找好果子吃？医生给弄了一大包酵母片，又赠送了一剂良方：回去熬砖茶喝，暖暖胃。我的手在口袋里揣摩了许久，还是花大约三毛票买下二两，先试试。那砖茶名副其实，硬如砖头，用刀劈下碎片，搁火炉上熬煮，倒出来竟是如同中药的颜色。然而喝起来毕竟是茶味，只是后味有些苦涩。这是我第一回花钱买奢侈品，当作医病的药用的。

再就有点雷同，仍然是医用。到新时期之初，生活初得改善，可以不再以杂粮为主，我的身体又引出了截然相反的变化，内火太盛。好东西吃多了热量增加了消耗不完，便聚积而生为火。这是一位中医先生当时剖析病因的诊断词。那火一生成,轻则牙疼,重则小便不畅,且有灼烧似的刺痛。医生给开了一些下火的药丸,又赠我一剂良方:回去常喝点绿茶,绿茶下火。医生是个善解人意的好人,居然指点说:你就买"陕青"喝,很便宜。我很感谢医生,更欣赏"很便宜"这话,所以说他善解人意。初得温饱的我们家,这回真正让我奢侈了一回。我专程赶到西安最大的一家国营茶叶专卖店,把所有货架上的货柜里的茶叶整个参观了一遍,才知道中国出产这么多品种的茶叶,有的价格高得不可思议。最后在货柜的比较冷僻的位置找到"陕青",有不同价目的三档,我还是很切温饱"初"得的实际,选了中间一档的,八毛一市两,先买半斤试试,花钱四元。绿茶"陕青"只用开水冲泡,无须费火费劲去熬去煎,而且关键是效果不错,内火得到医治,很少再犯。这回仍是把茶当药用,岂敢说品。

不久,陕南的朋友来西安,便捎给我一包两包茶叶,仅从包装上看,都比我买的"陕青"阔气排场得多。茶叶的形状差异十分明显,一条一条有如羽毛,冲水之后便蓬勃起来,绿油油一朵初芽的茶叶,水色金黄透亮;不说砖茶,先前的"陕青"也相形见绌了。再细一问,曰:秦巴雾毫。友人热情而又自豪地吹捧家乡陕南特产,说这茶叶论质标价已与传统权威茶"龙井"齐价,说陕南是中国茶叶开发最早的地区,唐代陆羽所写的中国第一部茶叶专著《茶经》开篇就说,"茶者,南方之嘉木也,巴山峡川生焉","巴山峡川"即指陕南的秦巴山地和汉水流域。然几千年来,这里的茶叶生产仍然处于原始状态,更无名茶。"秦巴雾毫"的研制成功,结束了茶叶诞生母地无名茶的历史。我也较早地品尝了,真是与以往的所有茶味迥然不同。及至一九八九年九月十日在《人民日报》上读到作家王蓬的报告文学《巴山茶痴》,我才得知"秦巴雾毫"的创造者名叫蔡如桂。

他为陕西第一个名茶的诞生,几乎耗尽了整个青春和心血,包括狱牢之苦。读罢使我默然无语,直觉得心闷气憋,这蔡如桂便哽在心头吐也吐不出来了。

六七年后,我在汉中见到了蔡如桂,竟是一条壮汉,年迈六旬,头发依然稠如乌鬓,走路雄壮威武,说话节奏极快,一身西装穿着却显不出挺括,倒像是一位管护茶园的农夫。早已喝过他培育的名茶,又从王蓬文章里了解了他的生命历程,所以一见便如故人。我说,你就那么简单地被弄进监狱去了?他淡淡地笑笑,就那么简单。我就觉得很无奈,把人简单随便地扔进监狱,扔者和被扔者之后都相安无事,除了无奈还能说什么。

现在我可以勉强地说进入品茶档次了,唯"秦巴雾毫"为最。在办公室在家中,在旅途在陌生的新地,捏一撮羽毛样的"秦巴雾毫"丢入茶杯,冲出淡淡的金色茶水,喝着品着,便有蔡如桂先生如影随形似的陪我聊天,由品茶而进入品读蔡如桂其人了。

蔡如桂,安徽人,安徽农业大学茶业系毕业后,分配到陕南秦岭和巴山里最偏僻最贫瘠的镇巴县,从二十几岁的小伙子到年届六旬的老汉,整整一生就在那个地方没有挪过一回窝儿,不是别人不给他挪,他压根就没有想过要挪窝儿。那窝里有茶园,是他安身立命的乐园。他终于把那些像晒晾柴草一样晾晒茶叶的农民教会炮制精品茶叶了,他自己也创造出"秦巴雾毫"这样的名茶了。然而就是这样一个痴情茶叶发展的难得的人才,却被一个副县长执意而又随便地扔进监狱。事因太简单,副县长在干部会上号召乡民毁林开荒,扩大粮食种植面积。作为县人民代表大会代表的蔡如桂提醒说,国家森林法已法定了,你说的那些地带是不能开荒的。就这么一句话,就这么一句纠正副县长违犯国家森林法的话,他被这位副县长弄进监狱改造了近两年,在社会和民众的舆论压力下,才获释了。我总也不可理解,仅仅因为当众被伤了点面子的副县长,怎么会有如此大的毒劲,把一个为陕南茶叶事业奉献了毕生精力且卓有建树的人扔进监狱?

任何想在这个世界上成就一番事业的人,先天的智慧和后天的持之不懈的探求是必备的条件,吃苦与艰难,也是自不必说的必须经受的,非此就不会有重大发现和发明产生,这种精神准备也十分充足。然而,蔡如桂怎么也不会想到,因为一句维护国家庄严法律的话而坐牢。坐了牢了,在初春时节茶叶冒尖的关键时刻,他要去指导茶农采摘和科学炮制,误了季节就误了一年的茶叶。他三番五次口头申诉又书面报告:我要去指导茶农采茶,可以派两个公安战士押解着我上山! 我初读到这里便按捺不住心颤。后来许多年里,一边品着蔡如桂的茶叶,一边品读着他的行为和声音,成为医治我的懒惰和软弱的良方。

今年春天,新茶上市,蔡如桂以自己创办的茶叶公司老板的姿态赶到西安,推销今年的第一茬新茶,也带给我两包,打开即有一股幽幽的香气扑面而来。他又送我一本《茗饮之道》的书稿,是专讲品茶之道的雅著。不读不知自己的浅陋,读罢才知品茶的传统和现代功夫的深奥,鉴定自己其实比早年把茶当药用的水准并无什么长进,充其量只够喝茶的一般概念,离"品"的档次尚远。然而品也罢,喝也罢,只要有蔡如桂这样的好茶和对事业的痴情相伴,我已知足了。

1997 年 11 月 22 日　雍村

追寻貂蝉

米脂的婆姨绥德的汉。

在陕北,婆姨既指妻子,也泛称女性。这民谣说米脂县出美女,绥德县的男子是最俊俏的。至于米脂的婆姨怎么美,美到如何程度,陕北人一般都缺乏耐心具体地为你描述皮肤如何白嫩细腻,脸腮怎样艳若桃花啦;或是根本不屑于用这些惯常的陈词滥调去涂抹他们心目中的米脂婆姨,干脆随口反诘一句:貂蝉什么样?貂蝉就是米脂婆姨!

貂蝉就成为米脂婆姨的象征,令一切男人崇拜,也成为陕北人可资骄傲的一个无可匹敌的象征。

受这样的广泛流传的民谣的诱惑,踏上北去米脂的人,心里便跃跃着一种追寻貂蝉的企盼,企图阅尝米脂婆姨的风姿。记得是十二年前的一个夏天,黄土高原恰逢十年不遇的好年景,雨水充沛,连绵着的慢坡台田和蜿蜒着的河川里,被各种田禾覆盖得密不透风郁郁葱葱,大豆摇铃,稻子扬花,高粱吐红,谷子抽穗,热风挟裹着醉人的五谷气味灌进车窗,文人们一个个都情不自禁,约好到米脂县城先找一个貂蝉看看。

我和一位朋友在县城转了大街又走了背巷,不仅没有看到貂蝉般美丽的女子,连民谣里传诵的漂亮婆姨也未遇见,便对一位坐在廊阶上摇着扇子乘凉的老汉问话:人说你们这儿婆姨好,怎么一个都不见？老汉摇着扇子直冲冲一句:还问哩！都给你们城里人勾引跑了。我一愣,朋友却调侃说,城市对乡村的野蛮"掠夺",以至貂蝉。

虽然失望,却仍不怀疑民谣有任何伪诈。米脂水好,虽然粗粮布衣,却有好水滋润,所谓一方好水养一方好婆姨;米脂以北历来为边塞驻军之地,戍边的将军谋士的家属家眷,多是女人中的人尖儿,她们遗散民间,既带着优质良种,又兼着杂交取优的强势,百朝千代下来,米脂的婆姨便独秀于黄土高原了。这是陕北人推论米脂婆姨的自然的和历史的两大原因。同行的陕北作家证实,米脂的好婆姨都留不住,有本事的去上学去革命了,本事不强脸腮儿好的都给有本事的男人引走了;搞活了开放了,好婆姨更是像蜂儿搬家一样飞出去了,近的到延安,远的到西安,再远就是北京、深圳。你去饭店宾馆看看,凡是长得像貂蝉的,不用问,准是米脂的婆姨。

十二年后的又一个夏天,我从榆林返回时夜宿米脂,宾馆里的服务员一个个水灵灵的,操着生硬的夹生的普通话。我便可以想到,可能仅仅在三个月顶多半年以前,她们还在田畔上点瓜种豆,浇水除草,放羊喂鸡,一张招工启事就把她们"掠夺"到县城里来了。我的同行的朋友说,这儿的服务员个个赛貂蝉,比大会堂里的漂亮多了。我似乎难以附和,美则美矣！然而具体为貂蝉,似乎又不甘于此。这就是貂蝉吗？

晚上看歌舞团演出。朋友指点说,那个细高挑儿独唱的女孩,才是名噪陕北的貂蝉。深圳一家演出团开价多少多少月薪要把她"掠夺"南去,整个米脂整个榆林地区整个陕北高原都骚动起来了,自发自觉开始了保卫挽留小貂蝉的捐款捐资行动,资助经济拮据的歌舞团,一定要把这个好婆姨留下来。"这婆姨走了,我们到哪儿还能听到这么好听的信天游？"这个好小婆姨留下来了。

我被这个生活故事深深地感动了,人人都在追寻自己的貂蝉。

貂蝉的诞生源于民间神话故事,一位在天宫主司百花的牡丹仙子私自下凡，与米脂一个勤劳诚实的后生结为夫妻。女儿出生那天，有一只千娇百媚的银貂蝉蹿进屋院，便取名为貂蝉。这个千篇一律到平庸的神话，有两个不同凡响之处，一是牡丹仙子"采撷百花精英孕育胎儿"，二是牡丹仙子被勒令被绑架回天宫之前，在小院里化出一丛牡丹，并嘱丈夫以牡丹花露养育女儿。这样孕育和成长起来的貂蝉会是怎样的仙骨仙姿呢？任你去想象去创造去追寻吧！你是永远也想象不尽的，你是永远也不可能完成那种创造的，你是永远也追寻不到的。

然而，你却无法中止想象，无法停止创造，更无法断绝追寻的欲望。人对貂蝉的追寻，似乎沟通着喻示着关于美的创造和追求的精神？

1997 年 12 月 16 日　广东河源

自题旧照

前年编选《文集》时搜出了这张照片,当是专为工作证团员证或各种表格使用的标准照,时间确定无疑是一九六三年春天。

《文集》的文字编辑和美术编辑看到这张照片,先后都用一种惊讶或狐疑的眼神瞅着我的脸。这是你吗?怎么会是你呢?你曾经真有过那样光光的一张脸吗?我现在的这张被朋友戏谑被记者们美化为黄土高坡水土严重流失的脸,确凿与那张照片上的脸相去甚远。我便有了阿Q式的自豪与得意,你们该当想到多少万年以前的黄土高原曾经是森林和草地覆盖着的景象!

然而我相信这就是三十五年前那个相对平静的春天的我的脸,从学校走上社会不到一年的我的脸,一个由两人执教七十余名学生的初级小学的民办教师的我的脸。

我的怀疑仅仅在于这张脸上的神情和眼神,似乎不应该如此沉静。我对那个时期的记忆主要是惶惶不定,可以说是百分之七十的自卑和不足百分之三十的自信交织着的心绪。我迷恋文学而且基本确立了自修文学的志向,内心里却无法驱逐自卑,自卑产生的直接诱因便是"天才"这个无法测检也无法判断的神秘莫测的东西。

我的写作发展的历程,老实无伪地标示着我生活体验、生命体验和艺术体验的历程。只是,"天才"再不能折磨我了。所有付出都是合理的,无须对昨天的脸哀婉唏嘘。

1998 年 1 月 10 日　雍村

无法超脱

一

世界杯足球大赛进入倒计时。面对美丽的法兰西,整个世界都憋足聚饱了一口气。

三十二支参战队伍的临战宣言,没有一家是熊包的。无论整个世界舆论如何只在巴西、阿根廷、德国等几个强国之中猜测和预设,反是那些被看作陪太子念书的足球小国似乎比那些被看好的足球大国更牛气更狂傲。比如第一次获得通行证的牙买加队,比老牌夺冠热门巴西、意大利、德国队信心更足。尤其是南非,敲明喊响要为非洲创造奇迹。我不甚关心最后的结局。我更感佩的倒是牙买加尤其是南非人的这种自信。

这种自信在本质上注定了一个国家和民族的精神,也铸就了足球永久不衰的魅力。

中国足球就缺这点东西、最重要的东西。

二

四年才有这么一回。

一九九八年六月的世界,将是一个癫狂的世界,又是一个空前统一的世界。地球人类思维的兴奋点,高度一致地集中到一只小小的黑白相间的足球上来。

总统和平民,司令和士兵,富商和乞丐,教授和文盲,都会为一个漂亮的进球而狂欢,丢失了差别,达到情感审美的完全平等。只有足球能够沟通处于政治和经济和文化两极中的人们的情感。

三

艳阳高照之下的绿色球场是迷人的。

夕阳涂金之下的绿茵场更使人迷醉。

那样一只黑白相间的球儿在绿草坪上滚动,那样剽悍的年轻人在草地上斗勇斗智斗技斗法,我无法抑制情感。那是人类体能与智能的极端性演示。你会觉得人真是天地间的精灵,人真美;人继承着动物的全部优秀的体能,人又具备了动物永远不可及的体能;人真值得你去爱,每一个生命,值得你去珍惜,值得你去为他在这个世界取得合理的生存形态而付出自己的全部努力。

四

生活中我常常不相信某些关于"超脱"的说教。我更多地看到的现实是,说着超脱很多的人,往往是在关心别人关于集体事情上的超脱,而对牵涉自己的哪怕是一个小指甲盖上已经长长的多余的指甲也不能碰的人,他们所说的超脱就不是超脱一词原本的含义了。

对于足球,我也是从来都做不到超脱。

在世界杯外围赛的时日里,我想要中国队赢每一场球,希望中国队能进入法兰西,面对电视转播,忍不住捶胸顿足,忍不住欢呼更忍不住唉叹。

在国内甲级赛场,我强烈地希望陕西国力赢每一个对手。

朋友说,超脱一点。更进一步说,中国足球嘛你就不要寄任何希望,不必为它伤那一份情感。我不仅做不到,反而陷入愈深。

我又想了,如果人们面对足球而能做到"输了赢了就是那么一回事了"的超脱境地,足球灭亡的时日便到来了。

足球本身就是俱乐部主义、地方主义、国家和民族主义的,它紧紧牵动着的是一个地方一个国家一个民族的情感,怎么可能超脱呢?

因为那情感的内核里,是一个地方(比如国内某一省)一个国家一个民族的面子和自尊。

我们在足球世界上已经丢光了面子,已经没有了尊严。我这回或许可以做到较为超脱地面对电视屏幕,去欣赏三十二个国家不同肤色的球员的风采,而割舍自己较为狭隘的民族主义情感了。

多么令人遗憾而近乎残酷的"超脱"!

1998 年 6 月

谁打败了斗牛士

世界杯第一回合战罢，三十二支球队究竟谁是虎是狼是犬是老鼠，已经亮相于数以亿计的众目之下。赢家笑了，输家哭了，平家更憋气了，当属常情。尘埃虽然已经落定，作为一个作壁上观的看客，尽兴欣赏了浏览了当今世界各具风流的球队风貌，自然已经十分满足，唯独对一场赛事耿耿于心而不能释怀，即西班牙与尼日利亚之战。

看家和看客舆论一致，这是第一回合中进球最多也最精彩的一场赛事。我有同感。问题恰恰发生在下半场，确切地说，是西班牙队第二粒入球再度领先之后，场上的战局发生了明显的又是使人莫名其妙的变化。尼日利亚不仅没有因为再遭打击而气急、而气馁、而慌乱这些常见的落后者的反应，反而更加沉稳，进攻更富于节奏感，推进更为简捷明快，进攻线路更加清晰，配合更加默契，一浪接一浪的潮水般的攻势令人眼花缭乱的同时，真正让人体悟到现代足球的难以言叙的魅力。

西班牙队却截然相反，上半时或确切地说二度领先以前的斗牛士式的中场拼抢没有了，疾风似的勇往直前的推进风停浪息了。我们看见的是缓慢的传接，毫无意义的横传，颠来倒去到令人生厌的后场倒脚，放弃中场退回窝门的防守。当这一局面明显呈现出来，而且在尼队强大的进攻面前仍然不知醒悟的状况发生时，我的心里突然产生了一种不祥的预感,尼日利亚肯定要进球了。非我自吹自卖事后诸葛,确是在那一刻里,我的心里浮出一个曾经痛苦不堪的阴影,就是戚务生式的怪圈的阴影。

最能阐释戚务生足球思想足球理论足球战略和战术的一场赛事,当是上届亚洲杯的中日之战。中国队只要打平即可小组出线,于是从一开场便摆出死守窝口挨打挨炸的架势,中国十一名队员很少有冲过中场的欲望和举动。那时节日本队便肆无忌惮地围住中国队狂轰滥炸,直到最后一刻,中国队球门失守。记忆中那是一场丢尽了中国足球脸面的比赛,也是我所看过的国际国内最不堪入目最丑陋的一场比赛。

戚务生没有汲取这个教训,导致在亚洲十强赛中失败的根本孽障概出于兹:足球本不是守。

欧洲的拉丁派西班牙人,既有传统的斗牛士精神,却陷入了戚务生式的"守"的怪圈,还能招致什么好的结果呢?我的预感不幸而"感"中,尼日利亚接二连三攻陷西班牙人的城池,淋漓尽致地在整个世界面前表演了一回非洲人的足球桑巴。

足球和战争的理论与战略基本相通,不外乎攻与防。无论战争无论足球,最终目的是攻城拔寨夺取胜果,攻防讲究平衡,是不言而喻的足球 ABC,然而进攻才是达到胜利目标的别无选择的途径。尤其对足球而言,进攻才是最有效的防守,凌厉而坚决的进攻,才能取得全局上的主动,才能陷对方于奔命式的防守,才能减轻自家后门的压力,把"祸水"一股脑儿地倾泻到对方的窝口。现代足球哪里能找到死守半场以至死守大禁区窝口的战例?只有对抗双方实力过于悬殊,弱方迫于无奈不得不退守才会出现这种被动挨打的局面。亚洲杯的中日之战,世界杯十三日的西尼之战皆为势均力敌旗鼓相当,即便有些许差别,当不能构成悬殊。然而中国队的戚务生的怪圈出现了,西班牙两度领先之后亦陷入这种稀世罕见的怪圈,失败便是在所难逃的了。这种落后到陈腐发霉的足球战略和战术,怎么会在当今的世界足坛上找到一席生存之地呢?

西班牙人在尼日利亚队的攻击之下终于丢掉第二粒入球,于是如梦初醒,重新投入对攻,然而晚矣!并非完全是为"时"晚矣,关键是此时的进攻已非初战时的进攻,自家心理的自信被摧毁了,完全是慌乱无章的反扑,频频的传球失误,连人牌球星的射门动作也扭曲变形,错失良机频频发生,与上半时有板有眼的西班牙队判若两队。令人难以置信的是他们全都不会踢球了,慢说进攻节奏攻防章法之类,队员连最基本的运球动作都做不出来。可见松懈防守会造成怎样不可思议的尴尬结局。综观西班牙人整场表现,所循三大节拍为攻—守—反攻;所得却大相径庭:胜—平—败。真可谓此攻非彼攻,自乱阵脚自我消磨自己打败了自己,自然只能是自食苦果。

古话说逆水行舟不进则退,何况在你死我活的足球赛场。这样简单到大白话的道理,除了中国足球队主教练连续演绎过愚蠢的失败先例,像西班牙这样的足球队偶然也会出现这样原始式的错误,给人的启迪就不单是足球了。

人生何尝不如是?

1998 年 6 月

喇叭裤与"本本"

准确无误地记得是一九八〇年的春夏之交,我在古长安的东大门——历来为墨客骚人折柳送别的古老名镇——灞桥居住着。某一日,小镇上突然冒出来几个穿一种奇异的裤子的年轻人,引起小镇上各个阶层的人们的惊诧与喧哗。

那是一种谁也没见过的奇形怪状的裤子,膝盖以上的裤管和裤裆以及裤腰都特别窄,紧紧包裹着大腿、屁股蛋儿和小腹,穿着这种裤子的男女青年,或粗浑或纤细的大腿原形毕现,或肥或瘦的两半屁股也如形凸现,或丰或瘦的小腹更有一种风情无限的诱惑。从膝盖往下直到脚面,那裤管逐渐加宽放大,恰如一支杆细口大的喇叭。此裤一上小镇,便不约而同被命名为喇叭裤,形象恰当而又朗朗上口。

最早穿着这种喇叭裤的几个男女青年,走过小镇上果皮、菜叶和马粪拉撒的街道,人们无不驻足凝眸,像欣赏马戏团丑角一样兴味十足。随之就给他们取下一个"业余华侨"的共用绰号,意思是指只有久居海外的华侨才会穿这种花里胡哨奇形怪状的服装,然而他们不过是小镇附近某家工厂的青年工人,所以赐给一个温柔的讥讽,不是正宗华侨而只能算作"业余"。然而那几位青年男女却不管不顾,照直走过小镇被灰黑蓝的中山装一统天下的街道,手里拎一台正在播放着歌曲的录放机,那乐曲的旋律与歌唱者的软柔柔的调儿也令人听来有一种异样的感觉。再稍后,这些穿着喇叭裤拎着录放机招摇过市的年轻人,女的喜欢把一头长发整个披散在肩上和背上,不束不辫;男的头发也蓄留得长长的,掩过脖颈盖过衣领直抵肩膀。不仅这种裤子前所未有,这样长的头发和发式也是几十年所未曾出现过的。小镇上有头有脸的人物以及推车挑担卖菜卖浆者都用关中最通用最简洁的一句话表示鄙夷与不屑:看看那几个货!

我现在必须坦白我当初面对喇叭裤和长头发的真实感觉。

我第一眼看见被喇叭裤绷得紧紧的大腿和屁股时,惊诧之后也撂出几句调侃的话来,在这种新潮裤式和发式向一统中国人三十年单一的中山装和单一的发式发动挑战的时候,我习惯性地产生了排斥情感。然而在种种如我的排斥情感所形成的讥讽调侃鄙夷的声浪中,我突然在某一瞬间反应出鲁迅先生《风波》小说里剪辫子的历史性细节来,惊讶自己是否陷入了护辫子的遗老遗少的那一类。在习惯性情感和历史性细节的参照物之间我难以摆顺,其实我当时还不足四十岁,从生理上划界亦应属于青年。

这种习惯性的情感排斥与理性的接受所造成的心理秩序的紊乱,从那时开始一直延续到现在都时有发生。尤其是比喇叭裤长头发的争论要严峻得多的诸如"分田到户""市场经济"等,我的这种矛盾、紊乱以至痛苦的心理历程一直在延续着。

一九八二年春天,我随下乡工作团到渭河岸边的乡村里去落实农业生产责任制的新政策,怀里揣着中共中央一号文件。我们开社员大会宣讲文件,开干部会开党员会开团员会有层次有步骤地发动群众,尽快地做出土地如何合理地分配到农户手中的方案,牲畜和公用水利设施、农业机械的分配和使用方法。我在对乡村基层干部和社员宣讲中央政策精神时全神贯注不打折扣,甚至时时都要正面回答诸如"辛辛苦苦二十年,一夜回到解放前"这种普遍性的误解。然而就真实的内心而言,我与他们不仅有些相通之处,而且似乎有更深层的忧虑。我在努力地说服他们的同时也在说服我自己。我在区、乡两级政府工作了整整二十年,其中在当时的公社工作了十年,十年里干的就是"学大寨",说的就是阶级斗争和走共同富裕的阳光大道,批判和防范的就是"自发的资本主义"。除去极左的政治观念和政策规定,回到五十年代中期合作化的最初的生活理想和思想理论上,我对分田分地和拉牛回家的做法一时难以诠释给自己,我按捺着自己的某些思想的心理的障碍和矛盾,用中央文件的精神去说服那些老党员"老土改""老合作(化)",只有自己才知道那个别扭。

某一晚,在一个村子开完社员大会已是深夜子时,我骑着自行车返回驻地。行驶在乡村土路上,稻田莲池里的蛙声浑然似一张铺天盖地的网。我突然想到《创业史》里头某些难忘的情节来,惊诧得几乎从自行车上翻跌到路旁的麦田里。我在干什么？我不是与我几十年崇拜又崇敬着的柳青搞别扭吗？我现在在渭河边所努力做着的一切,不是正好破坏着他当年在长安滴水两岸的蛤蟆滩里呕心沥血的神圣的农业社吗？五十年代中期的县、乡干部,成年累月活动在乡村里,按照中央关于合作化的指示帮助农民建立农业生产合作社,土地入社,牲畜合槽。柳青更是从此入住长安农村,参与了农业合作化运动的全过程,创造出曾经使我大段大段背诵过的长篇小说《创业史》。柳青为数不少的散文、特写更真实生动地叙述着他在农业社诞生过程中的思索和情感色彩,皇甫村和蛤蟆滩至今流传着柳青帮助农业社解决种种问题,甚至包括总结饲养牲畜的经验这样一类动人心魄催人泪下的故事……我几乎无法回避这样严峻的现实,即柳青当年在长安所要努力建树的理想的生活模式,我现在同样是夜以继日地要把它破坏、摧毁,越快越彻底越好,柳青说服农民把土地和牲畜交给集体去经营去饲养,我现在却要动员农民把土地划归个体经营,把牛马通过抓阄的办法拉回家里去饲养;我现在所做的一切与柳青当年所做的正好互为一个反动,互为一个轮回。由生活发展本身遭遇给我的情感矛盾和复杂的心理感受,显然不是属于我个人的私人情感,而带有历史性变迁的悲壮与叹惋:我所面对的现实与历史的思索,显然就不能再循着柳青原先的思路了。这是生活赐予我的新的机遇,正好遇上在中国社会的这样一个重大转折性的关口;我比柳青多了一份痛苦和复杂,更多了一份幸运。

在最后确立市场经济的几年大讨论和试验的过程中,我又一次经历如同落实责任制如同看见喇叭裤长头发的心理历程。回想从关于"真理标准"讨论到今天的近二十年的思想历程,我给自己归纳为这样一个公式:扯断—陷入—再扯断—再陷入,及至期待新的扯断的痛快。新的生活命题出现的时候,我总是首先陷入对原来的观念的习惯性依赖,然后就有一个痛苦的剥离过程,然后才有力气把那个习惯性依赖的旧的观念扯断。这每一次的陷入和扯断的过程,实际是由社会观念的变化而引起的心理的旧秩序的紊乱,然后经历了一番剥离,一番弃旧和更新,心理又形成一种新的秩序。《风波》里的辫子问题如是,几十年后的喇叭裤长头发、"责任田""市场经济"亦如是。如是的不断发生,中国进步了,中国发展步伐大大加快了,中国各民族人民进步了文明了。我也进步了。

又过去了好几年,我终于可以系统地完整地阅读邓小平新时期以来的讲话和文章的文本了。以往,他的许多重要讲话是以内部文件下达到有限定的范围内的,更多的是他的某些最精辟的讲话的关键词以各种渠道流布于民间,甚至带有某些神秘色彩。无论部分的抑或是完整的《邓选》,我其实就只读出了一个精髓思想,那就叫实事求是,它的反义词应该是"本本主义"。

按着实事求是的科学态度,解放以后的几乎所有的"运动"都被否定了,所有被"运动"出来的倒霉蛋儿们重新获得了一个公民的权利。我往往感慨的是,一旦违反了实事求是,我们还以为陷入的荒唐的灾难是神圣的。一旦恢复了实事求是的精神,我们即使捶胸顿足也无法挽回业已铸成的无法丈量的损失了。邓小平有一段没有任何修饰的又简洁的论述:"实事求是是马克思主义的精髓。要提倡这个,不要提倡本本。我们改革开放的成功,不是靠本本,而是靠实践,靠实事求是。"实事求是是认识世界从而正确地推进生活发展的唯一途径,而造成违反实事求是精神的根源便是本本,因为不是面对社会和生活的实际,而是背对生活实际,唯本本是从。

就我有限的记忆,实事求是是毛泽东在延安提出来的一个著名的口号,而《反对本本主义》则仍然是毛泽东的一部总结极左路线造成红军致命性的损失的历史性教科书。然而不幸的是,提出实事求是口号的毛泽东晚年违反了实事求是的科学态度,陷入了自己曾经深恶痛绝的"本本主义",直把个"阶级斗争"的"本本"排演出诸如"反右""反右倾""文化大革命"的悲剧。反倒是邓小平在遭难的时候清醒地认识了那个"本本"的谬误,并以一个巨人的气魄摒弃了那个造成国家和人民灾难连绵的"本本",真正地恢复了毛泽东提倡的实事求是的科学内蕴,从而救活了中国。认识真理多艰难啊!

《风波》里关于辫子引起的风波,是那个时代的中国人依照封建的"本本"所形成的心理秩序被打乱而引发的;喇叭裤和长头发在灞桥古镇引起的风波,是如我一样的古镇的人们原有的"灰黑蓝"中山装这样的"本本"所形成的心理审美定势被扰乱了;责任田、市场经济所引发的不同反响同样是原有的"本本"所形成的……剥离腐朽的"本本",打破旧"本本"所形成的思维定式,冲乱僵化的心理秩序,让新鲜血液涌流,让思维张开最具活力的翅膀……需要学习新的知识,从更新知识结构起首。

1998年9月18日 雍村

伊犁有条渠

到了伊犁，朋友便说林则徐。我的近四十年未见过面的老同学，一见面先说林则徐；新结识的伊犁地区的作家朋友，一松开握着的手便说林则徐；当地的州和县的领导干部给我介绍林则徐；维吾尔族和哈萨克族的朋友同样热烈地对我讲述林则徐。

车子驶过伊犁市郊区漂亮的公路，一条清渠伴着公路在绿杨下流淌，朋友便指给我看，这是林则徐当年流放伊犁时修的，叫湟渠。走进伊犁老街，朋友又指给我看一条小巷，林则徐在伊犁接受朝廷惩罚的两年多时间里，就住在这条小巷里的一院平房内。从乌鲁木齐来伊犁的路上，朋友又说，林则徐一八四二年也是循着这条路走过的。这条路是沿着天山向西伸展的，天山依然是暗褐色的如同生锈的铸铁，山脚下是无边无垠的秀美的草地。在刚刚落成的林则徐纪念馆里，朋友指着一架木头车说，林则徐发配新疆从西安上路时，就坐进了这辆木轮马车，历时四个多月，经过乌鲁木齐再走进伊犁。我便怀着一种崇拜而又好奇的心情绕车观看一圈，只见两个硕大的木制车轮，木板割制的车厢，两根很粗的车辕木。坐着这样的一架木车历经四个多月的行程，尽可以让人随意去想象旅途的种种艰辛了。

在伊犁，林则徐留下了一道永不磨损的光环。把他弄到这里来的道光皇帝原有目的是出于惩罚和羞辱，没想到的是，这却使被惩罚者的精神人格获得了不朽，这常常成为古今中外的一个历史法则，尤其是漫长的封建专制的中国以及相对短暂的人妖颠倒的"文化大革命"时期,往往被惩罚者最后胜利,成为历史不损的光环,而惩罚者自己却最终接受了历史的羞辱。

我在杨树和柳树列岸的湟渠边徘徊。湟渠的水是泛着乳白色的清流。这水的颜色不同于北方的河的水色,也不同于南方的江的水色,更相异于海水的颜色。这水来自天山,是天山积雪融化而成的天上之水,伊犁河便是汇聚这雪山之水而独具色彩的河流。伊犁河从中国的伊犁流到哈萨克斯坦国那边去了。湟渠之水是林则徐率众从伊犁河截流引来的。

这水从一八四四年引流成功到现在,流过一百五十余年,依然充沛而又欢畅地流着,流进号称塞外江南的伊犁的田地和果园,流进农舍的水缸和牧民的饮马槽,一百五十余年以来就这样滋润着这块美丽的土地和多姿多彩的各民族子孙。我企图揣度一个戴罪受罚遭羞辱的人,以怎样的气魄和襟怀在山地和沙滩上亲自踏勘出百余公里水渠的大略走向和具体定位来;一个年过半百的老人,又以怎样的勇气和耐心亲自组织调度汉、维吾尔、哈萨克和锡伯等民族的人民,去开凿修建伊犁地区最宽最长的这条渠。是什么东西铸就林则徐强大的心理力量,踏倒了加给他的惩罚、羞辱,克服了半百之躯的衰老,依然故我地在流放之地实施这项惠佑民众的水利工程?当他在漠风透骨的边陲踏勘和奔走的时候,想没想过那个把他发配到这里来的皇帝在干什么,以及用巧舌和唾液把他喷吐得满脸腥臊的穆彰阿、琦善之流此刻又在干什么呢?

我们绵延两千余年的封建历史,无论正史抑或野史,最生动的篇章,其实就是忠臣的热血和奸党的口水。尘封冷寂的历史摆在书架上,却仍然无情仍然冷峻:造成一个王朝兴与衰、存或亡的决定性因素,不仅是忠臣义士的热血,而更是奸党的口水。口水往往胜过热血,这是漫长的封建历史过程中各家王朝不断重复的悲剧,是不争的史实。但到清家道光帝这一次重演,口水战胜热血就有点不同了。因为这不只是清家王朝的兴衰与死亡的事了。面对英帝国的蛮横侵略,奸党们的口水不单是吐到林则徐的脸上,而是吐到整个中华民族的脸上;奸党们的口水摧折的不单是林则徐的一顶花翎,而是整个民族的脊梁。我们在中国最后一个封建王朝的衰败和灭亡过程中,看到了一场也许是最生动最惊心动魄的口水战胜热血的悲剧。它给我们的最不可接受的心理刺激或者说历史教训是,摧毁一个国家和民族的尊严的不仅是侵略者的坚船利炮,居然还是更具内腐蚀力的口水。几个奸党的口水所喷吐出来的条约,使整个民族蒙羞受辱了一个世纪。及至今天我站在林则徐的湟渠沿儿上,似乎还能嗅到那口水的腥臭气味。

我终于来到湟渠的渠首。

湟渠进水的渠首工程修建在东巴扎尔。

东巴扎尔是一个小镇,由三条质地良好的沥青铺设的公路组成一个标准的三岔口,高级轿车、大型货车、长途客车和手扶拖拉机在三股道上穿梭,这样偏远的小镇使人感觉不到荒僻,显现着一种蜕皮图新的气氛。小镇对面是一道沙石堆积的荒坡,有两股道路便绕着那荒坡左右延伸。站在小镇一家小饭店的店门旁朝下望去,便是湟渠渠首的建筑。

那是一条绿色的河川。伊犁河的主要支流之一的喀什河,紧紧贴着东巴扎尔小镇的脚流向远处。河水自然是乳白色的天山雪水,河床不宽,水量充沛,有异于旱季里所有北方河流的干滩景象。河的两岸是丛生的柳树组成的婆娑的林带。湟渠从这里破开喀什河的河岸,把天山之水引进百余公里的人工修凿的大渠,这水便不再自然地流失,而变得无价了。这湟渠紧紧贴着东巴扎尔小镇的崖坡,和喀什河并排比肩流过一段距离便分手了,流向伊犁腹地,就在千村万舍的门楼下和葡萄园里喧闹。我站在山坡上久久眺望那远去的喀什河和烟柳婆娑的绿波,久久眺望那相伴着的湟渠和同样被烟柳荫护着的渠水在视野消失。

我和朋友在东巴扎尔镇的小饭店就餐,是一大碗用羊肉汤和西红柿烩煮的揪面片,这是我在新疆的首选食品,甚至超过了手抓羊肉。小饭店是一个维吾尔族青年开的,门面不大,小老板的肚子却够大的。他是炉头,主勺,炒菜烩面十分熟练,上唇的一绺黑色胡须浪漫自信。揪面片的是两个更年轻的维吾尔族小伙子,在案板上揉面搓面,往锅里一边揪着面片,一边说着生硬的普通话,神情却透着调皮,透着这个民族素常的幽默。只有唯一的一个女孩是腼腆的,黄色卷曲的头发,眼睛是淡蓝的,尤其是那翘起的鼻尖,秀丽又可爱。

我吃着揪面片,在露天的东巴扎尔小镇上,歪过头就可以瞅见坡坎下的喀什河和湟渠渠首建筑。这个渠首工程是林则徐亲自督建的,据说安排在渠首工程的民工是清一色的锡伯族人。我现在就餐的这个三岔口小镇,当年是否为锡伯族人安营扎寨的场地,无从考证。然而这小镇上肯定叠加着林则徐的脚印,因为这小镇是观察喀什河流向和湟渠走向的最佳方位……许多年以前,自从我在中学历史课本上知道了那一场鸦片战争,也就记住了一个叫作林则徐的中国人。许多年以后,我在西部边陲伊犁的东巴扎尔小镇上,寻觅这个人的足迹,发着英雄的血和奸党的口水的慨叹。

东巴扎尔。三岔口。塞外荒漠上的东巴扎尔,系结在喀什河上的一个小镇,留给我一个鲜活的历史记忆。

1998 年 11 月 6 日 蒲城

灿 烂 一 瞬

——凉山笔记之一

到神秘的卫星发射地西昌来,原本没有期望能亲眼观看卫星腾空的壮观。这是可遇不可求的事。谁也不会料知什么时间要实施卫星发射。真是令人喜出望外,我们真的就遇合上了,去参观一颗被命名为"鑫诺"的卫星发射。

这是一九九八年七月十八日下午。即使记性很差的我仍然记住了这个日子。这个时月无论在中国的南方北方东西部,都是一年中最炎热的日子。在森林和草地覆盖着的大小凉山,也是热风袭人。汽车出西昌城,沿着安宁河谷走,沿路可以看到低矮的灰色的村舍,吆喝着羊群的山民和背着竹篾背篓的女人,路边上隔一小段距离便有几位站岗值勤的武警士兵,显然是为即将到来的发射临时布岗。然而那些放羊的汉子和背着竹篾的农妇仍然悠悠地走他们的路,即将到来的令人神秘的卫星发射对他们来讲似乎平淡无奇。许是早已看惯了。

汽车驶过安宁河桥,便盘旋而上一座青山。山根有一片高高矮矮的漂亮的建筑群,彩色的旗帜在建筑物的最显眼处飞扬,酝酿着一种节日般期待的浓郁的气氛。朋友指给我看一幢建筑,那是总指挥部。我便不是通过想象而是真实地映现出了那里边的一切,我已经许多回在电视上看到过火箭和卫星发射过程中总指挥部里的程序和紧张的气氛。汽车就从总指挥部的墙角擦身而过,神秘的总指挥部伸手可触,指挥部里的紧张而又神秘的气氛鼻息可感。当这种过去被一概作为军事机密的科学进入和平利用的新的概念以后,便自己动手撕开其必要的神秘幕布,给平民和外行人一个感知的机会,于是便有了这个置于半山上的视角尤佳的观望台。然而我仍然继续陷入在神秘之中。

从这里向西望去,安宁河川两岸的连绵着的群山肃穆着。在那个被选定为发射场的河湾里,一边的山绕出一个大圈儿来,形成了一方三面环山的幽幽的天地。银白色的发射架在绿色环绕的山谷里透出一缕娇娜,像万绿丛中的一位飘飘欲仙的靓女。

当中国的第一颗卫星"东方红"号升入太空的时候,那种振奋性的记忆至今犹存。我那时候在家乡灞河岸边的一个公社(乡)工作,在"阶级斗争为纲"的喧嚣里提心吊胆地做事,面对着的却是年复一年的普遍的贫穷和我自己的困窘。我的孩子的被窝是用烧得发烫的河石烘热的。这是我的夫人的最原始也最英明的发明。她在灞河滩里找到一块又薄又扁光滑漂亮的暗绿色河石,在灶锅的柴火里烧得发烫,然后塞进孩子的被窝里。我那时买不起一只暖壶或一只热水袋,依然虔诚地听取"忆苦思甜",会上因为拥有一只竹皮热水瓶或一双胶质雨鞋的感恩戴德的叙说……当收音机里传出《东方红》乐曲的时候(这乐曲不是素常发自树杈上的大号喇叭而是来自太空),我感到了由衷的自豪,我们国家做成了一件了不起的大事!这样的大事令人扬眉吐气腰杆挺硬,纵然肚腹里装着酸菜和杂粮,纵然给孩子的被窝里塞着烧热的石头取暖。国家在现代科学技术方面的巨大成就,使原始式的贫穷的我们依然欢欣鼓舞腰杆增加了硬度。

轰然一声巨响,我感到了脚下的大地的颤抖。我的眼睛还迷乱在白烟和烈焰翻卷着的火团之中,火箭托着的卫星早已峭立在白云和蓝天里头了。火箭尾巴喷着耀眼的火焰,端直直冲向白云悠悠的天际,洒下一条乳白色的线带。火焰喷发出啪啪啪的连续性爆炸似的响声,从河谷里一路震响到长空,威风凛凛又卓尔不群。乳白色的线体大弯角转向,朝着东南方延伸,愈来愈纤细以至从肉眼里消弭。

令人陶醉的灿烂一瞬。

晚霞羞羞地洒满青葱的山峰和河谷。人类智慧的轰然一爆,观者的我在那一瞬间感受到了一股壮怀激烈的欢畅。当生活中太多的诸如种种腐败的丑行噎得人忧愤不堪的时候,这样的一声轰鸣陡然使我感到了情感的超越,涨起某种对于腐败丑行的鄙夷。腐败者在灯红酒绿中继续腐败,撑着国家和民族脊梁的人在神秘的山谷默默成就着大事。

安宁河在夕阳里愈加妩媚多姿,拥着两岸婆婆的柳烟向东款款而去。最现代的科学技术隐蔽在最偏僻的丛山之中,隐身在灰蒙蒙的村舍围墙和背着背篓的女人之中,羊群散落在山坡上,耕牛拽着犁具在田地里来去翻耕,路边简陋的烟酒店里聚着赤身的闲人在闲聊。似乎这一切看起来都不可思议地统一在这河谷里。

那样震撼人心的轰然一响,那样灿烂的动人的一瞬,使我长期感到神秘的又是十分遥远的距离全部消失了;眼见的可靠的壮观壮景,使人在那一瞬间突然心地踏实起来,做我们自己应该做的事去。

1998 年 11 月 13 日 蒲城

神秘一幕

——凉山笔记之二

四川西南部的大凉山和小凉山,在我的感觉里是除了西藏最为神秘的地方。

年轻时读过作家高缨写的小说《达吉和她的父亲》,随后又看了由小说改编的同名电影,那隐蔽在青山和河湾里的一幢幢茅草屋舍,女人俏丽的花裙和胸前挂着的精美的银器饰物,尤其是男人头上装饰着的那一根独角似的帽子,令一个自幼生活在内地关中的人感到新鲜又神秘。后来,我一次又一次地在电影和电视上看到火箭和卫星发射的壮观景象,一次又一次引发的是壮观之后的神秘,是一个无知的外行对于距离自己太远的尖端科学的神秘感觉。这卫星发自西昌,在凉山。然而这些都是后来不断叠加的印象,最初的关于凉山神秘的印象,却是来自红军长征彝海结盟那个历史性的一幕。

记不得是多大年龄时的事了,反正是少年时期,我知道了红军长征的故事。究竟是历史教员先讲的,还是我阅读连环画先知的,记不清了,也无关紧要。长征路上所发生的大大小小的故事,对于少先队员的我都有一种绝对的征服力量。然而仅就神秘感而言,却是刘伯承将军与彝族头领小叶丹歃血结盟的故事。随着年龄的增长和人生阅历的丰富,对于作为世界上"闻所未闻的故事——长征",当然更多些了解了,然而歃血为盟的神秘依然雾罩在心头。

几十年后，一九九八年七月十九日，我终于有机缘拜谒歃血结盟之地——那隐蔽在青山秀岭之中的彝海，揭开从少年时代潜存到今天的那个历史性细节的神秘一幕了。

汽车在山上盘旋前进，公路在森林覆盖的山梁和沟壑之中盘旋。森林是人工培植的森林，也是我所见过的人造林中最壮观最具规模的森林。这是飞机撒播的树种，历经数年的精心呵护而培育成功的一片绿色。它是对一九五八年的大毁坏的忏悔，是中国人从愚昧走向觉醒回报给大地的一份真诚的祭礼。汽车每一次转向拐弯，人的眼前便是一方新的姿色。色彩和光线千姿百色，那是天光和地韵和绿叶在山坡在山崮在沟坡沟底自然杂合的色调，每走一步你都能感到那色调在变化在流动。那种美你只能感到目不暇接，你只能感到心旷神怡；你不可能找到任何一个词句或一堆话语把它描绘准确，因为那气韵那色调那景象本身是瞬息万变的，人类创造的色彩（包括最出色的画家的调色板）是单调的，人类创造的语言也就显得更贫困了。那叫自然。西昌人营造和呵护的这一片大自然的景象是西昌人的心灵诗篇。

进入纯自然的原始森林又是别一番天地和景致了。大片的天然草地和望不透的树木，使人惊叹和欢悦的同时亦由不得庆幸，野蛮的大毁坏的一九五八年的斧头尚没有砍到这里。每一座山和每一条沟的每一寸空间，都呈现着一份不同的色彩和韵致。一团一团的白云一次又一次戏弄着太阳，阳光短暂的隐没和再一次复出，这千峰万沟的群山就气象万千了。即使最干枯最寡情的人到了这样的山地也不会无动于衷，即使心灵世界最低迷的那一根神经也会苏醒过来，陷入一种美的陶醉。那叫原始的大自然。

彝海在一座山顶上。这实在称不得海，而只能算是一个大水潭。如果按水潭的概念确实是够大的了。据说在凉山，有许多这样的水潭或者水池，而被称作彝海的水池或水潭其实是较小而又极普通的一个,然而却是知名度最高的一个,也是截至目前为中外游人观瞻最频繁的一个,歃血结盟的长征中的带有神秘色彩的一幕就发生在这里。这凉山上颇多的水潭或水池的绝妙之处,一是处于海拔两三千米的高山顶上,蔚为壮观,也为带着原始韵味的群山酝酿出一方水的妩媚和水的娇娜;二是这水潭既不是汇聚小溪小泉之水而成,亦不是天雨汇集,而是来自地下,你找不到水的出处,水却在这儿聚潭聚池了不知多少万年。

我站在彝海边上,仅仅只是以一种崇敬的心情来追寻革命历史的一块碑石,一块雾罩着神秘色彩的碑石,却无法沉重。即使我和同来的作家朋友努力追问查询,企图捕捉最生动最鲜为人知也最为准确的历史性细节的一枝一叶,显然再也无法进入沉重。我完全可以想象当年结盟的红军统帅和士兵面临的困境乃至绝境,尽管这感受在事件的发生地比教科书(或连环画)上更贴近更具体也更深刻,然而无法进入当年哪怕是一个红军伙夫彼时彼地的焦虑与危机……我只是已经成为历史的那神秘一幕的参观者和崇拜者,不可能重新进入沉重的体验。

彝海是平静的,水波不兴,如一面蓝色的镜子。绿树密密匝匝环绕着水,鸟儿在啁啾。阳光从枝叶间流泻下来,在水面上撒下一片闪闪烁烁的斑驳色彩。一只小水鸭在水里游过,波纹随兴随隐。当年那一群衣衫褴褛的红军士兵暂聚在这里,期待即将发生的那个历史性细节的彝海也是这样平静吗?一如许多万年以前一直平静过来的平静吗?

紧拥着彝海南沿儿的是一片缓坡,向西铺展而去。泛着淡黄的绿草,随着缓坡起伏着的曲线而起伏着,无名的各色花朵在曲线的任何部位都点缀出迷离和妩媚。野蜂和蝴蝶便成了草和花的君王,随意拈惹,真是蜂乱而蝶忙。缓坡倚靠着山,山上是密不露隙的森林。随着山势渐次升高,森林的色彩也渐次浑厚而深沉,直到遥远的树梢和白云相接相抚的峰巅处。

刘伯承和彝族首领小叶丹歃血结盟的故事无须再叙写,这是任何中国人都熟知的。我现在才听说,血是一只公鸡的血,印象里似乎一直以为是他们两人割破手指的血呢。后来为此我专门查了字典,在"歃血为盟"词条下注释着:古代举行盟会时,宰杀牲畜,并以牲畜的血涂抹嘴唇,表示精诚团结,结为同盟。我便释然,用公鸡的血和着酒原是合乎古代传统规矩的。不过酒却确凿不是任何酒,是用彝海舀来的水滴进公鸡的鲜血,刘伯承和小叶丹双方都饮下了。据说一时找不到酒,便舀来彝海之水权且做酒。这彝海之水自地下涌出,聚潭许多万年而不散不竭,便如自酿了几万年的一池美酒。彝海之水便促成了一种神圣的事业和一种真诚的精神的结盟,便成就了带着神秘色彩的历史性一幕,便没有重复石达开在大渡河上的天朝悲剧。

在一块稍微平坦的草地上,摆着三块青石,这是当年刘伯承和小叶丹以及翻译站着喝血酒的位置。稍后的草地上,有一方漂亮的雕塑,自然是把那历史性一幕的短暂的细节凝聚定格而成的形象。夏日高原强烈的阳光照在草地上,照着那雕像,照着那三块青石。我坐在刘伯承站过的那块石头上,依然无法感受当年将军的心情,依然无法进入沉重,依然无法挥去那雾罩了几十年的神秘,而愈觉神秘了。

现在人们从中国的南方北方到此游览,观赏凉山大自然的奇异的景致,瞻仰当年在这里发生的神秘的一幕,自然会汲取种种自以为珍贵的东西。历史不能重复体验,而动人的细节却永久存活在后来人心里,历史便不会泯灭。

不会泯灭的历史性细节还发生在这神秘的一幕之后。刘伯承与小叶丹歃血结盟之后,刘伯承将军率领的红军赢得了时间,强渡过了大渡河。晚来迟到的国民党军队便杀害了小叶丹,继续搜捕小叶丹的亲属。小叶丹的夫人和孩子在凉山彝族同胞的保护下,流亡逃躲了整整十四年,直到西昌解放。夫人把当年由毛泽东赠送给小叶丹的一面绣有"中国工农红军"的红旗整整保存了十四年,共和国成立后就交给人民政府了。我的神秘的感觉终于雾散,眼前扬起灿烂的节日的礼花,纷纷的花雨莫如说血雨,有小叶丹的一滴,一个凉山彝人的血。

我的家乡有民谚说:摘不到瓜,拔蔓;逮不住雀儿,砸蛋。活画出那些邪恶的人凶残而又虚弱的无赖嘴脸。中国民间的邪恶的人和封建政权里邪恶的势力莫不如是。

人民终于进入和平发展的理想时代了。在这样荒僻的凉山修筑出漂亮的柏油公路,培育起如此美丽的森林,更不需赘记从奴隶制度下一步跨越到现代生活中的彝族人了。

美丽的彝海是一面天成的镜子。

1998 年 11 月 蒲城

旦旦记趣

外孙取名旦旦,已经长到两岁半,常有"惊人"之语出口。每每听到,先是猝不及防,随之便捧腹,或忍不住而喷饭,且不能忘。

他很贪玩,几乎没有片刻的闲静,即使吃饭,仍然是手不闲脚亦不停。这时候,我便哄他说,你不好好吃饭,屁股上都没肉啦!顺手便捏一捏他的小屁股;再鼓励一番,好好吃肉,屁股上就长肉啦。他便真听了话,张口接住他妈妈递到嘴边的一块肉,刚嚼了两下,估计还未嚼碎,便急忙咽下,跑过来,背过身,撅起小屁股:"爷爷你再摸一下,看看长肉了没有?"在一家人的哄笑声中,我只好将错就错:"长了长了!再吃再长!"我亦忍不住笑,这才叫立竿见影!林彪要中国人学习"语录"要"立竿见影",肯定没有想到这样的效果和这样幼稚的荒诞和荒谬!

旦旦吃了一块豆腐,蹦过来,转过身,又一次撅起小屁股,认真地说:"爷爷你再摸一下,看看屁股上长豆腐了没?"哇!一家人全部放下碗,停住筷子,笑得前仰后合。

然后就没完没了。一次连一次地重复如前的动作和姿势,一次比一次更加认真地问:

爷爷你再摸一下,屁股上长蘑菇了没?

爷爷你再摸一下,屁股上长木耳了没?

我已经再没劲儿笑了,无可奈何地对他说,旦旦的屁股成了副食超市了。

有一天,我要上班了,照例先和旦旦说再见,然后就走到门口。旦旦却急了,从沙发上跳下来,鞋也顾不得穿,光着脚跑过来,边跑边喊,爷爷别走爷爷别走。我就站住安慰他。他却盯着我喊:爷爷我送你。我也就释然,还以为他缠住我不让出门呢。我拉开门,他先蹦了出去,站在楼梯口,伸出一只小手来。我尚弄不明白他要做什么,就牵住他的手引他进门回屋。小家伙抽回手去,甩了几下,又伸到我面前。我女儿终于明白了,提示我说,他要跟你握手送别呢。我恍然醒悟,随即弯下腰伸出手去,攥住他的小手。他却当即跳着蹦着,另一只手像翅膀一样上下扇着扇着,嘴里连续丢出一串话来:"再见!拜拜!巴尼哈!那就这!"

我对于这突如其来的发挥毫无心理准备。旦旦表演完毕,向我摇摇手,又跑回屋里沙发上去了。我走下楼梯走过楼院走出住宅区的大门,心里还一直在想着。"再见"和再见的英语口语"拜拜"他早都会说了,自然是他爸爸妈妈教的。"巴尼哈"是维吾尔语"再见"的意思,肯定是他奶奶教给他的。我和老伴今年夏天去了一趟新疆,就学会了这么一句维吾尔语的"再见"。这些当然都不足为奇,奇就奇在"那就这"从何而来,谁教给他的?

想想也不难破译。家里来了人,说完了事,送客人出门,握手告别时我常习惯说"那就这"。意思是我们说过的事就这样了。不仅如此,打完电话时,我也习惯说一句:"那就这,再见。"这娃娃不知观察了多少次我的举动和说话,终于和我要来表演一回了。

从这天开始,这样的握手告别仪式就成为必不可缺的铁定的程序,我一天出几次门,就有几次这样的表演仪式,地点也必须是门外的楼梯口。有一次因事急我匆匆开门出去,走到楼下,从窗户里传出旦旦的哭声,哭声不仅大而强烈,且很悲伤。我感到了一种他被轻视了的伤心,我犹豫一下,还是反身回家,补上了那个握手告别的仪式。

他的脸蛋上挂着泪珠,仍然把小手递到我手里,蹦着跳着,左胳膊还是小鸟翅膀一样上下扇动着,哽咽着却一字不漏地说完"再见……拜拜……巴尼哈……那就这"。

旦旦学骑小三轮车几乎无师自通,哪怕是车子可以擦轴而过的狭窄过道,他都可以骑过去。旦旦对我说,爷爷我到北京去了,说罢便踩动车轮钻进另一间房子去了。不一会,旦旦又转回来:爷爷我到上海去了。说罢又钻入第三间屋子。我的三室住房加上厨房,不时变换着中国十几个城市的名字,大都是我或家人出差去过的城市。因为去某个城市的时间和回来之后的一段日子,家人总是说那些城市的见闻和观察。旦旦便在谁也不留意他的时候记住了这些城市的名字,而且被他骑车一日几次地往返了。

旦旦睡觉了,家里便恢复了安静。他的一双小鞋却丢在我的房间的床边,我总是在看见那一双小鞋时忍不住怦然心动。我说不清什么原因,似乎也没有什么关于鞋的往事的参照或触发,反正看见那双脱下的小鞋时心里就怦然一动,甚至比看见他穿着鞋跑来跑去更加富于诱惑。

回到家,迎上前来打招呼的总是旦旦。这时候,无论什么顺心的事和烦恼的事甚至令人窝火的事,全都在旦旦的无序的话语里化解了。说宠辱皆忘说心静如水似乎都不大恰切,只是觉得自己就是一个爷爷了。

秋收过后,我带着旦旦回到老家乡村。今年夏天雨水好,秋粮得到了近来少有的好收成,村巷里的椿树槐树皂荚树树杈上,架着一串串剥光了皮壳的玉米棒子,橙黄鲜亮的。这虽然是我自小就看惯了的家乡的最亮丽最惹眼的风景,依然抑制不住对于丰收果实的那种诗意的感受。旦旦也激动起来,扬起两条小胳膊,睁大惊异的眼睛欢呼起来:啊呀!这么多的香蕉呀……

旦旦的惊人之举引来哄然大笑。他奶奶他妈妈和周围的乡亲都笑了。我笑过之后,便由不得感慨。这孩子生在城里,长在城里,两岁半了,第一次看见玉米棒子,把形状类似的香蕉就联想起来混淆一起了。我的三个儿女,包括旦旦的妈妈,都生长在这祖传的乡间老屋里,她们生在"文化大革命"的非常时期,也是我的生活最困窘的时期,香蕉无异于天国的神果,她们正好可能把香蕉当作玉米棒子。香蕉在现时的乡村,已经不是什么稀奇的水果,乡村小镇和马路边的小店散摊,都摆着一堆堆零售的香蕉,肯定不会有农村孩子再把它当作玉米棒子的笑话发生了。无论大人们怎样开心地调笑,旦旦却早跑到树下,仰起脸盯着树杈上的玉米棒子,跳着叫着要摘下"香蕉"来。

两岁半的旦旦,大约正处于人生的混沌状态,什么都要问,却什么也懂不了;什么都感觉新鲜,过眼之后便兴味索然;什么人的什么话都可以不听,一味固执于自己当时的兴趣;什么行动和动作都想去模仿,结果是毫不在意地又丢弃了。我可以看到一个人成长过程中两岁半这个年龄区段里的全部可爱,混沌的可爱。不必做任何意义上的猜想和推测,两岁半的混沌形态容不得意义,因为它本身属于无意义的自然形态。

这个年龄区段的混沌可能很短暂。因为在两岁的时候,旦旦还不是这样的形态。半岁的变化有点急骤,两岁时说不出的浑话和做不出的行为动作,到两岁半时就都发生了。那么我就猜想,再过半岁呢?到了三岁时,该是从混沌状态走出来而踏入半混沌半清明的状态了吗?他在蜕去一半混沌的同时,还能保持那一份憨态的可爱吗?

猜测那混沌状态的可能消失,依依着那混沌状态的全部可爱,我便打算笔记下来。我的记性已经很差,无疑是老年的生理特征的显现。想到生命的衰落生命的勃兴从来都是这样的首尾接续着,我便泰然而乐。

1998 年 12 月 28 日　雍村

自己卖书与自购盗本

一

已经是十余年前的事了,唯其刺激强烈印象也就深刻,所以至今不能忘记,这就是我第一次自家销售自己的书籍的事。

那年夏末初秋,关中地区依然暑热难耐。一天午后,一位长得颇为俊气的年轻人走进我在乡下祖居的屋院。他操着河南口音,自我介绍说是中原农民出版社的编辑,叫李明性,是来约稿的。

我很感动。我几乎同时产生了对不起人的内疚。我祖居的西蒋村离西安五十多华里,虽然有一路从市内通到郊区的公交车通达这里,而终点站却是设在一所军事院校的门前,离我家大约还有八华里的路程。我每次回作家协会开会或办私事,先骑自行车走过这八华里的上石公路,到军校门口熟人开设的商店或理发店放下自行车,然后再排队等待定时公交汽车进城。我自然会想到,李编辑在西安城里转车之后又乘上了通往我的家乡的远郊公共汽车,下车之后步行八华里才找到我家,其中的辛苦和真诚,就使我感动而又感佩了。

我在八十年代初调进陕西作家协会,搞专业创作。我当时的唯一感觉是我走到了人生的最佳位置,可以把心思和时间全部支配到我从少年时期就痴迷着的文学和创作上头来。我在欣慰和感到幸运的同时也感到了压力:如果我当了专业作家写不出作品怎么办？写不出像样儿的作品怎么办？因为作协专业创作的几个有限的名额是大家都关注着的。尤其令我不大自信的便是自己的底本,太浅太薄了。我没有机缘接受正规的大学中文训练,喜欢上文学之后所能阅读的大多是受着极左文艺思想支配的东西,更不必说"文化大革命"中文艺的怪胎了。我现在所庆幸的一点,就是我比较清醒地把握了自己,在取得专业创作资格的同时,决定回归老家,回老家求得一方清静去读书。开放的中国也开放了文学的诸多禁区,外国优秀作家的杰作涌潮一般摆上了中国所有新华书店的书架,我得努力阅读。通过阅读真正的文学作品,排解以往关于文学的种种谬误,尽快地接近真正意义上的文学本身。另外,我想坐下来,静静地像吃饱了草料的牛一样卧在阴凉下,回嚼二十年的乡村生活。是的,从一九六二年走出学校进入社会到一九八二年调入陕西作家协会搞专业创作,其间整整二十年,我都在自己的家乡西安市郊区的基层工作,对中国农村和中国农民的了解和生活演变,与那些挂职体验生活的专职作家艺术家自然就有诸多的不同了。这二十年的工作经历和生活积累,需要回嚼,需要消化,我想只有回到远离城市喧嚣的乡间,才可以做好。住到乡下祖居之地几年之后,清静果然是清静了,不具实际意义纯属应酬的活动也避开了,文坛上不可或缺的是是非非唧唧咕咕也回避了,然而却使那些有重要事情甚至诚恳扶助的朋友为找我而吃了苦费了周折。面对从大老远的河南辗转来到我家的李明性,真是感动而又内疚不已。

李明性供职的中原农民出版社出一套"中国乡土小说",第一批包括古华等作家的小说集已经面世。我是被选定的一个,或短篇或中篇或中、短篇混编都可以。这真是天上掉馅饼的好事。我的几个中篇(包括即将发表的)正好,可以编一本中篇小说集。我一一介绍了这几个中篇的内容,他均表示感兴趣。在我看来很不容易的出书的事，就这样意想不到地落到实处了。这是我的第三本短篇和中篇小说集，想来真是令人鼓舞。作品写出来能顺利发表又能顺利地结集出版，我觉得左邻右舍从墙头上弥漫到我家院子再灌进我的写作间的柴烟都是清香的，摆摇着尾巴钻到院子里来觅食的村人的猪和鸡都尤其可爱了。

照例，我只能端给亲爱的慈善如上帝一般的李明性兄弟一碗面条。这是任何陌生的或熟识的朋友到我家来的无可选择的待遇。我那时的两百多块工资和额外的稿费收入，维系着一家六口人的生计，尤其是一个念着中学和大学的孩子，寄宿学校又增加了学杂费开销。每当进入城市，便能听到作家收入低微的颇能激起我共鸣的议论，而且有欧美以及原苏联作家令人咋舌的高收入作参照。然而回到我的依然贫穷着的乡间，我的两百多块的月薪和"外快"式的稿费，却成为农村人羡慕的优厚收入。我清醒地知道我生活在一个临界上，我只是一个中国陕西的尚不走红的作家，用任何国家的作家和左右的农民作参照，都不大现实。一碗调了油炒葱花的手工面条对我是适宜的，对我的新朋老友虽有点委屈，也只能是在心里道一声将就将就了。李明性大概也是真饿了，吃得还很顺畅。似乎他也是农家出身，也是以麦子和玉米习惯了肠胃的，无什么挑剔。

我坚持送他到军校门口的公交车站，用自行车驮着他去。我不忍心让他再走八华里乡村土石路去赶汽车。没有酒肉款待，力气却是足够富裕的，骑车带人的技术也可以自信。这样，我便在自行车后座上载着亲爱的李明性兄弟在我家通往军校车站的乡村土路上愉快地奔驰了。

返回的路上，我才可以舒悦地算计这本书的特殊的经济意义了。我即将动手草拟长篇小说《白鹿原》了，预计三年内完成草稿和正式稿。这就意味着三年时间里要停止中短篇小说的写作，补贴家用的"短平快"式的稿费收入也将断绝，两百多块的工资是很难支付孩子一年涨过一年的学费的。这本中篇小说集的如期（议定一九八八年）出版，三千余元的稿费基本可以应付孩子的学费了（那时的学费尚没有今天那么高）。这样，我就可以稳稳地坐在小书屋里只操心白鹿原上的白鹿家族里那一群人的生计了。

二

当时怎么也不会想到，这件美事后来每况愈下，直到把我陷入一种尴尬一种羞愧的境地。

明性来信说，书已编好，没有发生任何麻烦，只是提议用其中一部中篇小说的篇名《四妹子》作为集子的名字。我自然表示同意。

明性来信说，已经通过终审，封面和装帧正在制作中。因为是套书，封面有一个规定的体例，每一本只是变换色彩和书名的位置。我也很乐意遵守套书的共同的体例，不成问题。

明性来信说，已经开始征订。由他们向全国的新华书店发征订单，等待各家书店反馈之后汇总，这当然需要较长时间的等待。那时候尽管市场经济的理论刚刚提出，但未进入实施和转换，只是在报章和礼堂的报告中传播和讨论。图书发行还是从省店到县店的传统的计划经济形式，图书出版和发行的第二渠道还没有结胎。从明性兄弟到我家来议定此事到现在，我稍微在意的便是这个征订数字。这个数字对我来说才是关键，不是考虑经济利益（那时尚无版税），而是数字过少则难以付印。

终于等到了明性兄弟报告征订数的信，大约九千五百册。但同时告知，社里以为这个数字太不理想，准备再下功夫做彩色单页征订。我当时以为这个数字大可满足了，因为比我前两本书的征订数都要大。考虑到中原社的新打算，我表示同意，自然也希望印数能更大一些。于是又开始了关于征订的第二轮等待，期待一个好的消息。

明性兄弟再告知第二次征订数目的信读罢，我的心就收紧了，花了工夫费了钱财的彩色单页征订的结果，不仅没有期待的令人鼓舞的数字的上升，反而跌落到六千余册，真是令人不可思议的事。更被动的事也相继发生，第一次征订的九千余册的征订单合同因为超过了交货时间而作废，原定的一九八八年出版的计划也只好推移到来年。明性兄弟同时也告知了社里的应对措施，仍按第一次征订的九千余册的数字印刷，一九八九年出书。显然，这样的结果是谁也始料不及的。我在受挫的同时，更感动于中原农民出版社和责编明性兄弟的良苦用心。

中篇小说集《四妹子》，我的第三本书出版了。明性兄弟寄来了样书。在八十年代的总体印刷装帧的水平上，这本书的包装还是挺好的，绿色作底，整个封面上潜伏着"中国乡土文学"的若隐若现的字样。拿在手里，翻来覆去地看，有一种无限的欣慰。明性兄弟随之来信告知，由于图书市场的低迷和滞涩，社里面临亏本出书的风险，因之稿酬的付款将以书折价，共同分担风险和困难。我自然不会有意见，出版社赔钱为作者出书，已经是很难能的举措了，共同分担风险自然义不容辞。然而想到自己将要亲自销售自己写的书，一缕隐隐的尴尬就潜伏在心底了。

真正令人难堪的事是在书运来的时候。我和单位的司机从西安市邮电局一包一捆地把千余册书装上汽车拉回住宅楼下，再一包一捆地扛上四楼我的二室住宅房间。送走了司机，我一个人瞅着那一堆我的著作的时候，已经不再是尴尬和难堪，而是切切实实感到了难以启齿的羞愧了。我的出书的欣慰和面对劳动果实的幸福感全都没有了，甚至不想也不敢多瞅那一堆书，便匆匆地慌乱地逃离作协住宅小院，乘坐远郊公交汽车回到乡下的祖居老屋。

当时的心境有点近乎惨烈的感觉，甚至摧毁了我对自己继续从事写作这样一种职业的最基本的自信。

这本《四妹子》里收集的几部中篇小说,有的获得过刊物年度奖,有的发表出来时引起过几多评论,有的被《中篇小说选刊》选载过,所有这些曾经使我心里舒服过的事,现在都变成飘零的树叶一样毫无生气可言了。你可以得奖,你可以被选载,你可以被评论,甚至可以在文坛闹得沸沸扬扬,然而,一进入图书市场,读者还是不买你的书。出了文学圈儿,陈忠实是何许人也?《四妹子》是什么等级的货色?读者的冷眼便从根本上把什么奖什么好评的话全都扫荡了。想想中国有十二亿人口,接受过中学文化教育的人起码该有三亿或五亿吧?一本《四妹子》仅仅印刷九千余册,还得作者自己去推销,出版社还要积压,这样的作品还得奖,还转载,还得到好评,还有什么意思呢?这样的作品还有什么力量能支撑着你继续炮制出来?

此前一年我刚刚获得了一级文学创作的职称,增加了工资,我也曾经欣慰过,现在都变成一种讽刺了。一级作家写的书没人买没人读,我还怎么津津于作家这个头衔呢?我的老师我的同学我的亲友我的过去一起工作的同事,每当不期而遇或有约相聚,每每都赞许我的毅力我对文学的追求终有所成,尤其是为母校为朋友甚至为祖先争了气争了光云云。我也曾经以谦虚言语作答时确实感受过一种被人尊重的自慰,不无得意。然而在读者面前,我现在才真切地感觉到了羞愧:这样的一级作家,还有什么力量能支撑着你在老师在同学在亲友在同事面前再表现不无得意的谦逊?

这样的尴尬和羞愧终于转入冷静。尴尬也罢,羞愧也罢,都是以前写的《四妹子》造成的我的心理威压,毕竟可以推诿为昨日的羞愧。更揪心的是手头正在写作着的第一部长篇小说《白鹿原》,如果遭遇同样的结局,一面让出版社赔钱出书,一面再让我沿街叫卖,我可能不会再发生羞愧或尴尬,而是目下根本就无法再把这本书写完。道理太简单了,你写书写得劲头兴味十足,写出来没人买没人读,那么写这样的书还有什么意思?对于《白》书的写作便陷入了一种不自信的心态,这是从最初产生构思经过两年准备再到正在写作过程中的第一次灾难性的心理障碍。这样障碍重重的心绪是难以写出理想的文字的,便索性停住。

关于文学和小说创作的原始意义的反省和理解便自然开始了。

促进这种反省的还有一件关于父亲的往事,这时居然也从记忆的脑底浮上面来。那是一九八一年的春天,父亲查出了食道异物,托熟人住进医院而又被推辞出来。七十六岁的老人是经不住那一刀的,于是便接受一位中医治癌名家的救治,每周一次,每次提回七包中草药每天熬煎服用。为了每周一次的这种往返的方便,我把父亲接到我当时供职的灞桥文化馆里,出门不远便是公交汽车站,较之我的老家进城的距离缩短了大半。父亲对这种病似乎不像儿女们那样忧心忡忡,治病也治病,服药也听从医嘱按时按量服药,且表现得平静而坦然,不见慌乱,也不提出任何要求,每天到灞桥古镇上去散步去逛街,在那些刚刚兴起的个体手工业者的小摊儿前闲聊一把锄头一双大门上安装的铁门环的时价,他仍然兴致勃勃。有一天,他对我说,听说你现在写作都有些名气了,我还没看过哩,拿些给我看看。以往,我很少给父亲看我发表的小说特写之类,我就把我发表过的短篇小说,包括得过全国奖和报刊奖的都端给他了。那时候我刚刚编完平生的第一本书,定名为《乡村》,正在陕西人民出版社邢良俊同志的案头审阅着哩,尚无一本属于我的单集拿给父亲。

两天过后,父亲把那些刊发有我的小说的杂志和报纸交给我,不好意思地说,你还是给我找几本古书吧!我当时心里就凉了半截,父亲并不喜欢我的小说又不好挫伤我写作的兴趣。我从文化馆图书馆给他借了一套《明史》,他就或坐或躺在床上戴着老花镜读起来,除了吃饭上厕所,就那么读着。我当时就回忆起从小见惯的这种姿势,雨天和冬天的不能下地干活儿的日子,父亲躺在祖居的土炕上,头下枕着一块他自己从灞河滩上捡回的方方正正的河卵石,读着书页残断的《说岳全传》《七侠五义》《三国演义》等古董。我当时把这种情况做了一个有利于自己的解释,父亲是一位读过私塾的能写一手毛笔字会打算盘的农民,自然与现代白话文的审美有距离了。我并不太在乎父亲对我小说的冷淡,有奖项和不少的评论支撑着我的自信,继续写着我的小说。现在,我在反省我的写作的时候,父亲的往事也形成一种威压了。

作家为什么要写小说?小说这种文学形式最初产生的诱因和最基本的功能是什么?小说是写给谁的?小说无论在中国在东方在西方国家,为什么历久而不衰,凭什么活着?

这显然是被逼入羞愧境地的我关于小说写作的内反省。从当年文坛上关于各种主义和流派的气氛活跃的争论里退入小说创作的原始意义的反省,就变得单纯明晰起来。作家之所以写作,就是要把自己关于现实和历史的体验用一种自以为美妙的艺术形式表述出来,与读者进行交流。这种体验从生活层面的体验进入到更深一层的生命层面的体验,而表述的形式也是由艺术的表现和艺术的体验显示着差异的。无论生活体验抑或生命体验,致命的是它的独特性,是唯独自己从现实生活历史生活以及自身经历中所产生的独有的体验。独有的体验注定了体验的独特性和独到之处,从根本上就注定了某部(篇)作品的独立个性,自然不会重复别人也不会重复自己,这是中外古今作家的所有杰出著作的最根本的成因。

读者为什么要读小说?现代娱乐方式的丰富和便捷为什么不能取代小说?通俗的畅销书且不说它,意蕴深刻的雅文学中的小说杰作同样以几十万几百万发行销售,而且以多种文字翻译传播到各个国家和不同习性的民族之中。人们阅读小说,就是要享受电影电视所感受不到的文字的乐趣,通过阅读验证自己的生活体验,领悟自己尚未领悟到的属于作家的独到的体验。如果说作家的体验是肤浅的,甚至低于读者的体验,读者为什么要读这样的小说呢?读者的拒绝阅读,自然是作家的悲哀,因为作家写作的原本意义——与读者的交流无法完成。

作家靠独特的体验(生活的生命的和艺术的)创作小说。读者才是作品存活的土壤。

从这个意义上反省,我终于从《四妹子》自销的羞愧境地重新爬出,重新审视案头正在操作着的《白》稿,审视《白》的全部构思和表述形式,包括读者直观的文字。

我后来总是想到自销《四妹子》的羞愧造成的挫伤对促成我反省的决定性意义,尤其是在第一部长篇《白》书写作的关键时刻发生。我也想到了蒋子龙先生十余年前的一句名言:与其对反映生活的作家发怒,莫如去改造生活(大意)。我把子龙兄的博大的意蕴缩小到我的写作,与其抱怨不欣赏自己作品的读者水平太低,莫如反省自己到底给了读者什么货色。

三

《白》书终于完稿了。那是农历一九九一年腊月末的一天下午,写完以鹿子霖死亡作最后结局的句子,我似乎没有激动,站也没站起来,依然坐在那只小竹凳上,把钢笔顺手放到书桌和茶几兼用的小圆桌上,顿时陷入一种无知觉状态。久久,我从小竹凳上欠起身撅起屁股移坐到挨着后腰的沙发上,似乎有热泪涌出,可能为自己,也兼着为一个被我尽情诅咒嘲弄的生命的悲惨结束。一年后有记者采访问及画上最后一个句号时的感受,我说似乎从一个幽长的隧道摸着爬着走出来,刚走到洞口看见光亮时,竟然有一种忍受不住光明刺激的晕眩。这是真实的,准备了两年,写作了四年,六年里,我与一个世纪前的白鹿原上的男女走过漫长的历史隧道,把他们从母腹中接生出来,再一个个送进坟墓——以他们各自不同的告别世界的方式。白鹿原解放了,编造《白鹿原》故事的我也终于解放了。

　　白鹿原人四十余年前欢庆解放的方式是集会,放炮放铳子敲锣打鼓扭秧歌;我的庆祝方式便是尽快离开这间因牢似的小书房,到灞河边上去舒展一下腰腿。我走出屋院下了塄坎到了河滩里。几年来,我无以数计有多少次沿着这条路走向灞河,今日往上游走,明日朝下游转,风雨霜雪,四季转换,都在我眼里一轮又一轮地变幻着,从来也没有这个冬天的傍晚的散步令人轻松舒悦。冬季枯水季节的灞河,沙滩尤为开阔,没有技能的那一类笨拙的农民只好靠下苦力挣钱,撑起一张铁丝编织的罗网,过滤建筑用的沙石出售给那些建筑单位。我从他们旁边走过,打一声招呼,有的许是因为这种单调而费力的劳动太寂寞,故意对我说几句打诨的话。我无法告诉他们,我刚刚干完了一件活儿,那活儿颇类似这种过滤沙石的劳动,一串串从罗网上滚落下来的石子,恰如我写在稿纸上的一行行方块汉字。

　　我一直沿着河堤走出十华里,那儿是河堤的堤首工程,河水拐了一个大弯,直抵南岸的坡根,路就绝了。冬天依然有小巧的水鸟在沙滩上嬉戏。我转着走着,看夜幕一道一道笼罩下来。一天又尽了,无论如何在我是一个难以忘记的日子。返回的路上,我总觉得无以抒发心中的那种解脱负累的愉快,在点着一支烟的同时也点着了脚下的茅草。河堤上长着绿毡似的茅草,干旱的冬季里见火即燃。河风从西边吹过来,欢跃的火焰就顺着河堤向东窜去,蔚为壮观。我在看着那忽起忽落忽高忽低的自由恣肆的火焰的时候,胸膛里终于鼓动起来了。

　　回到家中,我打开了屋子里所有的电灯,把一只大灯泡挂到小院的一棵花树枝杈上;打开了那台一直陪伴着我的小录音机,放开了秦腔名家的唱段,我开始为自己煮一碗面条。

　　总算结束了,无论成功与失败。成功的结束自然是我的期待,值得以这样的方式庆祝;失败的结束,也值得庆祝,因为毕竟是结束了。

无论最后的结局如何,完结了就该这么放一把野火听几段秦腔喝几盅西凤酒吃一碗面条了,自己为自己六年的行程的完结庆祝一回。

说不关心《白》的结果是虚伪的,是酸溜溜的清高。前头所说的那种心态是短暂的,是刚刚走出隧道刚刚卸下负累刚刚放下钢笔的感觉,短暂到只有半个下午和一个夜晚。第二天早晨起来就开始担心这部书出版的可能性,以及出版以后的读者反应或根本出版不了当如何过后半生的日子。

其实在接近写完的时候就已经想着这个结局了。妻子曾经问:"如果出版不了怎么办?"我毫不含糊地说:"我来养鸡。"

如果不是因为非文学因素的制约,而纯粹是出于文学本身的审视而不够资格出版,我就打算中止写作这种职业。我想我能办好一个养鸡场,即使最科学的养鸡技术学起来绝不会比写小说更复杂。我想我出售一筐一筐鸡蛋的感觉,肯定要比自己销售《四妹子》一书更坦然更自信,起码不会陷入尴尬和羞愧。我已经挂上五十岁了,到这个年龄写出的小说还令出版社作难又赔钱,还得自个儿去推销,难道真要如范进一般迂腐到发疯吗?我想把文学只是当作一种爱好,当然也不是说一声丢开就可以丢开的,毕竟追求了大半生了。但得把位置调换一下,把专业写作重新摆到业余的位置上来,把养鸡摆到主业的首要位置。在一片此起彼伏的母鸡下蛋的叫鸣声中,我可以继续欣赏艾特玛托夫、海明威、马尔克斯们的温柔的情怀和优美的文字。况且,也该改变一下家庭的经济状况了,创作那一碗饭因为自身能力不济而吃不饱,该当找到可以吃饱的另一碗饭,这是很简单的道理。鸡族里头偶有一种只会下软蛋的鸡,也许是缺钙,也许是这一只鸡自身的生理缺陷,生下的蛋没有硬壳,只有一层薄薄的软皮包着蛋白蛋黄。这种蛋无法上市,只能自家食用。我销《四妹子》的最道不出口的感受,就把自己归于类似于这种鸡的作家了。

我如约给人民文学出版社何启治兄写了信,报告长篇已经写完,询问书稿是邮寄我送还是他取？回信说将派人来取稿。高贤均和洪清波两位按约定的时间到达西安。我在把那一摞装订整齐的手稿交给他们时，鼻腔有点发酸，涌到口边的一句话还是咽了回去。那句话是：我连生命都交给你们了。想到这话可能有副作用，会使他们感到压力，也想到作品毕竟不是靠吃了多少苦费了多少时辰而判断优劣的。之后我便进入一种闲适的等待的日子。按照惯例，长篇出版需经过三级审稿，这部五十万字的书稿，单是阅读也需两个月。既然我的打算和主意已经确定，审阅结果只是决定我的两手准备中的一种，所以还可以说处之泰然。

意料不及的是，从交出稿件到收到高贤均先生的第一封表态的信，刚刚二十天。信里说到他和洪清波离开西安赴四川的火车上和在四川开会的闲暇里先后读完了书稿，回到北京的当晚便给我写了这封信。恕我略去高贤均信中关于《白》稿阅读评价的内容，而我的第一反应却是：我可以不去养鸡了，上帝！

《白》文分两期在《当代》连载。一九九二年年末的第六期刊出时，我到邻近的一家邮电局去购买，售书的人说已经售完本期《当代》。这家邮局每期只定售十本，这期是卖得最快的。我赶到市中心的邮电大楼去，那里每期定售四十本的《当代》也已告罄。售书的人说，这期发了一篇《白鹿原》，卖得特快，而且许多人已经预订了下一期刊物。她拿出一页登记着预订者名字的纸条，问我要不要登记预订。我看了那纸条上预订者的名字和单位，没有我认识的文学圈里的熟人，也几乎没有纯文学单位里的人。我大为欣慰，《白》书将从此进入真正的普通读者之中，《四妹子》自销的尴尬和羞愧的阴影现在才开始被扫除被驱散。

此前，《白》文在《当代》面世前，我在《陕西日报》文艺部主任田长山家里共同炮制一篇消息稿，即告诉尚关注我的长篇的朋友一个准确的消息。那篇书讯式的消息稿不足一百字，我们两人抠来敲去弄了一个小时,不要自吹亦不敢溢美,甚至连创作的艰难过程也索性不提,内容简介简单到无法概括的地步。最终就只是一则书讯,平实简约的书讯,目的就是告知《白》文发表和出版的时间。我唯一自己出马为自己张扬的就是这一则书讯,自信不属于过火的炒作和运筹。

《白》书面世后的评论恕我不提。

《白》书于一九九三年七月在西安首次发行销售,十日后盗版书就摆在书摊报亭里。人民文学出版社却是与我一样估计不足,初版征订约一万五千册,已经大为鼓舞,现在才手忙脚乱地加印,从一九九三年六月第一次印刷到十一月连印七次,最终被各种盗本堵住了销售渠道。更具讽刺意味的是,一年后的秋天,我到汉中参加陕西作协举办的"散文笔会"期间,汉中的朋友说市里某几位领导想要我的签名书。我在汉中的大街小巷转了半天,终于在一间私营小书店里找到仅存的两本《白》书,而且是我从来未见过的分作上、下册的盗版本。我买了下来,就在空白处填写上了购买盗版本的自我调侃的话。此前我是坚决拒绝在盗版本上签名的,使许多读者朋友扫兴。随后我就开了此禁,盗版本照签不误。读者是无辜的,我是无能为力的。我倒有了阿Q式的自慰,总比自销《四妹子》心里要好受些。

更具讽刺意味的一件事发生在一九九六年九月。江苏常州市新华书店约我去签名售书,同去的还有张抗抗,她的《爱情画廊》正销得火爆。我九时到书店,门外已排起一列长队。签名过程中,有人把一本《四妹子》递到我的眼前。我拿起一看,封面上有一个古典式的传统美女的头像,版权页上的各条各款均是中原农民出版社的原版。我起初以为是李明性兄弟将此书重版再印了,细细翻阅之后就有了疑问,印刷和装帧十分粗劣,便怀疑为盗版本,我问那位读者从何处购得此书,他说就是我坐着签名的书店。我不再问,心平气和地为他签了名,我向邀我来常州的市新华书店老板老陈问及此事,他大为惊讶,不知此书为盗本。我说我也不知。我向老陈讨了两本作为纪念品带回西安。随之给明性兄弟写信询问,他说未做再版,亦不知《四妹子》有盗版本行世。

  我终于从尴尬和羞愧的阴影走了出来。

1999 年 1 月 13 日　丈八沟

俏了西安

一

西安俏了。俏得让那些老西安人常常发出喟叹：噢、噢、噢，这条大街就是早先那个鸡肠子似的巷子嘛！啥时候修得这么宽敞……人们在新的城市格局的每一个路口或每一座新的建筑物面前，总是忍不住钩沉昨天的记忆，这种喟叹便浸润着生活进步社会变迁的历史性韵味了。

二

急骤的变化仅仅是十余年间的事。

我是八十年代初从灞桥区调入省作家协会的，作协所在的建国路还算得上一条比较宽大的街道，那时候隔五六分钟才过一辆卡车或小车，行人可以悠闲地在街道上晃荡，孩子在马路中间嬉戏，甚至有人在街道中间打羽毛球。而今要横过马路需得左顾右盼以至焦灼等待，几乎首尾相接的机动车从早一直流到深夜。

整条建国路上只有一家食堂，在西南十字路街口，市商业系统下属的一家国营食堂，卖素面和肉面，还卖羊血泡馍，啤酒是散装的，两毛钱一碗,碗是粗瓷黄釉的大号老碗。已是专业作家的我仍住在乡下,每逢奉召回作协开会,中午便在这里花两毛钱买一碗羊血一毛钱买两个烧饼,奢侈时再加一碗啤酒,五毛钱下了一回馆子,心满而意足。那时候的工资是五六十块钱,收入和消费正好合适。几年间,这条街上高档酒店和风味小吃店竞相开张,门面也越换越新,灯光亦越换越亮,价钱自然也是越换越高,然而食客仍然涌现不断。那家卖羊血泡馍的低矮的食堂作坊早已被高楼所代替,刘家兄弟开了家令人忍不住冒险欲望的蝎子酒宴。民航售票处、证券交易厅门前,如涨潮和退潮的人群标示着股票行情和股民的忧欢……无论如何,在我喝着大碗啤酒嚼着大碗羊血泡馍的那几年里,无法料知蝎子会作为美味佳馔摆上餐桌,更无法料知股票会在我们的社会生活中牵扯人们的忧欢。

如果再沿着记忆之河溯流而上,我记得七十年代中期以前的西安四条大街上,骡马拉的大车畅行其道,仅仅只要求每匹牲畜的屁股下设置一只接纳粪便的布兜,而尿是可以任意撒的。再追溯到五十年代中期,我在东关读初中的头年冬天,每到傍晚,铺天盖地的乌鸦在天空盘旋,凄丧的叫声令人毛骨悚然,蹲在操场上晚餐的学生们,常常会被从天而降的排泄物所击中,或头上或身上或饭碗菜碟里。这些乌鸦夜栖在东门城楼层叠的木檐下,天明又飞到城外去觅食了。那时候的东门城楼漆彩剥蚀,塌檐断瓦,像一个风烛残年衣履残破的老人。

我现在的住地就在东门内,看着这门楼重新抖出威风重新焕发新姿重新现出昔日(始建时)的雍容和气度,往往忍住感慨,十余年间西安人做了多少大事,五十年本来又应该做成多少大事,而"文化大革命"的十年又破坏了西安人的多少好事耽搁了多少大事!正在发展的生活和已经逝去的历史才是透视一切的镜子。

三

大约是十余年前,我在西安出的一家报纸上看到过一篇北京一位作家写的西安印象的文章,有一个令我吃惊的观点。看到西安端南正北端东正西以钟楼为中心的四条大街,以及西安"井"字形的街路布局,便大发感慨,说端直的道路客观上造成了西安人的思维的简单,直戳端出不会拐弯亦不会多向思维,才是西安包括经济、文化等诸方面滞后的原因。

就我有限的阅历,中国的城市凡是建筑在平原上的,无论古都无论新城,大都是井字交叉的大街或小巷,似乎没有哪个城市的创始者为了表示思维的多维性和多向性,故意把大街或巷道多拐几道弯儿。贵阳、重庆那样的山城受地貌的限制自不能作佐证,上海和天津的弯曲街路多是租界地里的洋人们按照自己的势力范围制造的畸形,是中国人的不大愉快的一块旧疤,恐怕也很难牵强到多向思维这个话题上头来。

我便和朋友调侃,以西安端直的街路而判定西安人属端直思维的人,其思维的简单和端直正好应该和西安的街道一样。

西安保存下来全国唯一一圈完整的古城墙不仅对西安,对于这个泱泱大国的古代文明,正好留下一个完整的标志,一道不可复原复制的古代城池的标本,弥足珍贵。开放的西安获得了自己的发展,终于有财力修复残缺破损的城墙,终于完成了城墙的点亮工程。入夜,美丽的古城的轮廓可以使我们笑慰古人,亦可骄傲地指点给海内外的朋友。

又是前几年,我在一家报纸上看到一篇嘲讽西安人的文章,说西安人思想保守观念落后的象征便是这城墙,城墙是一个封闭的思想象征。我在此便先抬杠,秦岭山区和边疆草原,没有任何墙作为封闭的障碍,事实是那里至今仍然是扶贫脱贫的最落后的地区。那里到处都是弯曲的小路,而人们的思维却看不到多维与多向。

在开放的中国和中国的西安,在即将进入二十一世纪的临界线上,一座明代的古城墙怎么能封闭现代西安人的思维和西安人的观念?现代高科技现代网络信息现代新的知识,难道依靠马车和云梯翻越城墙闯入城门洞么?

作为一个西安市民,我真是感激那些为保存西安城墙的完整和完美而表现出远见卓识的人们,这是一种悠长的历史和深沉的文化意识。我也同时期望着,这座曾经在国家和民族的漫长的历史长河中的独有的辉煌,在现代西安人的手里得以重现。

1999 年 9 月 3 日 雍村

自信是金

书院门的古文化一条街，是西安古城里一个别样风姿的亮点。书画墨客诗家骚人情钟于此自不必说，那些对中国古文化包括民俗建筑兴趣高高的域外男女，看了兵马俑登了乾陵膜拜了法门寺游转了古城墙，然后告别伟大的神和伟大的死人而遁入民间，到古文化一条街的书院门去逛达。这里的每一条巷道每一扇门窗及至铺路的青石板，都弥漫着很久远年代中国人的民间烟火，无论国人无论洋人，其实大家都是靠民间烟火维系生命启迪智慧滋养创造能力的。

自信是金子的王勇超就在这条街上占有一坨风水宝地。卓尔不群的"洗砚园"又是这条街的一个亮点。

多年以前，我游览这条刚刚复建的古文化一条街时，一幢幢风姿各异的房子令人流连忘返，一副副意蕴千秋笔墨骇俗的对联令人陶醉，尤其是一家一店的名称匾牌更令人不由自主地琢磨主人的情性和意趣。走到三岔巷道时，看见"洗砚园"三个字的匾牌，便不能移步，驻足良久，真是觉得这个名字取得不俗。看看署名，竟是毛锜手笔墨迹。毛锜是陕西当代一位博古通今的大家，如果论起知识装备构成来，他应该是属于学者型的作家，是王蒙多年前倡导的"作家应该学者化"的一个令我钦佩的作家。毛锜的字是文人字，不是那些把汉字写到似龙类蛇的专业书法家的字，这恰恰是我更感兴趣的那些古代和现代文学大家们手稿上的字，即把汉字当字写的那些文人的字。我那时候尚不认识这幢气派的四层建筑物的主人王勇超，只是感佩他找毛锜取名"洗砚园"并题写斋名真是有眼识得金镶玉，找对了门子。

多年以后，我和"洗砚园"的主人王勇超有一次交谈。他是长安郭杜人，五岁时竟然对母亲端给他的一碗面条惊诧地问：这是什么饭？这么好吃！什么时候能天天吃面条呢？这个五岁孩子的问题听来令人心酸，甚至令今天的同龄孩子以为是天方夜谭。其实稍有点年岁的陕西人，尤其是以面食为首选食物的关中人，起码在近一个世纪以来的生存理想就是五岁的王勇超的理想，即：什么时候能盼到天天吃白面面条白面馍馍的天堂般的生活呢？我们曾经在一段很长的时间里嘲笑过赫鲁晓夫对共产主义的注释是"土豆烧牛肉"的名言。其实我们自己的百姓只有死了牛方可以分得一绺干瘦如柴的牛肉，土豆在山区是作为主粮代替麦子和大米来折算供给定量的；我们的百姓根本不敢企望什么牛肉，只是企盼天天能吃白面馍馍或白面面条就完全遂愿了；我们吃着土豆杂粮甚至饿着肚子嘲笑诅咒赫鲁晓夫亵渎了共产主义的崇高和美好，我们的嘲笑也就显出了虚伪的空洞。邓小平以果决和求实结束了虚伪造成的中国人生命和精神世界的那个可怕的空洞，白面馍馍和白面面条早已是关中人的基本食物了。五岁王勇超的生存理想由邓小平一句话就实现了。

然而，争取吃白面面条吃白面馍馍的欲望却更强烈了。他从长安大地的赤兰桥村走进了西安，在古香古色的古文化一条街上撑起来一幢浸洇着墨香的"洗砚园"。这碗"白面面条"可是做得够长的了，这个"白面馍馍"蒸得可是够大的了。无须备述他从一个生产队长到一个三家公司老板的创业过程，相信有传记作家或王勇超自己来完成自传的。我只是对这个从长安大地闯进西安的青年农民表示庆祝。许是我自己也是从古长安大地走进西安的乡村人，也是到城里寻找物质和精神的"白面面条"和"白面馍馍"的一个不想安贫乐道者,因此我对一切从乡村走进城市的人都会生出心理本能的共鸣。

中国的城市本身就是没有得到充分发育的城市,尤其是共和国成立以前的城市,不过是比乡村人口更集中一些的庄或村罢了。然而城市对乡村的居高临下的习惯性意识足以使任何心强气傲的庄稼人变成"庄稼娃"。这种更多地表现为市民乃至市侩意识的东西一直延续下来。随着社会主义低级阶段较长时期的存在形态,随着城市文明较之乡村更快的发展,还会延续下去。一个乡村人要实现他的人生理想和抱负就更为艰辛一层,比如在乡村读书的孩子,比如从乡村创业成功进入城市占有一坨地盘的企业家,通常都只能是更艰辛于城里人。然而令人欣慰的是,许多富于智慧也富于自信的乡村青年,走进了地方和中央的高等院校,随后便进入政府、社会科学、自然科学和实业界各个领域,成为国家和民族复兴的栋梁之材。中国属于发展中国家,在整个地球上,中国实际也就是一个最大的村庄。进入欧美那些发达国家,一个个中国人的步态和行为其实总使人联想到进入大观园的刘姥姥。然而关起国门来,城里人立即就显出对乡里人的优越来,官更像官,大款更像财主,城里人绝不混同乡里人。人和人的本质性差异,其实并不在他落生在锦帷里或土炕上,而是在于他的智慧和品质。毛泽东的祖宗是乡村人,他的智慧自不必赘述;美国开国总统华盛顿原是一位农场主,投犁从戎参加独立战争并成为三军司令,论其祖先还是一个乡村人,仅仅只是两百多年前的事。

乡村青年王勇超以其智慧和诚实干成了一番事业,立即进入大学去自修,先修理工大学,再修中文。他进理工大学的目的是针对自己日渐壮大的建筑实体发展的需要,必须自身提升成为内行;他修中文却是一种兴趣使然。技术和文化含量的提升,人就发生心理和气质的变化了,我们更不可能用一般的城里人或乡村人的陈腐意识去说长论短了,这才是现代中国人更应看重的治本的东西。

毛锜先生取"洗砚园"之名,有历史典故在:民间出身的画家王冕有"我家洗砚池头树"的佳句;《格古要论》中有"凡砚须日涤之"的规矩讲究。可见毛锜先生肚里装了多少老古董新学问,取下这样一个雅而绝俗的斋名。作家徐剑铭感于此名而敏于诗情,推及深层发问:"凡砚须日涤之,那么人呢?人不也应日日洗涤自己的灵魂,以纯洁的灵魂描画自己多彩的人生么?"我再据此反诘,不洗不洁的灵魂又怎能描绘出洁美的人生图景?

王勇超在与我交谈中说过一句话:我相信我是一块金子。这样的话着实令我为之一震。我几十年里自然遇见过不少自信的人,骄傲以至狂妄的人,然而目标为真金的人尚未碰见。我又想了,其实自信和骄傲以至狂妄是有本质区别的,这是人的气质中泾渭分明的形态,无须再论骄傲和狂妄的涵盖和特征。勇超自信是金却显示的是自信。

他向我表白,他靠诚实起家靠诚实创业,主要是靠诚实处人处世,以诚实接活干活,赢得拥挤的建筑市场的一条生路;以诚实既取得主家的信任,也得到了他的帮手乃至工人的信赖。在当今已经复杂化了的社会生活中,许多人类共筑的道德准则和生活准则开始被颠覆,包括诚实做人做事这样的人生信条。勇超自信是金主要指向这一点。

然而单靠诚实也未必能成大气候,得有智慧。有智慧的人,再兼备诚实的品德,智慧便可能超出常规得到极限性发挥。同样有智慧而缺失了诚实修养的人,一个可能是害人,乃至祸国殃民,如古今中外的佞臣奸雄,也都是很有智慧的人;另一个可能就是害己,不诚实的品行导致智慧的浪费,事难成大或一事无成。

自信是金。可贵的是这个自信,可贵的是对"金"的品格的坚守,是对时下某些人类美德颠覆的再颠覆。然而从另一面——人的品质锻铸——自信的素质才是人立身的中柱,是金。

自信才是金。

1999 年 4 月 9 日 丈八沟

家 之 脉

女儿和女婿在墙壁上贴着几张识字图画,不满三岁的小外孙按图索文,给我表演:白菜、茄子、汽车、火车、解放军、农民……

一九五〇年春节过后的一天晚上,在那盏祖传的清油灯下,父亲把一支毛笔和一沓黄色仿纸交到我手里:你明日早起去上学。我拔掉竹筒笔帽儿,是一撮黑里透黄的动物毛做成的笔头。父亲又说:你跟你哥合用一只砚台。

我的三个孩子的上学日,是我们家的庆典日。在我看来,孩子走进学校的第一步,认识的第一个字,用铅笔写成的汉字第一画,才是孩子生命中光明的开启。他们从这一刻开始告别黑暗,走向智慧人类的途程。

我们家木楼上有一只破旧的大木箱,乱扔着一堆书。我看着那些发黄的纸页和一行行栗子大的字问父亲,是你读过的书吗?父亲说是他读过的,随之加重语气解释说,那是你爷爷用毛笔抄写的。我大为惊讶,原以为是石印的,毛笔字怎么会写到和我的课本上的字一样规矩呢?父亲说,你爷爷是先生,当先生先得写好字,字是人的门脸。在我之前已谢世的爷爷会写一手好字,我最初的崇拜产生了。

父亲的毛笔字显然比不得爷爷,然而父亲会写字。大年三十的后响,村人夹着一卷红纸走进院来,父亲磨墨、裁纸,为乡亲写好一副副新春对联,摊在明厅里的地上晾干。我瞅着那些大字不识一个的村人围观父亲舞笔弄墨的情景,隐隐感到了一种难以言说的自豪。

多年以后,我从城市躲回祖居的老屋,在准备和写作《白鹿原》的六年时间里,每到春节的前一天后晌,为村人继续写迎春对联。每当造房上大梁或办婚丧大事,村人就来找我写对联。这当儿我就想起父亲写春联的情景,也想到爷爷手抄给父亲的那一厚册课本。

我的儿女都读过大学,学历比我高了,更比我的父亲和爷爷高了(他们都没有任何文凭,我仅有高中毕业)。然而儿女唯一不及父辈和爷辈的便是写字,他们一律提不起毛笔来。村人们再不会夹着红纸走进我家屋院了。

礼拜五晚上一场大雪,足足下了一尺厚。第二天上课心里都在发慌,怎么回家去背馍呢?五十余里路程,步行,我十三岁。最后一节课上完,我走出教室门时就愣住了,父亲披一身一头的雪迎着我走过来,肩头扛着一口袋馍馍,笑吟吟地说:我给你把干粮送来了,这个星期你不要回家了,你走不动,雪太厚了……

二女儿因为误读俄语,补习只好赶到高陵县一所开设俄语班的中学去。每到周日下午,我用自行车带着女儿走七八里土路赶到汽车站,一同乘公共汽车到西安东郊的纺织城,再换乘通高陵县的公共汽车,看着女儿坐好位子随车而去,我再原路返回蒋村——正在写作《白》书的祖屋。我没有劳累的感觉,反而感觉到了时代的进步和生活的幸福,比我父亲冒雪步行五十里为我送干粮方便得多了。

我不止一次劝告女儿和女婿,别太着急了,孩子三岁还不到,你教他认什么字嘛!他现在就应该吃饭、玩耍甚至捣蛋,才符合天性。女儿和女婿便说现在人对孩子智商如何如何开发,及至胎儿。我便把我赌上去:你爸爸八岁才上学识字,现在不光写小说当作家,写毛笔字偶尔还赚点润笔费哩!

父亲是一位地道的农民，比村子里的农民多了会写字会打算盘的本事，在下雨天不能下地劳作的空闲里，躺在祖屋的炕上读古典小说和秦腔戏本。他注重孩子念书学文化，他卖粮卖树卖柴，供给我和哥哥读中学，至今依然在家乡传为佳话。

我供给三个孩子上学的过程虽然也颇不轻松，然而比父亲当年的艰难却相去甚远。从私塾先生爷爷到我的孙儿这五代人中，父亲是最艰难的。他已经没有了私塾先生爷爷的地位和经济，而且作为一个农民也失去了对土地和牲畜的创造权利，而且心强气盛地要拼死供给两个儿子读书。他的耐劳他的勤俭他的耿直和左邻右舍的村人并无多大差别，他的文化意识才是我们家里最可称道的东西，却绝非书香门第之类。

这才是我们家几代人传承不断的脉。

1999年8月

拔 出 话 筒

日前参加一个纯粹属于民间举办的会议,看见了精彩的一幕,倒是与这个会议本来的宗旨无关。

民间性质的会议也仿效官办会议会场的格局,下设听众席,上设主席台。主席台是由一排铺着白色布单的条桌构成的。简洁庄重,自然是为出席本次会议的各方要人设置的,这是我们耳濡目染司空见惯且已渗透到深层意识中的习惯性格局了。然而今天却没有邀请什么"长"去坐主席台,那一排铺着白色布单的桌子和椅子就空着闲着,倒是体现了民办会议的某些轻松的气氛。是的,主席台上一旦缺失了我们习惯接受的那一排面对着台下的脸孔,顿然觉得心头舒畅了活泛了。于是,每一位被安排好了顺序去讲话的人,便得从台下走到台上,发表完演讲再走下主席台回归到听众席上。我感觉挺好。

主席台的桌子上摆置着一只带支架的话筒,支架的把儿很短,这个高度显然考虑到主席台上坐着讲话的人的身高。坐着做报告也是惯例,坐着作长篇报告腰不疼。

被会议的主持者传唤上台的是一位西装革履的男士。他走到主席台的桌子后边,屁股下边就是空闲着的椅子,却没有坐下去,站着对着那只话筒开始了演讲。于是就发生了小小的矛盾,他站在那里讲话,那个话筒就显得太低了。我看见这位颇有气魄的男士弯下腰来,把嘴巴凑到离话筒尽可能近的尺寸;弯下腰的同时自然免不了要弓起背来,屁股也就撅起来了;那挺括的西装就变得皱褶了,熨帖在胸脯上的领带也就散松开来了。

我坐在台下听他讲话,看他讲话时的这种姿势,就替他委屈,更替他着急,心里甚至三番五次呼吁,坐下来讲嘛,就像所有领导人那样坐着讲嘛!然而他仍然那么弯腰弓背地站着讲着。我简直痛恨起那个话筒来,一个设置过低的话筒,居然把一个仪表堂堂风度不俗的男士扭成了一只腰弯背驼的活虾。

又一位发言者被请上主席台了,她是我所熟识的《劳动早报》副总编秋乡女士。她轻松地走上台,红装黑裙,从主席台的桌子前边走上去,直奔那个话筒。从那个低矮的支架上拔下话筒,转过身来,左手抻了抻那连接着话筒的皮线,右手攥着话筒侃侃而谈起来,自由活泼而不失端庄。

我不由得长舒一口气,替那位男士窝在心里的别扭一瞬间全都散释掉了。我几乎要为秋乡的举动而欢呼起来,因为这举动让我感受到一种小小的解放的痛快。是的,在那位男士把自己扭成一只活虾而屈就于那只话筒的时候,我虽感到了别扭,却仅仅只想呼吁他坐下来。坐下来的姿势依然是习惯性的主席台上的人讲话的姿势,仍然是顺性的定式的习惯性思维。秋乡的举动却是逆性的动势的主动性思维,拔下话筒的那一瞬,就把坐着椅子双臂扶着桌子讲话的习惯性行为颠覆了,更把那位男士屈从于物的姿势彻底纠正过来了。

面对一只话筒,一位男士和一位女士各自做出了截然相反的选择。男士屈就于物,不惜把堂堂七尺之躯扭曲成一只腰弯背弓的活虾;女士却拔出话筒,让物就服于人。这是一个小小的生活哲理。

生活中,人被物所挤、所累、所压,而使人屈就于物的事,何止于这一例小小的话筒!甚或人自己有意设置的那个主席台,以及我们见过的无以数计的种种场合里的主席台,其实未必都是非设不可的。设了,也是促人屈就的(有坐主席台成癖者例外),其实际效应往往与设置者和就座者的愿望相去甚远。

无论如何,我却因此而深得启迪,在可能发生逼人就服于物的场面时,该当增加一股如秋乡女士的活气与勇气,拔出那个话筒来。

1999 年 10 月 19 日 礼泉

骆 驼 刺

——车过柴达木之一

列车是在沉沉夜幕中进入柴达木的。我浑然不察不觉,已经置身于地理课本上用沙点标示着的这片大戈壁了。

早晨起来,睁开眼睛就感受到裹入柴达木巨大的无边无沿的苍茫与苍凉之中了。无论把眼光投向哪里,火车刚刚驶过的来处和正在奔去的前方,车轮下路轨所枕伏的一绺直到目力所及的远处,灰青色的灰白色的沙砾无穷无尽。沙漠的颜色变化着,一会儿是望不透的青灰色,一会儿又转换成灰白色的了,无论怎么变换,依然是构成主旋律的单调。在感受宽阔、浩瀚、博大、雄奇的深层,柴达木投射给人心理的苍茫和苍凉同样是切实的。偌大的火车在柴达木的腹地上奔驰,恰如一只节状的油蜈蚣在缓缓地蠕动,总是让人产生没有指望走出的疑虑……

生命在这里呈现出异常简单的景象。整个世界简单到只剩下一种两种绿色植物,骆驼刺和芨芨草。一株一株的骆驼刺,形似球状,零零散散撒落在沙砾上,没有簇聚,单株单个,据地自生。看不到印象中的森林和草地上那种或互相拥挤互相缠绕的复杂,或勾肩搭背倚杆爬高的姿势,或交头接耳唾沫相溅的喧哗。干旱和寒冷的严酷,使一切绿色生命望而却步,只有骆驼刺以最简单的形式生存下来,形成柴达木的唯一点缀。

骆驼刺,短而又细的枝,针状的叶,无媚无娇,仅仅只是一个绿色的生命体。骆驼刺,开一种细小到几乎看不出的花,和孕育它的沙地一样的颜色,也应是花中最不起眼的色彩了。然而它的功能却与任何花毫不逊色,授粉,结籽,在沉静的等待中迎接雨水,便发芽了。

远处是昆仑山,寸绿不见,如铁打钢铸似的摆成一道屏障。白如棉絮的云团,在或高耸或低缓的峰巅和峰谷间缠绵。

一条泥浆似的河出现了。名曰饮马河,再恰切不过的好名字,却使人感到徒具虚名。赭红色的水,几乎看不见流动,细小到无法与河的概念联系起来,充其量只算得小河沟罢了。然而毕竟有水,便是理直气壮的河了。有水,不管赭红色也罢,浑如泥浆也罢,就能孕育繁衍出绿色的生命,各色水草,就围绕着水的走向蓬勃起来,蜿蜒出荒漠戈壁上一道惹人眼热的绿色。自然,拥挤和缠绕、簇聚和绣集、勾肩搭背和攀爬倚仗便如任何草地一样发生了,不可避免地形成了。然而,在苍茫而又苍凉的柴达木,饮马河毕竟流出来这一缕生动和一缕活泼,一缕让人遏制不住想要拥抱的俗世绿色。

毕竟使人难忘的还是骆驼刺。在柴达木,在毫不留情地虐杀一切绿色生命的干旱、暴风和严寒里,只有骆驼刺存活下来了。骆驼刺接受了严酷,承受了严酷,适应了严酷,保持而且繁衍着庞大的家庭,便可骄傲于所有的严酷,成为点缀和相伴柴达木的唯一秀色。

1999 年 10 月 21 日 礼泉

盐 的 湖

—— 车过柴达木之二

恰好在我划拉着几笔感触印象的时间里,火车已经进入盐的湖了。

骆驼刺和芨芨草所营造的单调而又令人敬畏的绿色消失了。消失得干干净净,一丝不留,堪称绝杀。一望无际的平坦得令人目眩的沙地,呈炭灰色。湿漉漉的泥沙地表,使人立即想到刚刚落过雨,再远也只能是昨天夜里下了一场透雨。应该是柴达木一年中难得的一个细雨润物的夏夜,还以为天公专意为我们这一帮远客额外的恩赐。错觉!错了!这里是盐湖,盐水千万年来就那么淹渍着泥沙,千万年来就是这种湿漉漉的如同雨淋的景象,让一拨一拨初踏此地的人产生错觉,空喜一场。这是盐湖。我乘坐的列车刚刚驶入盐湖的边沿。这是世界上储藏量最大的一个天然盐场,据说可以供现有的世界人口吃上十多万年。这盐湖在中国青海省的柴达木沙漠里。

白花花的类似浓霜一样的盐出现了,结晶在湿漉漉的沙地的表层,地表的下层蕴含着浓稠的盐的汁液。任何植物,包括英雄的骆驼刺和芨芨草,任谁也招架不住盐汁的浸泡和淹渍,连一丝生存的侥幸都不存在。这里不存在一滴淡水,无由生长一寸绿色,不哺养任何一个或大或小或蹦跳或匍匐的兽类和禽类。这是一个绝生地。

然而这里出产一切生命都不可或缺的盐。国家从五十年代就开始勘探和采掘。我们的血液、肌肤和骨头里,早就注入了这里的盐。血液能够活泼地在身体里涌流,肌肤柔韧而富于弹性,骨头质地坚硬而具承载力,皆有赖于这盐湖里的盐。我便虔诚地感激那一代又一代工作在这绝生之地的工人和专家,他们的一生都在这里采掘着盐。

列车上骤起的小小的惊呼和骚动,是真正的盐湖的湖水惊炸起来的。一片汪洋!不,其实根本不是任何海和洋的颜色,也不是我所见过的湖的颜色。这里是一片灰白色的浑浊的水。无边无沿无法望尽的灰白色的水的世界,却看不到一根水草,不见一只与水相嬉戏的鸟儿,不见一个搅水翻浪的水中生物,甚至连一只蠓蝇和甲虫都不存在。

上边是蓝天和白云,下边就是这浑浊的灰白色的水,没有遮掩也没有骚扰,没有一缕响声和一丝动静。水便平静到如同死亡了一般,无波无纹,无光无色,使人怀疑这水是不是真正的水,因为作为水的素常的印象和水的相关的表征全部丧失了。

然而,这确凿是水,饱含着浓稠的盐汁的水。随意到湖里用手搅拂一把水,待风干之后,留在手上的盐足够一家人吃一顿午餐。这是什么水哦!是盐,是盐的湖。

盐湖的地名叫察尔汗,蒙语,盐的世界的意思。

1999 年 10 月 22 日 礼泉

天 之 池

茫茫灰雾笼罩着。雾就在眼目之下。从高处探望下去,眼下就是一片茫茫的密不透隙的灰色的雾。谁也无法料知这雾什么时候会扯开散去。人愈是疑虑,那雾似乎愈是浓厚,似乎根本没有散去的希望。人就不由得焦虑,甚至抱怨自己选择了一个倒霉的日子:痴心向往的长白山天池,已经站在她的裙边,却看不见她的面目。

这雾确也像一张面纱——世界上那些严守宗教禁忌的妇女遮掩在面庞上的那一张,严密封盖着的是怎样一副含羞带娇的玉容呢?

群峰壁立,结臂连襟,或挺拔或浑实的十六座峰体,气势磅礴,恰似披甲挂胄的武士;火山岩浆铸就的武士,无疑是经受过超高温炼烧的纯洁忠贞之士,守护在这里已经有亿万年了。面对这样忠诚的卫士,我便静下心来,即使花一天时间的等待和守候,又何谈真心痴情!

久久的期待中,那雾终于扯开了。先是一绺,后是一角,稍一显现,随即逝去。刚刚露出的那一绺一角,瞬间又覆盖上雾的面纱了。然而就在那一绺一角露出的瞬间,呈现出湖蓝色的长裙的一幅裙褶,镶嵌着无数宝石或碎金,闪闪眨眨,扑朔迷离……你期待着的人正从楼梯的转角处下来。你屏声静息地等待着一睹芳容,却看见那长裙在楼梯的转角处飘忽一闪,露出炫目的脚腕的雪白,那长裙又消失了,没有下楼,又折回楼上去了……留在心里的是浅尝辄止的更高涨的欲望,期待那面纱彻底抖落,至少至少再撩开一绺一角的机缘,看到半边脸颊一次回眸也可慰藉。

灰色的雾又变化成为白色的了。白色的面纱又转变为灰青色的了。什么时候又在那一边峰峦间挂起连天接地的五彩虹帐。阳光挑逗嬉戏着,然而那雾的面纱却绝不扯散。

纵眼望去,莽莽苍苍的群山浪波一般起伏着,簇拥着,推向烟云浩渺的远处。阳光和云彩给群山投射出变幻不定的色彩,一片深情一片嫩绿转换着交替着,海浪般涌动翻腾起来了,只是听不到呼啸。无声的波浪铺天盖地,从眼目所及的远处一幅一幅推进过来,拍打着赤裸的铁渣似的长白山的主峰,我的胸脯也随着波涌感到脚下的节奏起伏了。放开思维之缰任其飞翔,怎样想象亿万年前这儿曾经是一片汪洋的景象?怎样想象亿万年以来地心之火在那一片汪洋之上雕塑出横亘千里的长白山脉的伟功!哦,真想潜入那依然保持着原始形态的丛林,捡拾一块小小的未经人手和兽爪触碰过的火山岩石。哦,那密林覆盖的千里群山之中,肯定有一只修炼千年终究成仙的狐狸,在山崖侧畔在白桦树后在野花丛中投来羞羞的一笑。哦,在那一笑撞击心灵的一瞬,顿然感悟到俗世的肉身和肉身的世俗。

灰色的雾和白色的雾终于散去了。没有一丝风,不知这雾为什么会自动扯开散去。从火山岩石和岩灰堆积的山峰豁口望下去,那灰白的雾眼看着淡了稀薄了,转眼间就散失净尽了。神秘的面纱徐徐地揭去了,令人灵魂震慑的景象出现了:一片幽深的蓝色,平静地闲适地躺在群山群峰的足下,阳光爱抚着投射下来,那一袭长裙的色彩变幻莫测,胸脯淡了腹上浓了腿脚又浅淡了;愈是颜色浅淡的裙褶里,万千的宝石和碎金的闪光愈是璀璨。山顶上的千年积雪倒映不出影像,被深沉的蓝得发青的水融解了。白云白雪和山峰都无法在其中投下倒影留下印记,她太深了,抑或是太娴静了,不把任何献媚者收入眼睑?只有太阳是可以骄傲的,可以在那一袭长裙的每一寸裙褶的宝石上撩拨起闪光,她却依然沉静……雾的面纱又徐徐地遮盖过来了。

留在我灵魂深处的,是羞色里的纯净。至纯至洁的天池之水,便自然蓄蕴着羞羞的神色。不洁不净的东西可以以各种华丽和妖艳取悦于世,唯独那羞色难得仿造;纯洁的云和纯净的花和纯洁的心灵,我们都可以发现隐隐的羞羞之色;被把玩过的玉石即使有绝世的雕琢,被汗手油指抚摸过的花朵即使十分美艳,被龌龊充塞着的心灵即使做一万次美容,都不可能再从它们的眼神里泄出一丝一缕的羞色了。

天池的羞色来自她的水,上承天雨,下聚涌泉,皆无任何中间导流环节的污染;她的深厚(三百七十三米)使那些喜欢掂水戏浪者望而畏步,避免了汗渍;她高踞海拔二千多米的长白山巅,绝除了灰土、烟尘和有害气体的浸染,保护着一份至纯至净至洁,那沉静里的羞色正是与天生丽质俱来的一种气韵,而这气韵在一切作为风景胜地的水境中都不可能找见了。

游移不定的眼神是否反射着心灵里的大九九小九九?混浊的眼色是否浮游着心底的脏?无光无亮的眼色是否透射着平庸与无奈?急切而又卑琐的眼神是否袒露着心灵深处那狂狷和卑怯交织着的火与烟的浊流?再到哪里去寻觅如你——天上之池——一样的羞色?

告别天之池,告别长白山,留一份纯净,留一份羞色,陶冶情感滋润心灵。

1999 年 10 月 24 日 礼泉

何谓良师

——我的责任编辑吕震岳

大概是七十年代末的最后一年的初夏,关中平原正勃发着一年四季里最迷人的景致,复苏的中国文学界亦如这自然界的景致一样撩拨着新老作家们的创造欲望。那时候,我去刚刚恢复不久的陕西作家协会参加一个什么会议,认识了吕震岳先生,直到今年春天我去他的灵堂前点燃一炷紫香,无论如何都抑制不住涌流的泪水了。

那次会议即将结束时,吕震岳来到我住的房子。"你是陈忠实吧?"问过我的名字又自报家门,"我是吕震岳,陕报文艺部的。"我便让座倒水,尤其是对一位年长于我的头发已显得稀疏的老编辑,因为头次见面,愈是礼仪敬重。他坐下后没有寒暄和客套,直接谈明来意,约我给陕报文艺版写篇小说:"你以前的几篇小说我看过,很不错,有柳青味儿。"我便应诺下来。他又叮嘱说:"一版顶多只能装下七千字,你不要超过这个数就行。"说罢就告辞了,干脆利索。

我那时候的心态刚刚调整过来。三年前的一九七六年春天,刚刚恢复的《人民文学》约我到北京参加一个写作笔会,我写了一篇适应当时反"走资派"的小说在该刊物上发表了,引起较大反响。随着"四人帮"的倒台和在一切领域里的拨乱反正,我在社会政治领域里的巨大欢欣与在写作上的失挫,形成剧烈的心理冲突,直到一九七八年的冬天,仍然陷入在真实的又不想被人原谅的羞愧之中。记得我当时正在灞河河堤的会战工程中领工,我和指挥部的同志住在河岸边土崖下的一座孤零零的瓦房里,生着大火炉睡着麦秸铺。正是在被春汛严逼压迫着的紧张的施工过程中,我先后读到了两篇记忆犹新的短篇小说,先是发表在《人民文学》上的陕西青年作家莫伸的《窗口》,后是被后来公论作为新时期文艺复兴潮声的刘心武的《班主任》。莫伸比我年轻许多而刘心武和我同龄,然而都是崭露头角的文学新人,都是从刚刚解冻的文坛土壤里蹿出来的惹人眼目的新苗。我读着这些优美的小说不由得联想到自己的失挫,更深地陷入羞愧之中,便把全部激情都转移到我所指挥着的河堤工程上。

直到这个工程完工的一九七八年秋天,我便调入西安郊区文化馆。我再三地审视自己判断自己,还是决定离开基层行政部门转入文化单位,去读书去反省以便归依文学。郊区文化馆在小寨,有两处办公用房,一处在小寨俱乐部的小楼里,住着大多数文化干部和文化领导,另一处是"文化大革命"前的老文化馆所在地,全部是平房,已破落残损,有三四位干部挑着好点的房子住着,院中荒草尽兴地繁衍着。我便选了东南角一间空房,把一卷铺盖卸下来,掉下来的半张顶棚的苇箔经民工重新搭吊上去,残留在墙上的黑墨标语被我用报纸糊住了……我便坐下来读书。窗外是农民的菜地,生长着日见膨大的白菜,白菜地的畦梁上插长着绿头萝卜,也是日渐粗壮着。我从早读到晚,或借或买,图书馆里获得解禁的小说和刚刚翻译出版的国外的即使获过诺贝尔奖对我们却陌生的大家名作,一概抱来阅读。目的只有一点,用真正的文学来驱逐来荡涤我的艺术感受中的非文学因素。"四人帮"可笑的"三突出"创作原则因为太离谱姑且不论,十七里极左的文学创作的理论和思想,都不是真正意义上的属于文学自己的因素,是强加以至强奸文学的非文学因素。对于非文学因素的荡除和真正的纯文学因素的萌生,对写作者来说,用行政命令是不行的,只有用阅读真正的文学作品来荡除,假李逵只能靠真李逵来逼其消遁。

我的自我审视和自我选择在我的感受里是正确的。阅读使我进入了真正的五彩缤纷的小说世界，非文学的因素基本被廓清了，我才觉得我正临门属于真实的文学的殿堂。信心也恢复了，羞愧的心理得到了调整，创作的欲望便冲动起来。直至今天，我依然难忘一九七八年的那个自虐式的阅读和反省的冬天，每每经过翠花路看见历史博物馆的漂亮建筑群，我便想到我曾居住过的那间房子和窗外的菜地，但现在都荡然无影了。一九七九年春节过后，我在那间小房子里重新开始写作小说了。正是在我刚刚涌起新的创作激情里，我遇见了吕震岳，他向我约稿。

我十分珍惜吕震岳的约稿，同样是那个羞愧心理的继续。那篇反"走资派"小说所产生的对我的看法，仍然是我的神经最敏感的因素，因而对那些依然还约我稿的编辑，更多的是一种被信赖被理解的感遇之恩了。由是，便想着应该尽力写好一篇小说送上，不致使这位初次见面的长兄失望。然而正在构思中的一篇小说篇幅较大，原计划给《人民文学》的，不怕长，便想着写完这个短篇之后，接着为陕报老吕再写，七千字是一个不能突破的限制。这时候，接到吕震岳一封信，信皮和信纸上的字，都是用毛笔写的，字很大，虽称不得作为装饰和卖钱的书法，却绝对可以称作功夫老到的文人的毛笔字。内容是问询稿子写得怎样了，一月过去了怎么没有见寄稿给他。我读罢便改变主意，把即将动笔要写的原想给《人民文学》的这个短篇给老吕，关键是怎样把原构思的较大的篇幅压缩到七千字以内。如果就结构而言，这个短篇是我的短篇小说中最费过思量的一篇，及至语言，容不得一句虚词冗言，甚至一边写着一边码着纸页计算着字数。写完时，正好七千字，我松了一口气，且不说内容和表现力，字数首先合乎老吕的要求了。这就是《信任》。

稿子写成心里又有点不踏实，主要是内容。这篇小说写一位挨整受冤的农村基层干部,以博大的胸襟和真诚的态度对待过去整他的"冤家仇人",矛盾甚至很尖锐。写成后我又有点踌躇,当时正是伤痕文学如苦水怒潮般汹涌,控诉祸国殃民的"四人帮",社会生活中亦是平反冤假错案刚刚激起社会各阶层强烈反应的普遍性情绪,围绕着"四清"运动的矛盾,农村社会的新的矛盾和社会心理也很尖锐和复杂。这篇小说以这样的人物出现,会不会引起误解?我一时拿不定主意,就带着稿子去找老朋友张月赓,让他给看看,以较为客观的眼光给我把握一下。

张月赓还住在西安晚报社的两层简易居室里,一大间屋子没有隔间,既是卧室也是书房又兼着会客用。部队作家丁树荣已先在座,见面自然都很高兴。我说了事由,便拿出刚刚写完的稿子,二人连续着读了,对我申明的担心以为是多余。丁树荣很热情,说他和老吕很熟悉,正好还要去找老吕,可以替我捎带上稿子。我就把稿子交给丁树荣,夹没夹一纸给老吕的短笺已经忘记了。我第二天就下乡参加夏收劳动去了。

从把稿件交给丁树荣那天起,恰好一周时间,《信任》便在《陕西日报》的文艺版面上刊出了,时间是一九七九年六月三日。这是我自有投稿生涯以来发表得最快的一篇作品。我听到了我周围的熟识的行政干部的议论,尚不敢完全轻信,以为可能有更多的鼓励的因素。又过了大约不足半月,我刚刚从乡下参加夏收劳动归来,又接到吕震岳一封信,意思说作品发表后引起普遍反响,已收到不少读者来信,让我到报社去看看那些读者来信的评说。

我心里便有点按捺不住,骑上自行车绕大雁塔那条路奔东大街的陕报去了。似乎是一种潜意识,我尤其看重读者的反应,想听听文学圈以外的各个阶层各种职业的读者的评说,直到今天依然是这种心理。这应该是我第二次和吕震岳见面,老吕对我似乎已经是老早的熟人一样随意了。记得我见他第一面留下的最深刻的印象,便是他说话的高嗓子大调门。这回在他的编辑桌旁,不仅依然着这种说话,笑声同样是高腔大声,用畅快用爽朗这些词来形容似乎总不到位。他的情绪很兴奋,完全是一种编发了一篇引起普遍反响的稿子的由衷的快慰。他一边给我述说着丁树荣怎样捎稿给他,他读后的感觉和抓紧处理稿子以促使其尽快见报;一边用右手频频做着手势。我是深深地被感染被感动了的。一个职业编辑,一位长我起码十岁的老兄,毫不掩饰他的兴奋之情,像年轻人一样手舞足蹈着高声叙说着哈哈大笑着,给我一种赤诚热心而不无天真的强烈印象,他随之把一摞读者来信取出来交给我,感慨地说,看看,刚发表十来天,来了多少信说这个作品。

我一封一封读着那些从全省各地发往报社的信,禁不住眼热欲泪。不完全因为他们对我的一篇小说说了怎样的好话,更多的是我太需要他们对我的"信任"了。因为那篇写反"走资派"的小说造成的不良影响,我企图以新的创作来挽回,挽回那些可能弃我而去的读者,重新建立我和读者的真诚的信赖。那一封一封热情洋溢的信向我证明了最基本的这一点,正是我最心虚着企望充实的一点。然而其中有一封信,以不屑的口气评说《信任》,更以不屑的口气讥讽着我,说我在"文化大革命"期间写过适应时风的小说,现在又倒过来写什么《信任》,等等。我以为他说的是基本客观的事实,他肯定读过我过去写的几篇以阶级斗争为主调的短篇小说。不屑的讥讽的口吻不是批评的关键,亦可促使我更进一步作人生和文学的反省。这些信后来由老吕选发了三篇,在《作者·读者·编者》专栏里,我也看到了。有趣的是,十五六年后,我躲在渭南一家招待所里写几篇应急的短文,有天晚上宾馆(招待所)经理来和我聊天,说那三篇被选发的读者来信中,有一篇是他写的。他写那篇读后感式的信的时候,正在渭南地区所辖属的一个县的水利局工作,接近基层农村,强烈地感觉到,因为几十年阶级斗争扩大化给许多无辜的群众和优秀的基层干部造成的伤害,在实施平反冤假错案的过程中,又出现了新的矛盾和对立,甚至出现简单的个人之间的报复行为。他对这篇小说里的主人公对待同类矛盾的襟怀十分感动,以为是化解阶级斗争造成的人为矛盾的有远见的途径,忍不住便写了那封信。其实,他平素只是喜欢读书看报,并不搞写作,后来几经工作调动,现在已是这家宾馆的经理了……听来真是令人感慨系之。

　　至今依然记忆犹新的是,由丁树荣把稿子捎给老吕之后,我就到西安北郊的一个生产队参加夏收劳动去了。按当时干部下乡的习惯,自行车后架上捆绑着被褥卷儿,车头上的网袋里装着洗漱用具。大约十天或半月的下乡期满回到郊区文化馆里,《信任》已经发表多日,我在紧如救火的夏收劳动中尚不得知。回到馆里之后才看到发表《信任》的版面,"信任"两字是某个书法家的手书,有两幅描绘小说情节的素描画作为插图,十分简洁又十分气魄,看着看着就觉得眼热。这是我第一次在《陕西日报》文艺副刊上发表作品,但不是处女作,此前已经有为数不少的小说散文在杂志和报纸副刊上发表,按说不应该有太多太强的新鲜感。我不由自主地"眼热",来自当时的心态和更远时空的习作道路的艰难。当时的心态已如本文开头所叙的反省和调整,这篇小说的发表无疑给我以最真实的也是最迫切需要的自信。更深层的感慨发自此前十八年给《陕西日报》的一次投稿。

　　一九六一年,正是后来被习惯称作"三年困难时期"最困难的那一年,我正在读高中二年级,无法化解的饥饿折磨着几乎所有人,尤其是正处于生理生长最活跃的中学生。市教育局为保护处于这个不幸年代的学生,采取了非常措施,取消晚自习自然也就取消一切作业,实行"劳逸结合"来对付饥饿,老师只需完成课堂授课而不再批改作业,学生只需接受老师的讲授而不再去做任何科目的作业题,消耗热量的体育课干脆废除不上了。我突然发现空闲的时候太多了,空闲得令人反而不习惯起来,自然就把课余的时间和精力全都用到阅读和写作这个爱好上头来。我和我的同样爱着文学的朋友常志文，找到了一个既省钱又能读到新书的办法。每天晚饭后，我俩悄悄溜出学校后门，抄田间近路步行到距学校约十余华里的纺织城商场，直奔书店。靠在装满各种书籍的书架立柱上，抽出昨天正在读着的那本书继续读下去，直到大约九点或九点半钟商场统一关门，我再最后看一眼正在阅读着的页码，合上书装进书架然后离开书店。那时候没有"微笑服务"，更没有礼宾小姐站在门口躬身欢语"欢迎光临"的礼仪，却不拒绝如我一类无钱买书的人连续阅读自己感兴趣的书。我和我的朋友便从来时的小路再走回灞河岸边的这所由孙蔚如先生创办的中学，我俩关于阅读心得的交流一直继续到校门口才收住。上床睡觉以前，先喝一大碗盐水哄自己入眠，因为饥饿早已搅得肠胃疯狂起来。在往来二十余华里的疾步运动中，本来就没有吃饱的晚饭早已被消化光光了。这样的课余活动的运动量和对热量的损耗，可能远远超出了做作业和一周只有两节的体育课。

同样在这一段没有功课压力的轻松日子里，我和常志文、陈鑫玉三位文学爱好者组织起来一个文学社。苦于喜欢文学而总是找不到创作的门路，文学社就被命名为"摸门小组"。仅这个名字就可以看出我们当时对于创作的心境和情态，不无猴急和彷徨。成立文学社的同时决定创办文学墙报，名字定为"新芽"，不无才露尖尖一角的小荷的含意。这是一个纯文学的墙报，不是那种为纪念各种重大节日所办的壁报。"新芽"发表小说、散文和诗歌，必须是文学社成员自己创作的，当然也欢迎同学投稿。

创刊号上，刊登了我的一篇散文《夜归》。陈鑫玉鼓动我把这篇散文投给报刊，我缺乏勇气，终未敢把它投出。我的朋友却把它另写下来，寄给了《陕西日报》文艺部。大约不到一月时间，鑫玉某天从家里来就兴奋地告诉我，说报社来信了，他兴奋激动的表情，自然传递给我某种希望，某种侥幸混合着的急切心理。信的内容是肯定了这篇散文的长处,也指出了缺陷,关键词是让我修改一下,尽快寄去。我到此刻才真正地激动起来,似乎真的就要"摸"到那个神圣而又神秘的"门"了。我很快做了修改,又寄出去了,此后便开始了急切而又痛苦的等待。等待来信通知一个几乎让人不敢奢望的消息。等待中天天到学校的阅报栏去看《陕西日报》,自然是发表文艺作品的第三版。这是我创作生涯中发生的关于投稿的第一次等待,第一次感受那种企望和失望交织着的急切和焦灼的心情。奇迹终于没有出现,我在随之到来的高考的紧张准备中把此种情绪排挤开去。

结束高中学业,高考名落孙山,我在最初的别无选择的痛苦中回到家乡,被公社选拔为民办老师,这才真正开始了我的业余文学创作。次年春天,我重新把《夜归》做了修改,再次投给《陕西日报》,不久又来了信,肯定了长处也提示了不足,仍然让我修改后再寄去。我又一次陷入期待的焦灼之中。久久的等待中,我终于忍耐不住,借着学校到西安举办什么活动的机会,找到了社址设在东大街的《陕西日报》社。我在报社门口踌躇着踅摸着,想不出进入报社文艺部该怎么开口的措辞,自卑和羞怯的浓雾挥斥不开。我终于硬着头皮走了进去,看见文艺部的几张办公桌前坐着几位编辑,我朝门口那一位发出了问询。关于我的这篇散文,均不在在座的编辑手里,便推测肯定在一位已经下乡锻炼的编辑手中,可他大约需要半年才能结束劳动锻炼。那位好心的编辑很诚恳地暗示我,凡是能发的稿子,肯定会交代给编辑部的。既然没有交代我的那篇散文,肯定是发表不了的了。这次投稿和第二次修改又失败了,我走出《陕西日报》社深长的院庭甬道时,直接的感觉是,那个"门"还遥不知其所在,任何轻易"摸"到的侥幸心理自然云散了,反倒轻松了,当然不可排解自卑。我至今无法判断当时在座的编辑之中有无吕震岳,因为我除了和那位同样不知姓名的编辑说话之外,几乎不敢乱瞅乱看别的人。我站在《陕西日报》社门口,回望一眼那拱形的门楼和匆匆忙忙进进出出大门的人，还是免不了自惭形秽的自卑。这是我平生第一次走进一家报社的大门，目的是问询自己投递的一篇习作，留下的记忆难以泯灭。在我被老吕邀请到他的办公室去看读者来信的时候，我心里涌起的便是十几年前头回进入时的复杂心理的记忆。我和老吕聊起这件事，老吕哈哈大笑着说他毫无记忆，那时候出出进进文艺部的各路业余作者太多了。我至今也无法弄清那位两次写信鼓励我修改后再投的编辑是谁，他每次写信都不署姓名，只缀着文艺部的落款。直到一九六五年春天，我把这篇散文打破原先框架，重新构思重新写作，名字改为《夜过流沙沟》，只是没有勇气投给"省报"而改投"市报"，不久就在《西安晚报》文艺副刊上发出了。这是我的变成铅字见诸报刊的第一篇习作，历经四年，两次修改，一次重写，五次投寄，始得发表。我在感激《西安晚报》那位发表它的编辑的同时，也感激《陕西日报》那位两次给我写信鼓励我修改的不知其名的编辑。在这篇散文漫长的修改过程中，我在"摸门"，或者叫作最初的探索；在从事这个容不得任何侥幸的事业的起始阶段，这篇处女作的修改和发表的漫长过程，实际上是我进行文学基本功练习的一个缩影。我和老吕聊起这件事，除了艰苦跋涉的感慨之外，还有一种心理补偿的欲望，我想那位给我两次写信的编辑最好能在此刻在这个办公室出现，我会向他致最真诚的问候和感谢。他的那两封信，是我写稿投稿生涯中第一次收到的报刊编辑的信。老吕也感慨着。

七月号的《人民文学》转载《信任》。那时候，《小说月报》等一类选刊还没有创办，《人民文学》辟有转载各地刊物优秀作品的专栏，每期大约一两篇。

八十年代的头一个春天到来时，《人民文学》编辑向前给我写来一封信，告知《信任》已获一九七九年度全国优秀短篇小说奖。那时候的评奖采用的是读者投票的方法，计票的结果一出来，前二十名便被确定下来。我当即将此事告知了吕震岳，他和我一样高兴。现在回想起来，无论是我，无论是他，当时似乎没有把这个获奖看成有什么太了不得的。倒是后来愈来愈觉得这种全国性评奖真是了不得的。一是这种奖项被看作一种标志，评职称升工资等等都成为一个硬件；二是这种评奖的竞争愈来愈趋激烈，单就每年一次的短篇小说评奖，已经取缔了读者投票的方法，改由评委投票，非文学因素影响评奖的事时有传闻。我并非超脱文坛，亦非淡泊名利。我从来不说淡泊名利的话。我至今以为，文坛本身就是一个名利场，淡泊不了的，除非你离开。问题的实质在于以什么手段去提高"知名度"和获取"利"，唯一可靠的途径只能是拿出自己独特感受的作品来，即以文学的因素实现文学创造的目的，任何非文学的因素都是无法奏到长久之效的。一个不足七千字的短篇获奖，不可能决定我未来创作的发展，未来的路才刚刚开始。我对自己未来的创作发展不仅没有十分的自信，甚至依然着自卑的惶惑。因为任何一位能被我们记住的作家，都不是凭一个小小的短篇而铸就自己的文学成就，证明自己的文学才能的，这是文学史的 ABC。作为职业编辑的吕震岳，更有丰富的经历和经验，早看多了作家创作发展的种种，所以更多地仍然是说着"多读多思索"的鼓励我的实话。颁奖的通知到来时，我的心里丝毫未动，我的农民夫人突发心脏病月余，我须陪她去医院看病，便请假缺席了。

作为新时期文艺复兴的第一项全国文学奖——短篇小说奖，这是第二届评奖，发奖仪式很隆重，我在报纸上看到了消息。之后某一天，我用自行车带着病情稍轻的夫人从城里看病回来，走到距家尚有七八华里的一个村子，迎面停下一辆小汽车，走出《陕西日报》的文艺评论家肖云儒来。他们开车到了我的村子扑了空，折回来时碰到了。他说报社文艺部领导很重视《信任》获奖，作为报纸副刊的作品能在全国获奖尚不多见，约我写一篇获奖感言的短文，老吕因身体不适而委托他来。我后来写成了一篇《我信服柳青三个学校的主张》

的创作谈,这是我从事写作以来第一次写谈创作的文章。

这一年,《陕西日报》文艺部发起了"农村题材小说征文",老吕给我写来一封信,鼓励我应征。我已经从原郊区文化馆分配到灞桥区文化局,被提拔为文化局副局长,兼文化馆副馆长。为了能避免琐细的事务性干扰,我住在灞桥镇的文化馆里,潜心读书写作。接到老吕的信,我写了短篇小说《第一刀》,不需叮咛便明白七千字的版面极限。这篇小说同样得到老吕的欣赏,以一周的最快速度见报。此后,又收到了一批读者来信,选发了三篇。这是写农村刚刚实行责任制出现的家庭矛盾和父子两代心理冲突的小说,引起读者的普遍关注是可以理解的。尽管在征文结束后被评了最高等级奖,我自己心里亦很清醒,生动活泼有余,深层挖掘不到位。然而关于农村经济改革的思考却由此篇引发,发展到我的第一个中篇小说《初夏》的最后完成。

一九八二年我的第一本小说集子《乡村》出版,在我赠送书籍的名单上自然不可或缺老吕。这本集子里有他鼓励催促下写成的三篇小说,且是在我创作发展的关键时期有着特殊意义的作品。这年冬天,我调到省作协专业创作组。在取得对时间的完全支配权之后,我的直接感觉是走到了我的人生的理想境界:专业创作。我几乎同时决定,干脆回归老家,彻底清静下来,去读书,去回嚼二十年里在乡村基层工作的生活积蓄,去写属于自己的小说。尤其是读书,需要弥补未能接受大学中文系专修的知识亏空和心理空虚,需要见识中外大家名著所创造的艺术大观,更深一步进入真正的艺术世界,揣摩真正的文学的本来内蕴,以彻底排除非文学因素和出于各种用意强加给文学的额外负载,接近再接近真正的文学的本义。我记得我到陕报去和老吕说了归乡的打算,他仍然高调门感叹着好好好,真诚地说,写作靠热闹是不行的,得拿出好货来。

回到祖居的老屋,反而有一个不长的适应期。偶尔有文学朋友和约稿的编辑找到村子里,都是我十分愉快的事,包括传来许多文坛最新的消息和趣闻。偶尔收到老吕的信,仍然是老文化人的个性明显的毛笔字,或问讯或约稿,读来十分温馨。中篇小说《初夏》在《当代》发表以后,接到老吕一封长信,说他对这篇小说特别喜欢,不完全是因为《第一刀》的缘由。到这篇中篇获《当代》文学奖时,我告诉了他这个消息,老吕像小孩一样拍着简易沙发的扶手大声慨叹起来,似乎验证了他的阅读感觉。他说他在什么报纸上看到《当代》的广告目录,专意到邮局的报刊门市部买来了杂志,读完便给我写了那封长信。乃至一九八六年上海文艺出版社出版我的以《初夏》冠名的第一个中篇小说集子,我拿到书后,从乡下赶到西安,找到老吕家里。其时他已退休,住在炭市街的平房住宅里。我送上这本集子,他翻着看着,说那本集子里收编的几个中篇大都读过了。他告诉我,凡是他在什么杂志上发现我的作品就一定要读,凡是他听说我在哪里发了什么小说就自己找来读。他坦率地说着对那些小说的感觉,好的和遗憾的诸多方面,已经远远不是《信任》或《第一刀》经他发表时的交谈深度了。这一次,是我更深地理解老吕这个人的重要接触。我真切地被这位老兄感动了。他已经退休,已经不再为报纸副刊和我打交道了,他关注我的作品和我写作的发展,至少是出于一种纯粹的关于一个与他打过交道的作者的关注,仅仅只是这个作者的作品他曾经喜欢过付出过心血,仅仅只是这个作者本人他比较喜欢,仅仅只是他希望自己喜欢的这个作者的创作更健康地发展。这就够了,这就足够我这个经他扶助的作者体会人世间那种被赞美着的真诚了;足够我再重新理解作为中国文学各类职业编辑的良苦用心了,任何时候要是还没有忘记这一点,我便相信自己的尾巴会紧紧夹住;足够我理解作为个人劳动标志很明显的创作,其实还有更丰富的社会的催人奋斗的那种力量。告别老吕,重新回到祖居的家园,《初夏》这本书也就划归明日的黄花。我必须以新的艺术形态给老吕这样的职业文学编辑一个见面时可以再聊的话题,包括更多的还喜欢着我的小说的读者。真正的文学意义上的友谊给我的就是这种冲击力。

听说老吕病了时,我很震惊,找到他的新居里,是在一个夏天的晚上。我已得知他得了一种今天的医疗水平很难治愈的病,便约了精于摄影的郑文华去拍一张合影。我们相交整整廿年来,竟然没有拍过一张合照,我不在乎这种照相,他也不在乎这种形式的东西,二十年里我们多次见面却没有谁想到照一张合影。我到邻近的水果店铺里买了水果,也应是第一次。二十年里我多次去过他供职的编辑部和他的家里,从来没带过一件礼物,一盒烟一瓶酒都没有过。那个时期里似乎不兴这一套,我也没有这种意识,似乎拿着这种东西会使他和我都尴尬的。他现在病了,是个病人,按我的心理和习惯,看望病人带上水果是礼仪成俗的。

他坐在一架轮椅上,因为病痛所致的骨头损害,不能坐太软的沙发。他说他出医院好久了,病情稳定。他比以往消瘦了,脸色尚好,仍有既往的红色,表面看不出太多的重病的疲倦和忧郁。他说话依然是朗朗的高调门大嗓子,几乎与我以往的印象没有任何变化和差异,也许是强性子的他自然显现的刚强。我和他聊了他的病情,他却更多地问我现在的工作和写作,不无惋惜之意,甚至启发我赶快离开西安,重新找一个地方去读书去写作。他那么感慨着对我的深层理解,写到这程度太不容易了,再浪费时间就损失太大了云云。我无言以对,也不想对他说出我的苦恼。如他一样的感慨我已从许多朋友口里听到,然而我不想让他再为我担这一份心。我尽量以轻松的话题和他交谈,包括回忆我们以往的趣事,他便大声愉快地笑起来。我给他留下我出版不久的五卷本《文集》,他问《白鹿原》收编在内没有。我说主要的作品全都收入了。他说他早已读过《白鹿原》,不断地感慨着从他编《信任》到《白鹿原》的阅读感觉。临到我出门时,他仍然鼓励我,什么都可以看轻,看淡,再弄出两本书来,弄到这程度太不容易了……

　　我收到老吕一封信，看小小信封上那很大的行书毛笔字就熟知了。打开信封，夹着他的一页短笺和一块报纸的剪贴文章，是他发表在《陕西日报》的一篇关于《白鹿原》的短论。我的心头一沉，读了短信再读短论，沉默许久都不知道该做什么。他已到骨癌晚期，忍受着怎样的痛苦，仍然还要写这样的短论，仍然还要对《白鹿原》一书获茅盾文学奖的事说他的看法和意见。其时，关于这本书和这个奖的热闹早已过去，我已不再接受关于这个话题的媒体采访。《白鹿原》一书自出版以来的五年时间里，我看到过许多评论家、作家、记者和读者的或长或短的评论文章，说长道短在我已经于心不惊平静听取了，然而老吕的这篇短文一下子把我推入情感的波涛之中，无论如何我都不能把它看作是一篇"评论"……这是我收到的老吕的最后一封信，那功夫老到笔力遒劲的毛笔字啊！

　　今年春天，我接到老吕家属的电话，是哽咽着的女声报告的噩耗。当晚我赶到老吕家里，只能面对一幅围裹着黑纱的相片了。我站在灵桌前腿就颤抖起来了，看着照片上那昂昂的朗朗的面容，泪水一下子涌流出来，想叫一声老吕也终于哽塞得叫不出声。他的夫人告诉我，他把我送他的那套《文集》，一直在桌子上用书夹裁着，而没有塞进他的书架，直到他去世。我又一次涌出泪水，却说不出任何话来。

　　走在夜晚的东大街上，五彩的霓虹灯光是这座古城的新的姿容。天上似乎落着细雨，我木然地走着。我的小说中那个被我赞美也被我批判着的白嘉轩的生命感叹竟从我的心里涌出来了：世上最好的一个文学编辑谢世了！

1999 年 11 月 9 日　礼泉

为了十九岁的崇拜

——追忆尊师王汶石

一

第一次看见王汶石,大约是七十年代初的事。

记不清是谁家举办的一次业余作者会议,我也参加了。那时候的时代用语为"工农兵业余作者",会议也称为"学习班"。柳青、杜鹏程、王汶石等小说大家出席了会议,成为业余作者们最大的兴奋点。会后大家在一起聊天,话题仍然围绕着第一次看见自己崇拜仰慕已久的这几棵文学大树,说自己的印象,随后就给他们相起面来。比较一致的看法是,柳青像一只苍鹰,杜鹏程像一匹马,而王汶石则更像一只狮子。这种比拟不单是初见他们的面孔和体形做出的形象化概括,而且融入了对他们作品的阅读印象,是对人的形象气质和作品的艺术气质综合起来的归结。

第一次见到王汶石之前,我已经读过他发表和出版的全部小说。短篇小说集《风雪之夜》里的十几个短篇,作为范本不知读过多少遍了,一个个活灵活现的乡村人物至今依然储存在记忆里,一幅又一幅关中乡村生活的逼真场景和细节依然记忆犹新。现在回味起来,对我而言,柳青的《创业史》和王汶石的《风雪之夜》的最直接的启示,是把小说的艺术真实和生活真实的距离完全融合了。尤其是我生活着的关中乡村,那种读来几乎鼻息可感的真实,往往使人产生错觉,这是在读小说还是在听自己熟悉的一个人的有趣的传闻故事。我对创作的迷惘和虚幻的神秘幕纱可以撩开了,小说的故事和人物就在我的左邻右舍里生活着。渭河平原的乡村生活所诞生的《创业史》和《风雪之夜》,丝毫也不逊色于顿河草原上诞生的《静静的顿河》《被开垦的处女地》和《顿河故事》。我读肖洛霍夫我读契诃夫我读莫泊桑,且不说艺术感受,单就那个作品与自己的生活实际的距离感无法消弭,这里的乡村似乎永远看不到那里发生的动人的故事。《创业史》和《风雪之夜》给我的纯粹属于创作上的启示就在于,作为关中边缘地带的灞河川道、白鹿原以及北岭骊山这些我所熟悉的地域里,同样蕴藏着小说故事和小说人物,能不能寻找、捕捉、开掘出来,全得靠自己的努力了。这样,我从最初的迷惘和虚幻之中挣脱出来,眼光落到自己脚下的土地上了。

阅读《沙滩上》的情景,于今想来仍然令人心动。

读高中二年级时,我和另外两位同样喜欢文学的朋友组织起一个文学社。我们三人合资订了一本《人民文学》杂志,新杂志邮寄到来的日子,无异于我们的圣诞节,三人轮流阅读。印象最深的有两篇作品,一是话剧剧本《胆剑篇》,令我们激动了好久谈论了好久;一是王汶石的短篇小说《沙滩上》,三个人几乎是接力式的迫不及待地阅读了,相约着走出学校后门和后门外的操场,翻过灞河长堤和柳树林带,在灞河水边的沙滩上围坐下来,讨论起《沙滩上》来了。这样的讨论连续有三四次,都是在晚饭后的自由活动时间里进行的,每一次都持续到熄灯就寝的钟点。处于艺术创造鼎盛期的王汶石,大约不会料想得到,在星光朦胧的灞河滩上,三个读高中的农家学生正在热烈而动情地谈论着他的名字和他刚刚出台的人物——大军和囤儿的方方面面,正在把他营造的这幢瑰丽的艺术建筑拆卸开来,窥看一柱一梁以及其中的窍卯……多年以后,当我每见到他的时候,阅读和讨论《沙滩上》的这一幕就首先浮现出来。

二

一九七九年六月,我从西安北郊参加夏收劳动归来,第二天到西安晚报参加一个座谈会,见到杜鹏程。老杜一见面便说他看了《陕西日报》刚刚发表出来的我的短篇小说《信任》,多所赞扬,一派喜形于色的神态,令我感动。老杜又告诉我说,汶石也看了,认为很不错。这是这篇小说见报几天来,我第一次听到的文学圈里人的反应,而且是我崇敬而又崇拜着的陕西文学两棵大树的评说。

当天晚上,我回到西安南郊的郊区文化馆,门上贴着一张纸条,是《人民文学》编辑向前留的。我找到向前的住所时,她说她已经见过王汶石了,老王一见面就谈《信任》,而且建议由《人民文学》转载。随之告诉我,她已经找到《信任》读了,已经向编辑部打了长途电话,转达了老王老杜们的意见;编辑部已经找到《陕西日报》,看过了《信任》,决定七月号转载。当时已是六月中旬,七月号的《人民文学》怎么来得及转载呢?向前说,这很简单,抽掉某一篇已排定的稿子就成了。

骑车重回南郊的路上,我的心里一直不能平静,直到推开我的那间破烂的房子的门。那时候我已三十七岁,此前已经发表过一些小说和散文,对于某篇作品的好话好评虽不敢说超脱,但也不至于得意忘形。我的难以平静的心潮,完全是被老王老杜们的关爱冲击起来的。此前三年,我在刚刚复刊的《人民文学》上发表过一篇迎合当时潮流的反"走资派"的小说,随着"四人帮"的倒台以及一切领域里的拨乱反正,我陷入一种尴尬而又羞愧的境地里。经过大约两年几乎是自虐式的反思和反省,一九七九年春天我重新铺开稿纸写小说了。

在这样的处境和心境里,老王老杜们的一句关爱的话和关爱的行动,必然会铸就我心灵里永久的记忆。我更想到另外一层,他们早已是文学大树,这样关注一个走了弯路的青年作者,在他最需要支持和处于羞愧心境的时候,做出如此热诚的举动,足够我去体味《风雪之夜》创造者的胸怀、修养和人格境界了;具有这样的人格境界的人,才能酿制出《风雪之夜》这样的蜜来。我要接受的显然不单是《风雪之夜》书的艺术,而是创造者本人的人格魅力了。许多年以后,我经历了更多的创作实践,也多多少少经历了新时期以来的文学进程,也许是增长了不少的年岁,愈来愈觉得作家自身精神境界和人格修养对于创作的关键性作用了。制约作家感受生活挖掘素材深层提炼的因素中之最关紧要的一条,便是人格精神;人格精神的错位,往往会把良好的艺术天性矮化了,令人惋惜。

无论过去搞业余创作,无论后来调入作家协会搞专业创作的几十年时间里,我对陕西作家协会的唯一亲近的感情便是文学。我长期住在西安郊区乡村或城镇,或开会或办事得进城去,顺便走一趟作家协会,在《延河》编辑部坐一坐聊聊天,与同代的作家聊聊闲话。往往所能听到的,是编辑热烈议论诸如即将刊发的短篇小说《手杖》,京夫的这篇作品标志着一个阶段性的艺术突破;《人生》刚一面世就引起文学界和读者层的强烈反应,路遥的创作已显示出大家气象;邹志安的《兰鱼儿》正在编辑手中传阅,已经引起广泛兴趣;陕南一位谁也没听说过名字的作者在北京一家大刊上发表了一部中篇小说《沉默的玄武岩》,出手不凡起点很高,还有一股现代派味儿;等等等等。作家协会深深的庭院和几进四合院里,无论走进任何一个房子,都是这样的话题,及至国外一位作家的一部什么重要作品刚刚翻译过来,值得一读。这里的房子是二十年代建筑的中式平房,已不再现当年置建之初的宏伟和优雅,而日渐败落荒颓,陈腐磨损的桌椅和踩踏上去"吱吱喳喳"响着的木质地板,可感历史的沉压。然而这里弥漫着崇高到几近神圣的文学气氛,终年充溢在各个堆满稿件和墨水的编辑部里,流淌在庭院及至一墙之隔的家属楼院里。这里的人关注着本省青年作家的发展,似乎是一种职业习惯,是一种本能,而又完全是无私的,只有文学这个话题才能达到共同的兴奋点的共鸣。进入这个院庭便进入了文学的圣殿,像佛教或道教信徒进入了寺庙台观,充溢耳孔和鼻孔的全是诵经布道的谐和之音和香表焚烧的幽微之气了。这种气氛是文学发展最相宜的气氛,是任何物质的优劣难以替代的。

王汶石对《信任》的关注,只是这气氛中的一缕,而自五十年代以来所营造而成的这种唯文学是尊的气氛,正是王汶石那一代陕西老作家们力行垂范的结果。想来其实也很简单,如果文学团体里不说文学,那说什么呢?如果作家协会里没有了文学气氛,那么还有什么呢?

中篇小说《初夏》在《当代》发表后,王汶石写了一封长信给我,评说这部篇幅较长艺术上并不圆润的小说。我那时仍住在乡下,以通信的方式回答。我在祖居的老屋写这封回信的时候,总是想到十九岁时在灞河沙滩上与同学讨论《沙滩上》的情景。

我和田长山合作的报告文学《渭北高原,关于一个人的记忆》在《陕西日报》刊出以后,王汶石又以写信的方式予以论述。我读着那热情洋溢的文字,脑海里又浮现出在灞河沙滩上研读《沙滩上》的情景。

十九岁时在灞河滩上在星光下所崇拜的文学之"神",现在既是文学前辈又是兄长般的真诚,对一个后来者的脚步和舞蹈不厌其烦地评点着纠正着,影响很自然地便挣开了艺术的层面,让我一步一步感触和体味那艺术创造者的胸襟、内宇宙和人格精神了。

三

近几年来,我有选择地参加了一些有地域特征的笔会,交识了一些作家。许多时候和许多的作家交谈起来,谈到陕西文坛的时候,他们都谈到王汶石,关心他的身体和写作。他们都谈到王汶石的短篇小说,几乎通用的一句话都是"那真是写绝了"!他们动情地回忆着自己当年阅读《风雪之夜》的艺术快感,连一些人物的细节仍然能生动地复述出来,而这些阅读的记忆少说也有三十年了。我在这种交谈中便会滋生出一种自豪感,便会加深和这些作家的交流和理解,毕竟我也在家乡的河滩上热烈讨论过《沙滩上》。他们没有机缘接触王汶石,却虔诚地尊敬着祝福着王汶石;他们没有见过王汶石的面,却记着他创造的艺术形象,及至津津乐道那些生动的细节;尽管九十年代的社会生活和文坛已经与《风雪之夜》创作的年代发生了巨大的变化,他们仍一致赞叹王汶石的创造才华,用他们的话说,整个一本《风雪之夜》真是才华横溢。

一次又一次的这种交谈,也给我以最切近的启示,作家凭什么活着?作家这种特殊职业的本质含义是什么?这样简单的事,往往弄出许多复杂的纷繁的文坛现象和怪事来,无一不是非文学因素搅缠的结果。作家凭作品活着,作家活着的全部意义就在于创造艺术;作家创造的艺术比作家自身的生命更恒久,无论做到了或没有做到都应该持续追求;如果游离或转移了艺术创造的兴趣和心劲,那么作家这个职业就没有任何意思了。

这种启示在我每一次见到王汶石的时候都有所验证,无论是在他的家里,抑或是在医院的病床上。退休在家的王汶石,给我的如一的感觉是沉静,沉静里折射出经历过高境界的艺术创造的气象和风范。而这种时候,看着那张慈和而又有力度的方形脸盘,我又想起头一回见面时造成的狮子的印象。即使在病床上，即使到了生命的垂危境地，我看到和感到的仍然是狮子的雄威和狮子的沉静。

  面对这位老人，我总是忍不住叹惋，如果他不是那样的年纪而是与我们同龄，能生活在更为开放的当今中国，凭他对文学的专注和痴情，凭他对现实和历史敏锐的感知和深刻的理解，凭他对艺术的敏感的天性和才华横溢的表达能力，当会创造出怎样瑰丽的诗篇，远远不止一部《风雪之夜》。面对极"左"的文艺政策以及发展到摧毁一切的"文化大革命"，天才又能如何？更多地留下的只是令他的崇拜者长久的叹惋了。

  面对这位老人，我常常有一种幸运感甚至满足感，发展到今天的中国文坛的气象，可以让百花都有选择生存和发展的土壤和空间，这是在七十年代以前所不敢奢望的事。在我步入中年时赶上了，虽然稍有点晚，毕竟还是赶上了。在这样的催生文学绿色的气象里，如果还不能实现自己的创造理想，只能默认自己的无能了。在这样的文学环境里，我的满足感也促成一种宽容心理，对那些已经发生或继续发生着的非文学性质的事，都可以做到不辩不怨，出于一种最基本的考虑，搁在二十年以前当会如何？！况且，文学也和国家一样，继续着改革，也必须继续去完善尚不完善的诸多体制。处在这个过程之中的我，满以为可以去做自己想做的写作之事了，而不必过多在乎那些作为发展完善过程中的非文学因素。在乎了势必耗费精力浪费生命，这恰恰是我最浪费不起的东西……我比王汶石们幸运多了。

  王汶石经历的病痛折磨，是我所经见的最难忍受的。我不想叙述他的令人惨不忍睹的病痛的折磨，也不想宣扬他顽强的生命力以及痛苦折磨下的狮子般的沉雄和幽默，这一切总归是令人心酸的事。而无论作为十九岁时便形成对他崇拜的青年，无论是作为一直受到他关注关爱的一个作者,无论是作为后来在作协管着点事的我,对于他在病卧期间为着医疗费用而受的额外的折磨,业已成为我无法化解的一块良心的死结!

1999年11月25日 礼泉

千年的告别

到成都再到绵阳,记者们都热衷一个话题:当新的世纪到来时感受如何。在这种反复的问询中,我才切实地感觉到了一个新的千年即将起算,一个新的世纪已经跷足可触,我们正处于一个告别和期待的兴奋之中。

正在兴建和刚刚开通的高速公路,对于泥泞和坎坷的小路是一种告别;漂亮的绿树和如茵的草地,对于荒草和垃圾是一种告别;载人的宇宙飞船,对于火铳是告别;把纸屑果皮扔进垃圾箱,对于随意乱扔废物随地吐痰是一种告别;发自灵魂的颤音,对于新老"八股"腔调是一种告别;绷紧的牛仔服显示的优美曲线,对于古典的现代的辫子和裹脚布是一种告别;邓小平倡导的实事求是理论,对于自欺欺人的牛皮作风是一种告别……

告别的仪式发生在当代中国的每日每时,发生在城市和乡村,发生在内地和边疆,发生在古老的成都和新兴的绵阳。

告别的祭礼发生在当代中国人的精神世界和心灵世界里,老人和年轻人都在进行着各自的告别。告别痛苦,期待欢乐;告别枷锁,期待舞蹈;告别腐朽,期待新生;告别龌龊和曲屈,期待明朗和舒展;告别虚伪,期待真实;告别愚昧和愚蠢,期待清醒和智慧……

告别是精神和心灵的剥离。

完成一次剥离就完成了一次弃旧图新的过程。剥离是旧的心理秩序被打乱、新的心理秩序重新构建的过程。人的心理秩序决定人的精神世界,而人的价值观道德观又网织着心理秩序;新的观念首先冲击的是旧的观念,也就冲击扰乱旧的心理秩序,重构新的精神世界。这个过程恰如剥离,完成一次就轻松一次,就新生一回,就跃上一个新的心灵境地。剥离无疑是一个痛苦的过程,经受了这个痛苦完成了这个过程,也就挣脱了心灵的枷锁,获得一次精神的解放和自由;经受不住这个痛苦就可能捂死在旧的秩序的罗网里。剥离不会是一次性完成的,有如蚕之蜕皮,一次又一次的剥离的完成,一个民族的精神体魄也就逐步得以复兴复壮了。

　　一九九九年十二月三十一日的最后一秒,我和我的民族将站在一个新的世纪新的千年的临界线上,做一次千年的告别,聆听新的世纪的第一响钟声,迎接第一个黎明,想来真是千载难逢。

1999 年 12 月 9 日　绵阳

口　声

春节将至时,有朋自渭北来,带给我一袋地道的久负盛名的"橡头馍"。这种馍馍形状如同农家房檐下露出的椽子的圆头,故得名,其实更像放大加厚的一枚枚象棋棋子。其味香甜绵长。现在,"橡头馍"已经从农家的锅灶笼屉上获得解放,机械化批量生产,热销于县城和省会城市。有这样一袋本真的"橡头馍",今年的春节也增添乡村气息了,弥补了乡思。

闲聊间,朋友老梁告诉我,他在市井间听到街谈巷议的一个热门话题,他们那个县的县委书记开会途经秦岭山区,发生车祸,重伤住进医院,昏迷持续三四天之久。当他重新复苏身体逐渐恢复以后,守护他的妻子交给他一张清单,登记着在他昏迷和危险期的时日里,送礼送钱去的单位、姓名和钱款的数字以及礼物的品种。当这位县委书记能够重新站在讲台上讲话的时候,他以一种节制的口吻宣布了一条告示,大意是:在车祸受伤住院期间,感谢大家的关怀。但关怀的形式方法发生了问题,带点食品尚属人之常情常礼,送钱就莫名其妙了。我享受公费医疗,本县财政即使困难,保证我的医疗费还是不成问题的。所以送钱不仅没有理由,也使关怀之情变味了。会后请送钱的同志到××部门去领走自己的钱款,可以不公开你们的姓名……

愕然。哗然。参会的人嗡嗡然议论起来。

这种议论很快流泄到县委和政府的各个职能部门，流泄到县属的企业、学校和商业交易场合，流泄到市井街巷和家居的楼房屋院。我的朋友老梁给我说这个传闻时，仍然抑制不住情绪的激动，连连感慨，书记的这个举动轰动了县城了，能做到这一点是不错的……

我的朋友老梁年轻时在东海舰队服役，一段很令人羡慕也令他本人自豪的人生篇章，至今偶尔谈到他的水兵生活，甚至驻扎地上海，仍然眉飞色舞高腔欢调儿，因为北方青年能被招为海军水兵的机会太少太少了。他复员回到渭北老家，供职在县供销合作社，工资虽低却是固定的月月照发的，在大家普遍贫穷的那些年月，他很自足自乐。改革开放之后几年，供销社独占乡村商业市场的霸王角色很快被消解，老梁便承包了其中一个部门，自己独立经营起棉布以及与棉毛相关的纺织品来了，生意虽总也做不太大，每年的进账却可以养家，供给孩子上大学，仍然自得其乐。他从未当过官，工作却是尽职尽责的，工作之外喜欢读书，却没有写诗著书当作家的志向，然而确实喜欢文化活动，这便是他和我结交的缘由。他喜欢唱秦腔戏，声色不错，却从来没有当专业演员以此造诣戏坛的雄心，然而确实爱唱，随时随地就可以放开嗓门吼将起来，在我办公室里就吼过一板乱弹，还真是接近专业水平。我写如上这些关于老梁的身世和爱好，仅仅只是想向读者表明，老梁是真实的民间话语，是市井平民芸芸众生之中的一位，他告诉我的关于县委书记的故事来自民间市井的街谈巷议，不是电视、报纸等新闻媒体的宣传。老梁的话是可以信赖的关于一个县的中共领导干部在百姓里的口声。

口声，陕西关中方言，与规范的书面语言里的口碑的意思大致相同。如，那人一辈子落下个好口声。或，王家媳妇这一向遭了口声了，指的是遭遇不好的舆论谴责了。这个县的县委书记因为清退送礼的钱款，市井和乡间正沸沸扬扬着一片好口声。我竟然也被老梁的激情煽动起来了。

老梁说的这位县委书记姓王,名字已经记不起来,我和他共进过一顿午餐,真正的一面一餐之交,且已经过两年,印象很模糊了,大约是一九九七年冬天,我在渭北的蒲城县小住几日,某日午间县委书记派人来约我共进午餐,受宠的同时,也有点惶惶,给本来很忙的领导添麻烦心里总是有所障碍。见面之后才得知书记姓王,很年轻,稍做交谈竟扯到故乡,可以勉强为乡党;也才得知他请来一位牛津大学的博士,也姓王,时任西北大学校长,原籍渭北蒲城,专意请回这位从渭北高原走出去的卓有建树的学子回到故乡,给全县各级领导干部专题讲解现代管理知识,这是王校长的专长。那天的午餐交谈很愉快,结识新任西北大学的留洋博士王校长,我自有钦敬,因为这确实是很不容易的;再则是县委王书记请管理科学的专家给本县各级行政管理干部来上课,也应是一种很富远见的举措。就是赶巧凑到一起的这顿午餐,留下了很难说深刻甚至说不上熟悉的印象,然而毕竟认识了。老梁说到他的传闻时激起我的心理反应却很强烈。

这种较为强烈的感动里,我突然想到县志上记载的一位县令,在任几年之后调离本县时,整个县城都骚动了,沿着县令离去的必经之街道夹道送行,鞭炮连绵,酒香弥漫;沿路所经过的大村小庄,男女老少拦路挽留,跪拜不起的乡民堵塞了道路。这是十余年前我在西安郊县查阅县志时留下的印象,应该说这个县令在任几年的口声好得不能再好了。同样在这摞县志里,记载着民国初年发生在该县的一场前所未闻的突发事件,整个县辖的乡村里的农民于某天早晨从四面八方拥进县城,扛着杈、耙、扫帚、犁杖和镢头木锨,要去交给县长,罢种罢耕,以抗议巧立名目的人头税和田亩税,酿成了关中近代史上影响广泛的"交农运动"。这个民国政府的第一任县长随之被撤职,离走的时间据说选择了夜晚,其口声之坏无须评说。记载在同一个版本的县志里的两位县令和县长,受命于不同的朝代,执政于同一块县辖的地域,其口声大相径庭,正好演绎注释了"民可以载舟,亦可以覆舟"的古训。

老梁说给我的王书记新近发生的故事,诱发我联想多多的一个重要因素,便是新闻媒体刚刚曝光的江西省副省长因受贿被捉的消息。我曾在听到看到这个新闻时难以理解,已经做了副省长的胡某要那么多钱干什么?钱财聚到那么大堆的数量,对于个人对于家庭还有什么实际意义可言?因为即使以超豪华的消费水平也难以在有生之年把那么多钱花掉,且不说胡某的政治誓言和人生追求这些东西。如果我没有记忆混乱,胡某是媒体公开曝光的官职最高的领导干部,尚属少数中之个别。然而每年年终中央和地方省市反贪部门公布的成绩概括中,那被惩的人数却是令人震惊的。一个个吸附在各级政权里的蛀虫被钳出来,使人感到痛快的同时也不无忧虑。再说到民间和市井,层出不穷的传闻和极具智慧的讥讽腐败的民谣和笑话,消解和淡化着各级政权的神圣和庄严。无论是证据确凿的公开惩治,无论是不敢全信的更多的民间传闻,倾注到人耳朵的这些东西太多了的直接后果,令我忧虑令我烦恼令我开心不起来,真希望能有清风灌进耳来,有清净的绿地映入眼睛,以荡涤污血和浊水。与我仅一面一餐之交的县委王书记的举动传到我这里时,正合了我的这种心理需要。如若在今后可期待的某一个年份,民间和市井里更多流传的不是那些讽喻性的笑话和顺口溜,而是如渭北的王书记的好口声,我敢肯定从地方到中央反贪机关的成绩将会逐年萎缩,当是国家和人民的头等幸事。

朋友老梁讲述的王书记的故事,之所以引起我共鸣的又一个诱因,是我所在的单位正开展"三讲"。"三讲"的内容和目的无须赘述。我在阅读江泽民的著作时,有一句话引起我的震惊,即:堂堂正正做人。

震惊来自对这六个字的直感。在我的记忆里,自稍知人事的童稚时代起,父亲便要求堂堂正正做人。在念书求知的各个学段,不仅父亲尤其是老师,无一不是把"堂堂正正做人"作为最基本的修身准则尺量我们。"三讲"的对象是县处级以上的领导干部,百分之百的共产党员,对他们现在提出"堂堂正正做人"这样的警示,其实只是作为人的道德修养的 ABC,是基础;是无论工人、农民、小贩、商人、普通干部等各种职业的人,无论贫富无论智商高低无论性别无论长幼无论宗教信仰的各色之人,立身行事的最基础之准则,是任何一个父亲母亲和哪怕是最平庸的教师,都会对自己的子女和自己教授的学生一以贯之毫不含糊地当作基础品格实施培养的。然而这个话是由总书记说的,有点痛切的味道,对象却是县处级以上的中高级党员领导干部,肯定不是无的放矢。那么我就可以放胆推论,在县处级以上党员领导干部的庞大队伍里,起码有一些人在做人的 ABC 的基本之点上出了问题,不那么堂堂正正。既然自身都堂堂正正不起来,那么怎样去实施自己的职能所要求的工作,怎样去实施党所赋予他的在他负责的地域或领域的使命和任务?结论是无须点明的。如果连堂堂正正都做不到,那么他的政治信仰、主义、理想全都会飘忽游移,甚至只是一张招牌一块遮羞布而已。

然而总书记不会是随随便便讲这个话的。进而想想,"堂堂正正做人",对任何人来说,都不会是一次性完成的;在人的生命历程的任何一个阶段,都存在"堂堂正正"能否继续的矛盾和选择。在广泛如"文化大革命"局部如自己所处的具体环境里,邪恶之势逼压以至残害人的时候,能否保持从信仰到灵魂到身躯的堂堂正正?在已经呈现前所未有的进步繁荣也同时出现前所未见的纷繁复杂的社会生活面前,权力的诱惑和物欲的诱惑都在对"堂堂正正做人"这个基础进行无休无止的冲刷,能招架得住吗?

昨天顶住了一万元的诱惑,今天却屈从于十万元的诱惑,昨天堂堂正正是个人,今天就"堂堂"不起来也无法"正正"了;顶住了金钱物质的诱惑,却在传情的眉眼旋飞的彩裙里陶醉了沉迷了,"堂堂正正"了半生的躯体从此怎么也硬撑不直了;昨天做着副手兢兢业业"堂堂正正",今天提升为第一把交椅,权力和声威突然之间能够作用到所辖领域的一切角落的时候,在真诚与比真诚更富迷惑色彩的巴结逢迎之间发生迷乱,甚而落入鲜花、笑颜、涎水、金币和大腿铺设的陷阱,何论"堂堂正正";接受卖官的贿赂,必然再去行贿买官,以满足无限膨胀的权欲和如影随形的物欲,官位高升的同时,灵魂却龌龊了人格也矮化萎缩了,自然没有"堂堂正正"这个做人的基础工程了。

  朋友老梁讲述的渭北王书记的故事,让我感受到天地正气的痛快,获得阡陌与市井间的好口声,不仅是合理的,也是党心民心所期待的。我愈加自信这样一个人生信条——"苍山无言,江河有声。"

2000年4月13日 汉中

活在西安

又一部历史题材的电视连续剧《大明宫词》轰动了,西安一家发行量居高的报纸在报道这一久违的盛况时用了"风卷荧屏"作为标题词,是没有夸张的。我也是被"风卷"的一个观众。是的,似乎好久好久了,屏幕上甩来晃去的尽是那根令人作呕的猪尾巴式的辫子,恶心到使人吃饭时不敢轻易打开电视。《大明宫词》使我看见了别一种形态的中国人,即距今大约一千五百年前的中国唐朝人的生活形态,尽管这种生活形态基本局限于宫廷深闱之中,尽管这种生活形态只能看作是千余年后的今人对唐人的猜想和模拟,然而仅那服饰、发型、礼仪和宫廷的建构和饰物,似乎都显示着一个年轻王朝的气度和活力,起码少见猪尾巴辫子里的油垢所散发的龌龊和卑琐。且不论宫廷王座上下演绎着怎样惨烈的争夺,也不论大明宫里的争夺和拖着猪尾巴式辫子们在故宫里的争夺有何相似相异之点,我只是有一种最肤浅最外在的感觉,在我们的漫长的封建帝制的历史中,处于鼎盛时期的唐人和处于帝制末日的猪尾巴们的差异,譬如一个青春汉子与一个垂死于棺材边沿的昏朽者的那种既十分截然又难以叙说的差异。

看着屏幕上那些唐人的雍容和威仪,女人们包裹很浅的胸脯,我的思路总是偏离开颇为激烈紧张的剧情,陷入作为一个纯粹的西安人的癖好:这些人和这些人的曲折的故事,就发生在那时称长安的今天的我生活着的西安吗？她们拖地的长裙和高贵的软靴，就拖在踩在西安北郊的那片被荒草掩遮着础石的大明宫遗址里头吗？简直不可想象也不可思议，西安曾经在千余年前那么风光那么神气过？就是被外地人甚至本地人几乎一致看作封闭、顽固、落后、逃之唯恐不及的西安吗？面对那个只容许想象而不堪对照的辉煌，后来的西安人的我直是觉得羞了唐人这个祖宗先人了。

手边正好有一本刚刚出版的第三期《延河》杂志，刊登着上海女作家潘向黎的散文《东边我的美人西边黄河流》，开篇便直言不讳——

——你愿意生活在哪个时代？有一天，突然有人这么问我。

——唐朝！当然是唐朝。作为中国人，我想象不出比那个时代更让人向往的了。

潘向黎的这篇散文写得见情见性，挥洒自如，字里行间跳荡着她如同咸阳原上游侠少年那样饮酒纵马的豪情和逸致。那个时代的唐都长安的繁荣和文明，我是无法想象的。据说包括日本等周边邻国和以卷发深眼美髯为特征的波斯人，求学经商学佛取经以及朝拜者无以数计，单是取得"绿卡"长年定居长安者不下三万人，不少人已经进入长安社会生活的各个领域，有的甚至进入王朝深宫的中枢神经。高度的文明和超级的繁荣产生吸引力，也拥有自信、雍容大度和巨大的包容性，对外可以容纳整个世界的来宾，对内自然不会在乎咸阳原上最早出现的那些类似"嬉皮士"式的游侠少年的飞扬跋扈和放荡不羁了，恐怕只有小气的王朝才计较百姓口里说了什么脚下踩了什么。

千余年来，这个长安一步一步萎缩下来，明洪武年间重新整修的保存至今的这一圈城墙，尽管在全国属于独一无二的规模最大最完整的古城墙，其实仅仅只是唐长安城的七分之一。我曾泛起小孩的童趣加以想象，也终究想象不出七个现今西安城区的规模会是怎样的一种格局和派势！真是无可奈何花落去,废都的萎缩是不可逆转的。

最可怕的萎缩在心理和精神上,自信不起来,雍容大度也流失一空了,落后陈旧所酿制的过时的腐气和霉气挥斥不去。外边的人来这个城市的目的,首先是看地下埋藏的作为往昔文明和繁荣的殉葬品,陶制的秦军兵阵所模拟的阴司其实吓不住一只苍蝇的威严;或是偷窥唐公主墓道里已经脱皮掉渣的壁画上女人们敞开的胸脯,不无淫酸之气地啧啧一声:"我们的祖先早就'性解放'了嘛!"落后就要挨打,这是就一个国家在世界格局中的情形而言:在一个国家之内,落后的地区和落后的省份就会被轻视被不在乎,甚至连落后地区的本地人也常常自我嘲讽和自轻自贱。有一位来自较发达城市的作家逛了一圈西安,然后把逛感发表在西安一家报纸上,最引人注目的一句结论是,四堵城墙封闭着西安人的思维,西安端端正正的"井"字形街道造成了西安人的思维的简单,因为走路不拐弯也就不动脑筋了。如果这话可靠这个诊断准确,我真想建议省和市的领导拆除城墙,同时把"井"字街道改造成曲里拐弯的形状来,起码让后世子孙从学步就开始走弯路动脑筋形成复杂思维,只怕未来的子孙嘲笑提出这个观点和实施这个药方的人同样犯下简单思维的幼稚病。没有办法,活在西安的我,现在还得忍受诸如这种简单到轻薄的思维的轻视。

近年间,省和市的党政领导不断更替,然而一个决心却一脉延续下来,这就是:重振汉唐雄风。切实地想来,这个距离是比较大比较远的。作为古长安和广而大之的三秦地域的当代领导人,以如此的雄心和使命感去奋斗那个汉唐雄风的目标,确是令人鼓舞的。其实,西安和陕西已经有许多可以骄人骄世的且是无可替代的"拳头"了,一位在国防工业系统的作家告诉我,五十年大庆通过天安门广场的天上和地下的兵器,其中一半均产自陕西,长起的就不只是西安人的自信和豪情了,只是这些家伙不能像粤港京沪的新型消费品摆上超市的柜台,然而一个民族的脊梁却毕竟硬朗起来了。

汉唐雄风,一个遥远的梦。当今中国的发展方略能够产生这样的梦,也能实现这个美梦,肯定不是一代两代人的事,然而开发西部的方略已经启动,行程已经开始,总是会逐步接近以至达到的,到那时我将会是一个幽灵,邀上也许还健在的潘向黎,去观赏咸阳原上超现代的游侠少年的风姿,当是一种慰藉。

2000 年 4 月 18 日 汉中

动 心 一 刻

　　下班了就有松懈和慵懒,悠悠地走在回家的小巷里,整个上午对几茬子来人说过什么话大都忘记了,如此而已。
　　突然听到背后有人连声叫着"爷爷",想到自己尚不可能有在街巷里跑着玩着的孙子,便放心地继续优哉游哉地移步前行。未几,真有一个孙子抢到我前边挡住去路,喘着小气说:"陈爷爷,听说新办公楼盖好了,要买新乒乓球案子?"
　　我随口答道:"是的。会买的。"
　　他竟然发出挑战:"那咱们比赛一场?"
　　我略有迟疑,随之反问:"你为啥要找我比赛? 你的同学伙伴不是很多吗?"
　　他也略有迟疑,稍现羞涩,还是坦陈原委:"因为我输给你了……"
　　我心里一动,真是始料不及,正为白捡来的这么一个俊气的孙子得意,不料却是要求"复仇"而且当面送来挑战书的"敌手"。正应了一则民间笑话,一个农夫捡到一封包装整齐的点心喜不自禁,打开来却是一只刺猬……我看看这位挑战者,白净的脸膛,睫毛很长的眼睛,俊气而漂亮,瞅着瞅着竟发觉有点面熟,也想在"决战"前先了解一下"敌手"来自何方姓甚名谁。我刚一发问,他便答道:"我是×××的孙子。"我便明白了,×××是另一家协会的老编辑,已经退休,就住在我们单位的另一座住宅楼上。其实这个小家伙也不是生人,常在机关下班后,和一伙孩子乘虚而入,爬梨树捉迷藏,把楼梯上宽大的水泥护栏当作溜溜板爬上溜下,我却根本搞不清这一伙孩子是谁家的儿女或孙儿孙女。我说:"好哇,趁着我现在还可以上乒乓球场子,你来试试。"小家伙满脸欢悦地说着"谢谢陈爷爷",临走还给我鞠了一个九十度的大躬。我竟很感动。多么文明的一位挑战者!×××教养出来这么可爱的一个孙子!

我继续优哉游哉走过小巷,渐渐记起来,前几年机关买了一台乒乓球案子,因为没有房子安置,就支在露天院子里。男女工作人员和编辑们常在工间休息和工余打一阵乒乓球,常常为胜负而耍孩子气,常常打得大汗淋漓红颜浮现,以坐为职业特征的机关院里便有了一股活气和生气。我也是乒乓爱好者,球技平平却有几十年的挥拍史。正经比赛和一般玩耍或打球,自然都要分个胜负,得胜的小小得意和失败的小小不快都发生过,一旦离开乒乓球桌便自动消解。我隐隐记得可能与这个小孩子打过一次或两次,胜负早已不存记录了。然而这孩子却记着。

这将是一个无须判断结局的比赛。可以设想即将到来的这场比赛他又输了,按他的这种优良的不服输的个性,肯定还会向我发出挑战书的……直到他取得胜利。这里存在一个不可逆转更不可论比的条件,便是年龄;他处于少年而我已跨入老年,他训练球技的时日太富裕而我早已不在这方面下功夫了。他肯定是总体上的胜利者,这是无须判断也无须等视的结局。我倒是另有心动的一面,如果这个孩子规规矩矩走到我面前说:爷爷你打得好我打得不好我很服你请你教我打球吧!我肯定赞赏他的谦逊和礼貌,也会在相遇的球场机缘里帮他练点基本功,然而肯定不会引发心动,不会感到某种挑战的咄咄逼人的少年壮气的冲击。

这个马路上捡来的孙子发出的挑战,使我泛起相仿年纪里我的美妙记忆,背一周的干粮(馍)走五十里路进入西安,一日三餐都是开水泡软的玉米面馍馍,竟然在爱上文学的同时也迷上了乒乓球,常常是一边啃着发硬的馍馍一边抢占乒乓球台子。文学创作后来成为我毕生难舍的职业,乒乓球也断断续续伴着我成为名副其实的业余玩具。

经历过生活的演变也经历过人生的坎坷之后,常常容易感慨,容易以当下发生的事与过去发生过的事互为参照,容易发生由今日之事勾连起往昔里那些尘封沉寂的琐事屐痕,往往令自己心里一动,陷入一种陈年佳酿般的迷醉。人生无论从事什么职业无论崇尚何种理想,可贵在那么一股不服输的气(这气当然不是赌气,此气非彼气)。输是正常的,失败也是正常的,输十次失败十次甚至更多都是正常的,关键在于去争取第十一次的赢或成功时的气还足否?如果输不起也失败不起因而撒了那一股气,便永远消失了赢和成功的机会和可能。

这个捡来的孙子的可爱不单在那一张俊秀的脸膛,而在那一股不服输的气。我便想了,他在赢我之后,应把下一个对手瞅到刘国梁或瓦尔德内尔身上,那是乒乓世界的顶点标志。目标远了高了大了,气会蕴积得更壮,无论对他个人和这个民族的未来,都特别珍贵,乒乓球不过是一个喻体而已。

动心的一瞬之后反躬自省,尽管有了这样的年纪,那个底气还应不断蕴蓄,以备新的行程。这个马路上捡来的孙子肯定只想着赢我这样一个业余水平的老球员,却不会料及他的行为本身给我的人生警示。快哉善哉。

2000 年 4 月 29 日 西安

取　名

给即将要写的或已经写好的文章取名,有时竟是一件颇不容易的事。取不到一个恰切恰当的名字,常常使人心里很别扭。相反,如果能取来一个含蓄而又准确的篇名,是件十分愉快的事。时过多年,偶然翻出某一篇自以为满意的篇名,连自己也会惊奇,当时怎么就想到这样一个别致的名字,真是敝帚自珍。

为自己的作品取名,常见的是以作品的主人公命名,包括绰号,以人物生存或故事发生的地点命名,以故事发生的时间命名,以景物命名,以作家的某种强烈的主观意识命名等。这些都是古今中外的作家通常为作品取名的途径。还有许多使人无法料想的精彩的书名和篇名,读者刚一接触,就会产生某种神秘感,就想穷其内幕知其究竟,产生强烈的阅读兴趣和欲望。如昆德拉的《生命中不能承受之轻》,原苏联作家艾特玛托夫的《一日长于百年》,美国两位诺贝尔奖获得者海明威的《丧钟为谁而鸣》和斯坦贝克的《愤怒的葡萄》等,不胜枚举。

在我的写作经历中,为作品取名有几种情况发生:一种是构思之初,就有一个篇名跳出来,动笔时先在首页写上篇名,直到写完全篇,对这个篇名都未发生动摇和变化,这个篇名就确定下来。至于这个篇名取得好与不好,且不论它。再一种情形是开篇之前确定的篇名,在写作过程中被一个突然冒出的新的篇名所挤对,所动摇,于是就改换一个名字。又一种情形是写作之初怎么也想不出一个恰当的名字,于是就先写文章,把稿纸上本应写篇名的位置暂且空置着,期待写作过程之中或写完之后会冒出一个自以为可用的名字。如此等等。其中有几个篇名的取得,是很有趣的事。

大约八十年代中期,我正热衷中、短篇小说写作。有一个短篇小说起初取名为《野蔷薇》,草拟到不足一半时就没有耐心再做草稿,从感觉上以为完全有直接写稿的把握了。正式写稿伊始,便更换了篇名,改为《到老白杨树背后去》。这个更换篇名的举动是始料不及的,起初丝毫也没有想到的名字,在起草到不足一半时,作品中"我"的一句对话冒出来,正在写作的我的心悸颤了一下,不仅觉得"我"说出了一句美妙的话,对完成本篇的自信心也突然强大起来,连继续草拟的耐心也没有了,连作品的篇名也在这一瞬间重新确定无疑了。

陕西人民教育出版社的陈绪万先生,经营有方,把个出版社搞得红红火火,"日进斗金",发财而不忘记文学,在八十年代末九十年代初文学书籍出版出现困难的危机里,拟定了"又一村"文学丛书,为陕西一大批作家积压书屉的作品捆束成书。我是"又一村"的第二拨得益的"村民",编成我的第二本短篇小说集,命名为《到老白杨树背后去》,送交编辑部。丛书出版后,我去拿样书,走进一间办公室,围坐着四五个男女编辑,我报出名字并说明来意,编辑们哄然大笑起来,弄得我有点莫名其妙。随之经一位编辑解释说,在我进门前,他们正在开着一个由我的书名引发的玩笑,某女编辑问一位男编辑另一男编辑干什么去了,答曰:到老白杨树背后去了。由此引起哄然大笑,笑声尚未完全止息,我正巧走进来,真是赶巧了,于是再起笑声。笑声稍息,那位男编辑热情有加,先招呼我坐下,再端来一杯清茶,然后意犹未尽地问:陈老师,你怎么想到这么好一个书名?我一时也说不明白。另一位编辑告诉我,这本书出来,他们就为这个名字所神秘,先读了那篇《到老白杨树背后去》的短篇小说,朋友们之间开玩笑,顺口一句就说某男与某女"到老白杨树背后去了"。而作品本身的内容,是写几个乡村少年男女在山野里模仿农村婚嫁的游戏,以"老白杨树背后"作为模拟的洞房……

今年初春时节,我为同代作家王宝成一部即将出版的长篇小说《心境》写序,心里竟然是一种诚惶诚恐的感觉。宝成创作刻苦,著述甚丰,既有大卖的小说出版,又有影响面更广泛的影视作品传播民间,我为其作序,难免产生自信心的不足。最后确定下笔,仅仅基于一种理解,即我对王宝成的作品和为人的理解这一基本点上,算作朋友间的交流和置换。然而,思虑再三,却取不到一个恰当的篇名,又不甘心用一个简单的"序"字了结。于是便按既往的惯用办法,篇名先空置着,尽管去写自己要说的话,说不定在写作之中和完成之后会冒出一个意料不到的好名字。

果然,这个期待没有落空,在写到第五节的末尾(共六节)时,谈到对中篇小说《故乡麦月天》的阅读感受时,涌出"依然是诗性的,是一篇深沉得令人不敢轻率翻揭书页的中国乡村的土地诗篇"的句子来。写到这里时,我的心灵深处微微颤动。我终于明白过来,通篇写作过程,都是企图寻找我对王宝成的真实的透彻的准确的某种感知和感觉;我终于抓住了,就是如上引文的那种情形,一旦抓住了,自己首先激动了;我终于期待到了一个可以冠取全篇的名字:《你写的书,让我不敢轻率翻揭》。

这个篇名,道出了我对王宝成作品阅读的最独特的感受。宝成的小说,人们可以以各种审美视觉和审美兴趣说长道短,可以喜欢或不喜欢,然而你不会在阅读之后产生轻率乃至轻视的情绪。他的艺术表述的内涵和形式,不容亦不致使读者产生那样的情绪。作品内容的深沉和艺术形式的严谨,浓厚的自传色彩所渗透的作家自身的人格精神,都昭示着这种浑然一体的艺术气质和气象,容不得轻率和轻视的。文坛上常有一些堪称重量级的大作家,往往抛出一些扯淡的货色,当我奔着那个响亮的名字去阅读其文之后,却发现这家伙不过打了个喷嚏,或者是在抓脚气引发的痒痒。于是,阅读的失望必然引起轻视,起码可以轻视这篇抓脚气痒痒打喷嚏之类的文章。就我所读过的宝成的大部头和短文,似乎没有这类货色。

找到了独特的准确的感觉,也取得了一个自以为恰当的篇名,真是令人不胜快乐。

2000 年 5 月 1 日　雍村

自题照片

　　这张照片寄来时，连我自己都愣住了，我居然还能笑出这番模样！摄影师们总是喜欢拍我忧郁的表情，尤其对我脸上纵横交错的皱纹更感兴趣，于是我就有了许多种以皱纹为表征的大同小异的照片，于是报纸和刊物提供给读者的大都是大致雷同的表情的脸，美其名曰水土流失的黄土高坡式西部男人的脸。这固然是我的丑陋的脸，然而见得多了，连我都怀疑自己是否还会笑。这张照片是在《中国作家》杂志召开的编委会上，由都沛先生随机抓拍的，使我看见了笑着的自己的脸，让我也获得了少许自信：我还保存有笑的这一面。

2000 年 5 月 1 日

　　（冯剑华女士为她主编的《朔方》封二《作家自题照片》栏目约稿，遂有此短文。）

拜见朱鹮

中国有熊猫,世界独一无二,国宝。

中国有朱鹮,同样独一无二,同样为国宝。

朱鹮在中国,也只是在陕西洋县一地有。洋县在秦岭南麓,汉江边上,有平坦的坝子,有曲线优美舒展温柔的缓坡,有重叠起伏一袭秀气的丘陵,有挺拔伟岸弥漫着原始森林气息的秦岭群峰,有如画如诗的田畴和稻地,更有性情温和天性怡然的乡民……在世界各地的朱鹮相继灭绝(日本仅余一只失去繁育能力的老鸟)的现今,洋县却存留住了这种鸟儿。

想到今天就可以看到朱鹮,竟有拜谒的激动和忐忑。这种心态源自既久的关于朱鹮的传闻的神秘。九十年代初,第一次从报刊上看到在陕西洋县发现朱鹮的消息,看到了这种前所未闻的稀世珍禽的倩影,尽管报纸上照片的印刷质量极差,然而这鸟儿的仙姿丽影依然飘逸显现,留下来一个梦幻丽人的记忆。那时候,同时就滋生了想一睹其风姿的欲望,整整十年了,曾经有过下汉中途经洋县的行程,却没有机缘去攀见,欲望便滞积在心里,愈久愈强烈。

十年里,有关朱鹮的印象不断地加深着,报刊和电视上不断有关于朱鹮的消息,都是令人兴奋和欣慰的:最初发现的几只朱鹮安全无虞。国家已经在洋县建立朱鹮救护基地,并派出专家精心养护。日本友人捐资救护朱鹮,有社会团体也有个人。更令人振奋的消息说,在洋县某地又发现朱鹮聚生的群体。十年下来,朱鹮的族群从最初的几只已经繁衍到两百只,成为一个令世界惊羡的华丽家族了,这个濒临灭种的鸟类珍品注定不会从最后一块栖息之地消失了。

朱鹮在南美的丛林里已经消失了,不再重现。朱鹮在日本仅存一只,也到了年迈色衰失掉繁殖本能的奄奄状态,绝灭是注定了的。日本国民为这种鸟儿即将面临的灭绝,几乎举国哀怨,且有自省,他们的许多东西都趋世界前列,而一个小鸟的保护却屡遭失挫,以致眼巴巴看着它绝世而去。朱鹮被日本人视为国鸟,有某种悠长的情结。据说日本人通过几种途径渴求得到中国朱鹮,以弥补国人心里那份永久的遗憾和亏欠,直到天皇访华向国家领导人提出这种愿望,于是就有一对名为"友友"和"洋洋"的朱鹮从洋县起程东渡日本,一路专车监护,经西安,举行隆重的赠送仪式,然后直飞东邻岛国,使人想起那位出塞的汉家女王昭君。我在到达丘陵缓坡下的朱鹮救护基地时,有一位日本人刚刚离开。确凿无误的消息说,一九九八年东渡日本的"友友"和"洋洋"已经成功地哺养了第一只后代,作为日本国鸟的朱鹮有了第一个递增的数字,据说又轰动了日本。

我在电视上看到过有关朱鹮的专题片,一袭嫩白,柔若无骨,在稻田里踯躅是优雅的,起飞的动作是优雅的,掠过一畦畦稻田和一座座小丘飞行在天空是优雅的,重新落在田埂或树枝上的动作也是一份优雅。这个鸟儿生就的仙风神韵,入得人眼就是一股清丽,拂人心肺。头顶一抹丹红,长长的紫黑的喙的尖头竟然是红色,两条细长的腿红色惹眼,白色的翅膀的内里却是红色的,像是白面红里的被子,通体嫩白中点缀着这几点丹朱,凭想象尽可以勾勒它的美妙了。

凭着积久的印象和愿望,在即将见到朱鹮的真身时,就有了某种拜谒至仙的感觉。我在朱鹮救护基地看见的朱鹮是笼养的,未免遗憾,它们无法飞翔起来,只能在人工搭设的木架上栖息,在笼子圈定的沙地上蹒跚,在人和鸟共同筑成的巢窝产卵孵卵。四月正是朱鹮的繁殖期,不能惊扰。据说受了惊扰的雌鸟激素会受影响,减少产卵数量,我就甘愿远远地站着。

另外的遗憾还是因为时月。处于繁育期的朱鹮,羽毛竟然神奇地变换了,变换出一身的灰色,据专家说这是鸟儿为了保护自己以迷惑天敌的生理性转换。白色的羽毛已经变成灰色,从头到尾,那灰色也有深和浅的不同层次,深灰浅灰和灰白色,像是野战将士的迷彩服。这种羽毛在季节中的变化,最初连专业人员也发生过错觉,以为在山野里又发现了朱鹮的"新新人类",后来才知闹了笑话,仍然是朱鹮,灰色的朱鹮是白色的朱鹮适应生存发展的一种色变。

灰色的朱鹮头顶上耀眼的丹红暗淡了,长喙尖头的红色也变成铁红了,长腿的红色也收敛了艳丽,只有翅膀内里的红色还依旧鲜亮。为了繁育后代,为了繁育期卧巢和不能远行的安全,这鸟儿一身素装,把天生丽质隐蔽起来,像最爱美的少妇在月子里的不修边幅和甘愿的邋遢。对我来说,遗憾虽然有,毕竟见到了真实的朱鹮,优雅依旧,神韵依然,因在笼子里的栖卧和蹒跚,依然不失其仙风神韵的优雅。

为了防止最丑恶的蛇和老鼠偷食鸟蛋和幼鸟,偌大的笼子用罕见的细密的钢丝织成围就。我无法想象蛇和鼠对朱鹮生存的威胁和残害的惨景,然而自然界从来就是这样混生着。专家还告诉我,养在笼子里的朱鹮,最初是从野外抢救回来的"老弱病残",经人工科学养护脱离危险,它们就不习惯笼子里的囚守般的限制往外扑逃,常常撞到丝网上而伤翅破头,感染溃烂致死。于是就在网内再设一层软网,有效地解决了这个棘手的问题。正是这一道软网,使日本人感到自己脑袋还有不开窍的那一面,能造出世界上最好的汽车和电器,却想不到这一张软网,致使饲养的朱鹮屡屡发生撞伤以至死亡的惨事。

我还是想看到纯如白雪公主的朱鹮,还是渴望观赏朱鹮在稻田和缓坡地带飞翔在蓝天白云下的仙风神韵。需得等到秋天或冬天,朱鹮的幼鸟也能翱翔天空时,哺育和监护后代的使命宣告完成,就逐渐变换出嫩白的羽毛和几点惹眼的丹红,就可以看到掠过水田和绿树的仙姿神韵了。

留下遗憾,也留下依恋和向往,待秋后满山红叶时,再到洋县朱鹮聚居的山野来,再做礼拜。

2000年5月3日 雍村

威海三章

"天尽头"的咒符

朋友说,你到了威海,应该去领略一下"天尽头"的风光。随之又附加一句警告,如果你不怕丢官的话。

这种警告自然纯属调侃和玩笑,谁也不会上心不会在乎的。于是便踊跃着来到天的尽头了。

天尽头,其实应该是陆地的尽头,是陆地伸进黄海最远的那一块巨礁,是中国版图上属于山东省辖的海岸线伸入海域最东端的那个"尖儿"。我现在就站在这个号称"天尽头"的"尖儿"上,真有一种走到尽头的感觉了。满眼都是涌动着的灰黄色的波浪,波涌迭起的浪堆掀起雪白的水花,骤起骤散,骤散又骤起,一刻也不停歇。风是平和的,海浪和波涌便呈现着宽容和优柔。

终生都生活在内陆西安的我,每一次面对大海,襟怀里感知浩渺阔远的无与伦比的气象的同时,总是潜伏着一缕不知所措的茫然。大海对我来说太陌生了。第一次看见大海是陌生的,第十次看见大海仍然是陌生的。二十年前在青岛第一次看见大海,不必说是新鲜而又陌生的;又一次在西西里岛上看见的几乎是黑色的地中海仍然是陌生的;在珠海,在台湾海峡的这边和那边,面对苍茫海天的陌生和新鲜,以及潜伏在深处的那一缕不知所措的茫然……毫无办法,海距离我太远了。

其实,我每一次站在海边的礁石上,都产生过走到天尽头了的感觉。其实,海岸上的任何一块礁石都是陆地的尽头。然而只有这里独占着天尽头的命名,而且起码有两千多年悠久的历史,恰恰却是因为民间俗成的一个恶谥或咒符。

恶谥或咒符来自千古一帝秦始皇。始皇帝一统天下,东巡到此,心情自然是好到不能再好的程度了,已经走到天的尽头了,就在这里筑造大桥以延伸视线,观赏日之出海。在"秦桥遗迹"的碑石上,刻着摘自《三齐略记》的一节文字:始皇造桥观日,海神为之驱石竖柱。始皇感其惠求见。神曰:"我丑,莫图我形当与帝会。"帝始入海四十里,与神见,左右有巧者,潜画其像。神怒曰:"帝负约,可速去。"始皇转马前脚才立,后脚遂崩,仅得登岸。这个神话故事虽然也称得神奇与美妙,却毕竟只是一个传说的神话,类似的神话在中国的所有历史或地理的风景点上都津津乐道着,没有人认真地刨根问底的。因为所有神话和传说都无法推敲其合理性,更谈不上事实的考证了。这个传说里的那个巧者的形象颇耐人回味,自以为偷偷摸摸的行为可以掩人耳目,却忘记了是在无所不察的海神的眼下,搞这样的小动作只是弄巧成拙,坏了始皇帝的好事。

始皇帝从天尽头返回秦都咸阳时,暴病死在路上。这个天尽头从此便蒙上了一层黑色的恶谥,不祥的咒符,已经走到天的尽头了,已再无路了。据说许多历史上的官人多避讳此地,宁可不图一时观海之眼福,也不想让恶谥咒符在心里罩上一道阴影。

真是有点底虚过甚了。

街心的碑

到威海的当天晚上,出去观赏这个海滨城市的夜景。走到一个三股车道交叉的三角地带,有一小块街心草坪,时值五月,青草正绿,茸茸可爱。草坪里散落着一株株枝干苍劲却不高耸的松树,错落有致,枝叶参差出一抹绿色的流云。草地中间竖立着一块玉石三棱碑,看了碑文才知是收回威海卫纪念碑。街道上灯光朦胧,碑文有多处被风雨侵蚀变得模糊的字句,读来十分吃力,便只好放弃阅览。

隔日下午,得了闲空儿,心中仍念念着那块碑上的文字,不堪留下遗憾,就专意奔着这块三棱碑来了。

碑文有如下内容——

"甲午战败,俄租旅大,法租广州湾,英人藉口均势,于民国纪元前十三年七月一日即光绪二十四年五月十三日租借威海全湾十英里以内之地,及湾内各岛,并规定于必要时可利用威海及后山一千五百平方英里为军事上之设备。民国八年巴黎会议,我国山东问题交涉失败,威海收回几成绝望……

"(民国)十九年四月十八日,经国民政府外交部长王正廷与英使兰普森几经周折,正式签订收回威海专约二十条,协定六条。……于同年十月一日正式收回,前后租期共三十二年有二月。"

我从碑文里摘记的这一部分内容所概括的那一段历史中的耻辱,早在中学的历史课本中领受过了;对国家和民族的耻辱的心理承受能力,从识字伊始直到现在,终生都在进行着这种磨炼。然而,我还是在这个碑石下无法不心动,想来大约是这样几处触及我的敏感和易痛之处——

历史教科书毕竟是文字,我站在被租借过的威海卫的街心和收回威海卫的纪念碑下的感觉,是教科书上的文字阅读无法产生的。

历史的耻辱就浸润在我脚下的土地里,青草和松树就从耻辱浸润过的泥土里蓬勃起来的。

这篇碑文有几句话尤使人感到刺激,之一便是"英人藉口均势"。这个"均势"的最本质最龌龊的含义便是,从一头被宰割分食的牛身上,英人抢到手的肉还不够多,还不"均",于是便提出再"补贴"上威海卫这一块。我现在更贴切地理解了中国的一句成语"弱肉强食",真是语言中的经典。我又想了,进入现代文明国家的英人、俄人和法人,仅仅在百余年前,还是争相宰割中国人的起码不大"文明"的人,为宰割分赃而喊着争着的"均势",任何文明的遮羞布都是无济于强盗的原形的;今天的文明只说明今天,同样抹不掉遮不住他们祖先的野蛮。这样,羞耻应该是双重的——

我们承受的是被宰割的历史的耻辱。

他们承受的是宰割别人的耻辱的历史。

这个碑石立在这里,昭示的应该是这样的意蕴。

哦!刘公岛

站在威海的海岸上,刘公岛就横在眼前,避绕不过,不是因为岛子太大,恰是因为距离太近。小小的一个岛。

登刘公岛时,有白色的雾笼罩着海。

赴刘公岛的船上,湿溜溜的雾气拂面而过,海面变得迷茫混沌,心里也是难以理清的复杂,既有参观一个陌生岛屿的稀奇与新鲜,又潜伏着挥之不去的悲伤与苍凉,又兼蓄着凭吊千古英魂的虔诚与神圣。这个小小的刘公岛,该当是中国海疆里知名度最高的一个岛了,不是它的风景风光风水的奇巧或神秘,恰恰是它蒙受的耻辱。中日甲午战争就发生在这里。这个小小的刘公岛,替代一个国家和民族首当其冲遭遇了凌辱和羞耻,也替代一个国家和民族记录下中国第一代水兵将士喋血的庄严和凛然。

我登上刘公岛的诸种复杂心理中的最强烈的一点,还是准备接受历史的耻辱的洗礼。那生铁铸成的粗可搂抱的炮筒,曾经发射过抗御倭寇侵略的炮弹,现在供游人抚摸。那座指挥北洋水师的提督衙门,现在成为游客温习耻辱和心祭忠烈的祭坛,提督丁汝昌就自杀在他的这个衙门里。那一枚鱼雷是从德国进口的,应该是当年最顶尖级的武器了,躺在这里让后来的我们叹惋。

我更铭记住了一个历史性的细节。"致远"舰管带邓世昌为掩护旗舰"定远"号开足马力直撞日军旗舰"吉野"号,被敌炮击中要害,锅炉爆炸,顷刻沉没。这个悲壮的过程在电影《甲午风云》里得到充分表现,然而关于邓世昌的一个细节却被舍弃了。邓世昌坠海后,侍从泅水将救生圈送来,邓世昌拒绝救护,自沉自杀。他的爱犬随之凫水来到身边,用嘴叼着邓世昌的发辫,救他浮出水面。邓世昌将爱犬按入水中,一起沉入大海。这是怎样超乎艺术想象的一个生活细节,一个铸成历史悲剧的生活细节!

中国第一支水军在甲午海战中全军覆没,除了历史和军事学家总结的种种败因和教训之外,有两个事实值得后人反复咀嚼:一是当时的北洋水师的总军力排亚洲第一世界第四,舰艇总吨位达四万吨,"二十五艘舰艇齐泊于刘公岛前,舳舻相接,旌旗蔽空,盛极一时"。然而战争的结局是全军覆没。二是所有舰艇的将士,不仅没有逃跑投降的,且一个个都是战死,或是自杀,直至提督丁汝昌。应该说,从纯粹的军人的素质和牺牲精神来说,也应该是第一流的军人,然而依然挽救不了战争的败局。

丁汝昌、邓世昌们代表一个国家和民族抗击另一个国家的侵略和征服。然而他们撑不起一个腐朽王朝的腐败乃至溃烂的肌体。活着也承受不了失败的耻辱。无论从一个军人,无论从一个民族的精神来看,他们接受后人的崇拜,都是这个民族脊梁里永远不可缺失的钙。

温习耻辱,铭记耻辱,不在复仇。无论战犯认罪也好,不认罪也罢;忏悔也罢,不忏悔也罢;首先是我们自己该当图强。

哦!刘公岛。心中难言的隐痛之岛。

2000 年 7 月

球迷希尔顿

如果除去头部和身上的象征性装饰物，如"肥狼"的狼头头套和"铁哨子"的黄布袍子，在万众涌动的足球看台上，我第一个辨认出来的肯定是希尔顿。

希尔顿有一个超乎常人，也与他身体比例失调的大号脑袋，这是天然标志。那颗大脑袋里储存的全部都是与足球有关的语言。那些语言富于激情富于智慧富于幽默，而且十分敏捷，一旦遇到足球赛事和足球话语的撞击，瞬即便引发反响迅速组合，形成抛撒不尽涌流不竭的快板快书，朗朗上口，易懂易传。往往是希尔顿一口泄出，迅即形成万众一词，形成波涛，卷向绿茵场上正在征战的球员。当然是鼓舞己方球员的同时，压力也倾覆到对方头上。有一出反证正好可以证明希尔顿语言的魅力，一家客队作赛前技战术演练，希尔顿和一帮球迷去观看，他唱起了快板段子，众球迷跟着合诵，客队球员一个个竟然沉迷在那些幽默而动听的快板词中，怎么也打不出教练规定的战术意图，气得教练收兵回营，由此可见希尔顿的语言功夫。我常常遗憾，希尔顿要是有条件接受大学中文系专业培养，九成该是中国当代诗坛的一位青年诗人。

我和希尔顿都爱看足球，在亚洲赛场完全倾注于中国国家队和中国奥林匹克队，尽管他们太不争气；在国内赛场完全倾注陕西国力队，一如既往为国力的保级和今年的升 A 而鼓劲，所以就有了共同的足球话语和共同的情感倾向。我和希尔顿在公众场合有几次接触，都很短暂，唯一的一次单独接触留下的印象自然更为深刻。夏天的某个晚上，希尔顿给我送来球迷协会的一张球票，让我很不安，因为距离太远了，他又骑着自行车。他有点拘谨地坐在我的办公室里，说他从球迷协会回家途经这里，顺便把球票捎带过来。我才知道，希尔顿家住东郊，小时候读书有点耽误，也就没有资本去谋一个白领职业，现在自购一辆三轮车，为厂家、店家运送货物，自然都不会是长途，靠自己的苦累和诚实甚得信任，所挣月薪无须询问，吃饱穿暖就不错了。然而，他不仅主场看国力，客场也紧跟国力，花销大却仍然甘心情愿。

这天晚上，我和希尔顿聊了很长时间。他希望由我给球队写一首队歌歌词。我自知不具备歌词创作能力，又怕挫伤他的心情，就答应请既能写诗又能写小说的高建群出马作词，请赵季平谱曲。他高高兴兴离去时已经十一点多了，一辆半旧的自行车上载着一颗硕大的脑袋。那个脑袋在我眼前消失的一瞬，竟有点心动，多大多好的一颗脑袋！完全活在足球情感里的一颗纯净的脑袋。

如希尔顿一类的球迷才是营养足球发展的土壤、空气和水分。无论从运动的角度抑或从足球产业的角度讲，社会和诸方面皆不可轻视球迷这个营养源。试想，如若希尔顿这样的球迷某一天突然从世界所有赛场消失，注定将是足球运动的终结之日。

2000年8月23日 礼泉

如炬人生

和张炬第一次见面，相识，留下了狮子的印象。

是的，张炬脸上的所有器官都是鼓鼓的，雄壮的鼻头和阔大的嘴巴，尤其是眼睛，活脱脱一双狮子的眼睛，硕大的脑袋和浑实的体形，都给我造成一种雄狮的强烈印象。

和这种印象同样鲜明同样生动的是他的笑。笑声的纯真、自然和畅快，都是无与伦比的，不是官笑，不是商笑，更不是礼仪场合那种肉不笑的皮笑，完全是人的生理本能对于情感世界的自然表述，这笑就属于真实真诚率真的笑了。一个年届五十的人的笑颜和笑声，仍然让人能感受到天真，这笑声就留给我一个永久的迷醉。

和张炬的每一次相聚，都能享受他的高谈阔论，涉及绘画、书法、文学等诸多的艺术门类，及至儒家、佛家、道家。他阅读范围的广泛令我吃惊，由杂而汇集为博，由博而融会贯通出独到的艺术和人生的理解，听来十分新异。只有独到的见识和独立的体验，才能形成一家之言，才产生征服力。人云亦云或把人云巧饰为己云，最终都难免学舌之嫌。我因此而折服他的博学和感悟的深刻。是的，纯粹属于张炬的艺术体验和人生体验，自然就绝尘于官腔八股，绝无从洋人古人那里趸来新词旧话的自恃与卖弄。在张炬的高谈阔论里，在那种意味悠长的纯正的关中话所表述的情感里，我亲切地感知到一个艺术圣徒的执着与专注，由此而透出满腔的真实和真诚，才透出视野的开阔和胸襟里的大气。

我们那一次见面和相聚,是张炬富于浪漫诗意的一次策划。

时值清明,桃花初谢,杏花正繁,终南山里的野杏烂漫成一片片粉白的流云,浮沉在山坡上的沟壑里。他约画家崔振宽和我到终南山中的大坝沟去踏青,画家江文湛在那里正在构建他的山居别墅。他说之所以把老崔和我约到一起,仅仅是因为我们两人脸上有着类似沟壑般的皱纹,我和老崔便互相瞅着对方纵横着皱纹的脸哈哈大笑。这种以皱纹邀集类聚的方式,恐怕只能是张炬才会有的别出心裁的方式了。在江文湛即将落成的别墅外边的空地上摆开了野餐,四月的太阳晒得人脸上烫烫的,流水在脚下发出金属撞击般的清脆的响声,各种奇异的鸟的叫声从树林里传过来。人在漫长的冬季里缩紧的筋骨舒展开来了。正是这一次,张炬留给我如上两点强烈的印象。后来的几次重逢和相聚,逐渐深化着这些印象,成为我心目中关于张炬的一种独具个性魅力的形象。

张炬的高谈阔论里,常涉及当代文学和艺术领域里的各种流派,并不避讳具体的人和某件具体的艺术作品。他喜欢的就论说喜欢的道理,不喜欢的就辩证出一条一条的佐证,全部出自他独到的审美价值和审美情趣的判断和取向。他不为尊者饰,也不为名家讳,纯粹的艺术层面上的审视,自然不牵涉人际关系的亲疏和远近,这恰恰是时下艺术界陷入庸俗的难以摆脱的泥淖。我的心里突然一沉,当我们在媒体上说着那些言不由衷的废话的时候,观众和读者中如张炬一样的明眼人,可能正咧着嘴发出嘲笑。

我因此而常有警示。与张炬这样具备真知灼见又襟怀坦荡的人为友,交谈便得启示,较之某些场合里那些虚于应景的言谈要实受得多。有一次我到他的画室里去,一坐下就开始听他说艺论道,似乎又续接上了在大坝沟里尚未煞尾的长谈。我和张炬的相聚相交中,这个人从来不谈商场和商机,不谈市场消费价格的升降,更不说官场秘闻和人事升迁,甚至连什么职务、职称、工资待遇、特殊津贴等等涉及个人切身利益的事,也从不提及,似乎与己毫无关系。他津津乐道的就是艺术和人生,一个永无休止的话题,一个永不丧失热情的命题,一个几乎带着蛮横式的热情而倾心矢志于艺术的人。

张炬突然离我远去了。

当我上了些年纪,心理变化中很明显的一点,就是愈加珍惜那些可以不必伪饰、不要设防的朋友,这样的朋友有几个已离我而去,每当他们告别这个世界的时候,我都有情感世界天倾一角地陷一方的挫失感、残缺感。张炬的离去,我的情感世界的天和地无疑又亏缺了,永远无法弥补的亏缺。好在张炬留给这个世界一本呕心沥血之著作:《以艺进道——中国艺术道学思想探索》,是他几十年埋头研究的思想结晶。我的阅读当可看作聆听张炬高谈阔论的另一种形式,弥补那个亏缺。

2000 年 8 月 24 日 礼泉

释 疑 者

一九九八年四月末尾,茅盾文学奖在京举行颁奖仪式后几日,我托白烨终于打问到了文学理论家陈涌的家居住址,两人便去拜望。

一个在通常的住宅区罕见的阔大的门。门口有军人站岗。白烨正要出示证件时,一个小女孩从里边出来引领我俩走进大门。她是陈涌家的保姆,陕西安康人,我的小乡党,真是巧了。走到内院中间,小女孩说伯伯自己也来了。矮矮胖胖的一位老人,淡淡地笑着,说他不放心进门时盘查的麻烦。一件深色的半旧的夹克服,乍看像一位闲谈的退休老工人。

这是老式结构的单元房,书房兼用会客,也就是一室住铺的小房子。早已过时的格式老旧的沙发,紫红油漆的木制茶几上全堆着书籍、报纸之类。我们三人便坐下聊天。陈涌说话很平和,他祖籍广东,语言中残留一缕乡音。我突然有一错觉,听他说着文学创作,犹如我许多年前在农村基层工作时听一位老农叙说农桑之事。

一九九七年酷暑时节,我在西安听到北京的朋友传话,陈涌认为《白鹿原》不存在"历史倾向问题",对我无疑是一股最抒怀的清风。直到十月下旬茅盾文学奖正式开评,陈涌把这个至关重要的观点在会上正式坦陈出来。关于《白鹿原》存在"历史倾向性问题",几年来我自信属于某种误读或误解,然而也没有超脱到不无困扰;我相信这种误读或误解终究会得到匡正释疑的,只是没有料到会在一九九七年内发生,况且是由一位年事已高的老人陈涌完成的。我虽然也久已心仪茅盾文学奖,然而这种误读的被释疑被匡正,才是我首先期待的最根本的结果。当这两个结果同时形成时,我对陈涌老人已不单是知遇,而是由衷的钦敬了。

陈涌老人告诉我,因为《白》书的阅读印象,随之对我的小说创作产生了兴趣,便自己到新华书店找我的作品集,买了华夏出版社出版的三卷本《陈忠实小说自选集》里的短篇卷和中篇卷两本,约一百万字,而且读完了,写了一篇论述我的小说创作的二万余字的长篇评论,已交《文学评论》杂志。

我当即说,你应该给我打电话,我让华夏出版社陈泽顺给你送一套书来,怎能让你上街买书。陈涌笑着摆摆手,怎能给你们添麻烦!我和白烨相视而默然不语。

我在文学圈内感觉到的印象,陈涌是一位马克思主义文艺理论家。在各种文艺理论汇聚的当今文坛,人们不一定全都赞同陈涌的某个观点,然而几乎众口一词说陈涌做人很正派。这就够了,足够包括我在内的人的钦敬了。

2000年12月

从盗书到盗名

二〇〇〇年十月,百花文艺出版社出版了云南著名作家李霁宇的长篇小说《壁虎村》。然而令人意想不到的是,一本内容相同,甚至连目录和内容介绍也相同的《村画》却在一些城市提前上市发行,在该书的右下角有"中国文联出版社"字样,而作者署名为"陈中实"。作为当代知名作家,陈忠实的作品曾多次被盗版,而这一次与往不同,不仅是盗用其名,更使不明真相的读者误认为陈有冒名顶替原作者之嫌。面对如此猖獗的盗版行为,作家发出了强烈的控诉。

二〇〇〇年伊始,心里也跃跃着送旧岁迎新春的欢悦。有朋友自陕西秦岭南边的安康市打长途电话来,开口便有嗔怨之情,说出了新的长篇小说,起码应该给朋友打个招呼。我便问怎么回事。他说他到安康市开会,逛书店时发现了一本名叫《村画》的长篇小说,署着"陈中实"的名字,我便告诉他,你既然看清楚了那个"中"字与我的"忠"字的差别,为什么还要报怨我呢?我随之又给他解释,中国这么多人口,同名同姓的人太多了,即使有一个完全和我的名字相同的人("中"字有"心")出版长篇小说,也不奇怪。朋友能否接受我说的话且不论,反正从我处证实了一个事实,《村画》不是我这个陈忠实的作品。

给朋友解释过后,自己心里却泛起了嘀咕,总觉得这事怪怪的。此前我刚刚读完一部长篇小说,这是近两年间在读者中反响最大的几部长篇小说之一,跟着屁股上市的《村画》,是否有秃子借着月亮沾光,有克隆复制之嫌,再加上一个只比我少一个"心"的作者名字,我也隐隐产生了某种欺诈的怀疑,然而却说不出口。在我居住的街巷不远的一家书报摊上,我想随意买一两份报刊,老买主了,摊主告诉我,你的这本新书卖得很快。我问哪一本。她说《村画》。我问还有吗?她说没有了。我想见识一下或买一本留作纪念,竟不成。

这事也就过去了。直到今年十一月中旬,我到秦岭南边的汉中市开会,随行的同事诗人苑湖告诉我,他逛一家个体书店时,看见了一本署着我名字的《村画》。我顺口告诉他,那个作者与我是两个人,那个人没"心"。苑湖强调说,有"心"哪,和你的名字那三个字一模一样。这家书店就在我们下榻的小宾馆隔壁,我们在街上说着这话时就走到了这家小书店门口,便走进去,便要《村画》。我一看,厚厚的一部长篇,书名果是《村画》,作者的名字为"陈忠实"。终于把"心"安上了。售价高达四十元,而且绝不打折。

这事也就过去了。《村画》署上安上了"心"的"忠"字的陈忠实,终于浮出水面,也就说明了我对那个没安上"心"的"中"字的欺诈的隐忧,也就最终把我说给朋友的那一番同名同姓的话拽出通常的生活经验之轨,我的好意还是被击碎了。尽管这样,我也不当一回事;只有不当一回事,这事自然也就过去了。

我之所以能够把此类事不当一回事,原也不完全是我的宽容和大度,原也不完全是我不负责任到连自己的基本权益也不管不顾,原也不完全是我无知到连中国已出台多年的著作权法或版权法都不晓得。我只能说,我没有办法;没有任何办法了,自然也就不当一回事了,这事也就过去了。且看这几年我经历过的有关盗版的大事记:

一、一九九三年夏天,《白鹿原》在西安举行首发式后十天,发现盗版书开始出现并销售。人民文学出版社负责人带员亲临西安,越查越渺茫,垂头丧气回到北京,了事。由此开端,盗版《白鹿原》便蜂拥般倾泻到市场上,我所见到的各种盗印本不下十种,其中最差的一种竟然连现代化学符号都挟裹在文字中印出来,令我大跌眼镜的同时也大开眼界。笼统有多少印数,恐怕永远都是一个无法估计更无法统计的谜。八年下来,我到中国的许多地方参加笔会,几乎每到一地都要为闻讯赶来的读者所持的旧存的或新购的《白鹿原》签名,而在拿来签名的书中,几乎有一半都是盗印本。大中城市且不说了,包括边远的山区和少数民族聚居区,《白鹿原》的正版本和盗印本同时行世,我便也学会了"换一角度看"当今中国的事,不也正说明了《白鹿原》深入读者层面的广度和深度么?于是便对盗印本《白鹿原》照签不误——读者无辜。

二、一九九九年某日,儿子从西安某书摊上购回一本《陈忠实文集》,赫然放到我的眼前,笑着说,你大概还没见过你的这种文集。我一翻阅,内文用小号字印刷,我即使戴上花镜看起来都很费力。一本文集,收编了我的几乎全部的短、中、长篇小说,约一百五十万字,标价我已记不清了,儿子说他只花了十元就买来了。我已习惯于阿Q式的看问题的眼光和角度,花十元钱就可以把陈某的小说一览无余了,于收入不高的读者当为一件善举。之后,我在一条小巷吃早点时,看见一女人拉着三轮车卖书,便走到跟前观看,一眼就瞅见了儿子买回的那种版式的我的文集,和我的文集并列为伍摆放着一长排版式相同的文集,都是中国现时最具影响声誉的男女作家的。我悄悄离去时又有了阿Q式的得意,我能和这么多名家一起被盗版,且能摆列在一架三轮车上,真该荣幸一把。

三、一九九六年夏天,我应邀到常州签名售书,竟然意外地发现了中篇小说集《四妹子》的盗印本,封面上印着一幅像旧时年画上的那种乡间美女,吓我一跳。这部中篇集是一九八九年出版的,一九九六年被人再次挖掘出来盗印赚钱，真是费了心思了。

四、大约九十年代中期，西安和北京等大城市的书摊上出现了一本名为《帝京》的长篇小说，第一页上印着一张三人围坐的照片，附着文字说明，大意为陈忠实、贾平凹和老村在构思本书。朋友从北京打来电话，动员我打官司。我就笑了，人家在书上没有署咱们的名字，照片说明文字只是含含糊糊，算是颇费了一番心计的比较高明的擦边球，可以做多向解释。况且，这类书里所附注的出版社、印刷厂肯定全是假的，即使想打官司，找鬼打去。你想指望"有关部门"追查吗？我早都全部丢失对于"有关部门"的信任了。这是第一次盗用我的名字，藏藏掖掖，尚未达到明目张胆。

还有一些不便提的类似的事，恕我不提。

到了二〇〇〇年最后一月的头上，百花文艺出版社徐丽梅打来电话，询问《村画》一书的事，我便把我所经见的上述情况如实汇报，把署名里的未安上"心"的"中"字演变到安上了"心"的"忠"字的过程也汇报了。徐丽梅随之告诉我，天津百花文艺出版社出版了一部长篇小说《壁虎村》，作者是李霁宇。《村画》是《壁虎村》的盗版本，改了书名而已。作者署名先为"陈中实"后再为"陈忠实"。经我与徐丽梅对证，盗版《村画》竟然在正版《壁虎村》之前大约半年出版行销，真带上了某些传奇色彩。

至此，这件事的性质有了大变化。原以为什么人自己写了《村画》，盗用我的名字促销，如此而已；现在很清楚了，什么人盗印了李霁宇先生的作品《壁虎村》，又盗用了我的名字，李霁宇先生既不能得利（版税或稿酬），又不能出名，比之我的作品被盗损失更惨重了；那么我呢？我被结结实实绑在冒名顶替原作者的不大光彩的那根柱子上了。尽管李霁宇和徐丽梅心知肚明，然而《壁虎村》和《村画》同时行销图书市场，不知底里的读者会怎么看呢？我和李、徐三人到哪儿去解释这一黑幕呢？

事情把人逼到这一步,习惯于吟咏"这事也就过去了"的我,这回看来是难以过去了,不单是徐丽梅代表百花文艺出版社催我说明真相。既然我第一次出面说关于盗版的事,那么不妨昭示或请求"有关方面",不单是我的书被盗版、盗印,凡有影响的作家和稍微畅销的作品,都有被盗版被盗印的事情发生,各种盗版本几乎覆盖了大小书摊,有的竟堂而皇之摆进国有新华书店的书架,难道没有目睹和耳闻吗?盗版、盗印之猖獗已成泛滥之势,"有关方面"还能安之若素,让其继续闹下去么?

近闻重点开展"打假灭黑",令人震惊的河南棉花掺假事件和掺有有毒大米的被揭露被追查,给了人震惊的同时也给了人信心。而管理出版的"有关部门"能否借国家"打假灭黑"的行动,在图书出版系统给作者和读者一点信心呢?

无论如何,我终于把这事说了,说了自然也就可以过去了;过不去,又若何!

2000 年 12 月 12 日 礼泉

言论·对话

文学无封闭

自从前年，陕西的长篇小说形成某种影响以来，我不止一次听到这样的疑问，说陕西经济发展步子不大，尤其是比之沿海那些省份就更显得落后，而陕西的文学创作为什么如此繁荣？我在一些座谈会上听到过这样的话题，在接受记者采访和与中文系大学生对话时几乎无一例外地都成为热门话题，尤其是从南方那些经济发达地区来的报纸、刊物、电台、电视台的编采记者，甚至做出这样的反诘：文学创作是否只有在相对落后贫穷相对闭塞的地方才能获得发展？因为经济发达商业活跃相对富裕的诸如深圳、广州等地的作家已经耐不住写作的清贫而躁动于商事活动了……我几乎无一例外地坚持说这种看法是一种错觉，是对文学创作这种劳动的一种理解上的误区。我说，文学不存在封闭。

文学创作和经济发展不可类比，也不存在一个文学发展与经济发展成正比或成反比的必然性规律。内陆省份经济发展普遍赶不上沿海省份经济发展的速度，这是业已形成的一种经济格局。一个地区的经济发展除了受那里的长官的决策的眼光和魄力重要因素外，还要受地理位置、地理环境的制约，还有气候、交通、文化教育等等因素的影响，这是常识。

上述制约经济发展的因素都不能对文学创作构成危害性或约束。对文学构成危害和制约的最大因素是人为的极左的瞎指挥。比如十年"文革"期间那种"左"到极端愚蠢极端可笑的瞎指挥。那样的瞎指挥扼杀的不单是陕西或某一个地区的文学创作，而是整个中国的现当代文学都被彻底扫荡到片纸无存。在今天的正常的文学环境和文学气候里，任何地区任何地域的中国作家所获得的发挥自己创作的条件，在根本上或者说在最重要之点上是平等的相同的。经济发达商品活跃地区的作家可能比经济落后地区的作家收入丰厚一些，生活条件优越一些。然而文学创作不是靠物质所能推动的，物质的优裕和钞票的多多益善只是作家进行创作劳动时的生活给养而已；首先得作家"肚子里有蛋"，无蛋空怀的人哪怕住在五星级宾馆里也是难得作为的。作品的高低并不决定你写字的手指上是否戴有金戒指，好像也不决定于写作者吃的是牛奶咖啡还是吃的搅团儿。

作家进行文学创作唯一依赖的是一种双重性的体验，由生活体验进而发展到生命体验，由艺术学习发展到艺术体验，这种双重体验所形成的某个作家的独特体验，决定着作家全部的艺术个性。作家的每一部（篇）重要的认真的而不是应酬之作，都无可掩饰地标志着他在那一段时期的那个独特体验的形态，这种形态的展示也就赤裸裸地标志着作家关于生命和艺术所体验的一切。

这是我关于创作这种劳动截至目前的最简捷的理解。既如此，作家从艺术学习到艺术体验的整个过程所能借助的只有阅读。他想尽可能多地通览古今，也想尽可能多地学贯中西。他一方面要从古人今人国人洋人那里吸收一切有利有益于发展强大自己艺术能力的东西；另一方面就是以广泛的阅读来开阔自己的艺术视野，见识见识那个艺术殿堂里所荟萃着的异彩纷呈的风姿；还有一面就是看看前人和当代人已经跨过了思想和艺术的怎样的标高，从而确定自己探索的方向。作家对于艺术的学习和体验不受任何约束，全靠自己的艺术兴趣和艺术悟性，并不因作家居住在经济发达的南方或相对落后的北方或西部而构成影响，也不因作家住在京城或住在乡村而影响阅读的效果，住在豪华都市和住在乡间的作家同在阅读《红楼梦》《百年孤独》，各自得到的关于艺术的体味和启示不会因谁在什么地方而决定深浅的。如此说来，相对闭塞的西部作家在艺术的学习上不存在封闭，因为古今的文学名著这里的人都可以见到，即使比沿海比京城晚读半年一年也无关宏旨，艺术的学习和体验不是一朝一夕所能起作用的，不像科学技术军事尖端技术信息急迫到要争夺一天一时一分一秒，而是靠那种多少有点神秘感的心灵的体验和一种艺术修炼的基本功力。

生命体验由生活体验发展而来，生活体验脱不出体验生活的基本内涵。生活体验或体验生活对于任何艺术流派艺术兴趣的作家都是不可或缺的，这是无须做任何辩证的。普遍的通常的情况是，一般的规律作家总是经由生活体验进入到生命体验阶段的；并不是所有作家都能经由生活体验而进入生命体验的，甚至可以说进入生命体验的作家只是一个少数；即使进入了生命体验的作家也不是每一部作品都属于生命体验的作品。譬如写出过属于生命体验之作的《百年孤独》的马尔克斯，随后写出的《霍乱时期的爱情》，我凭阅读感觉以为是属于生活体验的作品。而昆德拉在《生命中不能承受之轻》之前的几部长篇，尽管艺术风姿各异，我觉得仍然属于生活体验之作，只有《生命中不能承受之轻》才是进入一种生命体验的艺术精品。

凭生活体验产生过许多不朽之作，然而生活体验也容易产生许多相似的雷同的作品，诸如批判现实主义的大量的小说，更诸如五六十年代大量的写农业合作化的作品，甚至还有大批的写新时期农村改革的作品。这种现象产生的原因，在于作家顺着一种公用的通行的理论思维去概括生活，尽管南方北方东方西方的中国农村生活差异很大，在这一批作品中也仅仅使读者感受领略到风俗的差异和方言的差异以及故事情节的大同小异，几乎一律都是农民在合作化集体合作社里生活困苦，娶不下老婆等等，责任田一推行，农民吃饱了穿暖了，敢于和村干部对抗了，也要追寻真正的爱情了。这样如一个模子翻制出来的小说有多少数目啊！包括我的一些作品也不能摆脱这样的窠臼。生命体验首先也是以生活为基础的，生命体验不单是以普通的理性理论去解剖生活，而是以作家个人独立的关于历史关于现实关于人的生存的一种难以用理性言论做表述而只适宜诉诸形象的感受或者说体验。这种体验因作家的包括哲学思维个人气性等等方面的因素而产生，所以永远不会重复也不会雷同。

既然创作活动属于作家的双重体验，那么什么东西能制约呢？不能。什么东西能造成封闭呢？没有。翻转来说，这种双重的体验更不可能靠物质的钞票的东西来促进或推动。不能产生这种双重体验的作家即使坐高级轿车住高级宾馆也无济于事，不能产生这种体验的作家即使关闭在任何闭塞的穷乡僻壤头悬梁锥刺股也同样无济于事；能够产生那种独特体验的作家无论坐轿车或骑自行车都会产生的。产生了，就要展示，就要诉之于文学，就要倾泻，就渴望把自以为是独特的体验尽可能充分尽可能快地与读者进行交流，小说就是实现交流和沟通的媒体。

文学无封闭——也许是我的偏见。

1995 年 1 月 22 日

兴趣与体验

——《陈忠实小说自选集》序

一

到五十岁才捅破一层纸,文学仅仅只是一种个人兴趣。

为什么读了头一本小说就无法抑制,就产生了一种想把中学图书馆的小说都挨个读一遍的强烈欲望,现在想来就只能归于兴趣。人的兴趣是多种多样的,兴趣在小小的年纪就呈现出来,有的喜欢画画,有的精于算计,有的敏于乐感,有的巧于魔术变幻……文学只是人群中千奇百怪的兴趣中的一种。

首先是阅读直接诱发起我对文学的兴趣。上初中时我阅读的头一本小说是《三里湾》,这也是我平生阅读的第一本小说。赵树理对我来说是陌生的,而三里湾的农民和农村生活对我来说却是熟识不过的。这本书把我有关农村的生活记忆复活了,也使我第一次验证了自己关于乡村关于农民的印象和体验,如同看到自己和熟识的乡邻旧时生活的照片。这种复活和验证在幼稚的心灵引起的惊讶、欣喜和浮动是带有本能性的。我随之便把赵树理已经出版的小说全部借来阅读了,这时候的赵树理在我心中已经是中国最伟大的作家;我人生历程中所发生的第一次崇拜就在这时候,他是赵树理。

也就在阅读赵树理小说的浓厚兴趣里,我写下了平生的第一篇小说《桃园风波》,是在初中二年级的一次自选题作文课上写下的。记得老师给了我前所未有的大篇幅的评语,得分为5⁺……我这一生的全部有幸和不幸,就是从阅读《三里湾》和这篇小说的写作开始的。

时光已经流逝了整整四十年。四十年前写作那篇小说时的我,根本不会想到也无法料知今天的我的这一番模样。平静说来,那篇小说本不是当作小说写的,更不是为了出版为了发表为了挣稿费为了什么什么,仅仅只是为了完成一次语文老师布置的自拟选题的作文……当我今天编选这一套三卷本的小说选集的时候,无法湮灭的记忆很自然地又活跃起来,真是感慨系之。

兴趣不衰,热爱之情便不泯。于是就想通了那些被文学这个魔鬼缠住的人之所以被监禁流放被剃阴阳头被踢屁股历经九死而不改不悔的全部缘由。面对在我之先的上两代经历过阴阳两界巨大痛苦的作家,我从来不敢把自己追求文学所招致的小小灾难当作灾难,更不敢把它当作某种资本去争取文学以外的价值。所有对文学情有独钟的人都经历了那个过程,一个不可跨越无计逃遁的火与冰的过程,灾难和痛苦只分深浅或者说轻重,而不是有无。完全得意于那个过程的人是另一种形态或另一种意义上的作家。我在四十年的文学历程中的灾难属于轻的一种,痛苦也属于浅的一类,但毕竟都一一经历了,于是我就有了属于自己的最真切也最牢靠的关于生命和艺术的体验。我常想,那些刚刚走出牢门结束了流放的作家,之所以还能摊开稿纸拧开钢笔,恐怕不是为了出名为了发财抑或为了其他什么什么吧?我想只是兴趣。

兴趣是会转移的,不是所有人都会受一种兴趣的支配而在文学这条路上从天明走到天黑。如果他对文学的兴趣转移了,可能转移到制造导弹保卫疆域,也可能转移到耍猴变魔术玩杂技博取观众的喝彩去了。兴趣转移是人类的正常行为,许多人的兴趣从文学转移到其他领域而且做出了卓越的创造,也有许多人的兴趣从另一样事业转移到文学上来同样写出了辉煌篇章。从这个最简单的本质意义上说,关于文人下海的讨论没有多少实际意义。

文学是个魔鬼。然而能使人历经九死不悔不改初衷而痴情矢志终生,她确实又是一个美丽而又神圣的魔鬼。

二

到五十岁时还捅破了一层纸,创作实际上也不过是一种体验的展示。

体验包括生命体验和艺术体验而形成的一种独特体验。千姿百态的文学作品是由作家那种独特体验的巨大差异决定的。出于对创作这项劳动的如此理解,我觉得作家之间和作品之间只有互相宽容百花齐放,因为谁也改变不了谁的那种独特体验,谁也代替不了谁的那种独特体验。红花没有必要嘲讽白花,黄花也无必要笑傲紫花,家花更代替不了野花,洋花鄙视土花并不能以此显示尊贵。所有红花白花黄花紫花家花野花洋花土花,应该不断完善自身以期更加完美,应该互相鼓励以求更加扩大差异,才会百花齐放争奇斗艳万姿纷呈;要么互相杂交取优汰劣生出一种或几种土洋结合家野合璧的杂种新种,可能不失为一种创造。

总之,不要互相敌视互相撕咬互相消灭,作家毕竟又不是某一种花,他的那个独特体验是消灭不了的;任何一种花的生存,应该靠自身的姿色,也仅仅只能依赖自己的姿色去生存,作家是用作品和这个世界对话的;企望依靠非花(即非文学的因素)去达到花(即文学)的目的,肯定说是不可能的,文学史上无论在中国和外国在这方面都没有得手的先例;应该消灭的不是任何一种花,而只能是罂粟毒株。

生命体验由生活体验发展过来。生活体验脱不出体验生活的基本内含。生活体验或体验生活对于任何艺术流派艺术兴趣的作家都是不可或缺的。普遍的通常的规律,作家总是由生活体验进入到生命体验的,然而并不是所有作家都能由生活体验进入生命体验,甚至可以进入生命体验的只是一个少数;即使进入了生命体验的作家也不是每一部作品都属于生命体验的作品,这是我通过阅读所看到的中外文坛上的基本的现状。

出于对创作的这样的理解,新时期以来我基本没有参与文坛的种种争论,也不想把自己归结于某一种新潮"主义"的旗帜下。因为在我看来,任何一种流派任何一个"主义"的产生,都是作家的独特体验孕育的结果,不是硬学的,硬学是学不来的,模仿的结果只能是画虎类猫。但艺术毕竟是相通的,可以互相影响,可能用一种流派的长处弥补别一种"主义"的短处,可以加深扩展自己对艺术的体验。

新时期中国当代文学的全面复兴,我是经历了一个全过程,这套选集里的长、中、短篇小说全部选自我一九七八年截至一九九二年初的作品。我在编选时已经惊讶起初几年的一些短篇的单薄和艺术上的拘谨,再显明不过地展示出我艺术探索的笔迹。无须掩丑更不要尴尬,那是一个真实的探索过程,如同不必为自己曾经穿过开裆裤而尴尬一样。《白鹿原》出版后,我基本没有再写小说。我想读书,我想通过广泛的阅读进一步体验艺术。我不追求著作等身,只要在有生之年能多出一本两本聊以自慰死后可以垫棺作枕的书,就算我的兴趣得到了报偿。

生命体验是可以信赖的。它不是听命于旁人的指示也不是按某本教科书去阐释生活,而是以自己的心灵和生命所体验到的人类生命的伟大和生命的龌龊,生命的痛苦和生命的欢乐,生命的顽强和生命的脆弱,生命的崇高和生命的卑鄙等难以用准确的理性语言来概括而只适宜于用小说来表述来展示的那种自以为是独特的感觉。

三

刚刚交上知天命的五十岁时,写完了《白鹿原》。写完这部长篇,关于文学和创作的两层纸才捅透打破了,也发觉自己完全固执于独特体验的己见。

许是因了这部长篇的连锁反应,在此之前的中篇和短篇也不断地被出版社组装出版,印数之大仅仅在此前两年是做梦都不敢想的。很简单,读者恐怕也是出于我当初读《三里湾》之后的那种心理,便想读我的其他小说,这很正常。我当然很高兴,读者多了,作家与读者交流沟通的渠道也就拓宽了,这是任何形态的艺术创造的本意。艺术创造就是为了沟通,小说不过是作家的双重体验和读者沟通的媒体。文学作品沟通古人和当代人,沟通不同肤色不同语系的东方人和西方人,沟通心灵。一部作品能够广泛地完成那个沟通,作家创造的全部目的就算实现,再无须多说一句话,只任人去说。

长篇《白鹿原》从发表到现在接近两年,我收到过数以千计的读者来信,许多信读罢常常使我陷入沉默无言只想喝酒。"我想写出这本书的人不累死也得吐血……不知你是否活着还能看到我的信么?"这是石家庄一位医生或护士写来的信中的一句话。我想借着这套选集出版作序的机缘,向这位读者和所有关心关注我的朋友致以真诚的谢意,我活得依然沉静如初,也还基本健康。

当然,我更应该告诉读者朋友,这套小说选集包括一九九二年以前的主要作品,小说领域里的长、中、短的形式都算实践过了。明天,我肯定还要展示我的新的体验,绝不会重复自己;重复别人是悲哀,重复自己更为悲哀;重复的直接后果是艺术创造的萎缩。

创造者是心地踏实的。

1995 年 3 月 18 日

生命易老,文学不死

看到本期专号将要出笼的九位青年作家的小说,我的心里颇不自在了,欣喜中挟裹着某种失落,鼓舞里又隐约着某种沧桑,面对一种蓬勃生机引发的生命意识深层里的酸溜溜的感觉。

翻阅这些墨痕笔迹千姿百态的手稿,我突然想到十四年前一九八一年一月号的《延河》。那一期刊物也是《陕西青年作家小说专号》,集中展示了新时期开始在文坛崭露头角的一拨青年作家的作品,在经过浩劫刚刚复苏的中国文坛第一次亮出陕西青年作家群的基本队列。十余年后,在那一期专号里发表作品的青年作家,现在已是陕西文坛的骁将,贾平凹、京夫、莫伸、李天芳、王晓新、王宝成、李凤杰、王蓬等,以他们各自的艺术风姿活跃于当代文坛;而那个队列中的路遥和邹志安,以他们剧烈的燃烧已经过早地焚毁了;我的失落我的酸溜溜的沧桑感慨出于兹。我虽然还在这个群体队列之中,然而这个队列已不是青年作家的队列了;我再也没有资格入选《延河》任何一期以年龄为标志的青年作家的专号了……岁月逼人。

生命易老,文学不死。

不死的文学自然是指文学原本意义上的文学。假冒伪劣的所谓文学不仅会死,而且比生命死得还早还快,稍稍回顾我们不到半个世纪的新中国的文学史,真是令人感叹不已,假大空的文学浪费了多少纸张且不论,耗费了多少有才华的作家的生命。生活在某个较长的阶段里不仅容忍而且鼓噪那些假冒伪劣的文学,但生活也会在某一个早晨突然做出严峻的面孔,把飘浮在秋阳里自鸣得意的飞蠓极轻易地扫荡了。文学原本意义上的作品才是顽强的,不死的,几百年前的《三国演义》依然牵动着当代男女的理性思维和情感波澜。

作家这个社会行业之所以不会断绝,根本原因就在这里。文学是个魔鬼,可以使无以数计的钟情者"为伊消得人憔悴"而心甘情愿,且不说那些挨挫受整的越雷池闯禁区者,足见她确实又是一个魅力无穷的美丽而又神圣的魔鬼。陕西作家群的那一拨人大多如我一样已经进入老年年轮,而继来的青年作家又摆出一个更为雄壮的队列,佼佼者如杨争光、李康美、冯积岐、黄建国等等。本期《延河》所展示的这一拨青年作家的作品和这个队列,更使我相信关于文学是个魔鬼的己见;关于商潮冲垮文坛的吵吵不过是小市民式的杞人忧天,他们对于文学的看法和对创作的理解并不比小摊贩对市场小商品的流行趋向的估计高明多少。文学是一种兴趣,人类不灭,人群中总会产生一些对文学感兴趣的人;创作是一种体验,有对人生的独特体验,便有展示那种独特体验的欲望,原本不是待价而沽的那一类那一码子事;商品经济越发达,社会愈进步,提供给作家进行艺术创造的社会环境和物质生活越优越,艺术创造会愈趋繁荣,商潮与真正的作家的创作劳动并不矛盾。

十四年前为我们那一拨青年作家编辑专号的老编辑已经相继离岗,我作为一个继任的编辑为我的年轻的朋友编辑这个小说专号的时候,更加怀念和感佩那些老编辑们,他们是王丕祥、董得理、贺鸿钧、路萌、高彬等。是他们的远见卓识和甘为文学青年铺路搭桥的胸怀,热情而又负责地把陕西一拨青年作家推上文坛。我郑重提出他们的名字,不单是尊敬和怀念,重要的是继续一种精神,这是《延河》精神,为下一拨年轻作家铺路搭桥作人梯的精神。如果把这种精神丢了或中断了,《延河》就把魂丢了。

令我感到欣慰的是,《延河》现今的编辑部,除了正编的徐岳和非正编的我,全是一帮年富力强的年轻人,他们继续着《延河》精神,新的文学环境以及他们的专业修养,都具备了使《延河》汹涌澎湃的基础。去年以来连续推出三期陕西和西北作家作品专号,连续推出陕西和兄弟省市的三十位青年作家的小说专辑,且不必自吹这些作家或作品产生了怎样的影响,这些作品所呈现的异彩斑斓的艺术风姿,已经使《延河》的面貌开始发生变化,"农村题材"和"现实主义"的原有印象开始变化。不必把自己归于某一种新潮旗帜之下,却要的是各种艺术形态的作品都能一展姿容。本期青年作家专号便是一种容纳百川的艺术胸襟的昭示。所以说,《延河》年轻的编辑们编辑了本期的《陕西青年作家小说专号》,两方面的年轻人共同创造着《延河》的辉煌。

生命易老,文学不死。

1995年3月24日夜 西安

关于陕西长篇小说创作的回顾与展望

陕西作家十年以来的长篇小说创作取得了重大成就,已经引起中国文坛的普遍关注和瞩目,一些作家和作品的影响波及海外,在这种情状下,召集陕西小说作家、评论家共同来一次总结,探讨陕西长篇小说取得了怎样的突破性进展,陕西小说作家创作活动的群体性优势和个体性特质;更重要的是分析制约陕西长篇小说创作的普遍性问题,陕西长篇小说创作现状中的倾向性问题和值得研究的个别性的问题,制约陕西作家长篇小说创作质量提高的根本性问题,目的说来十分明确也十分单纯,就是想在现今长篇小说创作活跃的现状下,使作家们能够比较冷静比较客观地估价自己,既充满信心又不盲目自大,既能发挥自己素有的艺术优势又能找到新的艺术创造的突破口,以期陕西长篇小说的创作能出现一个全面突破全面提高的局面,以期对这个群体中的每一个作家的艺术思考有一点启发,使他们在各自的艺术天地里鼓起开辟新的领域的勇气和进入一种沉静的创作心态,以期陕西长篇小说在较大数量的基础上能产生出大作品或者说精品,应该说是十分必要而迫切的。

一、十年回顾

回顾陕西长篇小说创作发展的历程,便不能不从一九八五年八月在陕北延安和榆林两地召开的"陕西长篇小说创作促进会"为发端。

如果说获得一九七八年全国短篇小说奖的莫伸的《窗口》和贾平凹的《满月儿》，为陕西新时期文学复苏的标志的话，到一九八五年的陕西小说创作已经引起当代中国文学的普遍关注。这七年里，陕西中青年作家创作了大量的短篇小说和中篇小说，有七篇短篇小说和两部中篇小说获得全国短篇小说和中篇小说大奖，尤其是路遥的中篇小说《人生》在中国文坛和普通读者当中引起的强烈冲击和广泛呼应，在当代中国文坛的发展历程中难以泯灭。

然而，到了一九八五年，陕西尚未有一部长篇小说诞生，两次茅盾文学奖评选，陕西作协没有办法推荐一部参评作品。当时的陕西作家协会的负责人对陕西作家的创作态势作了宏观的把握，主要结论有两点。

（一）陕西中青年作家新时期以来在短篇和中篇的创作中取得了显著成就，是新时期以来中国当代文学的一个富有地域性特征的群体和较为显明的艺术个性，与全国的短篇中篇小说创作发展保持同步，而长篇小说创作比之全国已经呈现的潮头晚了一步或者说慢了半拍。

（二）已经初具队列的陕西作家群创作了大量的短篇小说和中篇小说，按最严格最保守的估计，这个群体中的一部分作家已经进行了大量的艺术探索和艺术实践。他们的艺术能力已经成熟或者说趋于成熟；他们多数来自农村、工厂、学校等社会的最基层，经历了共和国成立以来的大的历史过程中的全部有幸和不幸，有着既独特又丰富的人生历程和深切的生活体验，他们对于生活的理解和开拓也逐渐深化；基于以上思想和艺术两方面的基本估计和判断，认为这个群体中至少有一部分人已经具备向长篇小说领域突进的条件，应该不失时机地鼓舞他们进入长篇创造的自信和勇气，于是作协党组和主席团做出决定,于当年八月召开"陕西长篇小说创作促进会"。"促进会"这个名称很明确地界定着当时的创作态势和这个会议发起者清晰的思路和用心。

　　至于这个会议的具体过程已经不须赘述。会后两年,路遥出版了《平凡的世界》(第一部),贾平凹出版了《浮躁》。前者后来获得了第三届茅盾文学奖,后者荣获美孚石油公司所设的"飞马"奖,陕西作家群终于有了新时期以来的第一批长篇小说,而且一开始就达到一个比较高的艺术品位。随后就有了任士增的《不平静的河流》,王晓新的《地火》,李天芳、晓雷的《月亮的环形山》,莫伸的《山路弯弯》,赵熙的《女儿河》,京夫的《文化层》,王宝成的《饥荒与爱情》,王蓬的《水葬》,李康美的《情恨》,沙石的《倾斜的黄土地》,李春光的《黑森林,红森林》,李凤杰的《水祥和他的三只耳朵》,临青的《解放济南》,等等,开始呈现出长篇小说创作的第一个潮头。应该说,这主要是作家创作的必然发展,不能完全归于一次"促进会"的功能,但有一点是可以肯定的,即当时作家协会负责人对陕西文学创作态势的把握和对这一茬中青年作家创造能力的判断是准确的。"促进会"恰当及时,起到了促进的作用,促进了陕西长篇小说创作局面的打开,从这个意义上讲,当时的作协主要负责人胡采和李若冰同志是富于事业心和富于文学的眼光的。我们不应该忘记任何一位对发展陕西文学做出卓越贡献付出了心力的人,他们是无私的。那次"促进会"的具体执行人路遥已经早逝,我们在此表示对他的真诚的怀念之情。

　　一九八七年和一九八八年,省作协连着两次召开长篇小说研讨会,对上述先后出现的长篇小说展开讨论,从思想内容到艺术形式,这批作品达到了怎样的深度与高度,存在着什么样的缺憾,对创作者和旁听者都具有深刻的启示。之后的长篇小说创作更趋活跃,每年都有较大数量的作品出版,直到一九九三年,陕西先后有京夫、高建群、鄙人、贾平凹、程海五位作家的五部长篇小说在北京五家出版社出版,形成了这个群体创作大释放状态。这种大释放状态表现在一九九三年和一九九四年,一直到今年,每年实际都有十部以上的长篇小说出版,这里特别要提及的是,青年作家文兰和李康美也完成了他们的长篇小说,赵熙同志已经完成出版了四部长篇小说,已经逝去的邹志安生前死后完成和出版了九部长篇小说,杨岩出版了《西府游击队》,陕北青年农民严永东和退休纺织女工孙君仙也以坚韧不拔的毅力完成了他们的长篇小说《一个偷儿的命运》和《白雪》,可以毫不夸张地说,陕西作家群的大释放状态将持续发展,长篇小说创作真正开始了一个百花齐放群星璀璨的喜人局面。

二、基本估计

面对以上粗略而不完全的回顾,我们完全有理由为之感到欣慰和骄傲,甚至可以坚持这样一种看法:我们有足够的资本以一种并不急迫的步态在中国长篇小说的文学长廊中漫步一个相当长的历史阶段,似乎也不会落后。同时,我们也不能忽视与此相对立的另一种心态,即急于在长篇小说创作上跨出更大的步子,创造出更令人瞩目的新的辉煌,甚至在急迫地期待着又一次轰动。这种心态无可指责,我们需要再度辉煌,也必须再现更大的辉煌。我有时候也迫不及待盼望这一天早日驾临。我没有怀疑过,对于一个颇具实力久经鏖战的文学群体来说,实现更宏伟的目标并不是一件十分困难十分渺茫的事。然而,我的心情并不像许多人想象的那么自信那么轻松,我并不是轻视我们这个群体的创造能力,只是基于一些看来十分简单的想法。多年来,在审视和考察了兄弟省份的长篇创作态势之后,特别是在筹备这次具有阶段性意义的创作会议的日子里,一种开始并不十分明晰尔后又久久盘绕心头的思绪提醒和敦促我,面对已经初露端倪的速胜心理、浮躁情绪、盲目奋进心态,我们非常有必要坐下来或坐在一起,心平气和认认真真探幽入微地总结一下在长篇创作中的经验教训以及收获得失。这里面有着许多值得我们回味和珍视的东西。我们具有这方面的经验。

文学固然是一种个体劳动,但必须承认她也是一种群体智慧的结晶。这里既包括互相竞争,更重要的是蕴含着互相激励互相鞭策互相启迪互相撑持。虽然成功有迟早先后之分,但谁也不可忽视文学创作特别是长篇制作是一个携手并进并肩奋进的过程。从某种意义上讲,这种团结的意义涵盖更为广泛,也更加弥足珍贵。我们的成功靠的是团结,团结曾经是我们获得成功的良好机制,也必将使我们获得更大的成功。这一点我坚信不疑。长篇小说之所以取得了大面积的丰收,我想这是首要的成功因素。这种因素在以后的长篇小说创作中必将产生越来越明显的作用。这是我首先期盼的,也相信这是我们大家所共同期盼的。

另外,还必须认识到在陕西文学创作事业发展过程中,特别是在近几年的长篇创作活动中,我们遇到了许多"开明婆婆"。这些省委省政府的"开明婆婆"们在宏观上高屋建瓴式的指导,在许多具体问题上不失时机、无微不至的支持和关怀,为我们创造了一个极其宽松极其良好的外部环境。复杂的创作形态有时会使"开明婆婆"面对难度极大的领导态势,他们都以非常杰出而高明的领导艺术予以正确引导,在陕西形成了一个适宜作家进行艺术创造的良好气候,使我们始终充满着信心和希望。这一点使我深受感动,肃然起敬。我进行过广泛的了解,大家和我有着相同的感受和相同的感激之情。良好的创作环境和对这种环境的珍惜,相得益彰,同样是长篇小说创作取得重大收获的重要因素。这种双向的情感交流与理智的交融毫无疑义会在今后的长篇小说创作中起到非常重要的作用。对此,我同样深信不疑。

如果说以上两点是我省长篇小说取得丰硕成果的两大外部成因，那么，从这个群体的内部去深掘成功的经验同样显得十分必要。

面对一个文学群体的两度辉煌，面对一个文学大省近半个世纪的连续繁荣，可以找出各种各样的成功因素，但我更倾向于赞同一位蜚声海内外的南方学者型散文家的观点：一条积淀深厚的独有的文化血脉主宰着陕西每一位作家的身心。说到底，文学创作是一种文化的表现，而且是文化最直接最显露的表现方式。在那些要求文化与经济同步进行的观点影响下，我们这个群体面对地域性的经济落后局面，始终没有放弃或嫌弃曾经养育滋润过我们的深厚文化影响。在强劲的审判传统的风潮中，我们知道手中的笔应该如何运行。这种清醒的文化意识最终化作理性化作感情化作一种独特的创作，从而在中国文学史上争得了一席又一席席位。我上面所提到的那位南方学者散文家所持的另一种观点我也十分赞同，他说——"前不久听到有人对那些以黄土文化为背景的艺术品提出批评，认为他们写得过土过野。这些批评家不愿意看到人类行旅上的永久性泥泞，只希望获得一点儿成果性的安慰。"这位学者接着十分尖锐地指出，这些批评家无论在生命意识上还是在审美意识上都是弱者。以上中肯的辩解或者说评价，对我们是一个极大的激励。我们绝不可在迷乱中，在新的起步时刻，轻易地丢弃这可贵的生命意识和审美意识。

始终坚定不渝地在生活源头寻求创造的原动力，也是我省长篇小说创作取得丰硕成果的重要经验。一个简单的事实足以使我们悟出更为深刻的道理，陕西作家群大致是由来自陕南、陕北、关中三个地域的作家组成，新时期以来的中青年作家群在这方面表现得尤为明显。各自丰富多彩的小地域文化和各自的地域性生活积累和体验，在共同的劳动中互衬互补，交相辉映，表现在长篇小说的创作上必然呈现出比其他一些地方更为异彩纷呈各领风骚的生动局面，面对全国的文学创作也必然独具魅力。外部世界本来就很陌生或狭隘的地域风貌在这个现代庞大而复杂的群体的笔下,反而显现出从未有过的广阔性。这不仅仅是这个群体多才多智,而是文学规律所使然。由此,我们必须拿出比以往任何时候更为明晰的意识,努力去热爱和表现自己所熟悉的文化和生活。这虽然不应成为一成不变的金科玉律式的创作准则,起码不应成为我们可以无端丢弃的东西。找一块熟悉的地方向深层掘进,必然会取得成就,这已被老一辈作家和新时期中青年作家的成功实践所证明。意外的成功也可能出现,但对于一个群体来说,尤其是对长篇创作来说,不可能全部靠意外取得成功。扎扎实实地深入生活,认识生活,应该成为一个永久的话题。我们大可不必为我们所生活的这块地方闭塞落后的经济等观点所束缚,一种反差极大的生活现实有可能成为我们再创辉煌的最有利条件。

在这里,我还要特别提及另一个重要经验,这就是面对近几年各种社会思潮、文学思潮的冲击,我们这个群体有过迷乱有过彷徨,但基本上还是保持着较为清醒的认识和十分坚定的信念,否则,将不会产生多部在全国引起反响的长篇。大家一定注意到了这样一种现象,一些最具影响力的作品正是在商潮冲击最厉害的时期所产生的。这一方面说明,我们这个群体一如既往地让文学面对人生,面对现实,面对未来,同时也使我们看到了一个十分广阔的文化市场。对于今后,长篇小说创作能否被"上帝"欣悦接受,我持乐观态度。关键在于我们是否全身心地投入更为艰苦的创造,赢得更为广泛的支持。由此看来,严肃地面对读者不能不说是我们最为重要的经验之一。我们必须始终不渝地坚持面对读者这一悠久的文学创作传统。

三、期待与展望

切实说来,陕西新时期以来所形成的作家群体,是随着党的十一届三中全会所开创的国家和民族全面复兴的大气候而形成的。国家兴旺,文学繁荣,这是一个规律。能遭遇到今天这样的平和、稳定、开明、实事求是的社会大环境大气候,是我们这一代作家的幸运。因此可以说,陕西作家十年以来的长篇小说和新时期以来的全部文学创造活动,是中国当代文学的一个组成部分,一个富有群体地域性特征又艺术个性鲜明的一部分,丰富了中国当代文学的百花园地的花色品种。

对于未来,对于今后这个群体创作发展,我们寄以希望和期待。

(一)希望作家们毫不动摇地继续关注当代生活的发展。党所领导的改革,对于一个饱经忧患和灾难的国家和民族所显示的成就,已经为整个世界所瞩目所震惊,这场改革对于这个国家和民族来说,其历史性意义不亚于一九四九年的解放。改革对于旧秩序旧观念的革除和新观念新秩序的重新建立,不会是一个简单的过程,而是一个剥离脓腐滋生新肌的过程,是一个民族心理结构重新安排的过程。作家不应该回避这个带着阵痛的蜕变过程,应该投身到这个新旧交替的过程中去,感受变革的欢乐也感受改革的痛苦。深入生活是一个永远不会过时的口号,对于任何艺术流派艺术形态的作家都是第一性的,转眼即逝的生活过去以后就成为历史,放过了体验感受的机会就会在心灵的感光板上留下空白,这是永不复返的遗憾。我们仍然倡导作家到社会生活的各个领域去观察体验和感受,而不仅仅把自己拘囿于文化人活动的小圈子里。期待陕西作家能戒除文坛上的某些浮躁萎靡之气,写出深刻反映生活发展的大气之作。

(二)期望作家能广泛读书,开阔艺术视野,更新知识结构,使自己的生活思想和艺术思维永远保持最新最活跃的状态,才会对发展着的生活和生活中出现的某些复杂现象保持最冷静最灵敏的感受。而这种最新的感受往往是小说创作的最初冲动。这里须得提及一个自信与自满的界限和不同内涵。自信来自于孜孜不倦的学习和吸收新的知识,不断更新观念,不断调整自己的心理结构,使自己永远处于一种清醒而又鲜活的思维形态。这种自信无疑是作家创造劳动的最佳精神状态和心理状态。自满是一种自我封闭,得于一隅而滞留不前,排斥吸收人类的新的精神发现和新的艺术形式,久而久之便形成一种习惯性思维定式,它从根本上排斥艺术的新鲜排斥艺术的更新,因此也排斥艺术创造。思维定式所直接造成的后果是艺术上的陈旧和重复,而陈旧的艺术重复,无论重复别人或重复自己,都只能造成艺术世界的萎缩。

但愿我们这个群体的作家,不要因为年岁的增长和艺术成就的取得而停止吸收,年岁可以老化而艺术思维却依然可以保持活跃,中国和世界上许多优秀的作家都提供了典范。

(三)我们期待这个群体共同创造一种艺术创造的和谐气氛,大家互相尊重别人的艺术探索和艺术个性。因为在任何时代任何民族的艺术世界里,根本不存在如哥德巴赫猜想那样一个陈景润式的唯一正确的答案。作家不同,艺术体验便不同,强求一律早已被文学的发展所摈弃所淘汰,真正实现百花齐放的时代已经到来。现在的问题很大程度上倒是花们要互相尊重互相宽容,红花不要讥笑白花,黄花也无须嘲弄紫花,家花应该容忍野花,洋花也不必吓唬土花;如果能够互相取长补短土洋结合家野合璧而生出一些杂种新种,可能不失为一种创造。

社会已经提供了一个宽松的适宜文学发展的大环境,花们自己也当创造适宜文学发展的小环境小气候。

(四)我们还希望和期待这个群体的朋友,在艺术创造的同时注意自身修养,不断强化自己的人格力量。社会发展的某个时期,在多样化的同时也会呈现某些复杂化现象,甚至某些陈腐的市侩哲学平庸观念也会浮泛喧嚣,作家唯一能够保护心灵洁净的便是人格修养。人格修养不是一个空泛的高调,对于作家的创造活动甚至可以说是致命的。市侩哲学、平庸观念、急功近利,首先伤害的是作家心灵中那个无形的感受生活感受艺术的感光板,这个感光板被金钱虚名被一切世俗的东西腐蚀而生锈,就在根本上窒息了一个作家的艺术生命。

爱护和保护自己的心灵,铸造自己强大的人格力量,才会对生活和历史保持一种灵敏的感受能力,才会永久不悔地保持对这个民族的深沉不渝的责任心。

我真诚地希望会议取得期望的效果。陕西的一批专门和业余文学评论家,始终不渝地追踪关注着陕西作家的创作发展,他们的研究对于今天的创作成果起到过重要的作用,我和这个群体的所有人任何时候都不会忘记,现在唯一期盼的是你们最冷静最科学的评论,捧杀和棒杀曾是老话,今天却并不过时而浮泛于中国文坛。我期待我们从这个会议开始,重新建立真正的文学批评的品格。

同志们,文学把我们扭结在一起,文学依然神圣,这是最重要的,其他一切都不必太重视,我仍然重复一九九三年换届会上的一句口号,一切陕西作家理应对中国当代文学的繁荣和发展做出无愧的贡献。

美髯公的画与文

第一眼看见劳石,首先看见的是一脸漂亮的胡须。

我们这个种族胡须发达者少,所以对那些独具这种天然资源的人就有奇特、出众之感,也是物以稀为贵为尊的吧。出于这个常理,我也特别惊讶劳石的胡须。有人的胡须虽然也是超常出众地发达,但看去并不美,给人一种芜杂粗糙甚或乱七八糟的感觉。须不美反而给脸上添乱,自知者便天天刮脸削腮,弃之唯恐不及;自不知者还敝须自珍自赏,别人就看着那脸日复一日年复一年地乱着糟杂着;这是个人自由,无干涉之必要。

艺术界留胡须的人比其他行业的人多,所以人说拍电影的演电影演戏的画画的用脚写字的书法家浪漫。有回吃饭看见邻桌一位胡子垂到胸膛的年轻人,俩服务小姐悄声猜测说,这人是个导演。她说在她家乡拍土匪杀人电影的那个导演就留着这样凶的胡子。电影公演时,她跑了二十公里山路赶到镇上电影院专门去看大胡子导演执导的土匪电影,结果却有点遗憾,甚至不无丧气地说,他拍的电影要是和他的胡子一样好看就好了。

胡须好看而拍的电影好看与否,似乎不应该统一要求,也没有必然联系,胡须好看就一定会或一定要拍出好电影,没这个规矩也没有这个标准。然而女孩的心理企望却是善良的,希望艺术家手里出的活儿和他的胡须一样漂亮一样美丽。

欣赏完劳石的画册，我突然想到那位只见过一个留胡子拍土匪电影的导演的山村女孩，陡然想到如有机缘让她看看劳石的画和劳石本人，她准会弥补那位导演留给她的遗憾，准会说劳石的画和他的胡须一样好看。

劳石的画好看，不单是我的读后感觉，其实早有众议公论，画界行家看好的后起之秀。他的画不仅中国人喜欢，海外华人也同样喜欢。他的画传到南洋一些华裔聚居的国家，随之便有一年几次频频被邀到南亚诸国去的荣幸，去表演画画儿自然也销售画儿，大有"养在深闺人未识，一朝选在君王侧"的宠幸。这君王当然应该是众多的读者。

他刚刚从新加坡归来，给我拿来的不是画儿，竟是一部排定版式只待印刷出版的书稿，我像惊讶他的美髯一样稀罕他的文章。文坛上有些才子型的作家，小说写得好，画儿也画得别开生面，这方面最负盛名者当推当代作家冯骥才。更常见的则是作家们在写作之余涂涂笔墨，意在调节神经兼修身养性，一种业余爱好一种陪衬手段，主要用心还是在作小说而不在画画儿。我孤陋寡闻，似乎画家写小说写纪实文学写散文者不多，而劳石竟然把这些文学体裁的各种形式都试过手了，这一本小说、散文、纪实文学和人物速写的集子，就是他文学创作的结晶。

这本集子以纪实文学为主，长则有几万字的《一个女人的命运》和《一份奇特的报告》，短到千把字的人物速写，总体内容都属于公安范畴的，另一部分则是对陕西画界一些久负盛名各具风骚的画家的扫描之作，这本集子中的这两大板块结构的文章，正是劳石自己生活的两种主要内容。他长期奉职于公安系统，我们每个生活在这个城市的人都受着他和他的战友首长的保护；他又兼作着画儿兼写着文章，给我们的精神生活创造着财富；他的文章主要涉及这两个内容，其实也是创作规律制约的结果，创作逃不脱跳离不了作家的生活轨迹,如同人摆脱不掉自己的影子。

　　劳石文章写得率直简洁。率直是一种本质的美,也是作家的一种气质的显示;简洁不仅是美的基本要素,而且是作文者的基本修养,或者说基础功夫。时下文坛似乎更珍贵率直,原因是装腔扎势无病呻吟装娇作嗲的文章太多太滥了。没有文字智慧便弄出绕口令来,企望幽默却缺乏灵性便不惜用屎棍子去堵读者的鼻孔。劳石文章没有虚的也没有假嗓子,全是率真率直简洁的叙述。自然就构成了真诚质朴之美,在时下就尤其珍贵。

　　《一个女人的命运》写得很见功夫,把一个本来很漂亮很坦诚的女人如何堕落到走向深渊走向断头台的历程,写得令人读来毛发倒竖气不敢出汗不敢冒的程度,真是不易做到的事。

　　我说,劳石的文章也和他的美髯一样好看,耐看。如果那位来自山村只见过一个导演的女孩有缘读一读劳石的这本书,会以我的阅读感觉为然否?

1995 年 6 月 26 日　雍村

送平凹赴华西

西安市文联苏育生同志并转贾平凹同志：

在中国作协党组精心安排下，平凹同志不日即赴华西村深入生活，西安市委宣传部和市文联组织这个欢送会，这在市文联和本省文学界都将是一件重要的大事。

平凹以自己的智慧和不懈的创造精神，为新时期以来的当代文学做出了卓越的贡献，这首先是作为平凹所供职的西安市文学界的骄傲，也是陕西文学界的骄傲。作家进入到较高层次的创造活动时，一方面依赖对艺术的新的独特的个人体验，另一方面依靠对生活的更深层面的开掘，才能使一个杰出的作家在艺术领域保持最新鲜最具个性化的创造活力。平凹此次有机会到当代中国经济最富于活力的南方去体验生活，必将获得丰富的生活资源和达到一种全新的理性认识。我对平凹日后的创作满怀信心和真诚的期待。这道理很简单，创作到了平凹这样的程度，尽管就创作本身来说，仍然是作家个人的劳动，但他这种创造劳动的意义已不完全属于作家自己，而在更大程度上属于一个时代的文学的成就，属于一个国家的艺术创造的成就。

我因今天下午去深圳，不能参加平凹的欢送会，谨此借笔致意，也致以我的祝福。祝平凹同志一路平安。

1996 年 2 月

解读徐岳

一

读着徐岳刚刚编成的散文集《十七岁那年》文稿,颇多感慨与悟叹。不仅是这些文章所营造的浓郁而又纯净的艺术气氛陶醉了我,不仅是丝丝入扣的真实真切的人生体验触动了我的情感之湖,不仅是那些蕴含着机灵、睿智、幽默而又干净简约的文字让我享受到阅读的快感;我总是控制不住心绪,从那些文章的情境中跳开,而且大都是在那些最精彩的一句描写或一句议论上,一次又一次地跳离文本,而联想到作家徐岳本人。

因此而发生了阅读心态的紊乱:我是在欣赏作家徐岳所创造的散文,还是透过这些散文解读人生和人格意义上的作家徐岳?

二

在新时期以来形成的陕西作家群中,徐岳是最早冒出来引起刚刚复兴的文坛瞩目的一位。七十年代和八十年代初,他创作的别具一格的儿童文学作品,频频发表于上海、北京和本省的大报和文学刊物,而且屡屡得奖,形成一方气候,崭露于新时期的文坛。

徐岳随后做了《延河》编辑,再后来又当了《延河》主编。为了这个年届四十的老字号文学刊物的生存与发展,徐岳全身心地投入了,纯文学刊物所面临的普遍性生存困境和《延河》自身的具体困难,都由这个陕西作协院里个子最低身板最单薄的人扛上背上了。三年过来,刊物的经济拮据的局面缓解了;作品的质量和刊物的总体面貌,也在悄悄地又是显著地变化着,在如林的文学刊物中展示出独立的姿容。

人们(包括编辑自己)把报纸和刊物的编辑所从事的工作称作"替他人作嫁衣",包含着特定的职业性自豪和职业性苦涩的多重滋味。徐岳却是既不诉说苦涩也未见张扬奉献,甚至从来不说这个话的一位编辑……我常常有一种说不出口的崇敬和遗憾浮上心头。

崇敬发自于我个人的作品经他之手通过《延河》与读者见面,这是作为作者对编辑工作的基本良心与道德;遗憾呢?我不禁一次又一次地自问,若是徐岳把主要心力放在个人的儿童文学创作上,如今会是怎样一种景观?而我又深知他是具备创作的实力和艺术修养的。

他毕竟有一本散文集要出版了。十七年出一本散文集,我又控制不住要慨叹了。然而从这件事的另一面来看,他抽暇所写的散文,当是体验最深不吐不快的人生片段……少是少了,却是精了。

三

作为书名的《十七岁那年》,无论从哪方面讲,都堪称散文精品。十七岁那年的徐岳,竟然有如此精彩的故事。

十七岁该当是高中生的年龄,而已经为人师表的徐岳所发生的故事,读来居然使我有一种惊心动魄的感受,我看见了毅然决然甚至可以说押赌人生的青年徐岳的强悍的精神世界,也透见了丑陋和美好交叠着的人心世态。

一篇三千多字的文章,一波三折扑朔迷离而又浪花飞溅,我一次又一次感受到了"怦"然心跳的阅读快感。又反问了,搁那些无病呻吟装腔作势的人手里,这样的故事该会洋洋洒洒到几公里长呢?

《驱车五丈原》是另一种形态的散文,是我们见惯了腻味了的通常称作游记一类的散文。然而在这种体例的散文中,徐岳却同样写出了人生的体验,祖父生命历程中的每一个"九"字,都弥漫着神秘的又是不可逃遁的灾难性故事,透出这块特定历史名原的深沉的内蕴,这是游记散文中很难做到的一种境界。

我尤其感佩徐岳文字的简约。这里没有故作深沉、卖弄新潮句式和时髦名词。所有的文章都是一种徐岳式的简约。简约也不是忍饥挨饿勒紧裤带以求强行减肥式的操作,而是一种艺术修养的天然浑成。我便再一回领悟,真实的独特的体验才是一切艺术的灵魂,不只是文字的问题。海明威誓死以求的那个所谓"属于自己的一个句子",其实不单指的是文字。

四

作家协会深邃的几进四合院的过道里,常见徐岳匆匆来去的身影,有人调侃说徐老板从早到晚出出进进神秘兮兮的。这尤其形象地道出了初任《延河》主编头二年的徐岳的形象。我却明白未必有什么神秘,确切说是悄悄地忙活着,忙活刊物的亏缺的经费。他不事张扬,悄悄地办自己要办的事;办成了也是悄悄地乐一乐,办不成不愉快时也是悄然默然的样子。

有一件使我永远无法湮灭的小事。为了"双五"文学奖(即五〇五文学奖)评奖工作,徐岳要与设奖的来辉武先生交换意见,有一次,终于打听到来老板在丈八沟宾馆,便搭乘公共汽车去了。来老板的住室外排着一长串队伍等候见面，徐岳也就遵守秩序排队。他在花坛的水泥围栏上坐等了四个多小时，一口水也没得喝。

我听到这个细节时就哑然了。我首先不是为徐岳的什么伟大精神感动之类，而是感到一种愧疚。我是"双五"文学奖的得奖者之一。获奖的荣耀和获奖的实惠的背后，徐岳做出了怎样的悄悄的"神秘兮兮"的四个小时的排队！

如果说作为《延河》主编，为刊物的生存坐公共汽车骑自行车四处奔波是徐岳的工作责任，那么"双五"文学奖与徐岳个人有什么相干？这个"双五"文学奖是六年前设立的，是由徐岳提议由他与来辉武先生交涉商议妥了之后，由作家协会决议设置的。徐岳当时仅仅只是一位编辑，没有领导责任也没有职责，更没有任何人安排他去做这件事，而完全是徐岳的创意。

自陕西作协成立四十年来，终于有了一项形成规模也形成规则的省级文学大奖，它是在来辉武先生对文学事业的忠诚支持下，由徐岳操办弄成的……弄成的过程和每年评奖的工作备细，徐岳依然按照自己的悄悄默默"神秘兮兮"的习惯，悄悄默默坐公共汽车，"神秘兮兮"地排队等待与来老板交换意见，匆匆忙忙吃一碗凉皮……

五

散文集里有一篇写于右任与陕籍港商胡星元的一段趣闻，且不说对这两位名人惟妙惟肖的老辣独到的文字功夫，倒是于右任论及陕西人的一句话力透纸背：十个老陕九不通，一通便成龙。

我至今也不敢诠释于老先生所论的"不通"是什么不通，"通"又指的通了什么。我只是想着，人类追求文明的漫长进程中，不外乎两大主体，不断丰富的物质和健康健全的心理素养。任何一个优秀民族的精神世界里，总是尊重推崇那些既富于实干而又乐于造福他人的人。于大处说为国家为民族,于小处说为自己的事业为所在的团体,才会得到公众的尊重。这个简单的又是基本的社会法则,不会错也不会变的。徐岳是否属于"通"了的一个老陕?

1996 年 4 月 13 日 雍村

致日本读者

——《白鹿原》日文版序

从少年时代对文学发生兴趣,到从事写作的四十年时间里,我断断续续先后阅读过大约十余位日本作家的小说作品,自然都是中文译本。这些题材各异风格迥然不同的优秀作品,对我的艺术探索曾经产生过有益的启示。然而,更使我得益匪浅的,是对相邻的日本民族的真实的了解,正是通过这些色彩斑斓的小说的阅读逐步拓宽逐步加深的,远远超出了历史和地理教科书上对日本的条理化介绍。这正是优秀的文学作品最原始最基本的功能,对一个民族一个时代的社会心灵的透视。

林芳女士将我的长篇小说《白鹿原》翻译成日文,由日本国最具影响的"中央公论社"出版,在我来说是感到十分欣慰的。我首先产生的是一种心理的平衡。作为日本文学作品读者的我,想到自己的作品变成我不认识的日文进入日本社会,似乎于心里完成了一种回报或者说交流。中国传统礼仪云:来而不往非礼也。随着《白鹿原》进入陌生的日本读者手中,原来的单向交流就变成双向性的了。我"往"而还"礼"了。

在我看来,作家创作劳动的全部意义,就是为了实现如上述的交流。作家把自己独特的生命体验和艺术体验凝聚为作品,就是为了和读者实现交流和沟通,达到两颗心灵的验证和呼应。经过林芳女士不懈的卓越的劳动,使我的小说《白鹿原》打破了语言的局限和障碍,得以与日本读者实现交流和沟通,也使我有机缘与许多日本人握手,成为朋友。我向林芳女士致以深深的敬意和谢意。

1996年5月4日 渭南

柳青的警示

——在柳青墓前的祭词

柳青以他的整个生命所进行的艺术创造的全部历程,在今天,对我们至少有这样的警示——

作家生命的意义在于艺术创造。而创作唯一所可依赖的只有作家自己的生活体验、生命体验和艺术体验。各个作家的那些体验的独特性,在胎衣里就注定了各自作品的基本形态。

既如是,作家只能依赖自己的独特体验达到自己的文学的目的,以实现所憧憬着的艺术世界的崇高理想。企图以非文学的因素达到文学的目的,无论古今无论中外的文坛都没有永久得手的先例。

在这方面柳青堪称典范。他对自己所从事的创作这种劳动有独到的理解,更有精辟的概括:"文学是愚人的事业""作家是六十年为一个单元"。在社会生活呈现多样化也呈现复杂化的当今,柳青的"愚人"精神对我们具有最基本的警示的意义。

柳青的一生,不单是作为作家的一生,而且是社会变革的直接参与者。他青年时代义无反顾投身革命,和平时期又毅然参与新生活的建设。柳青始终关注国家的兴旺和民族的命运,宏观如国家的重大决策,细微到生产队的计算工分的方法,他都身体力行参与实践。他的艺术神经对生活保持着一种超人的灵敏功能,因而获得了作品里的那种无与伦比的巨大的生活的真实感。这里构成柳青艺术世界常绿常青的生命之树。

真诚地而不是虚伪地关注国家和民族的命运,热情而不是冷漠地注视当代生活的进程,才能保持心灵世界里那根艺术神经的聪灵和敏锐,才会发出既宏大又婉转的回声。柳青在这一方面仍然对我们具有警示的意义。

作为艺术家的柳青,精神世界里贯注着一股强大的人格力量。他投身革命参与建设的同时也在锻铸着自己的人格,他创造艺术的同时也在陶冶自己的灵魂。他的一生留下的不仅是作品,也留下许多折射着他的人品光彩的生活故事,这些故事佳话和他的作品交相辉映,使我们看到了既作为艺术家又作为一个大写的人的柳青,文品和人品统一的柳青。尤其是在生存环境险恶的"文革"当中,柳青显示出一个民族的艺术家的铮铮铁骨和强悍的人格魅力。

面对物欲膨胀而呈现出的某些生活的混浊,某些文章和人格的扭曲和分裂的现象,柳青无疑给我们以尤为贴近的警示。

柳青以他的生命、智慧和人格所神圣过的文学,我们依然神圣。

1996 年 6 月 27 日　长安

注　钙

　　未来出版社拟出版中国古典文学四大名著的白话本，听到这个动议时，我当即想起十年前访问泰国观看孔剧的事。戏名叫做《哈努曼》，取材于傣族古典史诗《拉马坚》的一段，那是一个颇似孙悟空的神通广大的白猴子的故事。

　　由于现代文明的发展，泰国的孔剧作为一种古老的表演形式被现代人冷落了，那情形与近年间我们的传统戏剧所面临的尴尬境遇如出一辙，可见当代人对传统的古老的艺术表演形式的冷落和疏远是一个世界性困惑。然而泰国政府面对西方文化的冲击，坚定不移地采取了对民族文学艺术的保护措施，国家拨专款养活保存一个孔剧剧团，专演传统戏剧《哈努曼》。中小学语文课本上列入史诗《拉马坚》片段作为必修课，中小学生由有关部门统一安排到国家大剧院欣赏孔剧演出的《哈努曼》。我在观看这出戏时，整个剧院座无虚席，全部都是接受民族艺术教育的中小学生。

　　任何一个民族都尊重自己的优秀的文学艺术遗产，这几乎是一种带有本能的民族心理。这些光辉灿烂的篇章，都是这个民族最杰出的人物创造的，集中体现的是这个民族的意志和生活形态，体现着一个民族发展史中的精神追求和文明建树，体现着一个民族历史演进中的阶段性的巨大痛苦和巨大欢乐。这些文化艺术的瑰宝已经不完全属于创造者，而是属于一个民族的集体智慧的象征。作为这个民族的既有自豪感也有责任感的任何一代传人，都会自觉地继承它传扬它，这不是某个个人的喜好所选择的结果。未来出版社的这个动议在我理解，即是出于一种深远的历史视野和一种责任感。

这四大名著所产生的时代，于今已经既久且远。久远的历史演进的长河中，中国语言和文字的表达形式已经发生了革命性变化。对于文化知识、历史知识和生活阅历都较为浅短的青少年读者来说，古典文学中的某些语言形态就成为一种阅读障碍。然而青少年时代又是人生求知欲和记忆力最美好的时代，不应因为阅读障碍而使四大名著拒绝一代又一代青少年。况且，中国广大农村尚有数以亿计的文化只限于初中或小学程度的农民，他们的阅读当更困难。经过改编而打通了文字障碍的白话名著版本，它所适应的读者层面，肯定远远超出能够阅读和欣赏原本的人数，这就是一件功德无量的创举和善事。

这个白话改编版本的问世，将把四大名著从纯文学的文化人的圈子里彻底解放出来，走向青少年，走向文学圈子以外的广大读者。面对现代文明进程中西方文化的强大影响，给我们的青少年注入民族传统的文学艺术的钙质、汲取本民族文化的精髓，在兼容并蓄各个民族优秀文化的过程中，才能不失自己的立身之本和民族之根。未来出版社的这个举措和我所经见的泰国保护本国文化的坚定措施，是英雄所见略同。

为了促成这个举措的尽快实施，未来出版社做出了严肃认真的部署，选择了陕西作家中的几位成就卓著者从事这一工作，而且由陕西师范大学和西北大学的专家做最后的审定，以便保证原著的全部意蕴能够准确而又通俗地走向读者，相信会受到青少年的欢迎和喜爱。

1996年

敞开心灵之窗

有哲人说过,眼睛是心灵的窗户。

察物观世,我们靠一双眼睛感知世界。

我们来到这个世界,一睁开眼睛,就看见了灿烂的朝霞和渐次沉没的夕阳,看见如铁如铅般厚重的黑云和纤尘不染的雨后的天空,看见气象万千的群山和千姿百态的江河,看见拱破泥土的嫩芽和成熟枯萎的禾秆儿;看见铺天盖地的大字报红海洋以及"黑帮"被游街示众时垂死的脸,看见林彪在天安门上挥舞小红书时八字眉下鬼火一样游移不定的眼神和烧焦在沙漠里的尸体残骸。由眼睛所摄入的自然景观和社会生活的历史性细节的镜头,便成为我们再认识自然再把握生活的一种参照,一种财富。

博览广识,我们凭一双眼睛探索世界。

书是人类进步的阶梯。知识就是力量。读书以获取知识,是通过眼睛来充实心灵的。我们的祖先和别个民族的祖先都留下了璀璨的知识宝藏。我们从一二三天地人识字开始,随之就开始了对自己的祖先和别个民族的祖先所创造的知识的掠夺性继承,随之就开始了自己对生活、社会和人生的探索,随之就开始了自己的艺术风景的创造。这一切都合情合理,因为祖先的创造目的是无私的,我们站在前人的肩膀上进行的接力式的攀登也是属于社会的。

从这个意义上来讲,科学的合理的社会总是努力开辟他的子孙感知世界认识世界的视野,把人类创造的古典文明和现代文明尽快地吸取过来,开启青年一代的智慧之门,再进行新的创造和发明。然而,不幸的是我们历史上和现实中所发生过的愚蠢透顶的自我封闭,无异于关闭了这个民族的眼睛。

当我们把大字报贴满城乡的所有墙壁,当我们的工人农民拿着竹皮热水瓶和撂满补丁的胶质雨鞋忆苦思甜声泪俱下呼喊万岁的时光,世界又开始了一场科技革命;当我们满怀献身的激情高呼解放全人类的口号的时候,其实最需要解放的正是我们自己;我们的愚蠢和我们的滑稽,正在于我们的眼睛被蒙住了。

邓小平毅然撕去了蒙蔽我们这个民族的眼睛的丑陋的黑布。

我们看到了一个五彩缤纷的世界。我们重新获得阅读人类最新发明最新创造的知识的权利,包括阅览万紫千红的世界艺术风景。

我也和许多当代中国人一样,有幸走出国门,看到了别个民族的生存形态和生活形式,便有了眼界的开阔,便有了防范愚蠢和滑稽再发生的参照系。西方的月亮和中国的月亮一样圆,但要更明亮一些,因为那边的环境保护比我们做得好,空气中的烟灰粉尘更少些。

敞开眼睛面对世界,敞开眼睛阅读世界;更新知识,打破心理桎梏,重构一个活泼而又富于创造活力的心灵。

1997 年 4 月 25 日　西安

回声·钟声·双刃剑

对于具备中学文化程度的每一个当代中国人,都不会不知道发生在一个半世纪以前这样一场战争,也不会忘记从中学历史课本上得知的这样一场战争,原因是简单的也是基于人皆有之的一种羞耻之情。那场战争留给一代又一代子孙的感受就是耻辱。当时钟一分一秒一日一月年复一年碾过百五十年的历史时空,耻辱也随着这钟声在这个民族的子孙的心上碾压着难以言诉的印痕。电影《鸦片战争》把发生过的那一幕重新展示给我们,让我们再羞耻一回,或者说再咀嚼一回羞耻,我们当会切切感到香港的回归,对于一个民族和国家意味着什么;当会切切地联系到我们正处身的生活现实,我们应该干什么而不应该再干什么,应该怎么干而决不应该再那么干。我们确凿需要聆听《鸦片战争》传递给我们的历史的回声,当为惊世之钟声。

这个电影所重现的历史之声,在我看来是一把双刃之剑:一刃刺剥的是殖民主义者凶残地践踏另一个民族的脸面的本性,起码让生活在今天的我们可以加深理解什么叫殖民主义;另一刃刺剥的则是腐朽到极点的我们的封建帝国,它的妄自尊大里所透现的可笑可憎,它的庞大骨架里透现的不堪一击的脆弱。这样的封建帝国面对新兴的资本主义的殖民帝国,除了失败除了羞耻再不可能有任何稍微体面的结局。纵然有林则徐、关天培这样的民族脊梁,也不可能支撑那个腐朽透顶的封建帝国的架子。

我们便可以更贴近地以此为参照,重新理解邓小平开创的改革开放的方针,对于我们国家的现实和未来意味着什么。"弱国无外交"。"落后就要挨打"。整个一个中国近代史给我们最直接的最羞耻的教训,即如是。我对邓小平与撒切尔夫人关于香港问题谈判时的那句"主权是不容谈判的"话,确实感到了一个当代中国人的尊严。我们终于可以如此理直气壮地对英国首相说话了,凛凛然坦坦然说,不能说的事情是不容许说的。

历史是现实的镜子,每一个对民族和国家怀有责任感的人,都会在这历史的镜子面前,想到什么该做和不该做什么,尤其是那些负有实际责任的人。

1997 年 6 月 西安

踏过泥泞

大约是二十五六年前的七十年代初期,我在西安东郊的一个公社(即乡)里工作,在报纸上读到一篇记叙修建襄渝铁路的长篇通讯文章,集中笔墨突出重点记述的是学生连的优秀代表吴南。也许因为我那时候也是二十来岁的青年人吧,架不住那篇声情并茂激越慷慨的文字的煽情,几次湿润了眼睛,为这个仅仅小我几岁的青年英雄而激动而感佩而折服。吴南牺牲了。至今我依然记着吴南这个名字。

距此十余年后的八十年代末的一个冬天,我到汉中、安康两地去采访。火车在阳平关掉头转弯之后,便在秦巴山地的丛山和大大小小的坝子里蜿蜒穿越。车轮碾过铁轨发出铿锵沉重节奏强烈的声音,我却一次又一次幻觉着吴南——吴南——吴南的呼唤。是的,吴南和他的男女同学或者说战友,用他们尚为稚嫩的肩膀和胸膛,铺就了这一段贯通陕南东部和西部的铁路。我第一次乘坐列车在这条路上旅行,心中总是萦绕着吴南和吴南们。这就是吴南们修的那条铁路!

又过了七八年,即一九九六年末,我在《西安日报》的副刊版上读到了《三线学兵连》的征文文章。第一篇文章尚未读完,我就想起了吴南。随后能读到的每一篇征文,在我的心里就排列起一道吴南的森林。我今日情感和昨日记忆的闸门一齐开启,一次又一次在那些叙说当年的文字上洒下热泪。

"加馍!"这样的呼喊不啻令我心灵震撼,直接引发起我对饥饿恐惧的并不遥远更不陌生的体验,那是一代人的共同的心理恐慌恐惧症。无论干部学生工人农民,无论多么杰出的或平庸的人,面对粮票油票餐券和米袋面缸的尴尬和忧愁却是共同的。何况这些正长着身体又承担着超常劳动的中学毕业生,然而他们要求"加馍"的呼喊并不是抗议,亦不是示威,而是面对饥饿的一种自然的又是心理的调侃,表现了一种令人心里酸痛的忠勇与赤诚。

张三元死了。然而《巴山汉水且为忠魂舞》里寥寥数笔就把一个欢欢蹦蹦的十八岁青年的形象留在我的心里,怎么也抹不掉。他是西安市第二十六中学的学生,和我所在的作家协会机关同在建国路上,不过百码的距离。往往在经过那所校门看见上学放学的学生时,我就会想起这位牺牲在陕南山野里的孩子。他的患着心脏病的母亲经受不住这样的精神挫伤,死在他的坟堆前,这样的悲剧真令我难以承受。

"在阴暗潮湿的道坑里,脚下的水没过小腿肚,破裂的胶鞋里灌满了泥水和沙子。一步一'扑哧',裤脚湿透了大半截,棉衣湿漉漉地贴在身上,在风机震耳欲聋的轰鸣声中……我们完全失去了时间概念,机器人似的只晓得不停地干干干。"

这是《无尘的记忆》里的一段描述劳动场景的文字。作者阎鸿鹏被石头砸破了脑袋,没有经过任何医疗处理,找到一顶安全帽继续干下去。他的战友一脚踩到钯钉上,拔出钉子继续干。这里没有丝毫的英雄主义的自我渲染,而是简洁朴素的铺陈,读来令人心悸。经历过这样殊死搏斗的人,当"青春已逝豪情不再"的今天,竟然如此沉静如山:"无论过去或是现在,我心灵深处始终固守着一方净土,那就是善良和忠诚。这就是那个特殊的年代馈赠给我的终生财富。"善哉斯言!

"三线学兵连"是一个特殊时代里的特定的称谓。那个严格限定的十年,无疑是共和国历史上最黯然失色的十年,通称为十年浩劫。处于十年浩劫当中的年轻人,当是受害最深受苦最深的一代人。在那十年里活过来的我们,以及比我们年龄大的和稍小一点的同时代人,谁都不会忘记发生过什么经历过什么遭遇过什么得到了什么失掉了什么。当我们今天能够冷静理智地审视昨天(即十年)的时候,既可以是严峻的又能做到一种宽容。严峻自然是面对历史,面对国家,面对民族,再也不能容忍那样持久那样神圣又那样愚蠢的劫难发生了;宽容自然是面对我们的灵魂而言,当整个国家和民族陷入一种持久的灾难,整个国家和民族前进的车轮陷入漫长的泥泞之中,作为我们个人的得失与苦难就是无法摆脱的,是无计逃遁的,是在劫难逃的。如此想来,也就释然了。

在那场以摧毁和破坏为特征的劫难中,三线学兵连的中学生却成就了一桩建设的业绩。襄渝铁路铺摆在秦岭巴山山水之间,二十多年来火车日日夜夜呼啸着穿梭往来,这是写在陕西大地上的长卷诗篇。面对过去面对今天面对将来,那些当年的学兵连的中学生们,都会是一种安慰一种自豪一种自信:在国家和民族处于劫难的年月,他们选择了建设;以自己的青春年华,以自己血肉之躯以至生命,义无反顾地踏过了国家和民族发展历程中的泥泞,也踏过了自己生命历程中的泥泞,心灵永远都是一种最可自信的慰藉;面对儿女以至孙儿都可以心安理得地说,在那个以破坏和摧毁为特征的年代,爸爸、妈妈或爷爷、奶奶选择了建设。

踏过泥泞,人生当是另一番境界。踏过泥泞,人格当会锤锻到更高的层面。踏过泥泞,那个痛苦的过程就升华为人生的一笔财富,这是任何教科书上都不可能捡拾得到的精神财富。

1997 年 7 月 16 日 西安

(本文为《魂系襄渝线》序。)

寻找属于自己的句子

一

在新时期文艺复兴的潮声中获得新生的《延河》，一亮牌就把它的宗旨放到培养和扶植陕西青年作家的成长上。近二十年来，主编换了四位，唯一不变不动摇的，便是这个宗旨。《延河》曾经筹办过各种名目的作品专号，而坚持下来并且形成较大影响的，当数几期《陕西青年作家专号》。

记得第一次办《陕西青年作家专号》是在一九八一年，同样是一月号，刚刚跃上陕西文坛的路遥、平凹、京夫、志安、莫伸、王蓬、李凤杰等，构成了甚为雄壮的文学青年近卫军队列，他们竞赛似的精心创造的佳作引起了文坛的瞩目，也产生了较为广泛的影响。刚刚走上文学评论舞台年轻的曾镇南先生，读罢那期"专号"写下了万余言的长篇评论。无论对《延河》还是对那些青年作家，都是一种永远值得怀念的珍贵的记忆。因为那是曾先生自动投的稿，而非约请，更非目下某些等而下之的雇佣性评论。

徐岳上任主编不久就筹办过一期青年作家小说专号，恰恰切切当是陕西晚生代色彩的作品专号了。杨争光的《篮鱼儿》手稿送到编辑部，就引起编辑们的欢呼，随之在作协老宅深院里引发喧哗。及至后来作品面世,几乎被现有的几家选刊全部选载,接着又是各种名目的奖励。一篇好的短篇不仅标志着一个作家新的艺术探索的里程碑式的跨越的成功,也动人地流露出刊物编辑和作家同仁共同的爱心。

本期又是专号,是子心走马上任主编之后对那个宗旨的继续不移的举措,即青年才是文学未来的希望,而且恰在新世纪的曙光可眺之时。

二

就题材说,本期专号十分宽泛。作品的描写对象集中于当代城市生活和城市中各个层面的当代人。你可以看到这样一张张新鲜面孔:在处处受制乃至受骗而近乎疯张起来的高校教师;昨日的孤独的城市孩子;努力练着嗓门成不了歌唱家的女人和正练习画画尚未成为画家的男人互相审丑的心理演变;农民妻子和引以为骄傲的吃商品粮工人的畸形爱情,畸形心理,怎一个"商品粮"了得;有敏感入微的城市知识少女的"秘密之香";有浑身浸润着草原戈壁雄浑诗意顽强如石头的生命意识的灵魂等等。而纯粹的黄土地上的农村生活和乡村人物竟然连一篇都不再见,这对于那些习惯于从《延河》上把握乡村生活变迁和农民世界心理秩序的读者来说,也许是有一点遗憾或者惊讶。然而,我却欣然鼓舞,陕西目下三十岁上下的这一茬青年作家,已经彻底改变了陕西传统的乃至清一色的乡村乡土文学的格局了。少一半遗憾,多一半欢欣与鼓舞。

无论乡村题材,无论城市题材,首先是受作家的生活道路生活环境制约的。本期专号里的青年作家,大多是新时代里成长在城市里的文化人,他们感受城市进而书写城市,这是很自然的事。况且,小说写作的成功与失败,并不在于选择了乡村或者城市作为描写对象,而在于感受到了什么,写出了什么。题材从来都不会成为决定一部或一篇小说优与劣的先决性标志。然而,无论如何值得庆祝,陕西作家清一色的乡村题材创作的局面不再,这种多样化格局的出现,总是标志着作家视野的扩展,作品人物的多色多彩,才是一个完整的艺术世界。

从艺术手段看,本期专号可谓十八般技艺,各逞其能。荒诞派,感觉派,意识派,后现代,新写实以及现实主义,都应有尽有了,使我眼花缭乱的同时,更觉耳目一新,令人振奋。因为新时期以来的陕西文坛,几乎又是现实主义的一统天下。谁也不怀疑现实主义持久的生命力,更不怀疑其再丰富再发展再创造的余地和空间依然广阔。然而,清一色的乡村题材再加一个清一色的现实主义,也就造成了陕西文坛的单色单调。艺术需要各种主义和流派互相竞争,竞争的过程也就有互相影响互相吸收互相融会互相杂交,更为积极意义的是互相竞技,才刺激互相发展。这种呈现着纷繁的艺术形态的展示,对于清一色现实主义的陕西文坛是一次挑战,更是一个真正的百花齐放的新景观。

就本期专号与一九八一年一月的专号相比较,你就会发出几乎是世纪性的惊叹,陕西文学走过了怎样一个艰难而又令人瞩目的嬗变过程。

三

把黄建国的《两个谎言与一个真实事件》和张虹的《雷瓶儿》做对比阅读,是很耐人寻味的快事。前者是以荒诞的形式叙述的当代生活中的荒诞故事,却正好令我读出了逼近现实的真实;后者是以圆润老到的现实主义手法叙述的一个现实的故事,又恰好令我感到了彻底的荒诞不经。这两篇篇幅都很短的真正的短篇小说,都使我感到了深层的心理悸颤。

张虹以极其隐蔽的叙述文字,通篇布满了阅读的迷雾或者说陷阱。高明之处在于,这种迷雾既感觉不出故弄玄虚,亦感觉不到刻意的小说技巧和文字技巧,而是生活本身的迷雾或者说泥淖,被准确而又敏锐地捕捉到了把握透了。故事发生地——艺术馆的具体生活氛围,是雷瓶儿赖以生存的空气,充满着迷雾和泥淖乃至陷阱。按照作者描述的那种迷雾污浊的生活氛围对雷瓶儿的评价,我也误入其中参与了那种迷雾和泥淖给予雷瓶儿的评价。随着迷雾的转移和泥淖的延伸,自信而清醒的审丑者发现瞅错了对象,作为丑的对象被审的雷瓶儿成为审丑的主体,丑和美,审者和被审者完全逆转,在几乎一切人眼中作为丑的被审对象被斥责被羞辱的雷瓶儿,霍然朗然从迷雾和泥淖中站立起来。

我的深层的悸颤概出于兹,我自己是否在形而上与形而下的审美和审丑中颠倒了别人,亦颠倒了自己?我们有勇气面对雷瓶儿吗?

黄建国一改严格的现实主义手法和乡村故事,给人一种惊奇。《两个谎言与一个真实事件》令人感到了作者对知识分子生活层的更深一层更趋超前的体验,职称与住房的得与失,应得与不应得,该失与不该失,全部复杂的也是司空见惯的过程都被超越了,只集中笔墨写那个得与失的过程之后的直接结果。这个结果留给老讲师吴格远的心理上的不自在,凝结成"不再微笑",进而发展到最终的恢复微笑或者说微笑的复活。这种纯粹的具象式的细节,直教人也微笑不出来了。黄建国着实"荒诞"了一回,挺够劲儿。

现实主义写到极致时出现了荒诞的效果,以荒诞编造的手段却雕刻出冷峻逼人的真实。两位在陕西一南一北一女一男的青年作家,以各自独到独立的艺术体验,漂亮地完成了一次艺术创造过程,具有异曲同工之妙。

四

我由此而联想到海明威。

海明威在很长的几年里,曾经陷入生命和艺术体验的平庸状态里,写出的几部小说连续遭到评论界的批评乃至讥讽,而海明威自我感觉良好,尚未意识到自己的平庸,为此公开抱怨评论家不理解作品,甚至不惜公开辩论以至"骂仗"。舌战与笔战几番仍然改变不了作品的被冷落被轻视,海明威终于沉静下来,终于意识到了平庸也意识到不应迁怒于评论家。他宣布:我要寻找只属于自己的句子。他终于寻找到了只属于他海明威的新的句子,这就是《老人与海》。整个美国文坛为此而癫颤起来了欢呼起来了。

我曾经因这个轶事而获得了对于创作的更深一层的理解。是的,作家毕其一生都在寻找属于自己的句子。因为小说创作是以个性为标志的劳动,没有个性就没有文学,这是文学常识。世界上永远再不会出现第二个如"四人帮"一样愚蠢的家伙,硬是要中国所有作家都用"三突出"这一种句子去写作。

本期专号所呈现的生气蓬勃的局面,最直接的印象就是这一茬年轻的陕西作家,个性鲜明,姿态独立,探索独行,完全体现出各自寻找只属于自己的句子的勇气和牛气,我也看到了他们的个性鲜明的"句子"。

祝愿诸位尽快得到自己的独特而如绝唱般的句子。唯一所要互勉的是,寻找自己的句子不是一次性的过程,是一个不断的又是阶段性的突破过程;这个寻找的过程是艰难的也是幸福的过程,唯其在艰难或痛苦之时,不要重复如海明威迁怒于评论家和读者的蠢事,得面对自己,永远保持寻找的勇气和牛气。

1997 年 11 月 19 日 雍村

(本文为给《延河·陕西青年作家小说专号》的寄语。)

关于《白鹿原》获茅盾文学奖答诗人远村问

远村：陈老师您好！您的长篇小说《白鹿原》荣获第四届茅盾文学奖的消息刚刚传来，《延安文学》杂志社的全体同志欣喜若狂，奔走相告。我受《延安文学》主编曹谷溪的委托，首先向您表示祝贺，并就《白鹿原》获奖对您进行采访。

陈忠实：谷溪和《延安文学》都是我的老朋友，好朋友。感谢同志们、朋友们对我的关心与支持！你是《白鹿原》获奖之后我接待的第一位记者，我乐意回答你提出的问题。

问：您的长篇小说《白鹿原》荣获第四届茅盾文学奖，您是否感到意外，或者早已成竹在胸呢？

答：这两种情况都不是。我既不感到意外，也不应该说是成竹在胸。因为，我对历届茅盾文学奖的评奖过程还是了解的。应该说，一个成熟的作家，对自己的作品达到了什么，没有达到什么都是非常清楚的。也就是说，作家创作一部作品之初的总体构想，到他最终创作完成的结果达到了几成，作家自己心里比别人更明白，得失当然也是很清醒的。《白鹿原》是以写家族史来反映中国近现代社会变迁发展的，同类题材的作品也不少，每个作家都将自己的体验和艺术追求融于作品之中，做了各自独特的勇敢的探索，我自然也做了自己的探索，认真的成熟的作家应该能够客观冷静地看待这一切，既不会狂妄，也无须自诩。因为，艺术创作是个实实在在的事情，写书就是为了与读者进行交流,一个人写,千万个读者在看在审,长处和短缺都逃不脱读者的审视。至于说评奖,据我所知,历届评奖都要考虑各种题材,各种流派,各种艺术手法的作品等,所以,没有评上奖的作品未必就不优秀。因此,《白鹿原》能获奖,并不能说成竹在胸。当然,能获奖我自然很高兴,因为,得奖表明读者和评委们对我创作的《白鹿原》所进行的探索和付出的劳动是一个肯定,也对我未来的创作是一种鼓励。

问:茅盾文学奖已举办了四届,对每届获奖作品您如何看待? 对茅盾文学奖本身的价值和意义如何估价?

答:茅盾文学奖已经搞了四届,应该说每届所选作品都是那个年限的优秀长篇。我们大体可以从获奖作品看出新时期以来长篇小说发展的历程,无论反映生活的广度和深度,还是艺术形态,都可以看出近年来获奖作品都有较大的变化,也可以看出我们的长篇创作在不断走向更成熟的目标,尽管它不能囊括各个年限的所有优秀作品,但这并不影响我们通过茅盾文学奖对中国作家在长篇小说创作方面所做的努力的判断。至于茅盾文学奖本身,我以为文学大师茅盾先生用自己的稿费设此奖项,其目的和用意是十分清楚的,它体现了老一代作家对长篇小说创作和后辈作家寄托着厚望。它的权威性和影响力也是肯定的,大家不仅关注评奖的作品,更重要的是通过评奖激发人们对我国长篇创作的关注。作为作家,我也很关注每届的评奖活动。因为作为一个国家级的文学大奖,只有将不同年限出版的长篇中最优秀的作品筛选出来(这是社会各界的共同心愿),才能真实地反映长篇小说创作的真实水准。所以,茅盾文学奖设立的意义,就在于它激励了中国作家不断在长篇小说领域创作出能标志不同阶段长篇水准的优秀作品,也为我们提供了优秀的阅读范本。

问:茅盾文学奖是一项专门奖励长篇小说最具权威性的大奖,那么,您对评奖宗旨"反映时代精神"如何理解?

答：作为我国最具权威的文学大奖，将"反映时代精神"作为评奖宗旨，我认为是理所当然的。作为文学主体的作家，通过自己的体验和认识，将国家和民族在各个历史时期所经历的痛苦和欢乐真实地再现出来是至关重要的，我曾在评价路遥的作品时，认为路遥就是取得这样成就的重要作家，也因为这一点，我很敬重他。他总是把自己的思想和情绪，最关注的焦点跟民族的命运紧紧结合起来，不是人为的接近，而是自然的关注。作为一个时代的画卷的长篇小说，反映时代精神，揭示时代精神，揭示作品所反映的那个时代人们的精神状态，不光是凯歌，也有人们的奋斗、追求和探索过程中的痛苦、艰难，甚至一些人的悲观情绪。只要将那个时代的本质准确抓住，通过自己不同形式的艺术作品表现出来，它都会从不同侧面反映时代精神。这使我想起了传记文学作家欧文·斯通先生的一句话，他在《马背上的水手》中说杰克·伦敦："他从来都是将自己滚烫的手按在时代的脉搏上。"我想一个对国家和民族的过去、现在和未来负责的人，他的手不按在时代的脉搏上，他放在哪儿呢？就我而言，生怕自己的粗糙的手没有按住时代的脉搏。大家知道，我过去的中短篇小说几乎全部都是关注现实生活变迁的作品，只有《白鹿原》是写历史的，但即使就是《白鹿原》，也是反映以往五十年的我们这个民族的发展历程，充分再现那个时期的社会秩序和人的心理秩序变化所造成的人的各种精神历程，或者说是力争表现我们民族在那五十年的历史进程。我是企图追求一种历史的真实。所以，我认为时代精神应该是一个广义的概念，从这个意义上说，作为历史题材的《白鹿原》同样是要达到反映时代精神的目的。我的这种艺术观念得益于党的十一届三中全会和真理复归，使我提高了认识，尤其是参照过去历史发展，更坚定了我对社会本质的看法。如果说《白鹿原》有值得大家称道之处，我想无非是我做到了历史生活的真实。

问：您的长篇小说《白鹿原》出版之后，被读者和评论界称为史诗性作品,您认为文学作品的史诗性品质主要特征是什么?

答:《白鹿原》出版后,一些读者和评论家有这种说法,但一部作品是不是一部史诗性作品,应该由历史来检验。从史诗性来讲,首先一部作品要真实准确地反映它所反映的那个历史阶段的时代脉搏和精神,历史的价值就是生活的真实。另一方面,就是艺术追求所达到的高度也应该是那个时代的文学水准。所以,史诗性作品不仅是个篇幅问题,更重要的是作品本身所呈现的深度和广度,比如《羊脂球》不过几万字的小说,你可以说是中篇,也可以说是短篇,但它堪称史诗性作品。又比如《这里的黎明静悄悄》真实生动地再现了卫国战争时期,苏联人民在那场反侵略战争中的心理真实,我认为它就是史诗。一般容易产生的错觉是以为史诗性作品就应该是篇幅很长的大部头作品,实际小篇幅的作品也可以成为史诗性作品,关键是质量和品位。

问:有人说长篇小说是:一、文学中的交响乐;二、社会生活的百科全书;三、一个时代纪念碑式的文章;四、一个民族的秘史。您怎么看?哪一种说法更接近您的文学理想和长篇创作追求?

答:我以为这四种观点都能成立。我们读我们传统的四大名著和欧美苏俄的经典长篇都能找到这四种说法的标本,也就是说长篇小说不是一种规定的范畴。关键在于作家本人要将自己的长篇小说写成交响乐,还是百科全书,或者是秘史,其决定性因素是多方面的,但最根本的因素是作家所关注的那个时代的内在精神,正是这个精神决定了作品的风格,作家对那个时代的体验和感受规定了作品的形式。我对《白鹿原》的选择,是因为我对我们这个民族在历史进程中的一些别人没有写到的东西有了自己的感受,或者说对民族精神中鲜见的部分我有了新的理解和认识。所以,我规定了《白鹿原》向秘史的方向发展,这自然也说明了我为什么喜欢巴尔扎克对小说的定义。一个民族的发展充满苦难和艰辛,对于它腐朽的东西要不断剥离,而剥离本身是一个剧痛过程。我们这个民族在二十世纪上半叶的近五十年的社会革命很能说明这一点,从推翻帝制—军阀混战—国共合离这个过程看,剥离是缓慢而逐渐的,它不像美国的独立战争,只要一次彻底的剥离,就可建立一个新秩序。而我们的每一次剥离都不彻底,对上层来讲是不断的权力更替,而对人民来说则是心理和精神的剥离过程,所以,民族心理所承受的痛苦就更多。在《白鹿原》中,我力图将我们这个民族在五十年间的不断剥离过程中产生的种种矛盾冲突和民族心理历程充分反映出来。我们几千年的封建制度,许多腐朽的东西有很深的根基,有的东西已渗进我们的血液之中,而最优秀的东西和新生的东西要确立它的位置,只能是反复地剥离,所以,我们这个民族就是在这样一种不断饱经剥离之痛的过程中走向新生的。

问: 据我所知,您在进行长篇创作之前,对东西方长篇经典进行过大量研读,您认为鉴定一部好的长篇着眼点在什么地方?我们国家新时期以来的长篇写作是否进入一个经典写作水准,它可否与西方当代大家的创作比肩平坐?

答: 在《白鹿原》创作准备阶段,除了其他方面的准备,艺术准备也是相当认真的。当时,研究我的作品比较多的一个人是西北大学的蒙万夫,他听说我要写长篇,就告诉我要注意结构,他说像你写跨度那么大的长篇小说,结构非常重要,弄不好就成了"提起来是一串子,放下来是一摊子",那就是没有骨头的一堆肉嘛!而我最担心的也就是这个问题,因为,我要写的小说历史跨度大,事件庞杂,人物多,结构不好就会出现这种问题。所以,我压力很大。在这种情况下,我大量研读了一些东西方长篇经典,阅读的结果却使我的压力反倒解除了,为什么呢?因为,我发现没有一部作品与另一部作品的结构是相同的。即使是同一个作家的作品,也没有相同的结构,这就使我明白,任何一种结构都是作家的创新,没有一个作家能依赖别人的框架来装自己所要表现的生活内容,任何作品都是作家的一次新的创造形式,也就是说自己的结构要靠自己去创立,如果我们仅限于用别人创造的形式来进行自己的写作活动,那就是一次重复。反正别人用过的,尽量不去用,自己用过的,更不能重复使用。只有将一个全新的艺术风貌的作品拿出来,才能争取到它的生存价值。针对当时文学发展出现的一些问题,我又自觉地阅读了一些作品,当时出现的从未有过的现象是,作家出书要自己拿钱,文学跌入低谷。我当时在乡下正在写作这部长篇,无法逃避这样的问题,即文学的萧条肯定跟商潮有关,但并非所有作家都能下得海去,况且作家如何才能将读者从其他的文化娱乐中吸引过来,这才是至关重要的。当时,传媒在炒美国有个作家叫谢尔顿,他几乎每写一部长篇都成为风靡全球的畅销书,我就想,在美国那样一个社会,商业气氛肯定比我们浓,娱乐方法更比我们多了,为什么小说还能这样畅销?我找来谢尔顿的作品看完后,最使我感动的是他的小说的故事和情节都十分生动,而当时我国文坛正在兴起一种新的艺术观点,提出无主题、无故事、无情节等,但谢尔顿与此恰恰相反,他靠生动的故事,深刻的主题占领图书市场,并很快占领中国市场,这就坚定我的长篇写作要有故事的生动性,包括可读性,因为作家不只是为评论家写小说,更重要的是为读者写小说,所以,你不能不考虑读者的阅读情绪。要吸引读者,用高明的艺术手段去吸引,不是低俗的迎合,小说发展在当代,作家不能不考虑读者在整个文学活动中的参与效果。

长篇小说自新时期以来,生活题材已经非常广泛,几乎每个领域都被作家涉足过了,无论数量还是质量,确实发展了许多,去年正式出版的长篇近七百部,这说明长篇势头很好,但读者和评论界对长篇要求也高了,广泛引起轰动的作品不多,这就提出一个问题,长篇创作质量还亟须提高,为此国家也号召要出精品,至于具体到一个作品是否成为经典,当代恐怕很难判定。当代人能感受作品出来时那种确实令人激动不已的艺术力量,但还不能说它是经典,需要靠时间来检验。任何一个作家都想倾其毕生创造一部不朽之作,但究竟能否不朽,还得留给历史来检验,作家所能做的事情,就是将自己对生活的体验,能充分在作品中体现出来,从而达到一定的艺术高度。

问:作为一个获奖作家,您是否还有一个更大的目标,比如,希望自己今后的作品能在国际上拿大奖?中国作家在文化继承和小说创新方面还应该做哪些有意义的工作?

答:作为一个作家,不管国内奖、国际奖,还是省内奖,只要给一个奖都是件好事,即使是一个杂志的奖,也是高兴的。因为,它都是对作家劳动的肯定,对作家的鼓舞。至于国际奖,和国内奖有很大差异。国际奖很多,但具有真正权威性的奖就是诺贝尔文学奖,最近几年有两三家报纸邀我参加中国作家应该不应该获诺贝尔文学奖的讨论,我都谢绝了。不参加讨论,并非我没有看法。今天,我就首次向你表白我对诺贝尔奖的看法。诺贝尔文学奖历届获奖作品都是不同国家和民族的最优秀作家的优秀作品,但我们也应该看到,近十届的获奖作家差异很大,我的印象最深的在国际上产生广泛影响的作家是马尔克斯,而读其他作家的作品深深感到跟《百年孤独》所达到的艺术高度差异甚大。如果将马尔克斯作为一个标尺,那么,中国作家要获诺贝尔奖是相当困难的,若要跟近几年获奖的那几位小说作家比,我看中国作家获诺贝尔奖的应有人在。大家公认的就是,汉语和英语以及其他语言差异太大,而汉语翻译成英语损失很多,能够翻译成英语的作品太少,我那一年访问意大利,在意大利只翻译有邓友梅的一本书《烟壶》,而中国作家的名字在那里也十分陌生。至于获奖,全都不是谁想获得就获得了,几乎历届获奖作家在接到瑞典皇家学院颁发的获奖通知时,都感到十分惊讶,从他们的惊讶,我们可以看出没有一个作家是事先想到的,或耿耿于怀企盼着的。那么,中国作家也就不要整天想着诺贝尔文学奖,更不要为诺贝尔文学奖而写作,这些都有碍作家的艺术发展。如果有一天,真有某个中国作家获了这个奖,也是值得我们骄傲的。但我们必须保持一个良好的创作心态,将自己的体验充分把握好,形成自己的艺术风格就足够了。因为,获奖本身并不代表什么。在小说创新方面,我们还没有创立一个新流派在国际上产生影响。唯一属于我们的就是章回体小说。这是我们的传家宝,它也产生了伟大的作品,比如四大名著,在题材上也有多样性。但就小说发展看,最自由花样最多的是俄罗斯文学,他对欧美文学、日本文学和世界其他地区的文学都产生广泛影响,而唯独没有一个国家借鉴我们的章回体。相反,新时期文学的花样翻新几乎都可以从西方小说中找到范本。而花样过后,才有可能有真正属于我们的艺术形式被中国作家创造出来。

问:《白鹿原》之后,您处于一个相对冷静时期,有人预言,经过一段休养生息,您将有更臻完美的巨制问世,也有人说《白鹿原》是您一生创作的峰巅,以您的年龄和体力恐怕很难有超过《白鹿原》整体水平的长篇,您自己如何认为呢?

答:首先,我认为持这种看法的人是对我创作的一种关注。我自己也在《白鹿原》出版之后听到过这样的议论,这说明大家都在关心我的创作情况,借此机会,我向广大读者和朋友致谢。我将这段时间的情况介绍一下:《白鹿原》出版发行已经四年了,这四年也是我承担陕西省作协领导责任的四年。《白鹿原》之后我遇上省作协换届,我当选为陕西省作协主席,而我上任时,当时作协的状况不尽如人意,经济拮据,电费欠缺,汽车停顿,办公室墙壁下陷、塌顶等,我既然担任这个职务,就不能眼看着大家在这样的困境中生活。经过抓这些具体工作,作协办公大楼即将盖起,老作家的医疗条件也有改善,作协各部门基本形成有秩序的工作,这自然是这届班子共同努力的结果,但也花去我好多精力。另一方面,在这四年也尽力抓了陕西青年创作队伍的建设,老一代作家曾为我们这一代作家队伍建设耗去不少心血，那么，扶持和建立一支更年轻的陕西作家队伍的责任就落在了我们这一代人的肩上，所以作家协会先后召开过两次长篇创作讨论会和一次青年创作座谈会，并通过协会的两本刊物《延河》和《小说评论》对陕西作家的创作给予支持和鼓励。一九九四年还搞了一次散文专题讨论会，大家反映很好。另一方面，《白鹿原》完成以后，我对小说写作的情绪调整不到最佳状态，也就是说，我好像对小说失去了某种激情，读者对我的期望值很高，我在没有充分的创作激情的状态下，就不能轻易动笔，以免使读者失望。所以，我这几年连短篇都没有写，只是写了些随笔和散文，出了两本散文集。当然，这几年的收获也是有的，通过主持机关工作和改善办公条件，我对城市生活也有一些体验了。尤其是我住进了城市，结识了一些商海弄潮儿和社会各色人等，给了我一些新的感觉，但这种感觉还没有达到形成一部作品的程度，所以我不敢急促下笔。未来的创作是不是鸿篇巨制，是否要超过《白鹿原》，我根本就不思考这个问题。这是个艺术创作的规律，对我来说，《白鹿原》已成为历史，没有必要跟它较劲。记得《白鹿原》问世后，我跟评论家李星有个对话，李星问过这个问题，我告诉李星我再不会上那个原（白鹿原）了。今天，我依然将这句话给你。我只是尊重我自己的生命体验和艺术感觉。最终能形成什么样的作品，那就写个什么样的作品献给读者。既不重复别人，也不重复自己，只要有独立生存的价值，只要是实实在在达到了我所体验到和追求的目标，我就感到欣慰了，因为，它们都是我的孩子。

1997 年冬

历史和现实的追问

雷涛：

你好。

花了一天半时间读完了你的《走近阿尔卑斯山》。作为一本游记，能让人一口气读完，而且读得津津有味妙趣横生，确实是不容易做到的事。可以说，你用朴实无华而又简洁明快的文字，相当娴熟地向读者叙述了几位个性鲜明人格健全且热情友好的瑞士人；尤其是几位嫁给中国男人的瑞士姑娘，她们被你描绘得太逼真太可爱了；当然还有如芦苇、刘金玺这样有棱有角又有血性的杰出的陕西男人，这两位我都认识，但交往不多，现在已经通过你的介绍，烙下深刻难忘的印记了。你描述的阿尔卑斯山，洛迦诺小镇的风情，以及以此为中心辐射到的瑞士城市风貌，乡村风光风土人情，上流社会到地摊货位，历史纠葛以及现实社会风尚，角角落落，上上下下，社会和家庭，男人和女人，欧洲人、日本人、中国人，以及中国人和瑞士人组合的欧亚型家庭形态等等。你的新鲜、强烈的感触而形成的文字，把读者引入一个文明的世界，而且揭示出这个世界与我们自身之间的巨大差异。我尤其看重这一点。

这种巨大的差异，任何一个走出国门的人，尤其是走进欧洲和北美那些发达国家的人，随时随地都会感触得到，说是"触目惊心"也未必言过其实，不说那些国家的富裕和发达，诸如交通设施、收入与消费等等方面的差别,因为我们有这方面的心理准备,往往就是干净的草地、街道和公园,即一切公众场合的环境和设施的保护的完好与干净,那些地方的人的举止行为的文明优雅与坦诚,使我们感受到一种和谐和舒畅,自然也就不再想去"解放"他们了,倒是觉得我们自己应该更坚定地把小平同志"解放思想""实事求是"的理论精神贯彻下去,不仅使我们的经济缩短与发达国家的距离,也使我们的民族素质和社会文明与文明世界的人们能融会起来。你的诸多感慨以及由此引发的历史的和现实的追问,使我感到深沉的同时,又感到一个热血汉子的巨大的责任心。这是引发我钦敬你的最主要之点。

出国一趟,新鲜一回,感慨一番,任何人都如此。不善动笔只善动口的人,总要向亲戚友人道及见闻;喜欢耍笔杆子的人写成文章发诸大小报刊,都已司空见惯,亦为人之常情。这其中最叫人读不得也听不得的文字和说话,便是卖弄,这类文章我们在报刊上随处可以见到。你的著述之所以引我钦敬,不单不见卖弄的痕迹,而是透见你的巨大的责任感。面对发达和文明的世界,反思我们的过失和诸多因素,既不自卑也不猥琐,既不妄自尊大也不自我作践,而是实事求是直言以述,显示出一个唯物主义者的严峻的现实精神。是的,我们的历史的尘埃和"文化大革命"的遗物,给这个国家和民族的伤害的程度,只有走出国门才会有痛切的感受。我对你大著中的多处如是的感慨,不仅完全理解,而且感受到了你的精神世界和人格内蕴。

所有状物绘景抒情述志之中,都可以读出你的真诚,这又是很可贵的写作的一种情愫。我为你与芦苇、刘金玺之间的那种动人的真情感动了,我为你对祖国和人民的拳拳之心感动了,也为你写作本身的真诚的态度感动了。恕不一一。

然而,缺陷也是明显的。依着你的真诚,我也不必讳言。首先是文字,明快简洁生动准确已如上述,然而也感到文学化不足,还应争取一种更为内质的美感,给读者阅读中一种除事件本身之外的纯文字的美。这当然是无止境的,任何作家都是倾其一生做着这个最基本的追求,所谓"死不能休"的追求。再就是选材和叙述中还有不少可舍弃的东西,主要是过程性的交代文字。这些东西如纯属过程式的交代,没有更多的内涵,又不可避免,那就得尽可能地压缩和剪除,不然就芜杂了。以上偏爱和偏见,都供你自由拣取。

祝笔健身健。

1998 年 3 月 6 日 渭南

跨越障碍

在这两本小说精选集子即将付梓的时候,我很感谢蔡金安先生,经他真诚不懈的努力,使我的这两本小说选集得以在台湾出版发行,与海峡那边的读者实现交流。作为一个作家,平生最愉悦的事莫过于看见自己的作品出版,更何况这一回是在宝岛台湾这样一个特定含义的地方。

一九九六年末,我在北京参加中国作家协会第五次全国代表大会期间,与蔡金安先生以及北京文艺界的两三位朋友相聚于一家饭店,共进晚餐。时值隆冬,中国北方寒风凛冽,冰封大地。初次见面,各自不免都有点拘谨,随着几杯酒饮,便不觉都释怀了。尽管释怀了轻松了,蔡先生依然是低低的缓慢的不急不躁的语调。他说拟定出版我的小说和散文,我自然很高兴也很爽快地应诺了。

回到西安之后,我没有急于编选,是出于一点小小的疑猜,万一要是蔡先生在酒席上随意说的客气话呢?因为就我的生活经验而言,报刊和出版社的编辑与作家见面,约稿常常是作为礼仪性质的事,不可完全当真的。直到去年北方酷夏的八月,蔡先生悄然飞抵西安,电话接通之后,我很惊讶。直到两人再次握手,我便有一种负疚之情于蔡先生了。他说他专程赶到西安来拿书稿。声音依然是低低的缓缓的不急不躁的,唯其更显真诚,以至这诚恳之情使我感到负疚了。

今年四月,我随中国作协组团一行八人走访台湾。蔡先生自然是心仪已久必定要见面的。到台南市是在中午,我对这座陌生的城市却倍感亲切,当然是因为这个美丽的城市有我相识相好的蔡先生工作生活在这里。我们在台南吃了一顿类似广东人的大排档一类午餐,口味却是绝对陌生绝对新鲜的,随意走在街头观光,心中侥幸着如果能偶然撞到蔡先生,当会是一大快事。(我已电话约定,当晚在高雄见。)

这是第三次握手,在台湾岛南端的高雄。彼此已经无须客套和寒暄,一见面便进入一种融洽和自在的氛围。他说书已基本排版好了,推迟出版的原因是套书需得等齐。我自然不会在意早出晚出这件小事。蔡先生悄悄地告诉我,他的妻子正在临产期,日夜都不敢出门,全方位厮守。说着这些家常话时,有点羞羞的样子。我便大胆设问,新婚妻子是不是在北京和西安紧随着他的那一位。他说是。那是一个很漂亮的年轻女子,几乎不多添一句话,只是静静地看着蔡先生和新朋老友交谈,在北京是这样,到西安时还是这样,很有教养的一个女孩。那时候蔡先生没有介绍他们的关系,到这时候,明朗了已是莲生贵枝(子)了。我很真诚地表述我的祝贺与祝福。

到这两本小说集出版面世时,蔡金安先生的爱子大约该过百日了。对我对蔡先生来说,都是双喜临门的意蕴。

愉快的台湾之行过去近两个月了,美好的记忆依然新鲜。唯有在去台湾到香港转办手续的那种特殊的方式,切切地让我感觉到了一种现实的障碍。这种特殊的又有点滑稽的方式,完全是形式上的障碍了。尽管谁都感觉到了这种形式主义的障碍的滑稽,然而我们还得耐心地等待它的消亡。我在西安接待过近百位台湾文化界来访者,我也终有机缘走访一回可爱的宝岛台湾了,这种双向的文化交流还在扩大着。我的这两本小说集子以及随后出版的散文和长篇小说,无疑也汇入了这种不可阻滞的交流之河中,为最终消除同胞之间的障碍,跨越这种不合时宜的障碍而能起一丝作用,就倍感欣慰了。

蔡金安先生无疑是促进这种跨越的筑桥者。

1998年6月3日 西安

(本文为台湾金安出版社出版的《陈忠实小说精选》序。)

业已成荫的大树

一

《文学报》是我最为关注的一种文学专业报纸,也是我多年来阅读最多阅读最细的一张报纸。记得这张报纸刚刚创刊面世时,我和我的文学朋友们欣喜地传递着观赏她的风姿,企图从字里行间猜测她的倾向。许多年过去了,《文学报》给我留下了一个完整的阅读印象,即是一张真正文学意义上的报纸。

二

如果我的印象可靠,说《文学报》是新时期文学复兴历程中一只扬帆劈浪的大船是恰当的。这船上承载着整个十余个春秋的风风雨雨,包容着诸多的流派和一潮盖过一潮的"主义",似乎没有瞅红蔑黑的褊狭,而是以一种理性的大度让红也来红一回黑也来黑一回,更兼着五彩缤纷以至杂交派生的变种颜色。《文学报》铺就了新时期文学发展的五彩路,最可宝贵的就是这种理性的大度,显示了对文学创作的逼近本质的理解,而逐渐排除了非文学内涵的某些因素对文学本身的干扰与损害。应该说,这是《文学报》报人关于文学的成熟的体现。

三

《文学报》似乎又像一株郁郁葱葱的绿树。这树上，大鸟小鸟都来栖息一回鸣叫一回，来展示来风光甚至来吹牛，无论南腔无论北调，这株绿树从不拒绝任何一只鸟的任何声音。我常常从《文学报》上了解那些新老作家的信息，甚至从一篇千字文里能够透见某位作家的最新思考，可能对我成为一个有益的参照。《文学报》从诞生伊始就不是局限上海的一张地方报纸，她在作家的心里，是属于大家共栖的一株业已成荫的大树了。

四

有件难忘的事不能不说。

青年作家邹志安去世后，留下一个破碎而又贫困的家，《文学报》发起募捐活动，报社同仁率先捐助，总编辑携带着八千余元捐款来到西安，亲手交给邹志安的母亲。我在亲历这个过程时，怎么也说不出一句恰切的话。事过几年了，我仍然不必去做什么评价，然而从那时所产生的一种心理感受至今不渝，这就是，文学的最基本的含义是人道的。做文学这个事的人，也须以人道作为最基本的人格修养。从那时候起，我不仅感到了与《文学报》的亲近，也感觉到了信赖，自然也感觉到了对某种崇高人格精神的钦敬。

1998 年 6 月

心灵独白

这应该是我的第四本散文集。

第一本散文集是《生命之雨》，陕西人民教育出版社一九九六年夏天出版。编辑王喆是我的小乡党，正在中学念书时，曾到我所供职的灞桥区文化馆找过我，记得是一帮喜好文学的中学生，叽叽喳喳地问个没完没了。多年以后她以一个出版社编辑的姿态寻访我的时候，我没有想到这就是那一帮喜好文学的中学生中的一位。腼腼腆腆地向我说明来意，希望能经她的手为我出一本书。我不好意思把过去已经出过书的小说再重新组合出版，尤其是面对这个小乡党腼腼腆腆纯洁真诚的眼睛。我便向她提出出散文集的申求。

关于散文，也是我很喜欢的一种文体。我的处女作发表的首先是散文，那是"文化大革命"前一年多时间的事，而第一个短篇小说的写作和发表却是八年以后的事了。新时期文艺复兴以来，我以小说写作为主，其间也抽空写一些散文。八十年代中期以前，我在乡村基层工作岗位上，散文选材多是面对急骤变化的生活而抒发一点感触，或者记取一点人与事的变迁，形式不自觉地就类似特写的形式。八十年代中期以后的散文，且不说它像不像散文，却是脱离了特写的模式。还有几篇篇幅较长的报告文学，尽管有的篇章曾获过国家大奖，但在中国文学关于散文意义限定很窄的大环境下，把这些东西结集出版，我自己首先不大自信，主要是担心书的发行数量。这类书读者会感兴趣吗？让出版社赔钱出书，我就有了诸多的心理障碍。出版社属于企业性质，不仅要上缴利税，而且要给职工发工资奖金，要造住宅楼，要买汽车，等等。尤其是让小王乡党约我出版的第一本书就赔钱，想来真是既不好说出口更不好拿出手。既然已经说出口了，便把如上的诸多不自信的障碍因素都和盘托出。小王似乎比我自信，说她的出版社老总根本不凭这类书赚钱，赚钱的书有别的渠道，出这类书纯粹是对文学事业尽一点心意，据说他们老总陈绪万本身就是一位文人、作家。

这样，我便编成了第一本散文集《生命之雨》。我最关心的仍然是征订数量，得知有六千余册，我才暂告安慰，这个数字的印行量起码可以不赔钱。不赚不赔，我也就可以不再有亏欠别人的块垒了。

第二本散文集《告别白鸽》，是湖南文艺出版社出的。我在《生命之雨》中严格挑选，把只属于散文规范的篇章挑拣出来，把那些特写和报告文学悉数舍弃，再编入后来未曾入选过的新写的一些散文，虽然字数不多，书本也不够厚，也不能动摇我的入选准则。这本散文设计淡雅精当，拿起来便有点不忍释手，且不顾"敝帚自珍"的客套。每有朋友索要书时，自我推荐的便是这本《告别白鸽》；自己想给新朋老友送点礼物时，仍然想到的还是这一本散文集。

还有一本《走出白鹿原》的散文集，是陕西旅游出版社编辑出版，集中收编了我几次走出国门的见闻和感慨，且不细述。

华夏出版社出的这本散文集，当是第四本。编辑要求八万字，我便在原有的散文文本里面再度挑选，又加入几篇新写的短文。这几本散文集出版的过程，我不自觉地都经历了一次又一次的挑选和舍弃的过程，便有了一点感受。这感受属于一种自生的反省心理，还是不能写得太多，更不能见什么写什么，尤其是感受平平甚至感受无聊的时候更不能写。

散文是什么？这个话题至今还在探讨着、争论着，虽然仍无一个大家都能信服的条律或定义,然而每个写着散文的人,心里都有自己关于散文的理解,都在创造着自己的散文的形态,都在培育着自鸣得意的散文的百草园,似乎任何人在写任何一篇散文时都很难想起关于散文的定义来。

就我自己而言,散文就是一种心灵的独白,心灵对于现实对于历史的一种感悟,需要抒发,需要强辩,需要呜咽,有时候也需要无言的抽泣。感天感地感时感世感人感物,总而言之在于一个感,有感触有感想有感慨有感悟而需要独白,需要交流,需要……于是就想写散文了。至于散文不应该写什么,或者说读者最讨厌过去的什么样的散文和时下的什么样的散文,且不赘言,让生活和文学那个无形的又是铁硬的法则去作用为好。

我喜欢散文,自然既指阅读,也指写作;我企盼读到别人的精美的散文,也努力地去创造自己的起码不要让读者骂声"扯淡"的货色。

1998 年 8 月 17 日

(本文为《陈忠实散文精选》序。)

生命价值的新启示

魏军同志：

　　您好！

　　大作《虫苑大师周尧》讨论会召开，谨致祝贺。

　　周尧老先生是蜚声中外的昆虫学家，他毕生的超人的智慧和超人的毅力都倾注在关于昆虫的研究工作上，为我国的昆虫学建立起一个完整的体系，成就了一番重大的事业，令人钦敬。您为周尧教授创作的长篇传记《虫苑大师周尧》，其意义远远不只为一个人树碑立传，而是张扬一种创造精神，而这种创造的目的完全是为着国家的，为着民族的，丝毫也不沾染任何自私的因素。这样，周尧教授才能毕其一生的精力和心血，而穷昆虫世界之大功。这样的精神境界显然不是一般意义上的自我修养的结果。对于任何有心有志从事任何学科研究的人都是一种激励与参照，自然就成为一种学术之外的精神财富。

　　您写了如此优秀的一部传记，值得祝贺。我通过您的笔，了解了一个学者，一个真正的中国学者的博大的内心世界和崇高的人格精神。"大虫（日本侵略者）不杀，杀小虫何用？"这是令人灵魂震撼的个性语言，周尧的民族大义和个性如此鲜明地跃然纸上。有这样的精神和血气的人，还有什么艰难困苦能束缚其创造智慧呢！周尧先生的成就的取得是合理的。以自己在某一个学术领域独创的研究成果,在国际上为民族赢得声誉也赢得尊严的人,才是这个民族可以引以为骄傲的脊梁,才是更值得大书专著的人。您写这本书显然不是宣扬周尧的知名度或制造光环,相信这些东西于周尧老先生已经没有任何意义;您是在周尧的血脉里挖掘一种精神,锻铸一种精神,张扬一种精神,于我们这个国家和民族复兴复壮的途程中最为珍贵的精神,我也因此而受到关于人生关于生命价值的新的启示。

您倾注了大量的精力而掌握了详实的史料和生活素材,这是纪实文学创作的基础;您又避开了专业和科研题材容易形成的枯燥和乏味,把周尧先生写得血肉丰满见情见性,把昆虫世界描绘得生趣万千奇妙无穷,使读者在感受周尧老先生的精神人格的同时,又能了解神秘的昆虫世界;尤其是对青少年读者,更会大获裨益。

祝讨论会圆满成功,祝周尧老先生健康长寿,祝您写出更多的好作品。

1998 年 10 月 8 日晨

(本文为致魏军的信。)

王国不神秘

雷涛：

你好。

之前读过你的《走近阿尔卑斯山》，至今依然保存着较为清晰的自然是美好的记忆。因了你的《阿》书中的一些人和事触及我也同样易于击发火花的话题，所以曾给你写了一封信，直接地和你托出我的直感，和你交换之后以期交流。似乎写信更为随意，亦可避除朋友间涉及作品时的某些矫饰，所以我仍袭用这种方式来谈谈你的新作《走向王国》的阅读印象。通信虽然方式原始，在我觉得仍不失为一种美好的对话方式。

读完《走向王国》，我的整个阅读印象是（当然是你营造的），这是一个艺术的王国，或者详细注释开来便是，西安电影制片厂是一个艺术的王国。更进一步概括，既是一个神圣的艺术王国，又是一个神秘的艺术王国。

先说神圣。

任何一座圣殿，不是靠它的华美的建筑令人感到神圣的，那只是体现建筑艺术的范畴的话题。圣殿之圣，在于圣徒之圣。在中国古人则说得更透彻，山不在高，有仙则名，水不在深，有龙则灵。西安电影制片厂就其原有的影响来说，山算不得高水亦说不上深，殿堂也称不得能"圣"多少分（相对于当时的全国几家大厂）。然改革开放的新时期伊始到现在短短的二十年时间里,这里成了几个仙,跃起几条龙,又活跃着虎豹鸣凤以及自诩为狼的一帮电影艺术的圣徒,"山"也名了,"水"也灵了,艺术殿堂更显得神圣了。

你以多变而又最简约的文字,记述了三十余位圣殿里头的圣徒追求艺术也同时修完人格的生命历程,其于人于世的警示作用远远超出了艺术追求本身。何止艺术上要修成正果非得有一种圣徒精神,人类在社会生活的各个领域,包括自然科学、社会科学,以至党政权力的政界,企图在某一领域实现重要的创造发明,企图突破人类迄今为止的认识极限,企图于国于民有大作为者,除了智慧的条件之外,便是对自己所专注着的事业的圣徒精神。这是我从你所刻画的这三十余位艺术家的求索历程中,得到的最强烈也是最合我心意因而最令我动心的东西。

因为你写的这三十余位艺术家的艺术道路和生活道路中,几乎无一例外地涉及成才的因果和青少年时期的苦难,企图阐释某个相关联的内在的规律,且有深度。这个命题无疑是近年来各种媒体对名人成功的探访中的一个热门话题,我也有所感触,不妨与你交换看法,或者说依着你的话题延伸扩展开来。

我长久以来都被"天才"这个鬼魅的东西所困扰。从少年时期喜欢上文学也就结识了这个神秘莫测鬼魅一样的"天才"一词。几十年过去了,我还是不能完全认可天才,但我认同天分。天才是指天生之才,是与生俱来注定要成才的,或者说是上帝给的才智,而我们又如何判断上帝把才智给谁了又不给谁了呢?天分就可靠得多了,是上帝对人的种种兴趣的一种分配或者说划定。譬如说,上帝把摄影和绘画的这个兴趣给了张艺谋和王炎林,譬如说上帝又把对文字的兴趣给了王宝成和莫伸,亦如把对数字和算计的兴趣给了陈景润一样。

兴趣来自于大脑的某一根神经,这一根神经可能只对算计或绘画或文字或音韵特殊敏感,一触即发,即使人产生兴趣的偏向,人与人就有了兴趣和爱好的分野,你看看自己的同学和同事就明白了。由不同神经的敏感所造成的人的兴趣和偏爱,是无法更易的,这才是驱使人对自己偏爱的事业穷追不舍不顾生死以命相托的原始动力。这里再需要进行反证。张子良大器晚成未必是他受到什么难忍的恶言刺激,因为就我所知几乎每一位成功者在初创阶段无一例外地都荣幸过这种类似的讥讽和轻视,也都无一例外地忍受过不被承认(发表和开拍)的较长时间的苦闷和彷徨。受父母分离之苦的孩子在王宝成那一代人中绝非他一个,怎么独独只有王宝成内向了到田野上去与山水抒怀了?和张艺谋一起上山下乡随后又招工招干的知青无以数计,怎么就只有张艺谋操着一架廉价的照相机拍出今天这番风光这番景象?一句话,一根上帝划定的特别敏感的神经。这根神经不死,兴趣便不会转移;这根神经不萎缩,兴趣便顽强地显现为矢志;这根神经愈受刺激,兴趣反而更高涨,甚至是疯狂状态;这根神经经历了必需的锻炼之后,持久的兴趣造成的不断的追求所取得的一阶一阶的进步,最终便把如上述这些人以及你所写的三十多位西影圣徒推向了艺术的高峰。爱你们父亲和母亲吧!作家和艺术家们。父亲和母亲以他们自己也无法认识的神秘的生命精髓中的DNA,结合形成一个具有一根奇异神经的你们,这才是我们可亲可感的上帝。

　　和天才相关的不可分割的便是勤奋。具体到你所叙述的三十多位艺术家,勤奋的意义主要体现在他们经历的苦难之中。苦难中的奋争已经使一般意义上的勤奋失去原本的含义。这些人又几乎无一例外地经历了苦难,年龄长点的孙飞虎、许还山如是。哪个右派会比许还山这个右派轻松一点呢?哪个下乡知青没有经历过如芦苇、张艺谋们所吃过的苦所受过的超负荷劳作呢?哪个农村出身的学生没经历过王宝成那样的生活艰辛与心理自卑呢?然而恰恰只有他们最终成就了艺术,也拯救了自己的灵魂。他们把苦难作为磨砺自己的砺石,在这个砺石上锻铸自己的技艺也锻铸自己的灵魂,使那根奇异的神经在苦难中不萎缩不死亡而愈加敏锐,泥泞和灾难就成了他们的一笔精神财富。当我们国家和民族整个结束那一场噩梦之后,当艳丽的太阳和和煦的春风重新温暖每一寸冻结的土地和心灵的时候,这些精英们便如龙腾虎啸狮吼狼嗥般跃上复苏的文坛和艺坛了。

我对这一段过去的生活也是感触颇深。我自觉在这一点上与他们是完全可以沟通的。我经历了那一段的直接的人生感受,不单是"该出手时就出手",更重要的是该聚一口气的时候必须咬紧牙关聚住一口气;聚住一口气可能就成就了一个人,聚不住那一口气自然就滑落了。这气当然不是与任何人赌气,而是跟自己较劲,与自己的意志较劲,在苦难中咬住牙聚一口气踏过泥泞;在创造的阶段性苦闷中,咬住牙聚一口气朝已经意识到了的艺术境界攀登,就可能实现一次新的突破,而创造出一方独立独特的艺术风景。尤其在今天,在各自已经攀登到相当高度的艺术境地的时候,难度不是比以往小了而是更艰难了,有如珠峰的攀登,愈高愈见其艰难,五千米时可能有百余人,七千米时就剩下三十来个人了,最终登临顶峰的可能只有几个人。在今天较为宽松的文艺氛围里,我欣赏那些不抱怨不呻吟也不搞非艺术行为的人,也赞赏那些不随意吐唾沫不轻易释放那一口气的人,因为只有聚住一口深腹大气,才能造就自己的新的艺术境界。

这里我尤其赞同你所写的许还山、张子良等人所谈及的艺术家的人格精神。对于一个事业有成的有声望的作家艺术家来说,人格精神已经不单纯是个人修养的意义了,而是直接制约着他们的思维和创造活动。作家艺术家的眼光投向哪里,人的心灵历程还是人的大便;作家艺术家如何从生活层面的体验突破进入生命层面的体验,获取自己灵魂战栗的那一种鲜活而又独有的感受;作家艺术家怎样把个人的从生活到生命的体验与整个民族的生存形态的合理性交融合铸,为民族不断完成弃腐朽图新生那个心灵剥离的过程提供一幅幅参照画面;作家艺术家如何跨越艺术上的小花样小变种小动作而能进入艺术体验层面,创造出一种只属于自己的全新的艺术景观,人格精神就突出到最关键最重要的位置上了。人格精神从内在的精神上决定作家艺术家胸怀的包容量,决定作家艺术家眼光投向的兴奋点,决定作家艺术家对民族对人类生存发展的忧患和追求的冷热度,决定作家艺术家对艺术体验和艺术追求的品位。如果说达到了一定高度的作家艺术家之间存在着新的竞争,那首先是人格精神的较量。

再说神秘。

电影电视的创作和制作过程,对一般行外人来说都是神秘的。声名大震的西影自然也神秘,拥有一批名扬国内外的大腕导演、编剧、演员和音乐创作的西影更神秘。我到许多地方去,也常常遇到如你一样的情况,问西影的这个和那个的近况,自然总是一种钦敬和仰慕,作为一个陕西人我也颇感沾光、自豪,这是正常的。现在的各种传媒无一不热衷于炒明星,其中热点和卖点最高的便是名导演名演员名歌星的动向,尤其是隐私和绯闻。这也似乎是正常的,世界上的许多情况都相差不多,热炒者的兴奋点不谋而合。你在自序的《我的初衷》里已经论及,也是你写作此书的目的之一。我就很感佩了。

热衷于明星隐私和绯闻的炒卖可以大行其道,《走向王国》更有必要走向读者。让读者更具体更翔实地了解这些名导演名编剧名演员的艺术道路,他们的执着和他们的艰辛,他们过五关斩六将的八面威风和败走麦城的一面狼狈,他们有长得俊的有长得憨的也有其貌不扬的,他们的生活形态和内心形态,他们中有绯闻绵绵不断者,更多的却是精神和情感家园的守望者。你把这么一批让读者和观众所关注的名家的真实面目介绍给读者,让大众了解真实的他们,尤其对青少年未来的成长和奋斗具有积极的影响力,同时也揭开了西影神秘的面纱。从这个意义上讲,这本书于被写者和阅读者都是大有裨益的。

记得上次致你的信中说到《走近阿尔卑斯山》的语言时,有文学化不足的意思。《走进王国》则标明你已踏入了文学语言的绿地,无论叙述或白描,无论状物或抒怀,剪裁取舍相当恰切,文字形象生动而又不铺张,有些人的生活场景写得甚至令我忍不住唏嘘捶拳。

这是一本很好的书。

自然,我们仍须努力,说到底这是一个"死不能休"的事业。

祝愉快。

1998 年 11 月 2 日 蒲城

(本文为又一次致雷涛的信。)

西安人武元

在我生活的圈子里,接触最多交往最多的自然是陕西人,尤其是西安人,这是我的出生地、念书的学校以及工作环境所决定了的,所谓"涝池的鳖——游不远"。而在西安的熟人朋友中,如果抛开权力、财富和个人成就,仅就个人魅力而言,武元是一个最具特点的西安人,或者说,是一个独具魅力的西安男人。

魅力首先来自最直感的说话。

武元说一口纯正而又典雅的西安话,我在西安还没有听到过谁把西安话说得比武元更好。发音准确、口齿清晰、抑扬顿挫、流畅通达、富于节奏感,这是任何人说地方话包括普通话的口语表述的基本要素,也是说西安话的许多人都能说到的,并不为奇。武元的西安话说得饱满、底气十足,使我感到了说这种地方话的人心理自信;武元的西安话字正腔圆韵味无穷,慷慨时如飞瀑倾注,动情时又如行云流水,使我一次又一次感受到母语西安话说起来竟然如此独具韵味,也自信起来了。我常常看到那些以西安话作舞台演出的小品演员时忍不住就想给他们提个建议,可以去找武元学一学西安话,以纠正他们发音中的许多令西安人听来特别不舒服的怪腔怪调,甚至让人感到的只是西安话的丑陋(与剧情中的丑陋无关)。如果只是为了展示西安话丑陋的一面,那么还有什么必要用这种方言去演出呢!

武元的西安话又说得智慧,包括机智,包括调皮,包括幽默,包括调侃。又完全是西安本土韵味的机智调皮幽默调侃,往往是分寸恰当刚到好处而不失于油滑和强装。这是很难学到的。语言智慧是心灵智慧的直接表述或展示,既有天性因素又有后天的学识视野博闻等因素的综合凝聚。因为文化人现在特别看重幽默,甚至有人断言中国人没有幽默;甚至为了显示自己超出不会幽默的中国人而会幽默,便搜肠刮肚甚至挖出大便来恶心人。幽默不是油滑。幽默也带有地域和民族的特色。幽默是深层智慧的自然流露,唯其自然,才具魅力。武元所说的西安话的魅力全得益于兹。

我和武元是校友。在我进入古镇灞桥柳荫掩映的西安市第三十四中学读高中的前一年,武元因家里的劫难而辍学了。我在进入这所中学之后便感觉到了武元和他的父亲的魅力的影响,武元在初中就发表什么作品了,武元如何如何聪明大有神童之称,云云;武元的父亲武志新讲课如何神采飞扬,而且是三十年代既能演新戏又会编剧本的剧作家,云云。作为文学爱好者的我,武家父子的文学才能对我具有够多神秘的色彩。然而,武先生被划为右派劳动改造去了,武元也因此而辍学了,没有了武家父子的这所母校,如诗如画的烟柳似乎也空洞了。

十余年过去了,在西安兴庆宫公园一隅的一间小平房内,几位西安的业余作者聚会于此,我才第一回见到了武元。其时,他是兴庆宫公园的养鱼工人,和妻儿就住在这间小平房内。我第一次和他握手,听他说话,不单是觉得他把西安话说得如此优美,而且觉得他长得很俊,也应该是我见过的西安文化文学朋友中长得很俊的一位。长得很俊西安话又说得很好,这个武元确实是令人感到一种独特的纯粹是个体生命的魅力。

那天晚上我们几位文友游了兴庆湖。这是我第一次乘坐小木船游这个人工修建的湖,而且是在晚上人散园空的时候,月亮挂在天上,有跳跃的鱼儿在湖里翻动水声,有两次竟然跃跃到小船里来。这是我们几位文学朋友利用"渔民"武元的特权而得到的一次超级享受。

多年以来,我们都生活在西安完整的老城墙圈子里,彼此接触却为数不多,甚至极少个人相聚,倒是不经意间在某个会议上就碰见了。文人的聚会一般都轻松一点,自然也散漫一点,正襟危坐的情况总是极少的,往往免不了上面发言或报告,而下面我行我素交头接耳沉湎于两人的小交流,大家都习以为常。在这种时候,武元发言了,不过几句话出口,那些窃窃着的小交流的嗡嗡的声音便会渐渐消失。这当然不是行政命令的结果,当是他的独立的见解和敢于直抒见解的勇气,丝毫不管自己的见解冲撞了某个朋友,相悖于某位权威,背驰于某个领导。独立独到的纯艺术见解,加之忠于艺术只看艺术的脸色而绝不顾及非艺术脸色的痴情与勇气,往往便在这种场合形成一个清新纯净卓尔不群的声音。这声音便有了它原本的魅力,况且他的西安话又说得那么纯正那么机智还有那么一点典雅之韵。我常常沉醉在武元的这种声音里,感受西安方言土话的"古调独弹"的魅力。

又匆匆过去了许多年,正儿八经的两人约会才有了第一次。我们在一间借来的小屋子里坐下,我发现他依然很俊,两个小眼角的眼皮虽然有点耷拉,把一双俊气的眼睛变形为准三角,然而准三角的眼睛依然俊气,主要是那眼神依然灼灼透亮。稍有点厚的嘴唇显得有点鼓突,显示着某种傲气和天然的自信。当然,最动人的一瞬还是他开怀时的一笑,准三角的眼睛扯成两条动人的弧线,厚且鼓的嘴唇张开时同样动人,而且那爽朗的笑声使人觉得他胸脯里可能装着一面大铜锣……我们才有了第一次详谈。

武元一九五六年上初三时发表处女作,那是一篇寓言。武元在中学办文学墙报,名曰《柳絮》,显然是取古镇灞桥被千古吟诵的柳色的意味。武元父亲一九五七年被打成右派,一九五八年春节期间被押去劳动改造。那天武元到文友王韶之家去拜年,传来这个急讯时,他赶回家去,没有见到父亲,随后便和母亲以及弟妹们搬离灞桥。母亲靠糊火柴匣养育子女,武元便开始了打工生活,拉架子车搞运输,为新修的公路砸铺路的石头,自然都是体力活。想想从此愈来愈紧张愈来愈无序的以阶级斗争为纲的社会生活,作为一个右派儿子的武元会经历什么遭遇什么,谁都会想到的。然而武元就在那样的炼狱里挺过来了,而且在夹缝中对秦腔戏剧的研究功夫深厚,而且保存了那么一口字正腔圆独具韵味的西安话口语能力。

有幸和不幸,从来都是相对的。相对于父亲的遭遇和结局,武元以为自己还是有幸的。毕竟在他中年时期结束了"文化大革命",结束了灾难连绵动乱不已的社会生活,可以从事自己痴迷的戏剧研究工作了。也许正是经历了更多的灾难和艰辛,他珍惜今天;也许是灾难驱使他更多地混杂在各色底层劳动者中间,他汲取了普通人的智慧也吸收了他们的正直善良的美德,至今依旧爽然朗然地行自己的路。据说,武元从他居住的街巷走过去,一街两行开铺面摆地摊的男人女人便会"老武武元武哥"连声吆喝呼叫起来。

武元要出版他的专著了,嘱我作序。

这是年近六十的武元的第一本作品集。一个神童从少年走进花甲,经历了我们国家和人民最迷惘最艰难的全部痛苦,在社会的最底层生活着体验着,坚守着文学,坚守着一个正直的文化人的道德和良心。即使在繁荣的新时期的文坛,武元从来不事张扬,不要鼓吹更不做自吹自炒,这不单是个人修养的事,而是出于他对文学的更本质的理解,任何非文学因素的鼓噪不可能给文学创造活动增添任何实质性内容。他几十年坚持有话则说,无话闭嘴;有独立见解才说,废话假话绝不敷衍成文。这样一本集子的出版,弥足珍贵。

我便思绪万千。我一下子忆及他与我共同读书的母校,那柳荫如波似烟柳絮如雪的灞河之滨的西安市第三十四中学。他辍学之前的高中阶段主办过文学墙报《柳絮》，我也在往后的高中阶段和文学爱好者组织过文学社，在同一学校的墙壁上张贴《新芽》文学报。我们用同样的形式做过相同年龄里的相同的梦，即在几十年后我突然意识为魔鬼的文学这个梦啊！

人生易老，文学的梦不老不灭，我们便觉得活着很好。

1998 年 11 月 7 日 蒲城

（本文为武元著《艺文散集》序。）

真 情 无 价

周养俊已经出版过三四本散文集子了。即将付梓的这本散文集《絮语人生》，题材涉及我们生活的各个领域，我惊喜地发现作者的艺术触角是十分敏锐的。之所以令我惊喜，因我深知任何艺术创造的最重要的因素，便是艺术触角的灵敏程度。现在更流行一个词儿叫悟性，我不大喜欢用这个词儿，原因是它罩着某种神秘兮兮的色彩，有意或无意地给艺术创造这项劳动制造神秘甚或神神道道的迷雾，能写出点儿作品便是因为悟了道了的结果，或是通了佛了的因由。我以为首先是作家的艺术触角感受生活的灵敏度，才是引发心灵激情和创造欲望以期形成创造理想的关键。而这个艺术触角的灵敏性程度，既有先天的成分，更依赖后天的磨砺。我更看重后天的磨砺，磨砺艺术触角的途径便是知识的不断丰富和知识结构的不断更新，才能使自己以人类最新的视点去观照现实和历史。通佛悟道往往容易给艺术创造活动弥漫类似神坛鬼庙似的烟雾，可能会给拜佛求道者造成迷离和幻象。我读养俊的散文，首先感觉到的便是他的愈来愈敏锐的艺术触角。

养俊的艺术触角触及他和我们生活的一切领域，他的工作范畴里看似平淡看似机械看似千篇一律，然而他仍能触觉到生活的脉跳。他这样概括归纳一种人的生活形态："参加罢别人的会，又去组织自己的会；听了别人的讲话，又去给人讲话；接受了上级的各种检查，又去检查下级的……"读到这些精彩的文字,我便觉得养俊比我敏锐,因为我过去在基层的二十年和近几年在机关的工作形态,就是这个样子,虽然无奈却也熟视无睹,麻木其中就以为行政工作本身也就是这种形式和形态。养俊简洁而准确的概括便把我们生活中许多行政人的生活形态给归纳状写了,还有什么比这更稔熟而绝妙的文字呢?我想不出来。

枯燥杂乱的工作中常常更有意外,他在一篇有关错打电话的散文中,捕捉到了原生的生活形态里绝妙的一瞬。一个女人给丈夫打电话错打到"我"的话机上,几句话说罢,那女人对丈夫颐指气使的气性便跃然纸上。短短的一段文字妙趣横生,完全是生活本身的丰富蕴含,让人感到真实的同时又领受了亲切,它撩开了一个最平常人家的窗帘的一角,读者便窥见了发生在家庭里的瞬间的一幕。

这本集子里的散文,除上述一类日常平淡生活的不俗的发现以外,还可以归纳出这样几类:一组写亲情的。一组人物速写,这组人物的构成很丰富,有乡村人,有城市人,还有旅居海外的华人。这些人物的生存环境差异很大,他们的生存理想和生存形态和不公的结局,却是作者最为关注和着力揭示的焦点。还有一组写山水传闻的游记。

这些作品的阅读,给我又一个强烈感觉的是作家周养俊的真实情感,以及由此所折射出来的善良心地。

作品的真实和作家的善良,在那一组写亲情的篇章中尤为浓郁。写一个三口之家里的父子母子和夫妻间的至真至诚的关心,读来令人感动又倍觉温馨。虽然互为至亲,这种无瑕的真情仍然令人心灵悸动,因为这种亲情沟通着每一个家庭。在那些人物素描中,无论乡村人马大、猫女、蛮婆,还是城市里的普通人,抑或是海外华人阿文,纽约的那位中国女孩,作家着重揭示的是他们困窘的生活形态,压抑着委屈着永远得不到张扬的个性。每一个人都是一个独特的生命个体,一个具体的生命个体的繁荣和衰败的痛苦历程,一个个曾经活泼泼的生命经历衰败和死亡的无奈和悲凉。透过这一个个独具个性的个体生命,我们可以透见社会形态、生存形态、经济形式和人情世风,有美好更有险恶。作者朴实无华的笔墨文字更增添了真情的气氛,浑然一体透见作者的善良的情怀,这是很值得珍重的情怀。

无论小说,无论散文,能够撩开社会人生的幕帘的一角,让读者感受一份真实,也就成功了。养俊散文给我的就是这样的启示。

1998 年 11 月 9 日 蒲城

(本文为周养俊著《絮语人生》序。)

从生活体验到心灵体验

——与《人民日报》记者高晓春的对话

高：您自己说,您是在一种十分沉静的心态下写作《白鹿原》的,请问您是如何把握这种心态的?

陈：《白鹿原》一共写了四年。在这四年的时间里,我始终与书上的故事和人物保持着一种距离和一种完全理性的思考,因此进入了这种沉静的写作心态。

这种写作心态产生的原因之一是故事中的那段历史已经过去。比如《白鹿原》描述的那段历史对于当代中国人,包括当代作家,一般来说都能脱离个人的情感因素,都能采用一种冷静的、理性的眼光去审视。原因之二是我完全处于一种艺术创作的心态。在写作开始,我就有了一种非常清醒的认识,那就是要体现恩格斯所讲的现实主义创作原理的精髓——我所编织的故事要完全让人物自己去说话,作家要说的话、要表达的情感,应全部付诸自己所塑造的人物。原因之三是处于一种对自身生命的感受。我写《白鹿原》时四十六岁,完稿时五十岁。在中国人的传统观念中,五十岁是老年人的界线了。在跨入老年这个行列后,我希望能在这本书中体现我的思想情感和艺术追求。

高：文学与现实、历史之间有着怎样的关系?

陈：每位作家都在自己的生活位置上经历、感受生活。以前我们遵从毛主席的教导:作家要深入生活,直接到基层去体验、感受生活。这揭示了文学艺术创作的基本规律,反映了作家创作与生活的关系。那时候提倡的是作家直接到生活的某一具体场地去深入体验,比如到农村,到大工厂、大工地,现在仍有一部分作家这么做(挂职锻炼)。我以为作家深入生活有两种方式:一种是直接到某一生活场地去深入;另一种则是在自己的生活位置上全身心地感受生活,感受社会,接触各种人物、事件。这两种都是可取的,作家可以选择属于自己的深入生活的方式。

至于历史,我们只能间接地去体验、感受了。把握历史,对于当代作家来说,关键在于要有一定的系统的历史知识,尽可能准确地把握住那个时代特定的社会环境和社会心理的真实。鲁迅先生的《风波》是这方面的经典之作。"剪辫子"多少人经历过了,也写过了,但没有产生广泛影响,而《风波》却成功了,是因为鲁迅把握住了剪辫子这一具有历史特征的细节,并写出了人物的心理真实——没辫子还怎么生活?怎么见人?留辫子时代的社会心理秩序被打乱了,剪了辫子,心理上有了恐慌,需要重新建立新的秩序,这就推动了新的社会秩序、道德、审美标准的诞生。

从"文化大革命"时期的"本本主义"到改革开放初期的喇叭裤,再到如今的信息时代,无不是人的心理秩序的打乱、重组、适应、平衡、又打乱的过程,从这个层面讲,所谓历史,就是人的心理秩序不断被打破,又不断寻找到新的平衡的历史。感受历史,就应该是把握住那个时代社会心理的真实。虽然对心理真实的感受因人而异,但从根本上说人性是相通的,因为人性是沟通任何一个时代的人的最基本的支点,也是沟通不同民族、不同国家的人的情感的最基本的支点。我们为什么喜欢外国的那些最优秀的作品(尽管我们不了解他们的生活)?就是因为我们通过读书,能够感受到于连的情感、安娜的情感。所以好的文学作品应该是:它不应该给读者带去阅读上的障碍,它应该与阅读它的每一位读者沟通。如果达不到这种沟通,只能说是作家的感受层次浅,或者说是艺术的表现能力差。

高:是不是可以这样理解,一部好作品就应该在阅读过程中,完成作家与读者的沟通与交流?

陈:从作家的角度讲,他把对生活的独特体验、对艺术的创作理想诉诸文字之后,最基本的目的就是要与同时代的人,甚至与未来时代的人完成一种沟通与交流。而读者读书的目的——如果他经历了书中所描述的生活,他所经历的生活在很大程度上又通过这部书得到验证,并且在更深层次上给了他启示,他们了解了自己的生活,而且也了解了作品中的历史,那么,他就肯定了作品中的故事,并且在心里肯定作品,欣赏作品,从而完成了作家与读者之间的沟通与交流。从这种意义上来说,作家永远不要抱怨读者,作家只能努力加深对生活的体验,争取从生活体验进入到一种更高层次的心灵体验,争取读者的最终认可和接受。作家其实就是活在读者这片土壤中的,读者不喜欢你的书,你所创造的价值就自然会被否定,尽管这是很残酷的。

1998 年冬

心灵剥离

这本书里选入的五部中篇小说，都是《白鹿原》之前的八十年代的作品。这次在编选和校正的过程中，我又一次重新阅读了一篇，竟然有着翻看中青年时期自己的照片的感觉。这就是八十年代的我的小说创作的形态，昨天的我对生活对艺术的体验、感受和表述的形态，自然也最清楚地显示着我的心理形态。

这里所说的昨天，仅指令人感慨万端回味无穷的八十年代。

八十年代中国的政治和经济以及中国的文学，从僵死的教条的禁锢里解放出来，经历过一次又一次痛苦而又雄壮的剥离，除却的是陈腐的"本本"所造成的积久的沉疴，获得的是新鲜的充满活力的血液的涌流。

我五十年代读书，六十年代进入社会，解放以后发生的所有大小"运动"，有的是作为未成年人的观望，有的是作为刚刚步入社会的青年人的亲身经历，尤其是十年"文化大革命"的发动和结束。及至八十年代起始的一波接着一波的思想解放和一层深过一层的社会经济的改革，中国文学所经历的种种嬗变，依然历历在目。八十年代发生的一切，对于这个国家和民族来说太重要了，太不容易了，太了不起了。对于经历过这一变革全过程的我来说，也是一次又一次从血肉到精神再到心理的剥离过程。这个时期的我的中、短篇小说，大都是我一次又一次完成剥离的体验，今天读来，仍然可以回味当时的剥离过程中的痛苦和欢欣。

经历一次精神到心灵的剥离,似乎对生活(或历史)便有一个新的层面的体验,对于艺术世界的体验也会产生新的创造欲望。我在八十年代的中、短篇写作经历过程,便留下这样的总体印记。因之常常自我警示,自我感觉不能太良好,起码不能使自己较长时间都沉浸在一种良好的自我感觉里,那样就可能造成一种自我封闭,就可能停止精神和心灵的剥离,自己也就很难进入深层的新鲜的生活和艺术的体验了,无可奈何地当会陷入不断地重复自己的困窘状态。对于一个作家来说,这种状态比任何捧杀和棒杀更具伤害性。

我们已经进入本世纪的最后一个年轮,举步即将跨入一个新的世纪的彼岸。回首昨天,对我来说,感触和体验最深刻的还是八十年代。八十年代的精神和心理的演变,是人生的启示录,是财富,也是警示牌。国家和民族还在继续着剥离,充满生机地进入二十一世纪。中国文学总体也进行着剥离,从非文学进入文学。我也在努力促进自己完成新的剥离,达到新的从未有过的体验。老与不老,不完全在乎年龄,而在于兹。

1999年1月8日 丈八沟

(本文为《康家小院》后记。)

大气·雄风

如同乡村俚语里形象生动的比拟,李若冰属于"满肚子的蝴蝶却飞不出口"的那种人。

这是我见李若冰的第一面留下的印象,自然是很久以前的事了,少说也二十余年了,这第一印象还是没有变。李若冰口语表达能力弱,讲话有点磕巴,总显得不大顺畅,用文雅的话来说,讷于言而敏于行。

从口里飞不出来的蝴蝶,却从笔管里倾泻出来了,灿烂如满天云霞,令人目不暇接;壮美如江河涌流,长泻时转弯时都营造出一方奇异的风景;奇突如千尺飞瀑,顷刻间又归于平静。李若冰毕生用热血和忠诚创造的散文,是生命化作的精灵的舞蹈。

如果把李若冰的散文创作比作化蝶,那么第一只美丽的彩蝶是在一九五三年从心灵里飞出来的;如果比作歌唱,这赞美劳动者的歌是在第一个五年计划的头一年出唇的。一九五三年是共和国历史上令人尤为怀恋的年代,战争的硝烟散尽了,包括边疆山寨的残余敌军扫荡了,土改结束了,查田定产了,农民开始了立足和平的耕耘和收获。大规模的又是有计划的工业建设开始了,那是一个开始了希望和自信的年代。是的,那个年代留给从那个年代过来的人的心里记忆是生机勃勃,是走路有劲睡觉坦然,是友谊的真诚和心灵的温馨。正是这一年,年轻的李若冰箱藏了军装,踏上了陕北之旅的第一步。

陕北曾经发生过的历史性一幕已经落下幕布,弹坑已被谷子糜子和野花所覆盖,石油建设的号角代替了向胡宗南追杀的号角。李若冰写下了第一篇石油建设的激情满怀的散文。

从踏上去陕北的第一步始,走遍了整个西北,塔里木、玉门、格尔木、塔克拉玛干,这些在中国地图上标示着黄色沙点的板块,令人感到辽阔的同时也感到心生畏怯,那是一块又一块不毛之地,是世界上生命最难存活的地方。青年李若冰一块一块都走过去了,一步一步都踩踏丈量过了,热了冷了都感知于心了,而且发出了连续的浑厚的歌吟。我读《陕北札记》和《山·湖·草原》时发现,几乎是两天一篇三天一篇,便自然想到,这些激情满怀而又优美的文字可能是在膝头上,在行进的汽车上,在帐篷的烛光下写成的。因为从一篇和另一篇只有一天或两天的间隔来推想,他要行路,要进入工地包括临时指挥部的帐篷,要接触各级指挥员以及工人。这种进入生活的热情和写作的激情,一直保持了六十年。顺着《李若冰散文》的顺序读下来,我看到了共和国的发展历史,也看到了李若冰的生命流程。这个人把毕生的热情和智慧都倾注到和平建设——集中专注于石油——上去了,一往情深又痴情不移,从总体上就标明了李若冰是一个和平建设主义者。其中的中断发生在"文化大革命"时期,不仅是李若冰艺术创造的中断,也是共和国和平建设的中断。然而在"文化大革命"尚未结束,灾难还在延续,李若冰自己稍得逃脱的机遇,便义无反顾地又踏上了陕北旅途,去寻找昨天的陕北和昨天的延安,寻找昨天发生在延安和陕北大地上的神圣,以透视眼下正在发生的亵渎神圣的丑恶。《神泉日出》又接续上了一九五三年的《陕北札记》。一本精选的《李若冰散文》,展示着一位艺术家的生命历程,坦诚壮美的生命形态。

李若冰散文的笔墨投向,几乎全部都是石油战线上的建设者,从刚刚转业的将军到士兵、指挥员和各个岗位的普通工人、工程技术人员、筑路工、采盐工、测量工、司机等,无不进入他的视野。写他们的生活和工作,情绪和情怀,从他们的行为和言语中发现劳动者的内心世界和心灵的纯美,并且做出毫不掩饰的赞美,这种赞美之真诚几乎到了崇拜的状态。我发现李若冰一旦进入那些建设者的群体之中,情绪活跃了劲头十足了,艺术神经也异常活跃异常敏锐了,接触对象的一句话一个动作一颦一笑都在他的心里引发回响激起波澜,他亦毫不隐伏随感随抒坦荡自如。

这种对着普通劳动者心理世界的敏感,直接决定着李若冰的艺术兴趣和笔墨的投向。这种创作现象给我关于创作这种劳动一个新的启示:作家的笔墨投向是由什么决定的?是作家的艺术兴趣。而作家的艺术兴趣又是由什么决定的?恐怕只能追溯到作家的心理结构或者说心灵世界的巨大差异了。李若冰是少年八路军,是红小鬼,从他还不能做到生活完全自理的年龄里,已经接受一个民族的深重苦难而且负起了解放这个民族的责任;他接受的不是爷爷奶奶父亲母亲的童谣,而是聆听一个阶级对另一个阶级进攻的庄严的誓言;影响他最初的人生道德和信条的不是私塾先生强迫背诵的"子曰"什么,而是把个人融入被压迫者的集体并为这个集体牺牲自己的一切才是至高无上的神圣使命。这样我便能理解李若冰何以对那些在戈壁荒漠上艰苦创业的人一往情深了,便能理解他的艺术兴趣和艺术触觉何以对这些建设者有一种近乎生理性的敏感了。当我们日渐发现太多的闺阁脂粉气味的散文令人腻味的时候,便呼唤有大气的散文出世。然而大气从何而来?只能从作家的心灵涌流,所谓胸中荡大气,笔底有雄风。这是李若冰散文的特质给我的启示,也应是作家艺术个性差异的因由,也应是李若冰六十年艺术生命始终保持一股壮气的本源。

读李若冰的散文,可以逼真地感受一个时代的呼吸,可以触摸一个时代的心率和脉象。他从见惯了的驮着大炮的卡车到看见装载着机器和材料的卡车的景象,引发的强烈的心理反差,正好感受到了历史的昨天到现实的今天的巨大转折,这是一个战士又是一个艺术家的独有的敏感。他们由此而发出的热烈而又动人的慨叹便标志着历史的墨痕了,他捕捉到的瞬间的生活细节便铸成了永恒。

欧文·斯通在对杰克·伦敦的创作个性进行剖解时,有一段十分深刻的概括:他总是把自己的手紧紧地扣在生活运动的主动脉上,这就是杰克·伦敦艺术个性差异于同代其他美国作家的原因之一。李若冰属于这样类型的中国作家,他几乎是用自己的胸脯贴着生活发展的脉搏,感受生活,感受时代,感受他所置身的时代里一个民族的心率和脉象,连续地发出浑厚而又鲜活的诗篇。

这些诗篇是一个民族发展途程中的心灵史式的笔录,却是通过李若冰的心灵感应得到的因而既是一个时代的共同的真实的记录,又是李若冰异常明显的艺术个性的展示,自然十分清晰地透见着李若冰的情怀和人格。一个作家能做到这一点,也就够了。因为他可以坦荡地面对新的生活和年轻的朋友说——

在我的生命历程中,一直和人民在一起。

1999 年 4 月

在《当代》,完成了一个过程

我的第一部中篇小说《初夏》,写于一九八一年一月,发表在一九八四年的某期《当代》杂志上,历经三年多时日。这个过程对我后来的写作是难忘的,也是一个重要的不可或缺的过程。

这部中篇从初稿到定稿,大约写过四次,从最初的六万字写到八万,再到最后发表出来的大约十一万多字。这是我写得最艰难的一部中篇,写作过程中仅仅意识到我对较大篇幅的中篇小说缺乏经验,驾驭能力弱。后来我意识到是对作品人物心理世界把握不透,才是几经修改而仍不尽如人意的关键所在。

八十年代伊始,农村改革的潮声初起。我那时候感觉到了这潮声在各个阶层引起的种种反响,企图写出那种感觉,然而仅仅停留在新潮与死水的认识层面上。我尚未意识到新的生活的潮声冲击的不仅仅是一潭死水,不仅仅是人的旧观念和僵死的教条,而是人的心理秩序的紊乱。由旧的观念长期统治所形成的心理秩序被冲击了,旧的平衡被颠覆了,开始呈现紊乱和无序。而要达到新的平衡和新的结构秩序,便有一个精神和心灵的痛苦历程。我的投笔的目标,应是作品人物的这个心理历程的解析,那样才能较为准确地揭示那个时期的生活真实,即心理真实。只是我的这个艺术觉醒来得晚了一点,或者说在这三年四稿的反复修改中终于摸索到了这个窍,修改终于跨出了关键性的一步。这一步对于《初夏》来说仅仅只是一部作品的完成,重要的是对我后来的全部写作更具有意义,即进入人物的心理真实。

在这个过程中,令人感佩的是《当代》的编辑,尤其是老朋友何启治,所显示出来的巨大耐心和令人难以叙说的热诚。他和他们的工作的意义不单是为《当代》组织了一部稿子,而是促使一个作者完成了习作过程中的一次跨越,得到了属于自己的一次至为重要的艺术体验,拯救了一个苦苦探索的业余作者的艺术生命。

友谊便由此而加深了,信赖便由此而更加深刻。何启治那时候就相约,写第一部长篇小说给人民文学出版社。我那时候正在中篇小说的浓厚的写作兴趣中,长篇尚未想过。他说什么时候写他不管,一旦写了就要给人民文学出版社。此后的近十年间,每有人民文学出版社或《当代》编辑到陕西出差或组稿,老何都委托他们来看看我。《白鹿原》写成后,自然只能交给老何了。所幸的是,《白鹿原》在《当代》的发表和在人民文学出版社的出版要顺利多了。

《初夏》的反复修改和《白鹿原》的顺利出版,正好构成一个合理的过程。艺术要经历不断的体验才能找到属于自己的个性,这个过程对作家来说各个不同,然而谁也不可或缺,天才们也无法找到取代的捷径。

我的第一部中篇小说《初夏》发表于《当代》。

我的第一部长篇小说《白鹿原》最早通过《当代》和读者见面、交流。

《当代》在我从事写作的阶段性探索中成就了我。再说任何感谢之类的话不仅庸俗,也见外了。

1999年5月7日

灵 人

关中民间把那些智慧超常的人称作灵人。灵者,聪明也。灵人,聪明人,或才人才子。

王定成是个灵人。

灵人王定成供职陕西省财政厅,任基建投资处处长,省上的重大基本建设工程的投资款,全都从他的手里码出来,一般都是以百万千万乃至数亿来说话的,这才称得上真正的"大款"。当着这样大的一个家的人,没有一个好用的脑袋肯定是难以胜任的。他的工作无须我评价,早有省长程安东对他处理的批示在:"工作有成绩,还有些改革和创新……"

令人惊奇的是,这个灵人不仅有一个善于理财、精明如运算机器的脑袋,那脑袋里还有一根或两根十分灵敏的艺术神经,这就很不容易了。我们常听说许多艺术家不会算账的笑话,典型的应该是文学大师钱锺书先生,大学考试数学成绩就不好。王定成会写小说、散文、诗歌,年轻时曾迷恋文学,不断有作品发表,一篇名为《当归》的短篇小说在八十年代初的《陕西日报》引起读者热烈反响。如果他从那时候一路写将过来,也许会是陕西作家群的重要一员。

灵人王定成还拉得一把好二胡,不是一般的爱好,而是功夫老到深谙弦韵,颇得丝竹之深层体验,《二泉映月》从他的指下叩出的旋律,如行云如流水如山风更如泣如诉,可与阿炳乱真。这个灵人近年来又"染指"摄影,常有佳作发表出来,对山河对溪水对一支野花野草,似乎有一种天然的敏感,总是能发现独特的角度,捕捉绝妙的瞬间,传达出精彩的韵味。

然而王定成真正用心的事却是书法。

王定成上学时,我们的学校已经基本废弃了毛笔,入学的孩子先是铅笔后用钢笔,他却正是从启蒙时就拈起了毛笔,摆开了砚台,铺开了仿纸,正规正矩地练起了毛笔字。当然,这种作业可以称得上是真正意义上的"家庭作业",不是老师指派的,而是家父规定的。这个家规说来源远流长,说破了会令人大吃一惊,那可是从书圣王羲之流传下来的,王定成是王羲之的第四十三代孙,嫡系。

王定成从那时起,毛笔、砚台和宣纸就没有离开过。在他广泛的业余爱好中,唯有写字是贯穿始终的,算来少说也有四十多年了。四十余年坚持不辍,磨秃了多少支大号小号毛笔,蘸干了几缸笔汁,这字的功夫能不老到么!据说书法界也多花拳绣腿之作蒙骗行世,没得真功夫便玩奇招儿邪门儿,以至手上不行干脆用脚。定成自然不会在乎这些,而是遵循王氏家训遗风,临帖摹碑,博采众长,尽皆名家大师的传世篇章。起点定调既高,自然不会流俗。直到融会贯通,终于形成自我,独成一家,独秀一枝。我在王定成的书法艺术里,读出雄浑,又读出俊逸;读出苍劲,又读出婉转;感受到凝重和苍凉,也感受了柔情和纯洁;然而更使我感受强烈的是,竟能听到一缕丝竹之声。当我面对一幅幅风姿百态的书法艺术,便有或沉雄或刚劲或如泣如诉的音乐同时萦绕于耳际。这自然得益于他对文学和音乐的素养,更倾注着他深刻而不是浮躁的生命体验。文如其人,字亦如其人。任何艺术形态的创造愈是到高处,就愈显示着艺术家的生命体验和人格精神,这才是决定艺术个性的最要害的东西。

我曾经有一种疑惑,不知那些终身投入到数字运算工作的人会不会乏味枯燥,因为我对数字从未发生兴趣和激情。王定成是一个对数字充满激情的人,终生都在理财,从地方理到省厅,而且理得精当,他兼着文学、音乐、摄影和书法的诸多兴趣,生活该当怎样的丰富多彩,真是令人羡慕,自愧弗如,灵人就是灵人。

1999 年 6 月

(本文为《王定成书法作品选》序。)

滔滔汉江水

汉中市文联要编一套书,总名字叫《汉中五十年文学作品选》,共分小说、剧本、诗歌、散文、报告文学五卷,洋洋百万字。

这实在是一件功德无量的事。王蓬说,喊了八年,至今才弄成!我以为能弄成就很了不起。这既是向共和国成立五十周年大庆的一个献礼,也是汉中市五十年文学历程的一个形象小结和检阅,还可以看成是对后人的一个交代,可以起到弘扬、积淀汉中本土文学精华的作用,对区域间的文学交流也有好处。汉中市的领导机关和领导同志都很支持这件事,我是很感激的,自然是出于文学情结。

我去过几次汉中,对秦岭南边的汉中坝子的风光风土人情尤为敏感,留下了难以淡忘的印象。我喜欢抽的烟是汉中产的城固巴山雪茄;最爱喝的茶是汉中镇巴"巴山茶痴"蔡如桂先生送的"秦巴雾毫"。我第一次翻过秦岭到汉中,几乎可以说是大吃一惊:在西北这片土地上,竟然有如此秀美的地方,青山绿水,空气湿润,稻麦两熟,满目苍翠,一派江南景色。

汉中最令人神往的是这个"汉"字。汉江发源于斯,并贯穿了盆地的中心,孕育了这里的丰饶与文明。西汉王朝的开国君王刘邦就是从汉中起家的。他靠"汉三杰"萧何、张良、韩信的辅佐,打败了项羽,终于在古长安一统天下。汉族、汉字、汉文化中的"汉"字皆缘起于兹,这真是汉中人的骄傲呢!

历史上有两个汉中人令人无比景仰。一个是张骞,开辟了"丝绸之路",联通了西域,带回来许多中原没有的物种,兼探险家和外交家于一身。再一个是李固,我知道此公大名,是因为毛泽东主席引用了他的佳句:"峣峣者易折,皎皎者易污。阳春之曲,和者必寡;盛名之下,其实难副。"李固是个敢与视社稷如私物的外戚权奸梁冀做斗争的硬汉子,最后被迫害致死。范文澜先生称其为"鲠直派领袖"。看来表面瘦小文弱的汉中人,骨子里却蓄蕴着坚忍和刚烈。张骞、李固就是汉中人的精神内质的典范。

三国时代,诸葛亮是把汉中作为前沿根据地的。半部《三国演义》,几乎都与汉中有关。诸葛亮死后也葬于汉中勉县的定军山下。我窃想,汉中人的聪慧是否受了诸葛遗风的滋润呢?

扯远了,还是言归正传。

据我所知,汉中的文学在新时期以前似乎缺少较大范围影响的作品,只是进入八十年代以后,随着改革开放、经济文化的发展,文学创作才日渐兴旺起来,产生了一批有代表性的作家。王蓬当是跃上新时期中国文坛最早也最具影响的青年作家。他是汉中文学界的代表人物,小说、散文、报告文学、电视专题片多种体裁都有收获,出版了十余种专著,尤其令我佩服的是他对栈道文化的专注、执着和稔熟,堪称文学领域的多面手。我想他恐怕既要"感谢"时代的荒谬对他的捉弄,也要感谢鲁迅文学院和北京大学对他的栽培。老作家周兢几十年辛勤耕耘,人虽已经离休,仍然沉浸于关怀下一代的事业中。一个旧社会的童工,只有小学文化程度,出了几十本书,当了研究馆员,成为全国闻名的儿童文学作家和"故事大王",实属难能可贵,令人钦敬。刁永泉是一位儒雅诗人,他的诗格调清新、余韵悠长、耐得咀嚼;他的散文也是诗,读起来是一种美的享受,从中可以感受到他在传统文化上的深厚修养。我存有他的书法作品,与其诗、散文交相媲美。李汉荣比较年轻,原来是写诗的,脑袋钻进了太空,整天思索一些看似云飘雾渺的事情,实际皆关乎人类生存这个大命题,所以人们戏称他为"宇宙诗人"。近几年来,他连续发表了一些内涵博深颇有才气的散文,引起了广泛的关注。还有一位后起之秀寇挥,作品类近荒诞派流派,是我省近年间在全国产生广泛影响的几位文学新星之一,被文坛所关注和期望。在我们陕西这么一块以现实主义作家为主体的土地上,出现这样一个现代派作家,是让人高兴的事。还有两位来自汉中的作家:韩起和爱琴海。韩起长期生活在汉中,以一个外来人的敏锐感受着秦巴山地的文化气韵,写了一批佳作。爱琴海这个典型的汉中人,矮小文弱,写出了非常大气而且洋气的长篇《喜马拉雅》,直令人刮目相视。文坛上比较知名的作家蒋金彦、杨志鹏、张虹,还有上海的翻译家、作家、教授王智量先生等也都是汉中人呢!

　　戏剧上的事情我不大了解。听说老剧作家裴斐先生,本是东北人,随解放大军一起解放了这个古城,扎根汉中五十年,写过不少有影响的戏。郝昭庆原来是搞小说的,多年以前相识,皆因文学为缘。印象中他的发言口若悬河,热烈而坦诚,给我留下很深的印象。我曾开玩笑地对他说,你怕是走错了路,应该去当律师,施洋那样的大律师。后来听说他的兴趣转移到戏剧创作上去了,一出手就不同凡响,把两本大戏送到了北京,《清水衙门糊涂官》成为秦腔第一个参加中国艺术节的戏。

　　除了上述在全省乃至全国有影响的几位,汉中还有一大批文学爱好者,他们紧紧团结在很富于生气的《衮雪》周围,形成了一个群木争荣的蓬勃景观,未来发展潜力是不可估量的。

　　因为历史和地域的特定因素,汉中自古与楚、蜀、陇文化有着密切的联系。因此,汉中文学必然受到楚蜀陇文化的影响,是秦楚蜀陇文化交融的产物,兼有从北方到南方过渡地带的刚柔相济的特质,令人惊羡。

谨祝汉中的文学事业如滔滔汉江,后浪赶前浪,代有才人出,重开五十年。

1999 年夏

痴 情 如 你

剧作家王军武,小我四岁,算是同代人,祖居长安,又算是乡党(辛亥革命后我的家乡辖属的咸宁县归并长安,直到五十年代中期合作化完成后重划为灞桥区)。相识廿余年来,互有走动,却不频繁,一年半载也未必能见上一面。必要的约见,多是我向他借用秦腔录像带子,前些年我住乡下,电视信号受原坡遮挡,难以享受电视的快乐和烦恼,便用录放机放录像,以便熬过写作之后的寒冷冬夜和溽暑难耐的夏夜,武打片看腻了,便想欣赏秦腔,便想到乡党王军武,借来一厚摞带子,有本戏,亦有折子戏荟萃,更有秦腔新老名角的拿手唱段。在我独居蒋村的十年里,尤其是写作《白鹿原》书的后几年,欣赏秦腔便成为写作之后的最为舒心的艺术享受。唯其因为录像带取之于军武,从那时到现在,我都保持着一段美好的记忆。

初识军武,大约是七十年代的"文化大革命"之中,西安地区的文学爱好者常常聚会,有时是市艺术馆组织的创作辅导活动,更多的是作者们自己的邀约,我确实记不得和军武在什么时间什么场合见的头一面,却确实记得第一次见面之后便被传说的他的一次壮举而感动。一九六八年冬天,二十二岁的乡村青年王军武,筹凑了六十五元人民币,单身一人骑着自行车从长安县出发,到山西省文水县去探访英雄刘胡兰的生平事迹。从那时候到现在我仍然真诚地感动于这个壮举,原因是太不容易了,我首先能切身感到的是,那时候吃饭需要粮票。一月多的行程中,除了筹款,怎么筹借几十斤粮票?抑或是自己背着干粮,像"梁生宝买稻种"那样精打细算,蹭到饭馆去要一碗面汤?那时候从陕西长安到山西文水的交通,远不及今天有高等级公路相通,许多地方连像样的沙石公路都没有,而王军武所能装备的肯定不会有专为长途跋涉的特殊性能的自行车,充其量只配有农村人在那时代里既能载物亦可驮人的最实用的加重"飞鸽"或"永久",走到前不着村后不着店的荒僻山径上,断了链条或撒了气怎么办?况且,一九六八年的中国,从南方到北方,从城市到乡村,武斗的枪声因为夺权斗争而愈趋激烈。一个孤立无助的乡村青年,一个文学爱好者,却踏过了如我一般常人所难以跨越的障碍,到文水县去追寻一个为了理想而牺牲的英雄女儿短暂的人生履痕,为了一个文学的梦。

一年后,王军武的秦腔大戏《刘胡兰》创作完成了,一九七〇年的春节,由长安一个村庄的业余剧团排练演出。这应该是王军武的戏剧创作的第一声,不是小曲小调,而是洪钟大吕,不是小捏搓,而是大披挂。无论这个戏取得了几分成功,真正的意义却在于,王军武第一次验证了自己,奠定了自己,向这个世界发出了第一声吼叫,用的是秦腔秦韵,一个长安乡村农家院落里走出来的子弟的智慧和天赋。

以第一本大戏《刘胡兰》的创作为开端,到现在整整三十年了,他的工作几经变动,可以列出这样一个流程:乡村老师—公社广播员—西大中文系学生—编辑—戏剧创作辅导员—振兴秦腔办公室主任。这是王军武的生命流程,始终围绕着一个轴心——剧本创作而运转。无论他做什么工作,都在正业之余倾注着对戏剧的痴情矢志,绝无动摇,亦未移情,这是那些为着自己喜欢的事业而"消得人憔悴"的中国人的普遍行为。这样,他就有了三十余部大小戏本的结晶,有历史剧,有现代戏,《荆轲刺秦王》《鸿门宴》《雪域忠魂》等,都一一上演,这是很不容易的事。戏剧比不得小说,尤其在当今,电视的普及把包括京戏这样的国剧都逼压到生存困境之中,地方戏和一切舞台剧就更困难了。然而,正是在这样的逆境之中,王军武依然不改初衷,钟情于秦腔新戏的创作,而且每一部新戏都被剧团和导演看中,得以演出,其中最根本的原因是剧本写得好,有戏。剧本无"戏",似乎令人难以置信,然而却是严酷的又是不争的事实,如同《皇帝的新衣》一样的小说。戏本必须有"戏",然而又难得有"戏";真正有了"戏"的戏本才是好戏本,才能首先被搬上舞台,才能拉住观众,才能吸引当代观众和后世的观众,戏本就获得了存活的永久性的生命力。这是包括小说、诗歌和戏本在内的一切艺术形式的作品的概莫能逃脱的铁的法则。

然而在戏本获得真正的"戏"的意义上,自然有多种因素,诸如构思之精巧奇诡,情节之波澜回旋,人物命运的起落跌宕,生动的话语和优美的唱词,都是必备的。更显得重要的是作家感受历史和现实生活的视角,才是一个戏本之"戏"的最关键之处。譬如荆轲刺秦王,譬如鸿门宴,这些几乎妇孺皆知的历史故事,要写出新的有意思的"戏"来,真是太难了,因为这样的历史故事早被普通人把一般意义上的"戏"的趣味在口头上咀嚼得如同蔗渣。王军武以全新的视角透视了这些历史事件,获得了空前的成功,这是军武创作的生命活力的展示。行家论军武的创作有如下的概括:受周秦汉唐雄风影响和黄河文化的哺育,秉承古老的秦腔剧种独具的洪钟大吕,乐府正声的品质,慷慨激昂、悲壮豪放又婉转缠绵的表述风格,纵览其创作的作品浑朴大方,铿锵有力,富有戏剧性和哲理思辨。

军武除了自己的创作,更有一个特殊的社会职务,叫作"振兴秦腔办公室"主任。秦腔需要振兴,这在八十年代中期以前几乎是不可思议的事。秦腔不单独霸西北从省会到县城的几乎全部舞台,而且从乡村的自乐班到村社业余剧团,几乎是西北人最高的精神享受。这种霸气很快便在八十年代中期以后消弭。现代娱乐花样及其手段的爆炸,把包括秦腔在内的传统剧种和娱乐形式逼迫到几乎土崩瓦解,生活节奏和现代青年的欣赏兴趣的变化,都是传统的秦腔所面临的新挑战。如何使这个诞生于秦地且红火了几百年的优秀的民族之花重新焕发活力,正是军武所担负的历史性的重任。我在和军武的接触中可以感受到,他对秦腔一往情深,又满怀信念,显然不是这个职位决定了的(无权无钱的职位),而是对秦腔的那种亲情。这是任何人成就任何事的关键,无论于秦腔的振兴,无论于秦腔剧本的创作——我早在他单骑到山西的壮举中感知到了。

1999年8月6日 雍村

(本文为王军武著《梨园走笔》序。)

人生九问

问：请在一百字以内写出自己的特点、身份和成就。

答：从来似乎都没有总结过我有什么特点，至今仍然说不清楚。

我的社会身份是作家，家庭身份是儿子、丈夫、父亲和爷爷。我出版过二十八种版本的小说、散文书籍，其成色自然不能以获过多少次什么级别的奖项来评说，我更看重读者的阅读印象。我只是做到了截至目前的种种努力，包括社会、人生和文学的思考和探索。

问：你是怎样看待人生机遇的？

答：首先承认人生存在着机遇，且不止一回。

机遇应该是在较宽泛的社会层面上对一茬子人同时存在，才具有意义的。能否抓住机遇，首先是要有敏锐的思维和切实的判断。更重要的是实力，即成就某项事业的实力，才可能在这项事业上有所作为，有所创造，有所成就，实现自己的人生理想，体现自己的生命价值。不具备成就某项事业的实力，即使抓住了机遇，哪怕是天赐良机，机遇仍然会流失。

当然，这个实力自然包括物质的和智力的两个方面，未必都是一次性的具备齐全了的。物质有一个积累扩大的过程，智力也有一个不断发展的过程。尤其是后者，要不断地更新知识结构，要博览博采一切人类优秀的成果，以扩展自己的视野，开启思维疆域，不断地冲破思维定式，才能实现一次突破又一次突破，才能完成新的创造，取得属于自己的在某项事业上的成就。

问:你认为什么才算成功?

答:一个人对上帝赐予他的或多或少的智慧,通过不懈的努力而发挥到了极限,甚至超极限发挥了,都是成功。一个具备创造原子弹的智慧的人创造了原子弹是成功,如果创造一个普通的常规炮弹,就浪费了智慧也浪费了生命。

在正常的合理的社会环境里,能否走向成功,靠科学的方法,也要有科学的态度。首先是科学的态度,有了科学的态度才能遵循科学的方法。科学的态度在我看来还是一句老生常谈的话,实事求是。任何虚妄的投机的行为不仅于事无补,反而会耽误走向成功的路程,造成智慧的浪费。

问:你是如何处理身边的各种干扰的?

答:我用主动的方式坚决排除了一些干扰,譬如截至目前依然无止无休的各种媒体的采访,先是劝说对方,申明对我的宣传已经够了,没有再宣传的必要了。劝说不下就反诘一句:你总不能宣传到让观众(包括读者)一看见我的脸就想吐唾沫吧?十有十回就把好心的采访者噎住了。

我也选择比较被动的逃躲的办法,排除连续不断的各种挂着文化名义而另有所谋的研讨会、新闻发布会之类,我在这些场合仅仅只是一块招牌,连任何文化的气味也闻不到的,常有一种悲凉的心理感受,便在无奈时逃躲起来。

问:你向往什么样的生活?

答:以至诚和尊重为基调的生存环境,比物质的多寡更重要,比环境的污染更迫切。我无法承受一边工作一边又要提防老鼠偷咬脚后跟的境遇。

问:你喜欢的座右铭是什么?

答:从青年时代起,一直喜欢把"不问收获,但问耕耘"的字牌放在墨水瓶旁边。近十年以来,偏重于这样一种意思,只说自己想说的话,尽量不说自己不想说的话。用一句民间俗语来概括:自己的头由自己摇。对于我这样经历的中国人,能意识到自己的头由自己来摇,既是人生立世的启蒙,也是自己活人成事的基本之点。这句蕴含着哲理也蕴含着民间智慧的谚语,启示我努力地体验社会和人生,然后发出自己的声音,且不管它宏大或微渺,只求是自己的就足以心地踏实了。

问:你尚未实现的人生梦想是什么?

答:我无梦想,我只有文学理想。我的理想从来都是文学创造。我不喜欢"梦想"这个词,因为它太虚幻。我想以自己的新的创作不断展示自己的独立体验,直到拿不起笔的那一天。

问:你的业余爱好是什么?

答:独自坐下来喝茶,哪怕什么也不想,进入一种无思的恬静,是最有益于身心健康的。看体育比赛,我在那种激烈的竞争中感到的是一种无所企及的酣畅淋漓,心理舒展了,精神张扬了,情绪亢奋了,完全是一种享受。当然,在我看来,体育比赛是最公平的,尽管球场有过黑哨,其他项目也有过黑分,但总体来看,仍是人类所有具有竞争意义的活动中,最具透明度也最公平的一种。我尤其喜欢看高水平的足球比赛,但涉及国家队的重要国际比赛,涉及陕西队的命运的比赛,哪怕水平不高,我仍然喜欢看。在体育竞争中,我是一个民族主义者,甚或是一个地方主义者。当然,工作之余,与孙子逗玩也令人忘乎所以。

问:你是如何看待名利和金钱的?

答:坦率地说,文坛本身就是一个名利场,任何一个身在其中的人,都不可能摆脱名和利的诱惑。这情形有如磁场,除非你脱离文坛,兴趣转移甚至改作他途。

我向来不说淡泊名利的话,我以为这样说法总带有某些勉强或做作,或者如身在磁场内还要摆脱磁场的辐射一样。不断地过分地表白自己的淡泊,反而使人容易产生虚伪的印象。

作家写小说是给读者看的,喜欢读你的小说的读者多了,作家不可避免地就出名了,知名度也就高了。你写的小说读者不喜欢,或者读者很少,知名度自然就小,这是很自然的事,合乎情理的事。这个道理和演员的演出效果是一样的,赵本山和黄宏靠自己超凡脱俗的演技赢得了观众,被观众所喜欢,这是很好的事呀。他还有什么必要再三再四地表白自己淡泊出名这样的蠢话呢?反之,如果不是靠杰出的表演技艺,或者说不具备这样的技能,他们两人即使斥巨资在全国媒体上做一年自我标榜自我吹嘘的广告,也是难以凑到今天这样几乎家喻户晓的知名度的。

作家靠作品赢得读者,也体现自己的创造价值。作家依靠自己的作品造成了在读者中间的知名度,是顺理成章的,不仅无可指责,而且应该得到鼓励。中国早应该多出几位享有盛名的作家,像托尔斯泰之于俄罗斯,歌德之于德意志,马尔克斯之于拉美,鲁迅之于中国,这已经不是个人的名誉的事,而是一个民族的财富和骄傲。

文坛上时不时地流行一些自吹自捧的风事,他吹他捧的风事,更如早就有人讥讽过的哥们姐们互吹互捧的风事,确也能在文坛奏一时之效,然而一到真实的读者层里,就很难奏效了,更不要说严峻的文学史了。

同样,利与名是捆在一起的,作品发行量大,就可以获得优厚的酬金,可以改善生活也改善工作条件,这是合理的。我基本上遵从以自己的劳动(创作)获得生存和生活的物质。至于金钱,如果脱开名利中"利"的含义,而单纯去论述金钱,话题就太大了,超出这篇小文的范围了。

1999 年 10 月 18 日 礼泉

(本文为答《劳动早报》记者问。)

蔚为壮观的诗章

青年诗人杜爱民主编了一本诗文集,收编了近七十位作者的约一百四十多篇(首)散文、诗歌和小说,所有这些作者都是西北民航系统的业余作者,所有这些作品都是从他们每个人的大量创作中精选出来的。看着这么多陌生的作者名字,读着这些动人的诗文篇章。我在感到蔚为壮观的同时,更感慨着文学发展的令人振奋的景象。商潮浸漫文坛,文学不再神圣,作家掉价等等议论,如不是杞人忧天,便是盲目短视的虚火中烧。西北民航系统居然有这么多的青年男女在诵诗作文,不仅坚持数年不辍,而且还在孜孜不倦地探索着创造着新的诗章,力求实现艺术领域的一次次突破,我真是欢欣击掌了,真是更坚定我说过的"文学依然神圣"的观点了。

这是一部诗情诗意和激情涨溢的书。作者们深情地赞美西北民航人的劳动,赞美新时期以来民航事业迅速发展的新的景象,把个人的情怀完全熔铸到国家复兴民族复壮的撼人心魄的乐章之中。一个大学生选择做空姐的自信,美好的健康的心理肯定能在蓝天白云之中追寻到自己的如梦人生;单飞传达出一种人生的成熟,不仅仅是工作的熟练,更宣示着一代新人的健全的心理素养的形成。几位作者不约而同地写了咸阳和中川,两个机场日新月异的变化,正是共和国改革开放以来急骤变化的一个缩影,身在其中的建设者当然是最为敏感的,最易触动那一根艺术神经的,由衷的吟诵便化作了美文和诗篇。

收入这本书里的散文和诗歌,其题材之广泛同样令人眼界大开,除了上述对自己从事的劳动的真诚的赞美,更多的是几乎涉及文学创作领域的所有社会层面,动人的关爱的自白和追寻,而这爱的含义除了情侣之外,还有那永恒的母爱父爱兄弟姊妹间的亲情和爱心,都被作者们依自己的独特感受独特视角展示出来,令我感动的同时也分享了那纯真的亲情爱心的温馨。许多诗文的敏感的神经伸展到辽阔的乡村,是那些或出生或下放过乡村,至今依然与原野、村路、火炕、麦田瓜棚有着千丝万缕的牵连的灵魂的颤音,一句秦腔一把红枣都会铸成人的生命交响中的一个撼人心魄的音符。我曾经在一篇文章中发过感慨,谁如果经历了中国的乡村,而仅仅只留下愚昧和不讲卫生的痛苦,谁自身的分量也就太轻了。我在这本书里的那些回味乡村生活的短章里,情感得到了交流,接受了从房顶和窑堖的烟囱弥散出来的柴烟的熏染。

作者们的视野很开阔,有对山川大地风花雪月的独特感受,也有对异国异景的精确描绘;有家庭、父子、夫妻间的温情和呢喃,也有关于人生、历史、现实生活的严峻的思考和追问;有别出心裁的关于足球的趣事,也有学者化味道很浓的关于一幅古典名画的评述与论说;有世界各地回传到我心里的感人的友谊和友情,然而那喷射在广岛原子弹爆炸纪念馆里的利齿严词,更令我忍不住击掌……

阅读这部书稿,自然想到这么多的作者的状况,他们大都是年轻人,大都是受过高等教育的新一代民航人,无论他们的人生经历有多大差异,却都有一根对于文学尤其敏感的神经,这就是天分。当他们获得了表述能力,那根艺术神经对于社会对于生活对于历史和现实以至四季转换风花雪月就多了一分敏感,就多了一分思考,就有了把那分敏感和思考的东西倾诉出来的欲望和冲动,于是一篇篇的美文和诗章就产生了,一个个性显明笔法迥异文采缤纷的青年作家就出世了。

  我唯一寄望于他们的是,不要满足于目下的成绩,要争取一切可能去体验社会生活的各个领域和层面,以打破职业所划定的局限;多多读书,读那些大家名著,体验真正的艺术,开阔我的艺术视野,启迪艺术思维;使自己的那根上帝赐予的艺术神经愈来愈敏锐,对过去的历史和进展着的生活发出独特的回响,也使自己的艺术之躯更为强健壮大起来。

1999 年 11 月 12 日　礼泉

(本文为杜爱民主编《蓝天抒情》序。)

人物才是撑起故事框架的柱梁

张永昌先生:

你好。你和张翔麟先生合著的长篇小说《草原染绿的爱》,我读了两遍,依然抑制不住新鲜和激动的心情,给你写信交流阅读感受。

读小说是为了寻求动人的故事,这是任何阅读者的最基本的阅读心理渴求。然而故事总是由人物演绎的,人物的情感世界和人物的追求以及命运的最终归宿,才是撑起故事框架的柱梁,才是决定故事的质量的主宰,也是决定读者阅读兴趣的最基本的因素。《草》书的成功就在于此,写出了几个生动鲜活的青春男女,使我过目不忘。娜日萨的自尊和对爱的痴心矢志,令人读来心灵震颤。江卜拉的崇高理想和勇于探索亦勇于实践的个性,让人领略到新一代草原人的魅力。豁达善良的严静桑和诗情洋溢的蒙更花,纯洁恬静的伊琳娜,这些新一代草原男女的心灵世界的崇高追求和现实生活的爱与恨,交织成一曲动人心魄的交响曲,一张张可视可感的青春面孔浮现在如锦的草原绿野之中。

娜日萨的形象尤为丰满。这个女孩来到这个世界时就背着上一代人的痛苦的十字架。构成这"十"字的竖笔是传统的毫无人道人性可言的野蛮的婚配习俗,而"十"字的横笔则正好是现实生活中极左的政治因素投射给这个不幸的生命先天的压迫。令人深思的是,巴德玛额吉既是那个"十"字的切身受害者,甚至可以说在传统和现实构成的不堪重负的十字架下屈辱生存半世,却仍然顽固地要把那个十字架再转移到女儿的心灵里,可见传统的积习所造成的扭曲心理的恢复之难,可见现实生活中物质生活对人性的新的扭曲的力量。娜日萨面对的不仅是母亲按照习惯思维强加给她的十字架,而且领受着一个披着现代人袈裟的伪善而又陈腐的势力的逼压,她在重重包围中一次又一次突围出来,胜利地完成了对于陈腐和邪恶的精神剥离,一步又一步展示着对于理想对于爱的动人的心灵历程,一个生动鲜活的蒙古女儿的形象塑造出来了。她终于拒绝了那个十字架,拒绝了现实生活中新派生的丑恶,成为新一代草原人的自由女神。

娜日萨生存环境的草原,面对着沙化退化的威胁;娜日萨生存圈里的老一代和同一代人的和谐与不和谐,都深刻地映现出陈腐与新生,美与丑,激进与平庸,纯洁与污浊,鲜红的血与浑浊的水的尖锐冲突。使我在感受草原实现新生的艰苦历程中,草原人也在实现着心灵和精神世界的更新。一个"缚马架"的推广,一部电视机的安装,一辆摩托车的出现,一场迪斯科舞蹈的举办,都会对传统的生活秩序造成冲击,表层的争论可以透见旧的心理秩序的紊乱和重建。娜日萨和江卜拉一伙青春男女正经历着从自然到心灵的双重新生。这个过程不是草原独有的个别的现实,而应该是我们正在经历着的中国社会生活的一个缩影。《草》书的普遍性意义造就了自身的典型性品格。

草原骄子蒙古民族生活风情是《草》书的一大亮点。盛大的浓郁的草原传统庙会的纷繁多彩,剽悍矫健的套马场面,别具民族情趣的婚礼景观,神秘的草原和雄奇的雪山风光的铺陈描绘,读来令人神往。所有这些生动的描写,为娜日萨等两代人的生存环境提供了一个逼真的文化背景和社会生活的土壤。在这样的自然环境里和特殊的传统文化里,正生存着这一群无论在形式上无论在心理灵魂世界里,都在进行着除旧布新的两代人。这样的自然景观和民风民俗的描写就不是可有可无可多可少的装饰，而是与人物的血肉和灵魂息息相关的不可或缺的统一肌体了。这里既能看出你对草原生活的熟悉，更能看到你对这浸淫着文化色彩的风俗民情的深刻理解，才能把这些东西和你的人物那么浑然地营造为一体。

透过一个个青春男女和一个个老一代草原人的个性各异的生动形象，他们对于草原现存的生存环境的思考和焦虑，对于处于全球一体化的经济发展的新格局下的草原发展的前景，可以透见你的思索和理想，自然包括着你的焦虑和急切，一个当代作家的人文情怀就使我十分感动了。我甚至可以断定，你作为一个在草原生活了许多年的文化人，经历了草原的昨天也感受了昨天的艰难历程，虽然已经离开了草原，而仍然对草原今天的现状和未来的远景情系于心，说梦牵魂绕也不过分，这是我从你的人物的心灵里读出来的作家的心语和血温。这肯定是你写作这部小说的初衷和最终的目的，回报给那个美丽神奇的草原一份厚礼，你的心愿随着你成功创造的小说而回报给草原以至整个社会了。

随兴写下如上一些阅读感受，尚不及作品的全面论述和评说，可供你检验一下自己的创造在一个如我的读者心里引起的艺术效果。祝这本佳作早行于世，亦祝你和张翔麟健康快活。

1999 年 11 月 18 日 礼泉

（本文为读《草原染绿的爱》致作者的一封信。）

网上夜话

二〇〇〇年三月十八日晚八至十时,著名作家陈忠实在京应鲁迅文学院副院长、诗人雷抒雁邀请,做客网易嘉宾聊天室,接受网上"文学迷"们七嘴八舌的提问——

网友:《白鹿原》是在怎样的条件下写的?

陈忠实:在白鹿原下祖居的小村子里写的。

网友:您最喜欢《白鹿原》里的哪个人物?

陈忠实:我的人物我都喜爱,这个选择性主要还在读者。

网友:我觉得,《白鹿原》里的重点人物是朱先生,您说呢?

陈忠实:这书里有几个人物都应该是重点人物,不应该只是一个。

网友:《白鹿原》及其他短篇小说情节中有无您的亲身经历?!

陈忠实:有的。

网友:那么在《白鹿原》里,哪个角色是您的影子?

陈忠实:与我无关。

网友:《白鹿原》中您对性的描写是你真实的体会吗?

陈忠实:我写抽大烟真还要去抽大烟吗?

网友:为什么您对于性的描写似乎必不可少?

陈忠实:因为性在生活中是必不可少的。

网友:您觉得现实生活中会有小娥这样的女人吗?

陈忠实：我这样写肯定就是觉得她存在，而且是一个概括。

网友：您创造田小娥的动机是什么？

陈忠实：让田小娥以一个女人的本能和本性去争取应该得到的最基本的合理的生存形态。

网友：为什么您会在后来描写小娥的鬼魂附在鹿三的身上？

陈忠实：因为鹿三具备了被鬼魂附体的行为和内心因素。

网友：《白鹿原》的结局是不是太粗了点？

陈忠实：我当时还没有找到比它更好的不留下遗憾的结局。

网友：总觉得结局特遗憾，每每读到这里就不想再读下去了，如果您再出一修订本的话，把结局改改如何？

陈忠实：不会改的，因为现在的结局已经定型了，我改也改不过来了。

网友：有人说您今生再也走不出白鹿原了，您说对吗？

陈忠实：如果走不出白鹿原，就写不出《白鹿原》。

网友：《白鹿原》后您打算写她的姊妹篇吗？

陈忠实：白鹿原是"独生子"。

网友：《白》在文学史上会留下一页吗？

陈忠实：这要看文学史的宽容程度了。

网友：我认为《白鹿原》已经属于您的过去了，不应再吃老本了，您觉得呢？

陈忠实：我比你更痛切地感觉到这一点。

网友：我第五次提问，您的《白鹿原》如果拍成电影，您希望由哪位导演来演绎它？

陈忠实：我首选吴天明。

网友：谈谈您对路遥、贾平凹的作品的看法好吗？

陈忠实：路遥和贾平凹是西北的两座高峰。

网友：请问您对路遥的英年早逝有什么看法？

陈忠实：路遥的英年早逝是一个巨大的损失，不仅对陕西，对整个中国文坛都是一个巨大损失！

网友：对于贾平凹的作品您有何看法？

陈忠实：贾平凹的作品是中国新时期文学的重要收获，真正地表述了他对现实和历史的体验和感悟。我很尊重他的创作活动。

网友：同为西北派，您和老贾的主要区别在哪里呢？

陈忠实：区别全在自己的作品里。

网友：贾平凹能和陈大叔比吗？

陈忠实：我前面已经讲了，我很尊重他，我俩不存在比不比的问题。

网友：陈先生，您好像很不愿意把自己和其他作家比较，这是保存作家个性的一种方式吗？

陈忠实：比较作家从来就是读者的兴趣，我只走我的路，很少想甚至根本没有想到我和另外一个作家有什么差别。

网友：陈老师，难道您不喜欢女作家的作品吗？

陈忠实：我喜欢不少女作家的作品，就不点名了。

网友：您最欣赏的女作家是谁？

陈忠实：李清照。

网友：您对河南的二月河喜欢吗？我喜欢，因为我是河南人。

陈忠实：喜欢。

网友：请问您最喜欢谁的作品？

陈忠实：我喜欢的作家在不断变化，不同时期有不同的欣赏对象。

网友：为什么有不少读者讨厌梁晓声？请您解释一下，最好别绕过去。

陈忠实：这个我没有感觉。

网友：您对现在好多作家写不出书咋看？

陈忠实：有的是正在读书，厚积薄发，等等再写也好。

网友：您认为当今除了您以外，写农村题材比较有特色的是哪位作家？

陈忠实：中国有很多这样的作家。

网友：您的农村题材小说已经达到一定高度，今后是否考虑多写写城市小说？

陈忠实：写什么在我来看并不是想写什么就能写什么，主要决定于作家自己的体验。

网友：有人说陕西作家的作品有一股腐朽的帝王气息，是不是你们那儿埋的皇帝太多了？

陈忠实：我感觉到的恰恰相反，是陕西作家的农民气息。

网友：陈老师，陕西的作家和山东的作家都有很重的"乡土情结"，您认为呢？

陈忠实：这可能与作家自己生存的环境有关系。

网友：陕西的作家有派系之分吗？

陈忠实：陕西作家有一个大派叫作"黄土派"，但大派里面风格各异，都具个性，差异很大。

网友：您能否概括一下陕西的文化特征？

陈忠实：陕西文化的特征应该到司马迁的《史记》那里去找。

网友：陈老师，您出访过美国吗？您最喜欢的外国作家是谁？

陈忠实：出访过，我非常喜欢美国斯坦培克的作品。

网友：当作家是不是很辛苦？

陈忠实：是的。

网友：当作家生活水平如何？

陈忠实：各个作家的生活水平也有很大差别，有富人也有穷人，我属于温饱阶层。

网友：陈老师如果有下辈子的话，您还想当作家吗？

陈忠实：这要看我下一辈子最敏感的那根神经是什么。

网友：陈老师,您的《舔碗》表现的是什么?

陈忠实：让我解释自己的作品往往很尴尬。

网友：您有出自传的打算吗?

陈忠实：我感觉现在还不是写作自传的时候。

网友：写作影响了您的人生观吗?

陈忠实：是人生观影响写作。

网友：那么写作是否使您的人生观发生了改变呢?

陈忠实：起码写作这种劳动对于我发生了重要影响。

网友：您的书我看过几遍,很佩服您写得真实,你有没有想不再现实,像王朔一样?

陈忠实：我可能摆脱不了现实对我的诱惑。

网友：陈先生,您认为是否西部文学也会像现在"西部大开发"一样,不久就会异常繁荣起来呢?

陈忠实：我觉得这两者之间没有必然的联系。

网友：陈老师,您的另一半是如何评价您的作品呢?

陈忠实：我的这一半和那一半是对应的。

网友：您有几个子女,愿意透露吗?

陈忠实：两女一男。

网友：能简单谈一下您的读书生活吗?现在您在读什么书?

陈忠实：读书是我文学生活中非常重要的组成部分,我最近还在读拉美几个作家的作品和他们谈写作的文章。

网友：陈大叔,您最近在读拉美的作品,那您认为《百年孤独》怎么样?

陈忠实：这是我读的第一本而且是最好的一本拉美作品。

网友：网上文学是否是个挑战?

陈忠实：因为我不懂网上文学,所以对我没有什么威胁。

网友:您还想养白鸽吗?

陈忠实:现在心境也差了,也没那个条件了。

网友:您在作协是"主席",影响不影响您写作?

陈忠实:当然影响。

网友:当作协主席累,还是创作累?

陈忠实:前者比后者更累。

网友:去年夏天您说您最难受的事情是在感情方面的失落,快一年了有没改变?

陈忠实:我正在走出感情低谷。

网友:陈先生你想获诺贝尔文学奖吗?

陈忠实:这不是一厢情愿的事情。

网友:您喜欢把自己的作品改编成电视剧吗?

陈忠实:当然喜欢了。

网友:对于您来说,最欣赏的品质是什么?

陈忠实:诚实和刚毅。

网友:您脸上的纹路让我觉得我将是"陈忠实二世",您允许吗?

陈忠实:你可别学我,呵呵,当然有姑娘喜欢这样的脸除外。

网友:陈老师,您的脸有张艺谋的特征——刀刻的纹路。

陈忠实:张艺谋比我英俊。他的脸是用雕刀刻的,我的脸是粗糙的西北风刻的。

网友:张艺谋说"陕西人一根筋",是这样吗?

陈忠实:这个问题最好让张艺谋去回答。

网友:陈村先生已经在网上安家了,您有没有这种在网上栖身的打算?

陈忠实:我暂时没有。

网友:陕西的作家是不是要来个集体上网?

陈忠实:我希望有那一天。

网友：您经历过几次爱情？

陈忠实：请尊重我的隐私权。

网友：对您来说，最大的幸福是什么呢？

陈忠实：就是把我对世界的感觉能充分表现出来。

网友：请问陈忠实先生，您到底忠实于什么？灵魂，生活，或者钱？

陈忠实：主要忠实于我的良心。

网友：一本好书的评价标准是不是由读者来定？

陈忠实：当然。

网友：白鹿原那儿的人一定会很有钱吧？

陈忠实：白鹿原人已经获得改革带来的很大好处，但也仅仅是相对而言。

网友：您最近还看足球吗？

陈忠实：经常看。

网友：老陈，能不能谈谈足球？听说您也喜欢足球？

陈忠实：我对足球有一种本能的激情。

网友：您喜欢国外的哪一支足球队？

陈忠实：曼联。

网友：陈老师，您写作时有什么嗜好吗？

陈忠实：喝茶、抽烟、喝酒和听秦腔。现在已经戒酒了。

网友：陈老，您现在抽的是雪茄吗？是国产的吗？

陈忠实：我抽的雪茄是陕西汉中的产品，你现在闻到了吗？

网友：张贤亮下海，您会不会也下海？

陈忠实：我不具备张贤亮经商的智慧。

网友：陈老师，您的样子长得有点酷！！！

陈忠实：我至今把握不住"酷"的含义。

网友：陈老师，您近来身体怎么样？

陈忠实：还好，每顿还能吃一碗羊肉泡馍。

网友：您的人生阅历一定很丰富了？

陈忠实：这个我永远都不会满足。

网友：以您现在的年龄，对生活最大的感悟是什么？

陈忠实：认真面对生活，不断增强对生活中的痛苦的承受力。

网友：陈老师，您是老实人呢，还是情感的骗子？

陈忠实：这只能由你判断。

网友：您写到什么时候封笔？

陈忠实：写到我变成植物人，如果是那样。只要有思维，我还会写。

网友：您最喜欢哪座城市？

陈忠实：西安。

网友：您今晚是赤胆战群雄。

陈忠实：我觉得很愉快，是交流不是舌战。

2000 年 3 月 18 日

我读《山河岁月》

到汉中参加作家王蓬《山河岁月》研讨会，从一踏上火车直到进入会场，一直萦绕在心的居然是一种感慨。不完全是故地重游的原因。记得上次参加王蓬纪实文学作品研讨会，是在一九九〇年，今年是二〇〇〇年，整整十年了。十年在一个人尤其在一个怀着高远心志的作家的人生历程中，我可以掂到它的分量。这十年，对于年富力强正处于艺术创造旺盛期的王蓬来说，是太重要的一个年龄区段。他的整个创造活动和创造成果表明，在艺术和对生活的感知这两个至关重要的方面，王蓬已经走向成熟。

一九九〇年，王蓬的《巴山茶痴》等五部影响广泛的纪实文学作品结集出版后，召开研讨会，我到汉中时正巧赶上了，不经意间已经过去了十年。十年里，王蓬不仅有《山河岁月》上、下两大部作品出世，此前还有《山祭》《水葬》两部长篇小说出版，单以一个劳动者的角度讲，干了多少活儿呀，取得这样丰厚的收获是令人羡慕也令人钦敬的。这种坚忍专注的倾全部心力进行的创造性劳动过程，不仅对王蓬，对同代作家的我更容易发生感慨，包括《山河岁月》书名中的"山河"和"岁月"这些词，似乎更容易触及追求事业者的那根人生沧桑的神经。"山河"隐蕴着某种历史，"岁月"更包含着某种沧桑，人的追求，人的创造，人的精神和人文情怀，人在现实中的奋斗，瞬即就会成为过去成为历史。

如果再往前追溯十年,即一九八〇年,又是一个难忘的十年,我第一次翻过秦岭到了汉中,是随西安市文联办的一个"文学讲习班"来的,那天下午就赶到王蓬家中。那时候的王蓬还是一个地道的农民,家住距汉中不远的张寨。到他家时首先看到挂在架子上刚宰杀的猪肉,我惊讶王蓬把那颗硕大的猪头收拾得那么干净,因为猪脸上深深的皱褶里的毛是很难拔除剔净的。我后来想,在陕西文坛活跃着的四十至六十岁这个年龄档的作家中,真真正正从一个农民走进文坛的,王蓬可能是仅有的一个。其他作家仅仅只是工作在农村基层,乡村中、小学教师,县乡政府或文化馆干部,工厂或商业单位职工,注册着城镇户籍领取哪怕是低微的工薪,完全靠种地吃饭穿衣过生活的就是王蓬。这应该是一个人生奇迹。陕西有多少农民,汉中盆地和秦巴山区有多少农民,在改革开放二十年里可能成就了一批大大小小的乡镇企业家,然而真正的作家却只走出来一个王蓬。

王蓬是从农民中走出来的作家,却完全不是"十七年"那时候所定义的那种"农民作家"。王蓬的发轫之作《油菜花开的夜晚》和《银秀嫂》,一出手就标示着新时期文学全新的艺术风貌,一出手就显示出很高的起点也获得很高的声誉。二十年过去,正是王蓬,已经显示出学者型作家的征象和风范。多年以前,王蓬曾提出"作家学者化"的观点,我觉得有很合理的因素。解放后成长起来的作家,历经极左的各式运动,文艺思想"左"得不能再"左",读书也受到严格的限制,客观上造成了一代作家的知识结构的残缺不全,与二三十年代鲁迅、郭沫若那一代作家的知识积累和文化素养无法相比。知识结构的残缺和知识面的狭隘,对于作家的艺术视野和创造思维的局限是不言而喻的。我在读王蓬的《山河岁月》时,首先品味到一种脱俗的文化品位,颇为惊异,王蓬已经脱胎换骨了。《山河岁月》集中考究的是汉中地域性的历史文化,需得具备以国学坐底的基本的学问和修养,王蓬付出了以健康为代价的扎实的文化和历史知识的自修。对于今天的王蓬来说,二十岁左右做农民的人生体验,成为他成就文学事业的难以替及的础石。

二〇〇〇年又将开始一个新的十年,王蓬刚过五十岁,在未来的岁月里,我祝福王蓬呈现出更新的风貌。那时我们将再聚汉中,再说王蓬。

2000 年 4 月 8 日 汉中

你写的书,让我不敢轻率翻揭

一

时令正当关中平原的早春时节。细雨把一缕缕让人感到滋润的气息送进窗户,微带寒意。窗外的高架桥上交错着连绵着汽车的灯火。听着作家王宝成随心所欲的说话,悠悠的沉沉的语调,虽是让听者的我摆脱不开一种沉重的心绪。然而在这沉重里,我强烈地感受着一个在苦难人生中跃进着的生命,一个咬破嘴唇吮吞着唇血而又不哭不诉的汉子。

这个汉子和我隔着一个床铺,面对面坐在竹椅上随意聊着,话头儿竟是这样提起的:村子里父辈的人一个接一个死去了。剩下没有几个了。我突然发觉自己有关那些生活的记忆,随着人去而空泛了……这显然是切入生命深层的体验,而非一般的生活咏叹。我的心灵深处微微一颤。

许久许久了,我们生活在这座曾经辉煌于中国历史的古老城堡里,虽然很少串通、走动,下意识里却是一种无须表述的信赖。生活中往往有这样的情形,常常见面常常说话常常吃喝常常勾肩搭背,然而放下酒杯松开握着的手,便什么也没有了;有的人如王宝成这类,一年里见不上三回两回,见了面也未必亲热亲昵甚至有点冷冷的人,我却有一种踏实永远的信赖。生活是万象的,即使活到这个年纪,仍然悟不透这个最普遍的生活世相。

二

王宝成的名字和中篇小说《喜鹊泪》是同时进入我的记忆的。刚刚进入二十世纪八十年代,陕西文坛和刚刚蓬勃起来的中国文坛一样蓬蓬勃勃,时不时便有一个陌生的名字突然在文学里爆响,你无法料知陕北的黄土高原陕南的秦巴山地汉水流域和渭河平原的古老关中,那里正有一棵文学之树于某个黎明拱破土层摇曳在晨风晨光里。我经历过那个令人惊诧令人振奋的好时月,那是过去的历史和注定的现实都不曾发生也很难重现的一种奇异的文学现象。恰如解冻后的原野上草木的复苏,而文坛的冻结要比自然界严酷而且继续了十余年之久。我记不清在什么场合听到王宝成的名字,说他有一部中篇小说在上海的《收获》发表了。看过的人说写得相当好,作者是省委机关的一位干部。《收获》在"文化大革命"前是唯一的一本大型文学双月刊,在我心中有着一种难以高攀的位置,这个王宝成一出手就跃起到这样一个高度,真令人惊羡。回到我供职的灞桥文化馆,便找来一九八一年五月号的《收获》读《喜鹊泪》,这个小说和作者王宝成便铸入了我的记忆。

现在,我和王宝成隔一个床铺对面坐着聊着。他比我小一两岁,鬓发虽也露白,然而毛发却比我稠密,令我羡慕。他说那个《喜鹊泪》原是听来的故事,是和他在一栋办公楼里工作的省妇联的同志告诉他的陕西周至县的终南山区一个女孩子殉情的惨事。他起初听到时并没有引起创作的欲望,尽管妇联干部很动感情地对他叙说。又过了些日子,妇联主任把那个女孩殉情时留下的遗书给他看了。正是这一封遗书,一下子触及作家的某一根神经,搅起了情感世界里的波澜,他被一个乡村女孩的纯洁而又凄惨的爱的情愫感应得坐卧不宁,当即赶赴终南山下的黑水河边,寻觅遗落在那里的有关一个乡村女孩的情丝爱絮……《喜鹊泪》诞生了。

我听着这个故事,并不太惊奇,每个作家的任何一部成功之作,都有诱发其创作的最初的因素。然而令人感兴趣的,恰好是故事之外的种种奇特的甚至是不可思议的触发作家的创作冲动的诱因,一个为了挣脱包办婚姻为了争取真爱的乡村女孩为情而死的生活事件,虽然动人却终究有点陈旧,毕竟都八十年代了,王宝成产生不了创作冲动是合理的。然而那封遗书中的几句话,仅仅是其中的三两句话,却把一个七尺汉子的心灵和情感之湖颠覆了,一个作品便在这一瞬间如同受孕一样奇异地发生了。作家凭什么感知生活感知世界,或者说生活以什么形式或方式去触发作家心灵从而引起波澜,实在是无法预测无法期待也无法钦定的事。作家自己往往也很难料知很难把握,看似不经意间的一种感应一种触发所产生的受孕的效果,往往正可能是一个独具个性的艺术生命的诞生。

三

我读王宝成的作品,无论是中篇《海中金》《故乡麦月天》《父亲·母亲》等,还是长篇小说《梦幻与现实》三部曲,总会产生一种阅读自己的感觉。我曾经多次在阅读中掩卷思索,这种感觉是怎么产生的?

是我们都生长在渭河平原相同的经济形态和相同的文化氛围中?似乎也不大可靠,因为我们的个人经历中的差异还是很大的,再说在同一块地域上的作家还有许多,为什么在阅读王宝成作品时会产生这种独有的感觉呢?我终于排除了那些客观的容易产生简单化解释的因素,最终归结到王宝成作品本身。

无论中篇或长篇小说，王宝成呈现给我们的文本，首先以其不可置疑的巨大的真实感直接撞击人的阅读神经。作为读者的我便在那种真实真切的生活图景里完全顺从了，顺从地领受生活的一页斑斓一页泪痕乃至一页污浊；而这一页一页文字所描述的昨天或今天的记忆和景象，恰恰是我经历过承受过也体验过的难以忘却的精神屐痕。阅读这样的文本自然会使沉寂了的记忆重新掀起波涌，且不是简单的重复和重温，而是一种新的咀嚼的快感，是一种回眸来路的感叹和领悟。真正优秀的文学给人的最基本的阅读满足正在于此。

我在阅读《父亲·母亲》时常常忍不住泪眼蒙眬。一个渭北高原最不起眼的土坯屋里流荡着人类最动人的情和爱的大劫，一个关中大汉（父亲）在这种大劫中压抑着灵魂的咆哮承受着走到今天，一个幼稚的生命（儿子）在这种大劫中把哭声转变为沉默、刚毅、正直走出自己的人生，再把这镶嵌在黄土的坡坎下的土屋里美丽的人性的东西双手掬捧给今天的人们；我经历了苦难我经历了成功，我没有被碾压成尘，我终于获得了陈述过去的权利和能力。

王宝成小说的不可置疑的真实感源自他的生活经历和生命体验。我在阅读《父亲·母亲》《故乡麦月天》等中篇小说时，曾经不断发生疑问，这可能甚至肯定就是宝成自己和亲人们真实发生过的生活故事；我在阅读长篇小说《梦幻与现实》三部曲的时候，仍然不断泛起这种联想，企图猜想原有的生活素材和虚构的故事所占的成分，那个经历过极度贫穷经历过亲情割裂又心地纯洁的蒲冬林身上，印染着宣泄着作家王宝成的多少真实的情感份额？我曾经企图把这两者分离出来，探究宝成怎样完成从生活到艺术的奥秘，难得很，终无结果。现在，二〇〇〇年早春的这个夜晚，我们坐在一起聊天的时间，十年前的这种强烈的阅读猜疑得到了验证，宝成坦然地说，所有这些作品，都带有深厚的自传色彩。

文坛常常呈现纷繁的创作现象，作家面对生活进行艺术创造时也是各怀绝技各具套路,本属正常。然而,在真实的树和虚拟的影之间,却有一个难以混同的界线,有的作家面对的是一棵真实的树,有的作家却着意于那树投射到地上的影子。王宝成不仅始终面对着那一棵绿树,甚至那树就扎根在他的心灵和血液里,不可能推开树本身而去追逐那个影子。

真实的艺术效果来自真实的生活体验和升华到理性的生命体验。王宝成不仅有一个巨大的蕴藏,而且具备了开掘和表述这种蕴藏的独具个性的艺术创造能力。我不想在这篇短文里作艺术评价,只是感到遗憾,文学评论界往往也发生追逐影子而忘记了真实的绿树的现象。然而这亦不值得计较,影子的变幻和消失终究是难以改变的,而结结实实的绿树却是愈见其强劲的风姿的。

四

两年前的隆冬季节,我在渭北高原的蒲城县住过一周。朋友带我去参观杨虎城将军的故居,又参观王鼎的故居,我一时感慨万端。在鸦片战争的民族大屈辱里,陕西蒲城人王鼎力荐林则徐,向清帝做出了死谏的举措;在民族生死存亡的严重关头,还是陕西蒲城人杨虎城做出了震惊世界的兵谏的举措,结局亦难免惨死。我在参观他们相距不远的两座故居时,总是不由得慨叹,这块土地出产硬汉,这块土地的土质和水质滋养硬汉,铁的嘴,钢的牙,血的性,热烈而又刚毅,正是关中人的典型代表,正是一个民族的良心和脊梁。

怀着这种强烈的慨叹,走到一条街巷的小学校门口,朋友告诉我,这是王宝成的母校。我的心又一次怦然而动。我竟然产生了幼稚的童趣,企图寻找少年王宝成的足迹和读书写字的课桌,然而这个小学校已经搬挪一空了。这所小学的前身是清代的一个"考院",整个渭北的秀才们考取文举人的一个考场,规模庞大气宇不凡,似乎仍然可以感受满室秀才笔试的肃穆和严峻。解放后改为"槐树院小学"的这个浸淫着秀才们墨香和泪斑的屋院，却成就了一位优秀的作家。

我无法想象少年王宝成的举止和情态，眼前清晰地映现着一张黝黑的方脸、浓发浓眉，沉静到使人容易错觉为呆滞的眼睛，悠悠地说话，诚挚到略显羞涩的笑。我甚至瞎想，如若王宝成处在王鼎的那种历史境遇下，同样会把自己的七尺之躯挂上那一条白练的。

大约十年前的一个夏天，正值我的家乡灞河川道白鹿原地区后的夏收时节，我和王宝成坐在灞河岸边的河堤上，看农民在收割麦子，河岸两边的绿树和青草散发的清香和麦田里的香气混合着弥漫在空气中。夕阳灿灿。我们坐在沙堤上，同样是随心所欲地闲聊着。他正在写作一部电视连续剧，躲在距我家不足五里的一个驻军的招待所里，便有了这次相约相聚。

十年后的今夜，我和宝成坐在这家城郊的宾馆里，主要听他说话。这个人曾经把每天定量的馍馍换了一本书，整整两天没有馍吃而饿昏在回家的庄稼地边。不是战争，不是灾害，仅仅只是贫穷。在贫穷和困境里因为渴望知识而能产生这样的承受力的少年，恐怕什么挫折和灾难也难摧折其高远的心态，也难扭曲其刚直的脊骨的。少年时代一旦具备这样的生理到心理的承受苦难的毅力，足以影响一个人的一生。五十五岁的王宝成现在以一个智者的沉稳和透亮的口吻对我慨叹："骨髓里的东西是难以改变的。"

五

许多年以来，王宝成生活在古城南郊的大雁塔一侧，不声不吭，文人聚会和新闻传媒上很少能见到他的行踪，只有新的作品在杂志或屏幕上出现的时候，他才出现在读者和观众的视野里和言谈中，之外便什么举动都没有了。

这个人从来没有炒作,他炒没有,自炒更没有。他不事张扬,更不会自我膨胀。他面对的始终是书桌,始终恪守着一个作家的真实的为文和为人之道。出于对创作这种劳动的本质性理解,作家是以自己的作品和读者完成交流的,非文学的手段对于作家和作品不可能产生稍为长久的补益。面对屡屡潮起的浮尘式的文坛现象,他至多一句叹惋或轻淡地一笑,该做什么还继续做什么去了。

电视剧《喜鹊泪》不仅使乡村青年男女激起强烈共鸣,同样使城市里更趋现代意识的年轻人感受到心灵和情感深处的某些胎记的东西。《庄稼汉》和《神禾原》的成功,让我更清晰地看到宝成的笔尖所指愈来愈集中愈来愈专注于关中地域性的人的心理结构和文化蕴含,以透视和解析这个民族精神更新的艰难和痛楚。他的小说从中、短篇写到长篇三卷,排列起来是一个令人惊异的雄壮的阵势,当是多年默默的耕耘所得的不倦的收获,这种收获才足以使一个创造者产生充实和自信的良好的心理情绪,也足以面对纷繁的社会和同样纷繁的文坛轻淡一笑。

如果要我进行选拔,这将是十分困难也十分令人为难的事。王宝成的作品几乎没有同类题材和同类意旨的并列性表述文本,每一篇或每一部都是意向迥异的开掘和探求,比较和选择在同一类型间可以进行,而不同类型的选择和比较往往造成选择者的兴趣和所好的暴露。我只能从阅读的直接感受来说这些作品,中篇系列里的《父亲·母亲》当是一颗咀嚼不尽的柠檬,那含混着甘甜酸渍苦涩的汁味,留下的是人生的复杂而又绵长的记忆。我曾经和朋友们不止一次闲聊过这种阅读感受,多有同感,且以为在八十年代的当代中篇小说里应该是一个重要收获,被评奖机构尤其是被评论界的忽视当是一个遗憾。评论家李星的一句很概括的表述令我欣慰:《父亲·母亲》可与艾特玛托夫的《一日长于百年》比美。可见好酒还是不怨巷子深的。而《故乡麦月天》留给我最初和最终的印象,依然是诗性的,是一篇深沉得令人不敢轻率翻揭书页的中国乡村的土地诗篇。由此我曾联想到连结胎儿和母亲的那根脐带。脐带的绝对温馨的意义和斩断它的毫不含糊同样是绝对的意义,以及因此而引发的必然的痛苦。王宝成不仅是面对,更多的是亲历这根脐带被剪断的痛苦时,发出的声音是那么撼人心灵的真实;美好的传统和不容置疑的剪断所引发的复杂的心理剥离的痛苦,是他独特地从生活体验进入到生命体验的成功展示。当同期同类乡村题材还多停留在农村政策变化的生活浅层故事的编排和演绎上,王宝成却早已透过那个顽固的图解政治注释政策的写作怪圈,进入原本意义上的文学创作的层面了。

六

真正体现王宝成艺术个性和创作才华的还应该是他的长篇小说《梦幻与现实》三部曲。我看第一部《爱情与饥荒》的第一眼时,在振奋的同时也潜伏着某些羡慕甚或妒忌的东西。我那时正在长篇《白鹿原》书的写作中,初试长篇小说的惶恐和对前景的种种担忧,有一种持续数载的无法挥斥的空虚。见到宝成刚出版的长篇,自然期盼自己案头的那一摞墨痕新鲜的稿纸也能变为这么厚厚的一本,该当是怎样令人舒展欢悦的时刻。王宝成不声不响,《爱情与饥荒》写作顺畅出版顺利,真是令人羡慕以至妒意潜生了。

从一九八七年新年伊始动笔,历经整整十二年,宝成完成了百万余言的长篇三部曲,才是真正令人羡慕以至妒忌以至钦敬的事了。

对于同代作家,尤其是面对可以称为朋友的同代作家,对他们杰出的创造成果产生羡慕心理是正常不过的事,产生钦敬的心理应该是高尚情怀了,然而混淆其中的妒忌心理是否正常呢?我以为就我的亲历几乎是不可避免的。记得在八十年代初路遥的《人生》发表时,我的阅读直感就是这样,似乎猛地发现同场长跑的路遥已经超出自己一圈了,由此而产生的羡慕、钦佩之情里,很难排除某些不太光彩的又绝难出口的妒忌。阅读《爱情与饥荒》时,也产生过这种情绪,即妒忌。这个黑黑脸膛又不吭不响的王宝成,这个长篇写得多好哇,深刻的独特的体验和沉稳扎实的叙述功夫,把一个几乎与作家难分难剔的蒲冬林推到我的面前时,我才切实地感觉到《父亲·母亲》的写作仅是艺术锋芒的初露,其璀璨的光芒只有到《爱情与饥荒》这部长篇中才展现出来。羡慕、钦敬以至令人闻之嗤鼻的妒忌就都产生了。

我不敢猜测别人,只是老实承认自己曾经发生过这种情况。然而我却以为这个令人嗤鼻的妒忌还有不可替代的积极效果,那就是重新审视自己,从虚妄和盲目中清醒过来;尽快地把盯着赞美性文字的眼睛移开,把翘起的尾巴收住甚至斫掉;把心理调整到沉静,以冷静到冷酷的心肠强迫自己重新审视以往的一切;调整步履也调整笔锋,在找到新的艺术目标的同时,也对自己的起点有一个科学的准确的定位。这情景同样类似于赛跑,眼见比自己跑得快的同类伸脚使绊子,是妒忌这种作为人类不健康心态最易发生的举动;然而,如果把妒忌转化为内省自审的契机去审视自己的腿和脚,就可能在下一届竞技中重新超出。何况文学创作不完全类同于体育竞技,而更应属于自己体验的展示。

我很难也不可能在这篇散记式的文章里论述百万言的三卷本长篇巨著。我只是要告诉宝成,我的羡慕、钦敬和妒忌又产生了。长跑线上总是对那些比自己跑得快的同类才会产生这种情绪,同代又同地的作家当然是那些优秀于自己的创作才会产生这种复杂心理。历时十二年完成《梦幻与现实》三部曲,在王宝成是一件可慰终生的成功,终于把自己的文学之梦变成一组磅礴的群雕。蒲冬林等人物的生活之路和心灵历程,正可以当作半个世纪一个民族的心灵史来回嚼。

面对我的朋友王宝成和即将出版的《梦幻与现实》三部曲的最后一部《心境》,我在祝福的同时,又一次感到应当重新审视自己的"腿"和"脚"了。

2000 年 4 月 11 日　汉中

校验人生

一

写下"校验人生"这个题目,自然是为着《中国九九一〇行动》这本书的,然而更偏重更强烈的指向,却是我的内里。

当我被官方媒体揭露的诸多政治和经济丑闻吓得瞠目结舌,当我被市井乡野民间广泛流布的讽时嘲世的歌谣和笑话淤塞了耳朵,当我亲历诸多的欺骗、欺世、吹牛、鼓噪、矫饰的嘴脸而不得不闭上眼睛,常常会由愤怒转换为无奈,为烦厌,为丧气,为无言。世界变得越来越文明越来越富裕,生活也变得越来越混沌越来越无耻,于是难免发生人生价值判断的自嘲式的生存怀疑。

近日阅读《中国九九一〇行动》书稿,几次竟然热泪糊眼,掩卷慨然感叹不已。一次又一次的激情涌动之后,终于从情感归于理性:校验人生。

二

这不仅是一本中国国防工业走向现代化的"创业史",而是把一群堪称国家和民族脊梁的中国人推到我的面前。面对这一组群雕式的人,就成为人生价值判断严峻而又鲜活的参照,我的指向便落定在自己的内里:校验人生。

九十年代发生的两场由美国人亲自导演的制裁伊拉克和南联盟的战争,让整个世界领略了现代化立体战争的新的形态。无须论述其意义,也无须再评述,我只是在事后的今天仍然想起当时潜伏在心底的一点隐忧,万一中国面临这样的祸事,我们有与之抗衡的"家伙"没有?

《中国九九一〇行动》阅读的兴奋点正在于此。我终于心里有底了,终于知晓原先想象的那个"家伙"弄到什么程度了,不再糊涂了;我终于了解了那个神秘的"家伙"是怎样被一群优秀的中国人弄出来的,他们的杰出的创造超常的智慧和完美的人格风范,正是铸就一个时代里的国家和民族脊梁的精英。

那个被世界上各种人以各种心理和各种目光关注的"飞豹"和新型地地导弹,被这一群中国人创造制造出来了,而他们又是在被视为落后封闭保守的三秦大地上创造制造出来的,我便有了狭隘的地域性平民的自豪。创造和制造这些在当今世界堪称顶尖级的"家伙",没有超常的智慧是无法想象的,这是常识常理,书中也有较为充分的叙述和描写。他们果然都是各个学段的高才生,是几十年坚持钻研最新科技发展的尖头。凭他们天赋的智育和智慧,可以想象都会是国际人才市场上炙手可热的抢夺对象,令人眼热的洋房小车和丰厚的洋钞是不言而喻的。然而这些人几十年钻在陕西的山沟里(这些国防厂大多建于人迹罕至的山沟),拿着和各个阶层各种职业相对称的级别工资,铸造着如我一样的中国人心理安全的那一道长城,一笔一笔抹去百余年以来留在我们灵魂深处的屈辱的阴影,重塑着进入新的世纪的中国人的腰杆或者说脊梁。

然而,我更看重也更钦敬的是他们的精神。我怎么也料想不到,令人腰杆挺硬的东风导弹的创造和制造者们具备着同样超人的心理承受能力。他们不仅能承受创造过程的不可避免的失败,同时也有承受生活中突发的灾难的毅力,而普通人可以想象的诸如吃苦、严寒、饥饿这些生理折磨更不在计较之列。作为新型导弹发动机主任设计师的项建杏,相濡以沫的妻子出差时突然病逝,他在痛苦中默默地调整自己,很快又以冷静的心绪投入工作。在发动机试样的关键时刻,他忍痛割爱放弃了儿子的婚礼,只能留一句祝福。那个一生都在争取干活的机会被人戏谑为"得了爱干活儿的'病'"的俞清川师傅,在儿子不幸患癌症需做手术的生命关头,他还是为一项紧迫的活儿上班去了。为了试验新型特种装备武器,作为万人大企业的东方厂厂长才长伟和技术人员一样潜伏在蚊虫繁密的野草丛中,既是督战,更需亲历,把一种精神率先垂范到企业之中。《中国九九一〇行动》里多种新式兵器的试验过程,除了艰苦所包含的所有内容之外,还有随时可能发生的意外和难以躲避的不幸和牺牲,在这些预料中的灾难可能发生时,包括总设计师王兴治和"手术医生"王广仁等,在面临生与死的选择中,令人感到义无反顾的悲壮。

三

俗者和庸者和被扭曲者都在随口宣示着一种生活哲学,都什么年头了,你还这样!这种生活哲学的含义有正负两面,正面大约针对那些抱残守缺留恋旧的思维"辫子"的人,负面却是针对那些不肯随波逐流于庸俗乃至畸形生活形态的人。

都什么年头了?

这本书里所写的那些人和事,大约发生在二十世纪的八十年代到九十年代末,直到今天面对的这个新的世纪。"这个年头"应该是二十世纪里中国发展最快的年头,也是中国人生活和精神上最宽松的"年头"。在这样的自由度空前放大的年头里,各种职业的中国人尤其是年轻一代的自我选择的自由度也是很大了。然而选择什么样的人生途径,却是一个人生命价值的关键性分野。上述流行的生活哲学的两种含义(抱残守缺与随波逐流)之外,我看到了一大批中国人的人生选择,就是《中国九九一〇行动》里的这些民族精英的人生价值的取向和选择。

　　生活是万象的。中国二十世纪七十年代末起始的新的治国方略,逐步开始了为一切人提供个人发展得越来越自由的社会空间。一茬一茬具备表演和歌唱天资的男女新星演红了唱红了荧屏和舞台,一批一批既具专业知识又具政治意识的年轻人走上各级党政的权力位置,新型的企业家无论国有无论私营已形成一个庞大的阶层,支撑着新的治国方略和新的经济体制的逐步实施和不断完善。然而社会生活在繁荣的同时也伴随着复杂和混沌,经济和政治和政权领域的腐败已经难以分解清楚,极端的自私膨胀起来的对权力和物质的欲望,直把一些高官送上了断头台,庸俗和市侩的生活哲学也在消解着人生价值中的神圣,而且是以轻俏的不屑的得意的口吻。

　　《中国九九一〇行动》里的精英们当然不是生活在真空式的桃花源里,尽管他们中的许多人大半生都钻在深山大沟里,生活中的明丽和生活的混浊都充分感受到了,然而他们仍然选择了自以为神圣的事业,不仅无怨无悔,而且乐在其中壮在其中,寄灵魂于神圣的民族脊梁之中。有一件小小的却能体现市侩和神圣的尖锐冲突的生活细节:几位在世界上都称得上"杰出英才"的专家,从冰封的荒原完成试验回归西安的途中,正因他们破旧的装束和荒野给予的邋遢频遭冷眼和轻视。在一家火车站的茶座门口,售票小姐断定他们付不起款而拒绝入内。这位小姐肯定不会知道,某个国家的军官代表团正翘首以待在西安一家宾馆里,等待这几位被她不屑的人回去讲授一项新的兵器秘密哩。几位工程师们没有人计较这位茶座小姐,他们肯定改变不了她的茶座入座"标准",他们笑笑就够了。心怀海洋、天空和大地的人,怎么会计较一位承继并发扬着势利这种自古传留的市侩眼光呢!

令人腰杆挺硬的新型导弹发动机的总设计师余利风,为这颗"大弹"已经谋算了整整十三年。在这个家伙终于要试射的那一天,作为技术总指挥,他拒绝了隐蔽要求而把自己也摆了出去,就站在距发射现场百米远的地方。他说了一句这样的话:三分钟验证一生。成功了,不负此生;失败了,抱憾终生!

我正是在读到这里时发生情感涌动的,也正是在这种强大的冲击波中,我才意识到重新审视重新校验人生的必要性……

四

这本书的作者,许多是和被写的对象工作在同一个战线上的同志。这里用"战线"这个称呼应该是合宜的,他们研究的带有突破意义的各种新式武器和兵器,本身就是可视可闻爆炸的战斗,他们熟悉他们也理解他们。另有几位是陕西文坛颇具影响的中青年作家,徐剑铭、周矢、和谷、庞一川、阿莹等,他们同样以某种神圣的情感去探索默默地奋斗在这条战线上的人们。所有这些作品都具备一个共同的特质,就是不容置疑的真实和作家自己的真实情感的自然流泻,这两者都是令读者感动的不可或缺的因素。

几位作家都写到了被采写对象拒绝的尴尬。周矢和采访对象——新型重型反坦克导弹武器系统总设计师王兴治,为采访和拒绝采访发生了不愉快的误会。许多作者在接受采访任务去寻找采访对象时,几乎全都遭到婉拒碰上软钉子,于是不得不依赖被采访对象的同事、亲友和上司提供有关素材。他们坚辞和婉拒的理由大致有二:一是集体创造成功的,不能宣传我个人;二是这是我应该做的本分工作,本来就应该做到做好,跟农民种地清洁工扫街道一样,职责内的事，不必宣传亦不宜张扬。

不完全是个人道德修养范畴的谦虚。

主要是一种以自信作底气的人生境界。

对于这些精英们来说，生命的意义就在于某项科研课题的完全突破，使这个民族和国家在这一领域具备发言权。他们的智慧和生理热能所完成的突破的意义，从心理上就会铸就一种自信，一种大气和一种大境界；而这种成就的科学上的艰辛和严峻性，也排斥那种一般意义上的宣传，更不要说腻人的哄炒了。

他们以为自己在某一项目所实现的突破，正是他们生命意义的实现，生存价值的实现，对于个人的宣传没有什么心理的需要，更不屑于商业操作的"星"们的炒作的需要了。他们明白自己干成了什么，这就够了。

然而对这些精英的宣传，主要是社会的需要，社会生活中需要注入这些人的那种精神和品质的光芒。让社会了解，这个民族还有这样一群精英在默默地完成着最重要的创造，昭示一种可以活血壮骨的民族精神。当然，我们并不指望那些偷窃国库去买官卖官者会因此而缩回手来，也不指望那些自我膨胀自吹牛皮的各类"星"们会因此而脸红。仅仅只是把这些真正的精英们的精神昭示给社会，作为校验人生的一个参照，就足以显示其意义了。

文章的最后，我又想到被世界瞩目的"飞豹"的总设计师陈一坚的一件难忘的往事。一九三七年，日本人轰炸福州，七岁的陈一坚和父亲逃难到南平县，日本人的"零式"飞机又扫射轰炸到南平。陈一坚和一群人挤进一个防空洞里，被炸的土屑哗哗落下，一个吃奶的孩子吓得哭叫不止，无知的母亲看到众人惊恐的目光，一巴掌捂死了孩子……七岁的陈一坚目睹了这一惨景，同时也发出了中国人为什么不能造出自己的飞机去打日本的"零式"飞机的质问。许多年以后，陈一坚成为中国的"飞豹"之父。

陈一坚可以告慰那位被捂死的孩子和孩子的母亲了。一切创造过程的艰辛是可以不计的,关键在于最初的(七岁)心理动机和最后的结局的完美。

2000 年 5 月 7 日 东方

致冷梦的一封信

冷梦:

　　大作《特别谍案》研讨会召开,谨致真诚的祝贺。原先说好了要去参加你的会,不是应酬,而是有感你于九十年代以来的创作实绩和埋头突进的精神。终因一个新近通知的会议,因为在海边,我想去看看大海,所以只能以书信表达我的祝贺和钦敬之意了。

　　在我的印象里,你是九十年代以后陕西文坛成就最突出的中青年作家之一,你的作品造成的广泛影响,已经超出了文学圈子,许多不搞文学而喜欢读书的人已经留意和关注你了,你开始走进文学存活的真正的土壤,这才是最值得庆贺的事。

　　我是在读完《百战将星》之后对你开始有点肃然起来。此前未读过你的作品,唯一的又十分之远的印象还是"文化大革命"当中,你我都作为市艺术馆辅导的工农兵业余作者。新时期的文坛没有听到你的声音,到九十年代再见到时,我已认不出你了,也认不出你的大作了。我自然会想到,你出山之前做着怎样的不动声色的磨炼与准备,功夫务到家,出手就不凡,出山来就成为一道独立的风景。我从你身上又一次验证了创作的一条无法更易的本质,作家凭作品和世界对话。造出什么成色的作品,评论家和读者是识得货的。你的《黄河大移民》获鲁迅文学奖,也证明了这一点。另:你近几年的创作以纪实文学为主,而且连续推出几大部,每一部都能保持一个比较高的艺术品位,确实是很不容易的。这方面积累的创作经验值得总结,这种不浮不躁潜心创作的精神才更像一个职业作家的风范。

　　说到这里,我就惭愧了。在你大放光彩的九十年代,我却进入艺术上的无为期,作家的帽子下,我已经不像个作家了。每每接到你捎来或送来的新的作品,我首先感到的是羡慕和空虚,很长时间不出作品,在我来说是难以言传的空虚,听作家评论家朋友评说自己的作品,无论说什么和怎么评说都是幸福的,基于一点,你的创造成果,使这么多同行朋友有话可说,是创作劳动给作家的最基本的幸福。祝研讨会成功,并问候所有参会的朋友。

2000 年 5 月 8 日

一个堂堂正正的人

——致徐剑铭

剑铭：

您好,您写的关于陈盈朴创业之路的报告文学读过了。突然想到一句尽人皆知的俗话:"说得好不如做得好。"依此推论,您的文章写得好,皆因陈盈朴干得好,事迹生动、质朴感人,使作家写作有了充分的可供开掘的原生素材,写起来得心应手,神思如涛,有如巧妇既有充足的米和花色多样的布,尽可以为炊、尽可以显示其剪裁的巧智。

陈盈朴原是一个基层干部,即公务员,下海不过七八年,已经创造出这样一番景象,真是令人叹为观止。如果用今天流行的关于寻找自我价值,即关于探寻自我发展的人生道路,陈盈朴经过多种职业选择之后,终于找到了最适宜自己生命特质和生命价值的最佳轨迹,不说如鱼之得水吧,也是截至目前的全部实践和一步又一步的成功可以佐证的。人们往往在纷繁复杂的生活面前举足难投,其实更困难的是自我判断中相影随的自我选择的举棋不定。以陈盈朴目下取得的业绩,自然可以看出他在面对生活现实和面对自我这两个世界的判断和选择中,选取了切实的途径,这是很不容易的。

陈盈朴的少年和青年时期苦难连连,这并不能作为成就大事业的根本原因,因为在极左的政策祸害人民的岁月里,因同样的因素而罹难而亡命的家庭和个人当是数以万计。陈盈朴的超人之处在于对苦难的态度,才是一个成就大事业者必不可少的难能可贵的素质。我很感动于他的极富生活哲理的话:"苦难是人生的财富,你要学会积累。有多少苦难积累,就有多少成功的阶梯。"把苦难当作成功的阶梯是一种博大胸怀,一种居高的人生境界。而把苦难变成其他东西,难免就有害于个人的发展了。苦难能够压迫以至摧毁一些人,而又能催生和成就一些人。除去一些客观因素之外,个体品行、个体特质所综合而成的独有的胸怀和素质,就注定了这个人卓尔不群的个性。在看取社会生活中的多种职业行当中的各种现象时,我的习惯更偏重于具体事和具体的人。因为就我的生活经验而言,在相似乃至相同的社会背景和生活现实面前,即使同一职业同一行当的个体差异也太大了。我因此而习惯于面对具体的东西说话,而不能亦不敢笼而统之地对什么新的现象表示南北和高下。无论如何,我对陈盈朴这种对待苦难的理性态度是十分赞赏的。我崇尚这种咬紧牙关踏过泥泞而不诉不哭的强悍角色。

　　陈盈朴另一个令我钦佩的素质是他的一身堂堂正气。无论他做基层干部,无论他下海经商,直到今天的最时髦的"老板",他都是一身正气,堂堂正正做人,这是他成就事业的最基本,亦可贵之点。我们的社会生活在繁荣轻松的同时,也出现了纷繁和混沌,尤其是一些无论新老道德标准都不能纳许的欺诈和虚伪,却有行道和市场;官欲和物欲扭曲着灵魂,也颠覆着传统的和现代的做人的道德准则。陈盈朴在当今商海中的步步成功,正是这种道德颠覆的再颠覆,一种道德价值的肯定。堂堂正正做人,切切实实做事,终究向社会证明,成大事业的最根本一条,还在于堂堂正正做人这一点上。我尤其感佩的是,在他的事业已经发展到如此规模,仍然恪守商场道德和做人的道德,该当具备怎样的心理素质!翻过来想,恰恰是这一点,才造就了他的成功和发展。

您的文字,依然保持着鲜活和激情,可见您青春依旧,活力依旧。在你我这样的年岁,您能依旧保持这样的激情,也是令我感动和欣羡的事。因为读得兴起,随手写下最强烈的印象,不知准确否?祝愉快。

陈忠实

2000年6月10日 雍村

拒绝平庸

——答《刘琦之歌》作者的信

俊超、王荣、冠军同志:

你们好!

报告文学《刘琦之歌》读过,十分感动。我和刘琦相识多年,曾经到他创办的白鹿原中学生锻炼基地参观过,也是很受启发很受鼓舞的。但是,读了你们的这篇文章,才对刘琦有了全面的、深入的了解,惊讶刘琦几十年来为教育事业做了这么多的好事和大事。我对刘琦的钦敬之情油然而生,同时也为我的家乡灞桥区有这样一位热心教育事业的父母官而庆幸。

读罢你们生动丰富的叙述文章,我久久陷入一种回味和思索之中,企图捕捉对刘琦最本质的东西,就是他一以贯之永不止息的创造性的工作精神。创造性的工作是一种独立思维的精神、实事求是的精神、生动活泼的精神、拒绝平庸的精神。对于一个领导干部来说,是一种难能可贵的、当然也是应该大力倡扬的精神。

刘琦的创造性工作源自于他的事业心。无论他做中学教师,无论他做市教委教研室的干部,无论他在周至做县长助理,抑或在灞桥做分管教育的副区长,都显示出一种强烈的事业心。正是这种事业心的驱动,使他不甘于一般地完成任务,不甘于按照上级的布置照本下达,而是面对实际,面对自己在实际工作中发现的问题,提出切合实际的解决办法和措施。他在中学德育中选编增编的教材，正是他在调查研究的切实基础上，富于独创性的举措。这种举措的产生和实施，以及在学生品质和政治思想教育中的良好效果，正是国家和民族教育事业的最需要的众所期待的效果。

强烈的事业心才产生强烈的责任心。那篇《夏令营中的较量》，曾经使多少有识之士产生过震撼和深层忧患，为新的现实中的教育的发展而思索，因为即使普通人也会想到民族的未来。正是在这样严峻的现实面前，刘琦主持创办了中学生锻炼基地。我们真切地感受到他的责任心。这种责任心已经再清楚不过地透视了他对民族和国家未来负责的崇高精神和使命感。

刘琦永不止息的工作激情，又是强烈的对教育事业的责任心自然产生的。他每到一地都要去学校走走，发现问题或困难，当即解决，即使他已离开分管教育的副区长的岗位，仍然保持着这种习惯性的作风与激情。去高家沟小学分校这件小事，尤为感人。这样的工作激情，弥足珍贵。

这样看来，我就可以以如下的公式来索解刘琦了：事业心产生责任心，责任心产生永不疲倦的工作激情，同时也产生生动活泼的举措和方法，于是就形成了一个富于创造精神和创造活力的领导干部全新的精神风貌。

新时期以来，整个民族达成一个共识，振兴教育，唯健全合理、科学化的教育，才是奠定民族未来的希望。我突然想到几年前在哈佛大学看到的一块碑文，那是在哈佛念书的中国留学生共同立下的纪念碑。那碑文里的令我至今不能忘记的宗旨，也是革新教育，是振兴民族和国家的根本性举措。在今天改革带来的长足发展的业绩中，教育的巨大功能已成为整个社会不争的事实。我自然衷心感佩教育战线上的人们，也更感佩在基层区县做着最切实的教育工作的人们，尤其是刘琦这样富于创造精神的领导干部。我也因此受到关于生命价值的启示:一个人在他的生命历程中,为了自己喜爱的、热衷的事业而认真地工作一生,他的生命就获得了永生的价值,因为他与一个民族和国家复兴的大业紧紧地拥抱在一起。

  祝愉快!

陈忠实

2000年7月7日 礼泉

卓尔不群这一株

依着习惯,新书到手先看目录。书省的《仁山智水》书稿捎过来时,单是那一个个别出心裁的篇名,直教人产生一连串的诧异和惊奇,自然就产生一种急切阅读的愿望。

这些篇名,当然不是时下报刊娱乐栏目里那些故弄玄虚热蒸现炒的无聊,而是切中昨天刚刚发生过和今天正在流行着的某些生活现象。面对这些生活现象,我也曾经困惑过,腻歪过,愤愤过,莫可奈何过,过去了的也就如同沙尘暴一样刮一阵就过去了,尚未过去的依然使人困惑、愤愤、腻歪、莫可奈何着。于是便想知晓同样遭遇过这些生活现象的张书省怎么看,怎么说,持何种姿态?阅读欲望自然就产生了,且愈趋强烈和急切。

很少有机会这样集中阅读如此教人痛快淋漓的杂文、随笔了。

《仁山智水》书稿阅读的最直接感受,几乎使我完全改变了对作家张书省的印象。

书省留给我始终如一的印象,面善如佛,慈颜善目,永远的那一缕沉静而又轻柔的微笑。是的,是这样自自然然坦坦诚诚的微笑。在西安这个城市的文化人圈子中,我认识书省大约十余年了,文化人的各种集会见面的机会不少,而真正属于少数朋友的聚餐大概只有一次。应该说,我与书省的这种朋友关系,是我的朋友中最普遍也最散淡的那一种,信赖着也敬重着。平时互不相扰,几乎没有那种频繁聚合杯盏交错的事,好久不见面了,偶然记起,打个电话问一声平安,便觉心和气畅,书省给我的印象就是在这种散淡如水的交情中留下的。近年间偶尔在报刊上看到书省的短文,曾经为其中所露出的锋芒感到过惊诧,及至这次集中阅读,那曾经感觉到的锋芒完全被证实了。与其说是改变了原先的印象,毋宁说我对书省的了解深入了一层,所谓读文识人,亦理解人。

这本杂文集正着了"杂"的特色,大至国家政治、经济命脉中的腐败现实,更多的则是普遍的生活现象中的浮躁及至丑恶之点,常常是择其症结之所在的痛处痒处,一笔点出,使人读来顿觉痛快淋漓。面对种种丑恶的现实和不健康的社会心理,书省绝无含糊,鞭辟入里,层层剥来,直挤出疮脓,剜净腐肉,毫不留情。尤其是大量的、涉及国民性中不健康不健全的种种世态世相,切入奇妙,笔锋犀利,着笔点准确,读来令人惊叹。我看过的这些篇目,全是作家张书省的评时论世之作,没有一篇属于那种闲适文人的闲适散文。从我个人的爱好和倾向来说,我虽然也偶然欣赏一些闲适散文,然而以为最解馋的还是那些切中时弊,不绕弯不回避的真知灼见的文章。社会需要某些吟风弄月品茗论酒乃至欣赏丰臀肥乳的闲适文章,也更需要驳谬求真批歪取直有益于中国人心理卫生和心理健康的血性文章。作家面对国家复兴、民族复壮的重要历史时期,不可能全都陷入闲适,不可能都投入品茗论酒环肥燕瘦的情趣中,不可能面对生活的某些丑恶而无奈地闭上眼睛。直面现实既是中国传统文人的精神,也是鲁迅等现代作家的风骨,书省的杂文精神与此一脉相承。正是这种阅读感觉,才改变了,或者说纠正了我对书省的表层的印象。慈眉善目之下的张书省,内宇宙里尽是炽烈之焰,一腔堂堂正气,泻于笔底,落纸云烟。恰是这一品格,铸就了书省散文卓尔不群的特质,独立于浩如烟海的散文世界的这一株。

铸成书省散文卓尔不群的特质的另一个重要因素,是他独自操练的语言功夫。我每读到精彩之处，便掩卷咀嚼，品尝其味。说简洁明快生动幽默等等似乎都不能采到妙处，直觉是端庄不陷入呆板，严厉而不失之凛冽，幽默而不流于油滑。点睛之处或转折之时常有惊人的措辞跳出，使人意料不及，由不得惊叹、钦佩作家思维之敏捷，措辞恰到好处。书省语言的又一特质是简约，几乎挑不出陈词滥句，也绝无矫情娇性故作卖弄的废话，字字着力，句句蕴意，饱含智慧和灵气。书省语言的再一个特质，便是大量的富于表现张力的生活语言的掺入，尤其是那些富于生活气息和生活哲理的民间语汇的开掘和使用的和谐，大大地增加了语言的硬度和韧劲，增强了语言的活力和生动性。在我看来，语言的真正的灵气和优美正在于此，然而要达到这样不留雕琢和有意为之的痕迹，确是不易的。在杂文、随笔和散文中，书省的语言是我很少看到的、最具表现实力的语言。这种语言是属于张书省的，正和他的性情一致，没有云山雾罩花拳绣腿的张扬，只见水落石出月朗风清的简洁。作文达此一境界，正是人格修行境界的透视。

　　说着孤独的，恰恰是活得最热闹的。表着淡泊名利的，常是争得炒得不择手段的。宣言和招牌恰恰是一种生存方式的隐蔽，文坛上的这些花样和招数，自古有之，洋人那里也有，不足为奇。书省什么招牌和宣言都没有，却恰恰保持了一个作家的道德和良心，真应了一句谚语：真佛只说家常话。

2000 年 7 月 17 日

文学活着

——答《三秦都市报》记者杜晓英问

记者: 请问您对《三秦都市报》关于《青年文学博士"直谏"陕西作家》的系列报道怎么看待?

陈忠实: 在贵报这个系列报道的两个多月时段里,我大部分时间不在西安,先是到大连参加笔会,回来后就到本省四个地市参加分片召开的省作协会员座谈会去了。我所看到的有关此次系列报道的文章,是搞资料的同志复印下来的,不太全。我的总体印象和看法也应坦诚相告,这是一场始料不及的,又是近几年来影响最广泛的一次关于陕西文学的讨论。

陕西文学界最具影响力的评论家的大多数和一些作家都说了话,参与了这场讨论,观点鲜明,甚至尖锐对立,呈现出前所未有的生动活泼的景象,使我感受到了文学批评本来应该具备的最基本的品格。因为在当今文坛(不仅陕西)最缺失的就是这种坦率或者说直言不讳的评论风气。尤其使我感动的是,这场纯粹属于文学话题的讨论,竟然引发了远离文学圈子的那么多读者的热烈反响,并参与了讨论,且不论他们的看法如何,单是他们对陕西文学的至诚的关注之情,就足以使我陡增信心,文学活着。读者才是文学作品存活的土壤。正是基于这样的感动,也同时给我以逼近鼻息的警示:我在对待自己的作品和评说别人的作品时,请想想千万个各种职业的读者正通过各种媒体在审视着我的话语,关键可能不是观点上的不能认同,恰恰在于自吹他吹或吹他所造成的虚假,将从根本上失去读者最起码的信赖和尊重。在商潮迭浪明星争宠的当今媒体上,陕西有这么多的专家和读者在关注关怀着陕西文学,作为一位身在其中的作家,我又一次确凿地感到了创作这种劳动的意义,更加确信真正的文学依然神圣。

在这场生动活泼的讨论中,无论参与者发表了什么观点,甚至有些相左以至完全对立的看法,但都把握在严肃的文学创作和文学评论的话题以内,这是很难得的,对于建设一个良好的创作和评论的文坛语境,开了一个好头,恐怕也是引发专家和读者争相参与的关键所在。

记者:对李建军关于《白鹿原》里那个"头发"细节有"狭隘的民族意识"的批评,您怎么看?

陈忠实:初听到这个批评观点的时候,立即想到另一个细节。美国独立战争打响第一枪的地方,在波士顿郊区康克尔小镇旁一条小河的木桥上,那木桥就是闻名美国古今的北桥。桥头的地面上立着一块小小的碑石,是为被打死的英国士兵而立的,碑文内容大约是这样的:躺在这里的这个孩子的母亲正在家里盼望儿子归来。我在这块碑石旁曾有所触动,显然是美国人对被打败打死的英国士兵的人道主义情怀。两年后我在北京与两个年轻的美国男女交谈,谈到了这个令我难忘的生活细节。不料,那位男子却不屑地说,可在越南就做不出这样的事。我的心里受到了撞击。独立战争是美国人反对英国殖民者的战争,美国人又是胜利者,自然是理直而又气壮的,对被打死的入侵者以不无幽默的语调表示一掬人道情怀,既符合美国人的民族天性,也宣示了他们的人道精神,都不难做到的。然而在越南,美国人大致扮演了当年英国人在美国的角色,失败的结局虽然不像英国人当年在美国那么彻底,也成为当今美国千千万万个家庭无法消解的痛,他们的孩子或丈夫注定是无法回归了。美国人在越南就无法再立一块以幽默语调表述人道主义情怀的碑石了。两百年后的美国人难道丧失了人道情怀又丧失了幽默天性?

朱先生对日本鬼子的那一撮头发表示的恶心,是朱先生心理与情感作用下自然的生理性反应,是作为作者的我对朱先生这个人物的精神气象和心理情绪的把握和判断,是否属于"狭隘的民族主义",我当时就没有考虑,只求通过包括这个"头发"细节在内的无以数计的朱先生的细节描写,达到真正自然地创造艺术形象的目的。这里所要讨论的问题仅仅只应规范到朱先生这个人物身上,即:在"头发"这个细节上,陈忠实所描写的朱先生的"恶心"反应是否符合这个人物的心理真实?是朱先生这个人物的必然的反应,还是作者强加给他的、本来不属于他的败笔?我至今还在考虑这个细节的合理性。再退一步说,朱先生对"头发"细节的态度不能完全等同于作者本人的态度,比如朱先生在编县志时曾按官方口径把徐海东部称为"共匪",随后又以笔误的哑谜更改为"共军",是朱先生的政治判断的发展过程。同样的道理,不能把这个过程看成是陈忠实的政治判断的过程。

关于人道主义情怀这个话题,以及人道主义在中国作家创作中的意义,我以为是没有分歧的。

记者:作为一个作家,您理想的文学批评语境是什么样的?

陈忠实:简而言之,以纯粹的文学立场所建构的文学评论的语境。

纯粹的文学立场,就是面对作品,做出评论家自己的审美判断。评论家自己的艺术趣味的差异,对作品可能做出截然相反的评价,哪怕一个吹到天上,一个砸到地狱,我以为都是正常的。这是一个再普通不过的常识,任何作品都不可能赢得所有评论家的审美标准和艺术趣味,而我只需听到纯粹出自文学意义上的声音就够了。对于具体到某一部作品的完全相反的评论,如果确实出自文学的立场,不应看成"捧杀"和"棒杀",作为作家,我只是拣取其中对我未来创作有启迪、有警示意义的东西。

麻烦往往发生在离开了纯粹的文学立场的评论。可以称为非文学因素对于文学立场的骚扰,诸如商业化炒作和人情关系,都可能使评论家的批评立场发生位移,弄出一些脱离作品实际的昏事。此类事已经祸及整个文坛(不单陕西),也祸及读者,已是不争的事实。

坚守纯粹的文学立场的评论,就是坚守实事求是:对作品做出实事求是的评论,对于读者的阅读会发生启示,对作家总结自己创作的得与失也会起到良好的作用。如果是脱离了作品实际的评论,对读者对作者都会陷入一种误导的盲区,尤其是对正在艰苦探索中的青年作家,可能因此而发生对自己创作的错误总结,延缓以至贻误他们艺术突破的进程。对作家尤其是评论家,可能丧失读者最基本的信赖和尊重。

我仍然认为,对作家,尤其是青年作家,最有益的评论是实事求是的评论,但对他们多看长处,说足优势,尤其是处于创作中重要突破关口的青年作家,可以说至关重要。关键的分野在于,长处和优势是作品本身所已具备的,符合作品实际的,本质上是区别于商业目的的炒作的。

作家和评论家一起争取纯洁的文学立场的坚守,媒体也应以此为约律,构建真正的文学评论的语境,是我的期待。

2000 年末

说　税

问：小说《白鹿原》中有过关于农民抗粮的描写，请谈一下，从历史角度如何认识关于税的问题？

答：习作《白鹿原》里至少有三处写到农民抗税抗粮的斗争，这在小说的总体创作构想中都是作为重大事件设置的。白鹿原是一个农业社会，那里生活着从二十世纪初到二十世纪中叶的一个农民宗族群体，这个以家庭维系的群体的生存形态和社会结构形态里，税和捐成为影响那个社会结构的稳定性和生存形态的一种最重大因素。当然，还有政治因素和自然环境的因素。

中国长期的封建制度的统治，无论王朝如何更迭新老皇帝如何承继，唯一不变的是人治的本质。这种人治的政权性质决定着整个社会结构和社会生活的运转，最大的不稳定性概出于人治这个最大的孽根。税收在根本上就是人治的最重要的体现表征。

从来没有关于税收的铁定的法律，收什么税和如何收税，都是皇帝一句话来定乾坤。皇帝开明了，减轻税赋休养生息，农业就发展，农民的日子相对地就好过了。如果新继位一个混账皇帝，加重税赋和徭役，整个天下的农民就开始倒霉。同样是一句话。这"一句话"就是"猛于虎"的苛政，足以使一个王朝由兴旺繁荣跌入田园荒芜民不聊生，打碎农民饭碗从而引发暴动造反的集体性叛逆行为，引起整个社会生活动荡社会结构混乱无序以至到重建，都是税赋的随意性直接造成的结果。白鹿原是这个大国家里的一个小小的角落,无论怎样小,同样是这种延续了两千余年的封建帝国人治下的一方小小的社会,不可能独自摆脱人治的大环境而成为"世外桃源",直接影响这个小小社会的老少男女生存利害的自然是经济。引发原上社会大动荡的几次风潮的直接诱因,均为随意性的税收,导致了原上乡民与当权者的对抗和反叛。作品里的第一个大事件,即是新任县长不择手段搜刮乡民掠夺乡民,以土地重新登记为名而设的"印章税",很快导致了罢种罢工的"交农事件"。这是农民以传统的"鸡毛传帖"串通联合反抗的形式,当然属于自发的斗争,引起了整个原上社会生活的大动荡。第二个有关税收的事件,是军阀混战直接殃祸原上乡民的生存,也是以随意摊派粮食的行为造成的,农民在强权下不敢不缴纳,结果却把缴纳的心爱的粮食烧掉了。前一种"交农事件"是地方行政长官的恶行造成的。这一次是军阀强权造成的,而到《白》书末尾部分的最重大事件,即拉壮丁和各种名目的税捐,则是国民党统治的国家机器向农民更为随意到疯狂的丧失全部理性的掠夺,从根本上造成了国民党政权与民众的对立,导致了政权的最后灭亡。

从历史角度看,税收的法律和任何其他法律一样,是衡量一个社会进步的重要标志,也是保证社会稳定、进步、发展的重要手段。中国农民对合理的税收从不抗拒,甚至民间长久留传一句民谣:"谁当皇帝都纳粮。"问题就出在没有法律保证而造成的那个随意性上。所以,由人治而进步到法治的社会,税收的法律是一个十分重要的组成部分和表现表征。

问:您在美国作过访问,请谈一下有关税收与文明的话题。

答:我在美国访问,是应那里的华人作家协会邀请的,主要活动当然是文学范畴里的交流。对于美国的税收制度根本没有了解和探讨,只是在那里的生活中碰到和听到的点点滴滴有关税收的颇为新鲜的事情。

在美国的超市和专卖店里买东西,不仅经营者要向国家纳税,买东西的消费者也要同步同时纳税,正应了中国人的一句俗话:"一个萝卜两头切。"

真真正正两头切,这是美国政府的法律铁定了的两头都要动刀切。我到一家家用电器专卖店买一台收、录、放三功能的录音机,每台大约八十美金,被征税收近十美元。选好物品,到出口处交款的时候,收款员交给我两张票据,一张是买取录音机的发票,一张是收税的单据,我持着这个税单,心里觉得挺新鲜,心里直冒出被切了的萝卜的感觉。后来再去买什么东西,心里就有了被切的准备,问了物品价格,再算一下相应的税款。

陪同我购物的美国朋友解释说,美国很富有,但也有不少贫民,需要社会救助,凡失业或没有工作的人和家庭,即家庭收入达不到某个基准线的,就可以向政府申请救济,一经批准,每人每月可领取三百至五百美金的生活费。这些钱从哪里来?就是税收。包括所有商品的营销者和消费者都要缴纳的税金,小到几美金的小物品都不能免税,商品价格越高,税金越高。这种税收法律的理论根据,据说是作为调节社会贫富的一种手段。

我也想了,如果这个理论确实是税法的立法基础,说是一种调节,当然也是,它有一个最基本的功能,就是保证了失业者或过低家庭收入者有一个温饱的生活。按照固定的救济金收入,安排一家人的吃饭和穿衣,这里头有一点很重要的功能,就是这种救济贫困家庭的行为已经转化为一种社会的功能,而不是个人的施舍行善的行为;领取救济金者面对的是政府,而不是面对某个施舍行善者个人,被救济者就免除了对施舍者个人的感恩戴德的那种卑怯心理,而多了一份对社会和政府的自信,用这救济金吃起来穿起来都会从容自信一些,对整个社会和民族的自尊会有一种建树。

以上当然只是诸项功能中的一种,更重要的是美国的庞大的税收整个支撑着一个强大的帝国,包括各种健全的社会公益设施。

关于个人收入,要缴纳个人所得税,包括工资在内的所有收入。收入低的人,即在一个基准线下的人可以申请免税。获得免税的人不许购买汽车,更不许贷款买房,而且还有一些社会福利方面的诸多限制。作为一个有正当职业收入的人,无车无房是很难长期生活下去的,所以如不是万般无奈,逃税不是明智之举。倒是努力开辟财源,多渠道争取多多收入以争取缴税,然后才能有资格买车购房获得在那种富裕社会里的基本生活条件。

美国的高速公路四通八达,行车畅通无阻。无阻不是说不塞车,而是无交费之阻。据说美国是世界上唯一一个高速公路不收费的国家。后来得知,费还是收的,不过不是在某个管辖路段设卡收缴,而是让加油站代收。什么型号的汽车每公里耗油是有定数的,在加油交款时也就交纳了过路费,政府从加油站按汽油销量提取出来就完了。这样就免去了汽车行驶中受卡交费的麻烦。

当然,这一切都需要有一套严密的监督措施,而且还有人的税法自觉和职业道德作保证。

2000年冬

(本文为答《税务》杂志问。)